平安朝漢詩文の文体と語彙

後藤昭雄

勉誠出版

はじめに

本書は大きくI、IIに分けたが、Iの諸論が書名にいう「文体」についての論、IIが「語彙」に関する論である。

「文体」は、内容による文章の様式という意で用いている。例を挙げた方がわかりやすい。『枕草子』に「文は……、願文、表、博士の申し文」という一文があるが、ここにいう願文、表、奏状（「申し文」）がそれである。

論の配列は、『本朝文粋』を平安朝における文体に基づく分類の基準として捉え、これに従った。『本朝文粋』は作品を文体によって三十八部に分類し、十四巻に収載する。次のとおりである。

巻一　賦、雑詩。
巻二　詔、勅書、勅答、位記、勅符、官符、意見封事。
巻三　対冊。
巻四　論奏、表。
巻五　表、辞状、奏状。
巻六　奏状。
巻七　奏状、書状。

巻八〜十一　序（書序、詩序、和歌序）。
巻十二　詞、行、文、讃、論、銘、記、伝、牒、祝文、起請文、奉行文、禁制文、怠状、落書。
巻十三　祭文、呪願文、表白文、発願文、知識文、廻文、願文。
巻十四　願文、諷誦文。

本書で論じているのは雑詩（2・3章）、讃（4・5章）、記（6章）、牒（7章）、祭文（8章）、呪願文（12章）、表白（13章）、願文（9・10・11章）、諷誦文（14・15・16章）、及び碑文（4章）である。碑文は『本朝文粋』にはないが、『朝野群載』に文体の一として立てる。

雑詩について付言しておこう。『本朝文粋』が採録する作品は、その名のとおり、文章が主であって、詩はわずかである（二八首）。しかも五言絶句や七言律詩といった正統的な詩ではなく、それ以外の越調、雑言、三言などの詩を「雑詩」の類題のもとに収めている。2章の「輪台詠」、3章の「踏歌章曲」をこの雑詩とみなした。

私はここ十数年、平安朝の漢文の文章をわかりやすい形で紹介するという目的で、『本朝文粋』所収の漢文を読み解く作業を、好みに任せて少しずつ続けているが、その中に、それぞれの文体の性格、特徴などについて述べていて、本書に連なるものがある。参考として挙げておく。

賦　　「河原院の賦」（『本朝文粋抄』第五章）
官符　「応に平将門を討つべき符」（『本朝文粋抄』四、第六章）
意見封事　「《意見封事》売官を停めんと請ふ事」（『本朝文粋抄』二、第七章）
行　「老閑行」（『本朝文粋抄』第八章）

讃　「学生藤原有章の讃」（『本朝文粋抄』第七章）

銘　「施無畏寺の鐘の銘」（『本朝文粋抄』四、第二章）

落書　「《落書》秋夜懐ひを書す」（『本朝文粋抄』二、第八章）

IIは詩文に用いられた語彙についての論であるが、普通の詩語、文章語ではなく、特殊な用語を対象としている。一つは「律令語」と呼んだが、古代における法律書である「律令」に用いられた語彙、また歴史史料に特有の用語である。もう一つは文語と口語が峻別された中国において、詩文に取り入れられた口頭語である。これらの語彙について論をなしたのは、その基本には漢詩文を正しく読むために、ということがある。

目次

凡　例

一、引用史料中の〈　〉で括った部分は、原文では双行注であることを示す。
二、論述中の文献のうち、左記のものは次のテキストの作品番号を用いた。
　菅家文草　川口久雄校注、日本古典文学大系『菅家文草　菅家後集』（岩波書店、一九六六年）
　本朝文粋　大曾根章介・金原理・後藤昭雄校注、新日本古典文学大系『本朝文粋』（岩波書店、一九九二年）

I

1　経国の「文」
——文体が担う社会的機能

はじめに

『本朝文粋』に代表される平安朝成立の文集には多種多様な漢文の文章が見られる。それらの文章は「経国」——国を経《いとな》むことといかに関わっているのか。少し言葉を補えば、政治の場において、あるいはさまざまな社会的活動のなかで、いかなる文章が書かれ、それらはどのような機能を持っているのか。このようなことを考えてみようというのが、本章の目的である。

一　平安朝の文集

初めに文章を収める文集について概観しておこう。

基準とするのは『本朝文粋』十四巻である。藤原明衡《あきひら》の編纂で十一世紀中頃の成立か。文体ごとにまとめられていて、三十八種の文体の作品を収載する。（ ）内は作品数。

賦（15）、雑詩（28）、詔（6）、勅書（1）、勅答（2）、位記（2）、勅符（3）、官符（3）、意見封事（3）、対冊（26）、論奏（2）、表（46）、辞状（4）、奏状（37）、書状（17）、序（156）、詞（1）、行（1）、文（1）、讃（5）、論（1）、銘（9）、記（5）、伝（2）、牒（5）、祝文（1）、起請文（1）、奉行文（1）、禁制文（1）、怠状（1）、落書（2）、祭文（3）、呪願文（2）、表白文（1）、発願文（2）、知識文（1）、廻文（1）、願文（27）、諷誦文（6）

なお、序はさらに書序（6）、詩序（139）、和歌序（11）に分けられている。

『本朝続文粋』十三巻。編者は未詳で、成立年時は十二世紀中頃か。『本朝文粋』のおよそ百年後ということになる。書名からも明らかであるが、本書の分類構成は『本朝文粋』をほぼ踏襲している。二十七種の文体がある。

賦（5）、雑詩（5）、詔（2）、勅答（1）、位記（1）、勘文（1）、策（24）、表（28）、状（15）、奏状（13）、書状（6）、施入状（5）、序（69）、詞（1）、讃（11）、論（1）、銘（4）、記（4）、牒（1）、都状（1）、定文（1）、祭文（1）、呪願（2）、表白（2）、願文（22）、諷誦文（1）

本書も序は譜序（1）、詩序（50）、和歌序（18）に分けられている。『本朝文粋』に比べると、作品数で半分強、文体の種類では三分の二強の縮小版であるが、本書において新たに採録された文体がある。勘文、施入状、都状、定文の四種は新たに加えられている。

『朝野群載』。三善為康の編で、序に「永久之暦、丙申之年」（永久四年、一一一六）という編纂の年紀が記されているが、最終的な成立時期は長承二年（一一三三）頃とされている。[1] したがって『本朝続文粋』に先立つ。本書もまた多様な文体を収載しているが、基本的には歴史史料集である。本来三十巻であったが、現存するのは二十一巻で、いわゆる漢詩文は巻一～三に「文筆」としてまとめられている。

賦（2）、詩（11）、箴《しん》（2）、詩序（2）、和歌序（5）、歌（2）、碑文（1）、銘（10）、辞（3）、讃（5）、吟（2）、歎（2）、曲（4）、行（1）、文（1）、啓（1）、伝（2）、引（3）、願文（4）、呪願（3）、献物（1）、祝言（1）、奉行（1）、表白（4）、縁起（2）、式（1）、消息（1）、書（3）、誓願（2）、起請（2）、告文（6）、祭文（8）、都状（2）、記（10）

これも『本朝文粋』と比較すると、かなりの文体がないのであるが、そのうち次のものは巻四以下の史料の部に収められる。

詔、勅書、勅答、位記、勅符、官符、対策、論奏、表、辞状、奏状、牒、怠状、知識文、廻文、諷誦文

これらはおおまかに言えば実務的な公文書の類であるが、本章にとっては「文筆」部の諸作よりも関連の深い文章である。

別集、すなわち個人の詩文集二つを取り上げる。

『菅家文草』。周知のように、平安朝を代表する詩人、菅原道真の詩文集である。道真の自撰で、昌泰三年（九〇〇）、醍醐《だいご》天皇に献上された。十二巻から成り、前半の巻一～六に詩を、後半の巻七～十二に詩以外の文体の作品を収める。次のとおりである。

賦（4）、銘（3）、賛（12）、祭文（2）、記（3）、序（22）、書序（5）、議（2）、策問（8）、対策（2）、詔勅（9）、太上天皇贈㆓答天子㆒文（6）、奏状（27）、表状（23）、牒状（3）、願文（33）、呪願文（5）

本章では主に後者の諸作を対象とすることになる。

『都氏文集』。都良香（八三四～八七九）の詩文集で、本来六巻であったが、今残るのは巻三・四・五の三巻で、

次の文体がある。

賦(2)、論(1)、序(未詳)、銘(25)、讃(7)、表(10)、詔書(5)、勅書(9)、勅符(5)、牒(1)、状(9)、対策(2)、策文(8)、策判(4)、省試詩判(2)

なお、序は詩序で、詩に冠して散佚した巻一・二に収められていた。

これらの文集に収める文体を『本朝文粋』を基準に表にまとめると次のようになる。

本朝文粋	本朝続文粋	朝野群載	菅家文草	都氏文集
賦	○	○	○	○
雑詩	○	詩	○	
詔	○	(○)	詔勅	詔書
勅書		(○)	詔勅	○
勅答	○	(○)	詔勅	勅書
位記	○	(○)		
勅符		(○)		○
官符		(○)		
意見封事	勘文			
対冊	策	(策)	策問・対策	対策・策文
論奏		(○)		
表	○	(○)	表状	○
辞状	状	(○)	奏状	状

本朝文粋	本朝続文粋	朝野群載	菅家文草	都氏文集
奏状	○	(○)	○	状
書状	○	書 消息	太上天皇贈答天子文	状
書序	譜序		○	
詩序	○	○	序	序
和歌序	○	○		
詞	○	辞		
行		○		
文		○		
讃	○	○	○	○
論	○			○
銘	○	○	○	○
記	○	○	○	

本朝文粋	本朝続文粋	朝野群載	菅家文章	都氏文集
伝		○		
牒	○	（○）	牒状	○
祝文		祝言		
起請文		起請		
奉行文		奉行		
禁制文	定文			
怠状		（○）		
落書				
祭文	○都状	○献物告文都状	○	

本朝文粋	本朝続文粋	朝野群載	菅家文章	都氏文集
呪願文	呪願	呪願	○	
表白文	表白	表白		
発願文		誓願		
知識文		（○）		
廻文		（○）		
願文	○		○	
諷誦文	○	（○）		

注
・同一の文体がある場合は○で示した。なお、『朝野群載』の欄で（　）に入れたものは「文筆」部以外の巻に収載するものである。
・同一の文体が別の類題で称されている場合は、それを示した。たとえば「詔」は『都氏文集』では「詔書」とする。
・類似の文体を当該の欄にあげたものもある。「書状」に収載する文章と同様のものが、『朝野群載』では「書」「消息」として、『菅家文草』では「太上天皇贈二答天子一文」として分類されている。

このように整理してみたが、なお残るものがある。それらについて触れておこう。

『本朝続文粋』に「施入状」五首がある。神仏、社寺に鐘や香鑪などの器物を奉納することを述べた文章。『朝野群載』にはなお十一種の文体がある。(2) うち「吟」「歎」「曲」「引」「歌」はいずれも「○○吟」「○○歎」など詩題にその語を含む作を集めて一つの類題としたもので、『本朝文粋』では「雑詩」に属する。「箴」は四字句の韻文で、自己あるいは他人を戒める言葉。「式（円明寺供養式）」は供養行事次第の記録。「啓」は皇太子に奉る文章である。他に「碑文」「縁起」がある。『都氏文集』には「策判」「省試詩判」がある。共に大学寮における試験に関するもので、第五節で論及する。

二　「公式令」に見える文章

先の表に示した種々の文章をその「社会的機能」という視点から見ていくが、[3] まずは政治の場における役割を考えることとして、『養老令』の「公式令《くしきりょう》」に取り上げられている文章（歴史学では「公式様文書」と呼ばれる）である。順序は先の表による。

詔　次の勅と共に天皇の意志を伝える文章である。『令義解』巻七には臨時の大事には詔とし、尋常の小事には勅とすると解いている。最もの重大事に発するというのであるが、実際にはどのような場合に用いられるか。『本朝文粋』には六首がある。その表題をあげると次のとおりである。

44「改元の詔」
45「封事を上《たてまつ》らしむる詔」
46「九日の宴を停めて十月に行ふ詔」
47「服御常膳を減じ幷《あわ》せて恩赦する詔」
48「二条の前后に本位を復する詔」

49「故菅左大臣に太政大臣を贈る詔」

45は公卿らに「意見封事」（第三節に後述）を上奏するように命じたもの。46は九月九日が醍醐天皇の崩じた日であることから重陽の宴が停止されているのを十月に催すことをいう。47の「服御」は天皇の衣服と車、「常膳」は日常の食事で、天災に際して天皇自ら生活を質素にし恩赦を行うことを述べる。48は僧善祐と密通したとの嫌疑で皇太后の位を廃されていた藤原高子（清和天皇女御）を復位させるものである。

『朝野群載』（巻十二）には例文として「朔旦冬至」「聖体不予」「贈太政大臣」の三首をあげるが、朔旦冬至は十一月一日が冬至に当たることで、これを祥瑞として祝うものである。聖体不予は天皇（太上天皇）の病気平癒のために赦免を行うことを告げる。他の『本朝続文粋』『菅家文草』『都氏文集』[4]にもあるが、これらをまとめると、複数の例は、

改元　2

尊貴の人の身分に関すること（太上天皇の尊号を奉る、后を復位させる、大臣・正一位などの高い位官を与える）　5

天災に際し民衆の救済措置を行う　2

で、他に聖体不予、意見封事を求める、年中行事を改める、官人の封録を旧に復すがある。このような場合に詔が発せられている。

勅書　『本朝文粋』に収めるのは50「華山法皇の外祖母恵子女王に封戸年官年爵を充《あ》つる勅」一首のみである。『朝野群載』（巻十二）の例は右大臣を従二位とし、随身を与えるというもの。『菅家文草』（巻八）の類題は「詔勅」で両者を合わせているが、勅書に当たるのは二首で、渤海使に関するもの（第四節に後述）と「重ねて服御を減じ季料を省く勅」である。『都氏文集』（巻四）のものは太政大臣に正一位を授けるという内容である。要するに、

1外交文書
2尊貴の人の身分に関すること（高位を与える、恩典を与える）
3民衆の救済のため天皇が節約する

となる。これらを内容とするが、2、3のように先の詔とほとんど同一のものがある。

勅書については次項の「勅答」も含めて歴史学の立場からの詳細な研究[5]があり、史料から収集した九世紀末から十一世紀初めまでの多くの勅書の分析に基づいて、勅書が用いられる場合として、六項目があげられている。

(1)摂関・大臣あるいは公卿の上表に対する勅答
(2)摂関などに随身を賜う時
(3)摂関や内親王などに三宮(后)に准じて年官・年爵などを賜う時
(4)高僧に諡号を贈る時
(5)皇子に源姓を賜う時
(6)渤海王に対して

(1)は次項である。(2)(3)は先の2、(6)は1であるから、(4)(5)が文集には例が見られない事項ということになる。

勅答　『本朝文粋』およびこれに倣う『本朝続文粋』（巻二）はこの類題を立てるが、他は勅に含める。『本朝文粋』には七首あるが、六首は大臣の辞職を請う表に対する返書である。他の文集の合わせて一四首のうち、一首を除いて他はいずれも大臣（親王、僧正）の表に答えたものである。すなわち、勅答のほとんどが大臣の上表に対する返書である。

勅符　『本朝文粋』に三首を収める。60「応に早速に夷賊を討滅すべき事」、61「新羅の賊勅符」、62「陸奥勅符」。

これらの表題（事書）からも知られるように、いずれも緊急の兵乱に際して、これへの対処を指示する天皇の命令を諸国の国司に伝えるものである。62も蝦夷の反乱に当たって発せられたものであるが、『都氏文集』（巻四）の五首もこれと一連のものである。実例としてその一首をあげてみよう。

勅符す　陸奥国司

応に予め警戒すべき事

右、出羽国の今月十七日の奏状を得るに偁《い》はく、「逆賊悖乱《はいらん》し、城邑を攻め焼く」てへり。両国境を接するも、非常知り難し。予戒無くは、何ぞ不虞《ふぐ》に備へんや。宜しく警粛を加へ、以て国内を鎮《しず》むべし。亦若《またも》し出羽国来りて援兵を請はば、随ひて精勇を発し、時に応じて赴き救へ。兵は神速を貴び、罪は逗留するに深し。其の急を告ぐるを待ちて、事機を失すること莫《な》かれ。勅到らば奉《うけたまわ》り行へ。

元慶二年三月二十九日　時亥四剋

これには発布の時刻まで記していて、事態の緊迫を思わせる。勅符は国の軍事行動という限定された場面で用いられている。

位記　位階を授けることを記した文章。「公式令」に書式を示すが、平安朝に用いられたのは『延喜式』（内務省）に掲げるものである。『本朝文粋』所収の藤原忠平の位記（59）を例示する。

無位藤原朝臣忠平

右正五位下とすべし

中務。「先功名臣の後胤遺種なり。唯《ただ》に当時の器量を悦ぶのみに非ず、亦曩日《のうじつ》の附託に感ず。宜しく爵命を授け、用《も》つて寵栄を異にすべし」。前件に依るべし。主者施行せよ。

寛平七年八月二十一日

忠平に正五位下を叙爵するものである。「　」の部分に当該の人物にふさわしい文辞が文人によって書かれるが（これは紀長谷雄《はせお》の作）、後代には身分、職務によって形式化した文例が用いられたようで、『朝野群載』（巻十二）に親王以下四十五種もの例があげられていて興味深い。一、二読んでみよう。

侍読

天を談じて究まらず、炙輠《しゃかつ》竭くること無し。況《いわ》んや帷幄に侍して、詩書を授け奉る。宜しく栄爵を増して、用《も》つて儒門を照らすべし。

「炙輠」は知恵や弁説がとめどなく続くこと。

女御

徳教已に備はりて、芳徽久しく彰《あらわ》る。婦人の儀とする所、彤管《とうかん》の記す所なり。宜しく栄爵を増して、式《も》つて恩輝を照らすべし。

「彤管」は后妃のことを記録するのに用いる赤い筆。

これまでに見た詔、勅（勅書、勅答、勅符）、位記は天皇の意志、命令を伝えるものであるが、太政官の命を下達する時に出されるのが**官符**である。上下関係にある官庁の間で上から下に出す文書が「符」で、太政官が下すのが太政官符すなわち官符である。『本朝文粋』にのみ立項するが、『朝野群載』では多くの巻に亙って引載されている。すなわちその内容が多岐に及ぶことを示すもので、ただちにはまとめきれない。『本朝文粋』所収の三首の内容を紹介するに止める。63「応に勅旨の開田并びに諸院諸宮及び五位以上、百姓の田地舎宅を買ひ取り、閑地荒田を占請するを停止すべき事」（延喜二年、九〇二）は、国による開墾を止め、貴族官僚による宅地の買取り、空地荒田の専有を禁止する、という。64「応に文章生幷びに得業生を補すること旧例に復すべき事」（天長四年、八二七）は、大学寮入学に良家の子弟に限るという資格制限を設けた命の廃止を中心とする学制の改革、65「応に殊功有る輩を抜《ぬきい》でて不次の賞を加ふべき事」（天慶三年、九四〇）は、その要は平将門を討てという命令である。このようなことが官符により下命されている。

以上は上位者からその意志を下位へ通達するものであるが、以下の二つ「意見封事」と「論奏」は下位から上位へ意見を上申するものである。

永観二年（九八四）、花山天皇は近年「水旱の災（水害と旱魃）」が続いているとして、公卿官人に国政について各自の思うところを具申するよう求めた。これが先に「詔」で触れた「封事を上らしむる詔」であるが、このような天皇の命に応えて公卿らが提出した意見書が**意見封事**である。[6] 他人の目に触れないように密封して呈上されるので封事という。『本朝文粋』のみにある類題である。三首あるが、いずれも複数の事項をあげている。三善清行の67「意見十二箇条」は十二条に及ぶので省略し、他の二首の条項をあげてみよう。

66公卿意見六箇条（作者未詳）　天長元年（八二四）

良吏を択《えら》ぶ事
巡察使を遣《つかわ》す事
時令に順《したが》ふ事
賢を挙げ邪を遠ざくる事
国守を択ぶ事
諸氏の子孫をして咸《みな》経史を読ましむる事

68封事三箇条（菅原文時）　天暦十一年（九五七）

奢侈を禁ぜんと請ふ事

官を売ることを停めんと請ふ事

鴻臚《こうろ》館を廃失せず遠人を懐《なつ》け文士を励まさんと請ふ事

国政のみならず外交、教育にも及ぶ。これだけからでも、時の政治の欠陥、問題点を剔抉ようとするものであることが了解されよう。67と68は各条ともに詳細に論ずる。まさに「経国の文」と評しえよう。

「公式令」にはないが、類似した性格の文章が二つある。ここで述べておこう。

一つは『菅家文草』に見える**議**である。なお、議は現存する詩文集では『菅家文草』（巻七）にのみある。二首を収めるが、557「太上大臣の職掌の有無幷びに史伝の中、何の職に相当するかを定むる議」[7]を例にすると、元慶八年（八八四）五月、光孝天皇は紀伝道ほか諸道の学者に、太政大臣には職掌があるか否か、また中国では何の官に相当するかを検討し、各自の意見を提出するように要求した。これに応えて文章博士菅原道真、大学博士善《よし》淵《ぶちの》永貞《ながさだ》ら八人が答申したが、この時の道真の勘奏がこの議である。先の意見封事がその時の政治が直面する問題点を奏上者自身が広く指摘し、これについて意見を提出するものであるのに対し、議は特定の問題について天皇が諮問し、これに答えるものである点に相違がある。また議は具体的な事例について答申するものであることから、自説の論拠となる中国、日本の典籍、史料が引用列挙される点も異なる。

もう一つは**勘文**である。『本朝続文粋』（巻二）のみにこの類題を立てる。採録するのも一首だけである。保延元年（一一三五）七月、崇徳天皇が「天下の飢饉疫疾の事」について諸道の博士らに勘文を上進するよう命じたのに藤原敦光が答えたもので、「天地の変異、人民疾疫の事」「去年風水に難有り、今年春夏の飢饉の事」「陸地海路に盗賊旁起の事」の三事について述べている。この勘文に限っていえば、時の社会が抱える諸問題を多面的に論じるという点では意見封事に近い。一方、先ず中国の故実を列挙引証し、これを踏まえて自説を述べるという論述の進め方は議に類似する。なお、勘文は太政官の合議を経て天皇に奏上される。この点は天皇に直接提出される議とは相違する。

論奏　意見封事が天皇の下問に応じてなされるのに対し、太政官が自ら発議した事項について議政官が合議して天皇に上奏して裁可を請う文章。官庁または臣下が天皇に上奏する文章である奏の一つである。太政官が上奏するものに論奏、奏事、便奏の三つがあるが、論奏は最も重要な事項について用いられるもので、「公式令」には大嘗祭のような大祭のこと、官司の統廃合や官員の増減、国郡の廃置など九項目をあげている。論奏は『本朝文粋』にのみあるが、95「多褹島《たねがしま》を停めて大隅国に隷せしむる事」と96「正月元日七日の節会は旧に依りて停めず、十六日の踏歌は詔に依りて停止し、十七日の射礼は月を改めて行はんと請ふ事」で、国郡の廃止と年中行事の存続に関する問題を論じる。

三　公式様以外の文章

次いで「公式令」に見える文体以外のものを見ていこう。ただし本章の趣旨に従って公的性格を持つものに限る（いくつかは後の第四～六節で取り上げる）。

表　臣下が自分の考えを申し述べる時に用いる文章であるが、(8) 用途が限られている。賀表、辞表、それに天皇から太上天皇へ宛てた表の三種である。賀表は祝意を述べるものであるが、多くは朔旦冬至（第二節「詔」参照）

を慶賀するもので、他に天皇の元服を祝う表が一首ある（『菅家文草』625）。太上天皇宛の天皇の表は『菅家文草』（巻十）と『都氏文集』（巻三）にあるが、太上天皇に贈られた封戸に関してのもので、後述の「太上天皇贈二答天子一文」とも関連する。

表のほとんどは辞表である。これは現在のいわゆる辞表のみでなく、与えられる官職を辞退する、また官職に付随する封戸や随身などの恩典を辞する場合、致仕を請う時にも用いられる。『本朝文粋』『本朝続文粋』では、辞表の内容（何を辞するか）は大臣の職以上に限られているが、時代を遡っては、はるかに低い身分の者が辞表を用いている。『菅家文草』の614「大学助教善淵朝臣永貞の為の官を解かれて母に侍せんと請う表」（貞観十四年、八七二）は従五位下大学助教の、また『都氏文集』の「主殿頭当麻《たいま》大夫の為の致仕を請ふ表」は従四位下主殿頭の辞表である。この程度の位官は時代が降ると奏状に依る。

その**奏状**はさまざまの場面で用いられる文体であるが、先ず**辞状**を取り上げよう。それは『本朝文粋』が奏状とは別に表（辞表）に付すかたちで辞状を立てているからである（『本朝続文粋』は「状」とするが、内容は辞状である）。辞表と辞状とはどう違うのか。辞状は大納言以下の官職を辞す場合、あるいは大臣が兼官を辞す時に用いるといってよさそうである。たとえば同じ大臣が提出するにも、その大臣の職を辞める時は辞表に依り、兼ねている近衛大将の官を辞す時は辞状に依ってその意を上奏している。

奏状で最も多いのは「官爵を申す」、何々の官に就けてほしい、あるいは位階を上げてほしいと請願する、いわゆる「申文《もうしぶみ》」である。通時的に概観すると、『菅家文草』では一首（二八首中）であったものが、『本朝文粋』では六割、『本朝続文粋』では八割に達する。

書状　いわゆる手紙で、基本的には私的なものであるが、『本朝文粋』の180「醍醐天皇、法皇の尊号を停めんと請ふに答へ奉る書」、181「法皇、封戸を停めんと請ふ書」は表題から分かるように、天皇と太上天皇との間で遣り取りされたもので、内容も「太上皇」という尊号、また太上天皇としての封戸という、きわめて公的なものに関してである。『本朝続文粋』（巻七）にも同様の書があるが、『菅家文草』はこれらを「**太上天皇、天子と贈答する文**」という類題を立ててまとめている。このうち578〜581の四首は先の『本朝文粋』の180と対応する。すなわち578「朱雀院太上皇の勅を奉りて尊号を停めんと請ふ状」の、尊号は辞退するという宇多上皇の申し出でに対する返事が180なのである。天皇は書を用い、太上天皇は状を用いている。

書序　書物の序文。現代の感覚では文学的な文章を連想するが、『本朝文粋』（巻八）所収六首のうち四首は197「令義解序」、198「弘仁格序」、199「貞観格序」、200「延喜格序」である。また『菅家文草』（巻七）には「日本文徳天皇実録序」がある。『令義解』は『養老令』の官撰注釈書。「格」は律令の改定補足を詔勅や太政官符等によって行ったもので、『弘仁格』十巻（弘仁十一年、八二〇）、『貞観格』十二巻（貞観十一年、八六九）、『延喜格』十二巻（延喜七年、九〇七）としてまとめられた。ただし三書とも『格』そのものは失われ、序のみが遺存する。律令制の基本法および追加法令集、そうして正史、それぞれの序文である。「経国の文」以外の何ものでもない。

祝文　二種類がある。一つは釈奠《せきてん》で用いられた。釈奠は大学寮で孔子と弟子たちを祭る儀式で、毎年二月と八月に行われること、「学令」に記載がある。この席では孔子らの影像が懸けられ、その前で文章が読まれるが、その孔子に捧げる祝文と弟子に捧げる祝文の二首が『朝野群載』巻二十一に引かれている。「維某年歳次月朔日」で始まり、「尚《こいねが》はくは饗《う》けよ」で結ぶ祭文の形である。

もう一つは慶祝の文で、『本朝文粋』に唯一の例がある。383「第三皇子の元服を加ふる祝文」で、醍醐天皇の第三皇子、斉世《ときよ》親王の元服を祝う文章であるが、「敬《つつし》みて礼典を酌み、爾《なんじ》に元服を加ふ」という表現があり、父天皇からのものである。

もう一つ慶祝の文章がある。**啓**である。『朝野群載』（巻二）所収の「延暦寺、儲君《ちょくん》の始めて立つを賀し奉る啓」がその例である。末尾に「天暦四年八月一日」の日付があり、憲平親王（後の冷泉天皇）の立太子を祝う文章であることがわかる。皇太子に対しては啓という文体が用いられた。なお、「啓」は『朝野群載』のみが立てる類題である。

四　外交における文章

ここからは視点を変えて、ある場において制作される、または用いられる文章を考えてみたい。

他国との外交は国政における重大事であること、いうまでもないが、そこではどのようにして意志の伝達が行われたのか、どのような文章が用いられたのか、その様相を見てみよう。

勅書　『菅家文草』に例がある。569「渤海王に答ふる勅書」は貞観十四年（八七二）に来朝した渤海使が持参した渤海王の国書「啓」に対する返書である。[9] もう一首の570「渤海入覲使《にゅうきんし》に告身を賜ふ勅書」（同年）はその渤海大使にしかるべき官爵を与える辞令（告身）の下賜を中務省に命ずるもの。外国国王への国書および外国使節に位階を与えるようにとの命令が勅書として書かれている。

牒　「日本国太政官、渤海国中台省に牒す」[10]（『都氏文集』巻四）および「渤海国中台省に贈る牒」[11]（『本朝文粋』378）は渤海の中台省宛の太政官牒である。太政官から外国の官庁へは牒が用いられた。「勅を奉《うけたまわ》りて太政官の為に在唐の僧中瓘《ちゅうかん》に報ずる牒」（『菅家文草』633）は個人宛の太政官牒。「大宰の新羅に答ふる返牒」（『本朝文粋』379）、「日本国大宰府、高麗国礼賓省に牒す」（『本朝続文粋』巻十一）は大宰府が出した官牒。「日本国東大寺、大唐青龍寺に牒す」（『朝野群載』巻二十）は日中の大寺間で用いた例である。このように牒は外交文書として広範囲に用いられている。

位記　先に外交使節に位官を与えることを命ずる勅書の例をあげたが、これを承けて、そのことを記した文書が位記である。『朝野群載』（巻二十）にその例がある。渤海国大使信部少卿従三位裴璆《はいきゅう》を正三位に昇叙させる位記[12]である。「勅す」で始め、「前件に依るべし。主者施行せよ」で結ぶ勅書の書式を取る。

奏状　奏状が多岐に亙って用いられることは先に述べた。ここではよく知られた菅原道真の奏状を取り上げよう。寛平六年（八九四）九月の「諸公卿をして遣唐使の進止を議定せしめんと請ふ状」（『菅家文草』601）である。首尾を引用する。

右、臣某謹んで在唐僧中瓘の去年三月、商客王訥《おうとつ》等に附して到らしむる所の録記を案ずるに、大唐の凋弊、之れを載すること具《つぶ》さなり。……、臣等伏して願はくは、中瓘の録記の状を以て、遍く公卿、博士に下し、詳らかに其の可否を定められんことを。国の大事なり、独《ひと》り身の為のみにあらず。且《しばら》く款誠を陳《の》べ、伏して処分を請ふ。謹んで言《もう》す。

在唐の僧が商人に託してもたらした唐の現今の国情を踏まえて、遣唐使計画を続行するかどうか、公卿議定によって再検討することを求めている。いわゆる遣唐使の中止へと繋がっていく、歴史上の重要史料である[13]。

詩序　『本朝文粋』に253「夏夜鴻臚館に北客を餞《おく》る」、254「夏夜鴻臚館に北客の帰郷するを餞る」の二首の詩序がある。「北客」は渤海からの外交使節で、平安朝にも度々来朝した。その客使と接待に当たる我が国の官人（後述のように詩文の才を持つ者が選ばれた）との間で詩の贈答が行われたが、それは単なる文雅の交換に止まるものではなく、外交の一環をなす公的な文事であった。右の詩題に見える鴻臚館もそのことを示している。これは外国使節のための公館であり、そうした公的施設で詩宴が行われている。渤海使との交流のなかで詠まれた詩は『文華秀麗集』『扶桑集』、別集では『菅家文草』、嶋田忠臣の『田氏家集』などにかなりの数の作があるが、詩序で残るものは少ない。先の253は延喜八年（九〇八）の、254は同二十年の、共に先述の裴璆が大使として率いる渤海使を送別する宴での作である。

同じく渤海使節との交渉のなかで書かれた序文がある。菅原道真の筆になり、詩群に冠した序であるが、『菅家文草』（巻七）では書序に部類している。元慶六年（八八二）、裴頲《はいてい》（裴璆の父）を大使とする使節が来朝した。この時、裴頲と応接した菅原道真、嶋田忠臣、紀長谷雄ら日本側の四人との間でしきりに詩の唱和が行われ、それら五十九首を一軸の詩巻にまとめ、道真がその序、「鴻臚贈答詩序」(14)を執筆した。道真はこの序で「裴大使は七歩の才なり」と述べている。即座に詩を詠む能力があるというのである。迎える日本側は道真と忠臣を仮に治部大輔と玄蕃頭《げんばのかみ》に任じて応接させた。それは二人が当代を代表する能文の人だったからである。今にたとえれば、臨時に外務省の次官と局長に任命したということになるが、こうした人事が行われていることに、外交の場における詩文の詠作がどのようなものと意識されていたかが如実に示されている。国の威信をかけての応酬と言っても過言ではなかろう。

先の裴璆であるが、彼は三度《みたび》日本にやってきた。延長七年（九二九）末、丹後国に到着したが、当初、渤海使と称していたらしい。しかし存問使を派遣して事情を聞くなかで、渤海は遼に滅ぼされ（九二六）、裴璆は遼が建てた東丹国の国使として来朝したことが明らかになった。そこで朝廷は裴璆が渤海人でありながら東丹の臣下となったこと、また提出した答状のなかで、降った契丹（遼）の王の罪悪を記していることを挙げて裴璆を責めた。

これに対して裴璆は**怠状**⒂（『本朝文粋』387）を提出して自らの罪を謝した。罪や過失を犯した者がそのことを陳謝する文章が怠状である。書式は下位から上位に上申する「解《げ》」の形をとる。怠状はまた「過状」とも称し、外交と関わるものではないが、『朝野群載』巻十一に採録されている。

記も書かれている。『朝野群載』巻二十に「長治二年八月廿二日存問大宋国客記」がある。この時、宋の商船一艘が博多の志賀島に来着した。そこで大宰府は使者を派遣して聞き取り調査を行った。その記録である。質問と答え、各おの三条であるが、「首領」の姓名、来航の理由、貨物の中味などを質している。これは平安朝末期（一一〇五）の例であるが、外国使節が来朝した場合には、いずれの時も、到着地に赴いた存問使との間でこのような遣り取りがあり、記として記録されたと考えられる⒃。

以上の公的な文章に対して、私的な立場での交信には**書（書状）**が用いられた。『本朝文粋』には182「法皇、渤海の裴頲に賜ふ状」、183「清慎公の為の呉越王に報ゆる書」、185「右丞相の為の大唐の呉越公に贈る書状」がある。182は宇多法皇がかつて渤海大使として二度来朝した裴頲宛の私信を、その子で同じく大使として来日した裴璆に託したもの⒄。183は左大臣藤原実頼から、185は右大臣藤原師輔から、唐滅亡後に分立した十国の一つ、呉越国の王に宛てた書簡である。

五　教育における文章——入学から修了まで

次に教育の場に目を向けてみよう。平安時代、官僚養成のための教育機関として大学寮があったが、ある人物が大学に入学して修了するまでを仮構し、その間、どのような文章に出会い、また書いたかを考えてみたい。

最初となるのは読書初めであるが、これは入学以前のことである。天皇、皇族以下、貴族の子弟が七、八歳前後で初めて正式に漢籍を読む儀式で、式が終わると饗宴が開かれ、詩が詠まれる。この読書初めの詩序が『本朝文粋』にある。その一首、257「冬日飛香舎に第一皇子の初めて御注孝経を読むを聴く」を例にすると、これは一条朝の寛弘二年（一〇〇五）十一月に行われた敦康親王の読書初めでの作である。親王は時に七歳、大江匡衡《まさひら》について『御注孝経』を読んでいる。この時は詩序のみでなく、儀式に陪席した藤原道長、伯父の伊周《これちか》などの公卿や匡衡、序者の大江以言などの文人ら八人の詩も残っていて（『本朝麗藻』巻下）、貴重である。このように読書初めにおいては詩が詠まれ、詩序が書かれた。

大学に入学すると、当初は学生《がくしょう》という身分であるが、入学に際して学生としての呼称として中国風の二字の字《あざな》が与えられる。これと関連して制作されたと考えられる文章が『本朝文粋』（巻十二）と『本朝続文粋』（巻十二）にある。讃の一種、学生の讃である。実例に就いて見てみよう。「学生藤原有章の讃」（『本朝文粋』358）である。(18)短い文章である。有章は家柄も良く、天与の徳を備えている。文才も優れ、高潔な人格であると褒め称えて、終わりに字について述べている。

姓藤の生、逸群の駿と謂ふべき者なり。

字を藤群と曰ふは、衆の望む所なり。

（藤原氏の学生で、抜群の俊才というべき人である。字を藤群というのは、人々の期待を表したものである。）

ここは有章の字「藤群」の由来を説明するかたちになっている。学生の讃は二書に七首があるが、すべてこのような形式である。学生の字のことは『源氏物語』にも記述がある。夕霧は十二歳で元服するが、父光源氏の考えで大学に学ぶことになる。このことを語る「少女」に、入学に先立って行われた「字つくること」の描写がある。学生の讃はこのような折に作られたものではなかろうか。

学生から寮試（大学寮が行う試験）を受けて及第すると擬文章生となり、次いで省試（式部省が行う試験）を受けて文章生となるという階程を進む。この過程で幾種類からの詩文が作られるが、『菅家文草』に興味深い作品がある。『菅家文草』の詩は詠作年次に従って配列されているが、四首目に4「賦して赤虹篇を得たり」と題する詩があり、これには次のような道真自身の注記が加えられている。

> 七言十韻。此れより以下四首は、進士の挙に応ずるに臨んで、家君、日毎に試みる。数十首有りと雖も、其の頗《やや》観るべきものを採りて留む。

「進士の挙」は省試をいう。道真がこれを受けるに当たって、父の是善は受験対策として毎日詩作を試みさせていたという。これはその模試において作った詩なのである。

省試における詠作は奉試詩と呼ばれる。一例、その詩題のみをあげると、先述の読書初めで敦康親王の侍読を務めた大江匡衡の奉試詩がその詩集『江吏部集《ごうりほう》』（巻中）にある。

> 五言、試を奉じて賦して「教学を先と為す」を得たり〈八十字にて篇を成す。句毎に仲尼の弟子の名を用ゐる〉

とある。「教学為レ先」の題で、八十字つまり五言十六句の詩が課されているが、加えて毎句に孔子の弟子の名を詠み込むようにという指定がある。奉試詩は平安初頭期の作が『経国集』（巻十三・十四）にかなり残されているが、このように詠作に当たっての条件を指定するものが多い。

『菅家文草』（巻七）に省試で作られた、きわめて注目すべき作品がある。「省試、当時瑞物賛」[19]である。これには「毎首十六字已上、第一より第六に至る。次《ついで》に依りて賦す。貞観四年四月十四日試。五月十七日及第」という注記が付されている。**讃**である。内容は地方から献上された「紫雲」や「白鳩」などの祥瑞を四字四句に詠んだ六首の連作であるが、題および注記に明記するように、これは省試において作られたものである。しかし、学制では省試には詩もしくは賦を課すと定められていた（『延喜式』式部省）。ところが道真は讃を課せられ及第している。平安朝の学制に関する資料として貴重である。

省試詩に対しては詩判が行われる。合否判定である。その**省試詩判**が『都氏文集』（巻五）と『朝野群載』（巻十三）にある。作者の明らかな前者をあげてみよう。

擬文章生試詩の第を評定する事
　鍤《すき》を荷ひて雲を成す詩
清原善胤《よしたね》（以下六名、略）

右、善胤等の詩、成雲の文、未だ綺を為すに及ばずと雖も、鍤の興は頗《やや》観るべきもの有り。但し、茂範の詩の第四句に云ふ、「木を致して雲切と作す」と。其の理趣を会するに、以て通釈し難し。然れども詞流は溉《そそ》ぐに足り、筆耕収むべし。補ふに短長を以てす。並びに丁第と為す。

惟良高望《これなが》（以下六名、略）

右、高望等の詩は、或いは思ひを構《かま》ふること相差《たが》ひ、或いは韻を用ゐること類《たぐ》ひせず。落第の恨み、各自之れを取れ。

課題の「荷ㇾ鍤成ㇾ雲」は班固の「西都賦」（『文選』巻一）の一句。及第者と落第者に分けて、それぞれの名を記し、その後に及第、落第の理由を述べている。なお、『朝野群載』に引くものは、冒頭に「式部省」とあり、学生名に位官が冠せられ、判定文の後に日付があり、判定に当たった博士、式部省の官人等の位置が列記されている。これが正式の詩判の文である。

この省試詩判に異議が申し立てられ、学者間の論争に発展した事件があった。長徳三年（九九七）七月に行われた省試で大江時棟《ときむね》は落第と判定された。理由は二つあり、一つは「詩病《しへい》」、韻律上の欠点で、「蜂腰病」を犯していること、もう一つは「瑕瑾《かきん》」、欠点で、同義語の重複、典故の用法の拙劣、対偶の不統一などが見られるということであった。これに対して、時棟の父、匡衡は判定の不当を主張し、先の点を主張した紀斉名《ただな》との間で論争がくり展げられる事態となった。焦点は詩病で、二人は中国の詩論書の記述や我が国の過去の及第詩の例などを論拠としながら、お互いにかなり厳しい非難の言葉も交えつつ、それぞれの立場を主張している。(20) ここで用いられているのは**奏状**で、『本朝文粋』（巻七）に各おの二首ずつが引用される。

文章生の大部分は数年間の勉学の実績（労）により任官するが、さらに上級の課程に進んで専門の学者を目指すルートがあった。それが文章得業生（定員二名）である。得業生は文章博士の推薦によって選ばれたが、それには**牒**が用いられた。『菅家文草』（巻十）に採られている。次のようなものである。

　　文章生従八位上巨勢朝臣里仁

635 牒す。件の人、稽古惟《こ》れ勤め、日新待つべし。仍《よ》つて得業生の闕に補せられんと請ふこと、件《くだん》の如し。謹んで牒す。

　　元慶七年十月十六日　　従五位上行式部少輔兼文章博士菅原朝臣

道真は「博士難」（『菅家文草』巻二87）と題した詩にこの得業生推薦の牒のことを詠んでいるが「挙牒」と称している。

大学には奨学金があった。学問料といい、これを給与された学生を給料学生という。初めは文章生のうち成績優秀な者に給費するものであったが、次第に資格と見なされるようになり、のちには文章得業生は必ず給料学生から選ばれるようになって、文章生→文章得業生という正規のルートが変質することになる。(21) この学問料の支給を申請する**奏状**が『本朝文粋』（巻六）と『本朝続文粋』（巻六）にある。共に「学問料を申す」という小類題を立てて三首を採っているが、『本朝文粋』の172は菅原文時が子の惟熙《これひろ》に、173は同じく輔昭《すけあき》に、174は大江匡衡が子の能公《よしきみ》に支給を請うものである。『本朝続文粋』所収の作はいずれも藤原氏であるが、事書に「門業（儒業）を継がしめん為に」の文言がある。すなわち、いずれもが儒家が家業を継承していくために子に学問料の給与を請うものである。

大学寮における修学の総仕上げが対策である。対策を受験できるのは文章得業生というのが正規の規定であるが、文章生から受ける特例もあった。それは方略の宣旨という天皇の特別の認可を得て受験するのであるが、その「方略宣旨」の下賜を請う**奏状**とこれに応えて下された宣旨の例が『朝野群載』（巻十三）に引かれている。

一般に試験または試験を受けることを対策と呼んでいるが、厳密には**対策**は答案で、問題は**策文**（**策問**）という。『本朝文粋』（巻三）、『本朝続文粋』（巻三）は両者をセットとして配列している。また問題は必ず二題出され、二つで一組となる。たとえば菅原道真は貞観十二年（八七〇）に対策しているが、課せられたのは「氏族を明らかにせよ」「地震を弁ぜよ」の二題で、問頭博士（試験官）は都良香であったので、『都氏文集』（巻五）にその策文があり、道真の対策二首は『菅家文草』（巻八）に収める。策文は比較的短いが、問題についての趣旨説明と「徴事」と呼ばれる具体的な複数の設問（四問～十問）である。したがって対策もこれに従って総論と設問に対する具体的な答えを述べることになるが、その文章には「文理」、表現性と論理性が求められた。(22)

先に省試詩については詩判がなされることを見たが、対策には**策判**が行われる。『都氏文集』（巻五）と『朝野群載』（巻十三）にそれを見ることができる。『都氏文集』の一首は先の菅原道真の対策二首についての評定文である。すなわち道真の対策については、問題、答案、評価書の三つがそろっていることになる。都良香の策判は、菅野惟肖の対策（「死生を分別す」「文章を弁論す」）についての判もそうであるが、はなはだ詳細なものである。[23]『朝野群載』所収の三首は十一・十二世紀のものであるが、先の省試詩判と同じく文体の書式は元の形を示しているものの、肝心の判定の記述ははなはだ簡略で（新訂増補国史大系本で2行～4行）、時代が降ると、策判がきわめて形骸化していたことを思わせる。

六　仏事における文章

仏事の場で用いられる文章の代表は**願文**であるが、願主あるいは対象が天皇（太上天皇）の場合は自ずから公的性格を帯びる。願主として法会を主宰した時の願文として、清和上皇が清和院に催した法会（『菅家文草』649）、村上天皇による雲林院塔供養（『本朝文粋』402）、朱雀天皇が行った法華八講（同406）などの作があるが、「朱雀院賊を平げし後、法会を修せらるる願文」（同407）は、天慶十年（九四七）三月、朱雀上皇が在位中に東西に起こった平将門、藤原純友の乱における官賊両軍の戦死者の冥福を祈って行った法会のための作で、[24]じつに国事に密着した文章といえる。また追善願文には陽成・朱雀・円融・花山の各上皇および一条天皇の四十九日の願文（『本朝文粋』巻十四）がある。

仏事の文章として、本章の立場から注目されるのは**呪願文**である。これは仁王会および諸供養において用いられるが、[25]国事に深く関わるのは前者の場合である。天皇の即位、また兵乱や災害などに際して、護国経典の『仁王般若経』を読誦して鎮護国家、除災招福を祈る仁王会で用いられるものである。天皇の即位に伴う一代一度仁王会の呪願文は仁和元年（八八五）の光孝天皇のそれが『菅家文草』（669）にある。また臨時仁王会も行われたが、『本朝文粋』の393「臨時仁王会呪願文」は朱雀朝の天慶三年（九四〇）二月のその時の作で、文中に、

山東凶徒、結党構逆　山東の凶徒、党を結び逆を構へ、
海西狂豎、成群挟邪　海西の狂豎《きょうじゅ》、群を成し邪を挟《いだ》く。
凌辱吏民、刧略州県　吏民を凌辱し、州県を刧略す。
顧我風化、仰慙祖宗　我が風化を顧みて、仰ぎて祖宗に慙《は》づ。

とあり、先に触れた将門、純友の反乱の最中、その平定を祈るものである。(26) 天皇の即位と凶賊の平夷、呪願文は政治と深く関わる文章である。なお、呪願文はこのように四字句を連ねていくところに文体上の特徴がある。

おわりに

平安朝に制作されたさまざまな漢文の文章を、「はじめに」で述べた意図のもとに、その政治、社会との関わりという側面に注目してながめてきた。『本朝文粋』所収の文体では二十種、その他の詩文集にある文体七種を取り上げたことになる。『本朝文粋』についていえば、この書は三十八種の文体を収めているので半数強となる。これらの文体すべてということではないが、多くは公文書の類いである。現代の意識では公文書や試験の問題文、答案などを文学作品と捉えることはない。本章で取り上げた文体が詩文集に採録されていることは、平安期において、「文」―文章、文学がどのように認識されていたかを示す事象である。

注

（1）彌永貞三「朝野群載」（『国史大系書目解題』上巻、吉川弘文館、一九七一年）。

（2）詳しくは後藤昭雄「『朝野群載』文筆部考――文体論の視点から」（『本朝漢詩文資料論』勉誠出版、二〇一二年）参照。

（3）本章で取り上げる文章の多くは歴史史料（六国史、公家日記、儀式書、『類聚三代格』、『類聚符宣抄』など）に多量の用例があるが、今は触れない。また、文体としての説明は新日本古典大学大系『本朝文粋』付載の拙稿「文体解説」に譲る。参看を乞う。

（4）詔は「詔」を以て書き起こし「主者施行」で結ぶこと、『延喜式』（中務省）に規定する。いずれもそうであるなかで、『都氏文集』巻四所収の「公卿の瑞を賀するに答ふる詔」は「勅」で初まり、末尾は「宜しく此の意を得て、且《しばら》く頒車を止むべし」である。詔とすること、疑問が残る。

（5）坂上康俊「「勅書」の基礎的研究」（山中裕編『摂関時代と古記録』吉川弘文館、一九九一年）。

（6）歴史学からの論として、所功「律令時代における意見封進制度の実態――延喜天暦時代を中心として――」（古代学協会編『延喜天暦時代の研究』吉川弘文館、一九六九年）がある。

（7）文草の会『菅家文草注釈 文章篇』第一冊（勉誠出版、二〇一四年）参照。

（8）次の「奏状」と共に、歴史学からの論として、森田悌「上表と奏状」（『続日本紀研究』第二四〇号、一九八五年）がある。

（9）鈴木靖民・金子修一・石見清裕・浜田久美子編『訳注日本古代の外交文書』（八木書店、二〇一四年）に注解がある。

（10）本書7「外交文書としての牒」参照。

（11）後藤昭雄『本朝文粋抄』四（勉誠出版、二〇一五年）第七章「渤海国中台省に贈る牒――外交の文章（一）」参照。

（12）注9著に注解がある。

（13）保立道久『黄金国家　東アジアと平安日本』（青木書店、二〇〇四年）二一五頁以下に読解についての論及がある。

(14)注7著参照。
(15)注9著に注解がある。
(16)『師記』承暦四年（一〇八〇）閏八月二十六日条に「越前国司言上存問孫忠日記」とあるが、これは「明州牒」を持って越前敦賀にやってきた「大宋国商人孫吉忠」（『扶桑略記』同閏八月三十日条）についての記と考えられる。
(17)注11著、第八章「宇多法皇の渤海使に賜ふ書——外交の文章（二）」参照。
(18)後藤昭雄『本朝文粋抄』（勉誠出版、二〇〇六年）第七章「学生藤原有章の讃」参照。
(19)注7著参照。
(20)これについての近年の研究に濱田寛『平安朝日本漢文学の基底』（武蔵野書院、二〇〇六年）第一章がある。
(21)桑田訓也「9・10世紀の給料学生」（『文化財論叢』Ⅳ、奈良文化財研究所、二〇一二年）。
(22)策文、対策の文体については佐藤道生「平安時代の策問と対策文」（Minds of the Past 慶應義塾大学21世紀COE心の統合的研究センター、二〇〇五年）参照。
(23)注20著、第三章参照。
(24)注11著、第十二章「朱雀院の賊を平らげて後法会を修せらるる願文——仏事の場の文章（二）」参照。
(25)本書12「呪願文考序説」参照。
(26)注11著、第十一章「臨時仁王会呪願文——仏事の場の文章（一）」参照。

※河野貴美子・ヴィーブケ デーネーケ・新川登亀男・陣野英則編『日本「文」学史』第一冊「「文」の環境——「文学」以前」（勉誠出版、二〇一五年）の一章として同題で発表した。

2

小野篁の「輪台」詠

はじめに

『源氏物語』「紅葉賀」は次のように始まる。

朱雀院の行幸は神無月の十日あまりなり。世の常ならずおもしろかるべきたびのことなりければ、御方々物見たまはぬことを口惜しがりたまふ。上も、藤壺の見たまはざらむをあかず思さるれば、試楽を御前にてせさせたまふ。源氏の中将は、青海波をぞ舞ひたまひける。片手には大殿の頭中将、容貌《かたち》用意人にはことなるを、立ち並びては、なほ花のかたはらの深山木なり。入り方の日影さやかにさしたるに、楽の声まさり、もののおもしろきほどに、同じ舞の足踏面持、世に見えぬさまなり。詠などしたまへるは、これや仏の迦陵《かりよう》頻伽《びんが》の声ならむと聞こゆ。(1)

桐壺の帝は先帝の御賀のためにその御所、朱雀院への行幸を予定しているが、藤壺を初め当日見ることのできない人々のために、宮中で試楽が催された。その席で光源氏は青海波を舞うが、合わせて「詠」を行う。舞もまた詠もそのすばらしさはたとえようもないものであった。その詠がどのようなものであったのかは物語は語らないのであるが、『紫明抄』がその詠を書き留めている。(2)

桂殿迎初歳　桐楼媚早年
剪花梅樹下　蝶燕画梁辺（青海波詠 小野篁作）

詠は漢字で表記された五言四句詩の形である。

この『源氏物語』の叙述によって「青海波」は舞楽のなかでもよく知られた曲となったが、これは単行の曲ではない。『教訓抄』(3)巻三に次のようにある。

輪台
序四返、拍子十六。輪台と謂ふ。破七返、拍子各十二。青海波と謂ふなり。

すなわち「青海波」は「輪台」と組を成し、「輪台」が序、「青海波」は破なのである。そうして「輪台」もまた詩句の詠を伴うが、平安朝の詩としては特異な内容を有している。そこで、「輪台」詠を読み解き、平安朝詩史のなかでの意義を考えてみたい。

一　輪台詠二首

「輪台」詠を引載する楽書として藤原師長《もろなが》（一一三八～一一九二）の『仁智要録』（巻十）、狛近真《こまのちかざね》の『教訓抄』（巻三。一二三三年成立）、また奈良、春日大社蔵の『楽記』（仮称）がある。前の二書は既知の書であるが、『楽記』は近年紹介された新資料である。(4)鎌倉期の写本とされている。三書の本文はそれぞれに誤写、脱字があるなど一長一短であるので、彼此見合わせ、さらに私見を加えて本文を校定した(5)。

付言しておくと、詠の本文を記載するのは右の平安末期以後の文献であるが、詠の存在は平安中期の二つの書に記されている。源順《したごう》の『和名類聚抄』(九三一～九三八年成立)巻四(二十巻本)曲調類の盤渉《ばんじき》調曲に「輪台、青海波〈有レ詠〉」、また源為憲の『口遊《くちずさみ》』(九七〇年成立)の音楽門に「輪台、青海波〈各有二舞幷詠一、吹二盤渉調一〉」とある。

「輪台」詠の本文は次のとおりである。

(1)千里万里礼拝　奉勅安置鴻臚
我是西蕃国信　三郎常賜金魚

(2)燕支山裏食餐　莫賀塩声平廻
共酌蒲桃美酒　相把聚踏輪台

「輪台」詠は六言詩二首の形式を取っている。一首目は「臚・魚」(上平魚韻)、二首目は「廻・台」(上平灰・咍韻)で韻を踏んでいる。従来、写本の書写形態から近代の研究における句読まで、このことの認識が十分でなかった。たとえば近世の『日本詩紀』(巻十一)は四字句として区切る(後述)。

『教訓抄』には先立って、曲についての次のような説明がある。

此の曲、昔シは平調の楽なり。而して承和の天皇の御時、此の朝ニシテ勅に依りて盤渉調の曲に遷さる。舞は大納言良峯安世《よしみねのやすよ》卿の作。楽は和爾部大田麿《わにべのおおたまろ》の作〈幷せて乙魚、清上等なり〉。詠は小野篁《たかむら》の作る所なり。

「此の曲」とは「輪台」と「青海波」の両者をいう。仁明天皇(在位八三三～八五〇)の時代に、その命によって調子が改められ、舞、楽、そうして詠が作られたという。詠は小野篁の作[6]である。

小野篁（八〇二〜八五二）は嵯峨朝における有力詩人岑守《みねもり》の子で、平安朝漢文学史の大きな転換期となった仁明朝承和期を代表する詩人である。今は残らないが、詩文集『野相公集』を持ち、勅撰詩集の時代から別集の時代へと推移する、その先頭に位置する。『経国集』『扶桑集』『本朝文粋』『和漢朗詠集』等に三十首の詩文、佚句がある。

詠を読んでいこう。[7]

(1)千里万里礼拝す
勅を奉《うけたまわ》りて鴻臚《こうろ》に安置す
我は是れ西蕃の国信
三郎常に金魚を賜ふ

(2)燕支山《えんしざん》の裏《うち》に食餐す
莫賀《ばくが》の塩声平らかに廻る
共に酌む蒲桃《ぶどう》の美酒
相把《と》りて聚《とも》に輪台を踏む

題の「輪台」は地名である。唐代には隴右《ろうゆう》道の北庭都護府《とごふ》に属する県で、現在の新疆ウイグル自治区の首都ウルムチの近くに当たる。輪台を題とした詩も、唐の辺塞詩人として有名な岑参《しんじん》（七一五?〜七七〇）に「輪台歌、封大夫の出師して西征するを送り奉る」（『全唐詩』巻一九九）、「首秋輪台」、「輪台即事」（同巻二〇〇）がある。「輪

中国西北部地図

台即事」には次のように歌う[8]。

輪台風物異　輪台風物異なり
地是古単于　地は是れ古《いにしえ》の単于《ぜんう》
三月無青草　三月にも青草無く
千家尽白楡　千家尽《ことごと》く白楡
蕃書文字別　蕃書文字別なり
胡俗語音殊　胡俗語音殊なり
愁見流沙北　愁へ見る流沙の北
天西海一隅　天西の海の一隅

第2句の「単于」は匈奴の王、ここがかつては匈奴の支配する地であったという。第8句の「海」は前句の「流沙」の海である。輪台がすべてにおいて中原とは別世界の辺境であることを「異」「別」「殊」と畳みかけていう。題の「輪台」の二文字がすでに西北辺の塞外を想起させるものである。

第一首。いつの時代を詠んでいるのかを明らかにするために、結句から考えていこう。その「三郎」である。三番目の男子をいうが、ここでは唐の玄宗をいう。睿宗《えいそう》

の第三子であったことによる呼び名であるが、唐の鄭嵎《ていぎょう》の「津陽門詩」（『全唐詩』巻五六七）という百韻の詩に、

三郎紫笛弄煙月　三郎の紫笛は煙月に弄《もてあそ》び
怨如別鶴呼羈雌　怨みは別れし鶴の羈雌《きし》を呼ぶが如し
玉奴琵琶龍香撥　玉奴の琵琶は龍香の撥《ばち》
倚歌促酒声嬌悲　歌に倚《よ》り酒を促し声は嬌にして悲し

とある。津陽門は離宮華清宮の門で、この詩は周知の白居易の「長恨歌」と同じく華清宮を舞台とする玄宗と楊貴妃の悲恋を歌う長篇詩である。これは二人を対とした二聯で、「三郎」は玄宗を、「玉奴」は楊貴妃をいう。「三郎」の句には「上皇は善く笛を吹き、常に一紫玉管を宝とす」という自注が付されている。「三郎の紫笛」という表現を説明するものである。唐の詩人が玄宗を三郎と称している。段成式の『酉陽雑俎《ゆうようざっそ》』にも例がある。巻三に、玄宗の前で僧の不空と術士の羅公遠が法力を競う話があるが、不空が玄宗に向かって「三郎取ること勿かれ。此れ影なるのみ」と叫んでいる。

平安朝詩人も用いている。篁より後であるが、大江匡衡《まさひら》（九五二～一〇一二）の「冬日東宮に侍りて第一皇孫の御注孝経を読むを聴く」（『江吏部集』巻中）に、

李三郎注何処伝　李三郎の注は何処《いずこ》にか伝はる
東閣花中第一枝　東閣花中第一の枝

とある。冷泉天皇の孫で皇太子居貞親王の第一皇子、敦明親王の読書初めでの作で、この時は『御注孝経』がテキストに選ばれた。この書は『孝経』に玄宗が注釈を加えたものである。ゆえに「御注」なのであるが、匡衡はそれを「李三郎の注」と呼んでいる。

これらの例に見るように「三郎」とは玄宗をいうが、この表現のあることから、この詩は玄宗朝のこととして詠んでいることになる。

初めに戻って第1句から読んでいこう。

「千里万里礼拝す」。「千里万里」は第3句「西蕃」と唐との距離である。岑参の「首秋輪台」にも「輪台は万里の地、事無くして三年を経たり」という。

第2句「勅を奉りて鴻臚に安置す」。勅は玄宗の命令である。皇帝の命を承けて「鴻臚に安置」する。鴻臚は鴻臚寺のことで、『通典《つてん》』巻二十六、諸卿に、鴻臚寺の長官である鴻臚卿の職掌について、「賓客、凶儀の事及び諸蕃を冊することを掌《つかさど》る」と規定する。また所管の部署に典客署、司儀署の二つがあるが、前者について、「二王の後[9]、蕃客の辞見・宴接・送迎及び在国の夷狄を掌る」という。つまり鴻臚寺は外国使節及び在留の外国人に関する諸事を行う役所である。「安置」は迎え入れる、また落ち着かせること。『日本後紀』延暦二十四年六月乙巳条の、帰国した遣唐大使藤原葛野麻呂《かどのまろ》の上表に、長安に入城した時のこととして、「駕して即ち京城に入り、外宅に安置、供給せらる」とある。

第3句「我は是れ西蕃の国信」。「西蕃」は西方の異民族。『旧唐書』巻九、玄宗本紀の天宝十五載条に「斯の時に于《お》けるや、烽燧《ほうすい》驚かさず、華戎《かじゅう》軌を同じくす。西蕃の君長、縄橋を越えて競ひて玉関に款《いた》る」とある。「烽燧」は外敵の来襲を知らせるのろし、「華戎」は唐と異民族、「玉関」は西域への出入り口である玉門関（甘粛省）である。「国信」は国と国との間で取り交わされる信書であるが、ここでは、その使い、国信使の意である。『宋書』巻九十七、西南夷、海南諸国条に「願はくは二国の信使の往来の絶えざらんことを。此の反使還《かえ》らば、願はくは一使を賜へ」、また『旧五代史』巻三十八、唐書の明宗の天成二年六月条に「左金吾将軍烏昭遠を以て左衛上将軍と為し、入蛮国信使に充つ」の例がある。

第4句「三郎常に金魚を賜ふ」。「金魚」は金魚袋のことで、高官の身分を示す飾りである。官吏の身分を示す魚形の印が魚符で、これを入れた袋を身に付けた。唐では三品以上の者には金製の魚符を入れた袋、金魚袋の着用が許された。第4句は、玄宗は来朝した西域からの使節に金魚袋を下賜されるという意である。

第一首は次のような意味になろう。

千里万里の遠くからやって来て皇帝に拝礼する。
(唐の役人は)皇帝の命を承けて迎賓館に落ち着かせる。
私は西域の異民族の王の信書を携へた使節である。
玄宗は(このような使節には)必ず金魚袋を下賜される。

第二首。第1句「燕支山[10]の裏に食餮す」。「燕支山」は現在の甘粛省にある。『史記』巻一一〇、匈奴列伝に「焉支《えんし》山」として出るが、『史記正義』に引く『括地志』に「焉支山は一名刪丹《さんたん》山、甘州刪丹県の東南五十里に在り」とある。「甘州」は今の張掖《ちょうえき》で、燕支山は河西回廊の拠点の一つである張掖の近くに位置する。『正義』は続いて次の記事を引く。

西河故事に云はく、匈奴、祁連《きれん》・焉支の二山を失ひて、乃ち歌ひて曰はく、「我が祁連山を亡ひて、我が六畜をして蕃息せざらしむ。我が焉支山を失ひて、我が婦女をして顔色無からしむ」。

『隋書』巻六十七、裴矩《はいく》伝には、

帝(煬帝)の西巡するに及んで、燕支山に次《やど》る。高昌王、伊吾設等及び西蕃胡二十七国、道左に謁《まみ》ゆ。

とある。「高昌」は今の新疆ウイグル自治区のトルファンの辺り、「伊吾」はハミの辺り。ここにも第一首に用い

られる「西蕃」の語がある。また先に見た岑参は「燕支に過《よ》ぎりて杜位に寄す」(『全唐詩』巻二〇一)に、

燕支山西酒泉道　　燕支山の西酒泉への道
北風吹沙巻白草　　北風沙《すな》を吹き白草を巻く

と詠んでいる。

第2句「莫賀の塩声平らかに廻る」。「莫賀」は地名、甘粛省と新疆ウイグル自治区が接する地に拡がる砂漠である。『一切経音義』巻八十三に「莫賀延磧」として「姑蔵の西千里に在り。人境を絶ち水草無し。唯《ただ》砂のみ。之れを名づけて磧と為す」とある。「姑蔵」は今の武威。『大慈恩寺三蔵法師伝』巻一に玉門関が置かれたことについて、次の記述がある。

上に玉門関を置き、路必ず之れに由る。乃ち西境の襟喉なり。関外の西北に又五烽有り。候望の者之れに居り。各おの相去ること百里。中に水草無く、五烽の外は即ち莫賀延磧、伊吾国の境なり。

「延磧」は延々と拡がる砂漠。

「塩声」は、中国の文献には見出だせない語であるが、日本の楽書には用例がある。『教訓抄』巻十に羯鼓の打法「八声」の一つとして、また天野山金剛寺所蔵の新出資料『諸打物譜』所引の「新撰羯鼓譜」に同じく八声の一として見える。「平廻」は用例を見出せないが、穏やかに回るということか。

第3句は明解である。「共に酌む蒲桃の美酒」。「蒲桃」はブドウであるが、表記は多様である。ブドウ酒は早く『史記』に登場する。巻一二三、大宛伝に「大宛は匈奴の西南、漢の正西に在り。漢を去ること万里可《ばかり》なり。其の俗は土著して田を耕し、稲麦を田し、蒲陶酒有り」とある。大宛は今はウズベキスタンに属するフェルガーナ盆地にあったという国である。「蒲桃酒」という表記の例としては、『三国志』巻三魏書、明帝紀の裴松之《はいしょうし》注

に引く『三輔決録』に「他（孟他）また蒲桃酒一斛《こく》を以て譲（張譲）に遺《おく》り、即ち涼州刺史を拝す」とある。涼州は前出の武威であるが、その涼州を題とする、はなはだ有名な詩がある。

涼州詞　　王翰

葡萄美酒夜光杯　　葡萄の美酒夜光の杯
欲飲琵琶馬上催　　飲まんと欲して琵琶馬上に催す
酔臥沙場君莫笑　　酔ひて沙場に臥す君笑ふこと莫《な》かれ
古来征戦幾人回　　古来征戦幾人か回《かえ》る

「ブドウの美酒」から我々がただちに想起するのはこの詩であり、西域のエキゾチスムを象徴的に示すのが「蒲桃の美酒」である。

第4句「相把りて聚《とも》に輪台を踏む」。「輪台を踏む」とは輪台の舞いを舞うこと。皆で手を取って踊ることを「相把りて」というのであろう。なお、「把」を「抱」とするテキストもある。『北史』巻四十八、爾朱栄伝に「左右と手を連ねて地を踏み、迴波楽を唱ひて出づ」とある。「迴(回)波楽」は次節で述べるが、舞曲である。状況がよく似ている。

第二首はこのように歌う。

燕支山での宴会《うたげ》。
莫賀の砂漠に羯鼓の音がゆるやかに巡る。
皆で酌み交わす葡萄の美酒。
手を取り合って輪台の舞いを舞う。

第二首は「燕支山」「莫賀」「蒲桃の美酒」等の西域のイメージを喚起する語を連ねて、饗宴でくり展げられる楽と舞いを歌う。

二　平安朝詩史における意義

1　六言詩

以上のような内容の「輪台」詠を平安朝詩史の中に置いてみると、どのような意味を持つものとなるのか、考えてみたい。

その前に、これを詩として見るということから考えなければならない。この作品は舞曲の「詠」として作られ、楽書に記録されているものだからである。

この詠を詩として捉えたのは市河寛斎の『日本詩紀』（一七八六年成立）である。本書は我が国で漢詩の詠作が始まった近江朝から平安朝末までに制作された詩篇を集成することを意図した大部の詩集で、巻十一にこの作を小野篁の作として『教訓抄』から採録している。なお「青海波」の詠も『河海抄』に拠って引く。ただし、先にも触れたが、『日本詩紀』は四言詩一首とみなしている。そうすると、

千里万里　礼拝奉勅・
安置鴻臚　我是西蕃。
国信三郎　常賜金魚。
燕子山裏　食殯莫賀・

塩声平廻　共酌蒲桃。
美酒相抱　聚蹈輪台。

となるが、これでは偶数句の末尾が勅（入声）、蕃（平声元韻）、魚（平声魚韻）、賀（去声）、桃（平声豪韻）、台（平声灰韻）とばらばらで、偶数句で押韻するという詩の基本が成り立たなくなってしまうのである。また第5句「国信三郎」では句としての解釈も不可能であろう。しかし〈詩としての詠〉に着眼したことはその先駆として評価しなければならない。これを六言詩と見れば読みうることは前節に述べたとおりである。

考えてみたいのは形式と内容である。

形式とは六言詩という詩型である。現存する平安朝詩には他に六言詩はない。この「輪台」詠が唯一の作例となる。六言詩として読むことで、平安朝に六言詩が作られていたことが明らかになった。

中国には六言詩がある。褚斌傑《ちょひんけつ》『中国古代文学概論』（北京大学出版社、一九九八年）に「古代詩歌の其の他の体類」の一つとして、その展開の概略が述べられている。

古く『詩経』『楚辞』、漢代の楽府では一首中に六言句が織り込まれるという段階であり、後漢末の孔融に初めて六言詩が見られる。魏に至って、曹植に長篇詩（「妾薄命行」）があり、嵆康には十首の連作がある。ついで晋の陸機（「董逃行」「上留田行」）、北周の庾信（「怨歌行」「舞媚娘」）等に作があり、唐代になり、近体詩の成立に伴い、六言の絶句、律詩が作られる。

この詠がそうである六言四句について、小川環樹氏に次のような論述がある。「『勅勒の歌』――その原語と文学史的意義」（著作集第一巻、筑摩書房、一九九七年。初出一九五九年）に、七言絶句の成立には中央アジア及び北アジア諸民族の歌謡からの影響があったであろうとの推測が述べられているが、六言絶句にも言及する。

中央アジア及び北アジアの異民族の歌の形式が、中国にもたらした影響は充分に考えうるはずである。……、私は前者（七言絶句―引用者注）の発生と北歌の形式とは深いつながりがあると想像する。のみならず、六言絶句の発生はいっそう北歌と密接に関係する。六言四句を歌詞とする曲は「回波楽」のほかにもあるが、その一つは北斉のときに作られた。

「北歌」については前に「北魏・北周・隋にわたり「北歌」とよばれた歌曲があり、西涼の音楽と雑奏された」（三三二頁）

と説明されている。

六言絶句は北朝系の歌曲と深く関わっているという。その例とされている「回波楽」は『唐声詩』下（注6参照）に「六言四句」の例として唐代の作二首を挙げている。併せて「三台」「舞馬辞」「塞姑」も引載しているが、注目したいのは「回波楽」と「三台」の名は『教坊記』にも見えることである。『教坊記』は唐の崔令欽の著、唐代の宮廷の楽舞を教習する教坊について記した書で、教坊で演奏された舞曲名が多数列挙されているが、その中に「回波楽」と「三台」がある。すなわち、「回波楽」と「三台」は舞曲であり、その詞章は六言絶句である。

以上のことを要するに、六言絶句はその発生において中央アジア、北アジアの歌謡と密接な関係がある。また一方において唐代には舞曲と深い関わりがあった、ということである。このことに篁がどれほど意識的であったのか、跡づけることはむずかしいが、少なくとも我々の目から見て、「輪台」詠が六言四句の形式を取っていることは、上述の点から、じつにその内容にふさわしいものであることは確かである。篁は美酒を入れるのにぴったりの皮袋を用意したといってよい。

2 辺塞詩

「輪台」詠、ことに第二首のような詩は、中国詩では辺塞詩と呼ばれている。異民族と接する辺境（殊に西北）の風土、風俗や出征兵士の心情などをテーマとする詩である。平安朝詩にも数は少ないながら、それがある。

作者小野篁の少青年期に当たる嵯峨・淳和朝は平安朝における最初の漢文学隆盛期であった。それを象徴的に示すのが相継いで成立した『凌雲集』（八一四年）、『文華秀麗集』（八一八年）、『経国集』（八二七年）の三勅撰詩集であるが、その詩の中に辺塞詩がある。三つのグループがある。

一つは『文華秀麗集』巻中、楽府に見える「王昭君」を題とする五首である。王昭君は漢の元帝の後宮に仕える女性であったが、匈奴との親和政策のため、王である単于の后として匈奴の地に送られた。悲劇の女性として古くから中国詩に詠まれたが、平安朝の詩人も倣って詠詩の素材とした。たとえば藤原是雄《よしお》「王昭君に和し奉る」はこのように詠む。

含悲向胡塞　　悲しみを含んで胡塞に向かひ
辞寵別長安　　寵《めぐ》みを辞して長安に別る
馬上関山遠　　馬上関山遠く
愁中行路難　　愁中行路難《かた》し
脂粉侵霜減　　脂粉は霜に侵されて減り
花簪冒雪残　　花簪《かしん》は雪に冒《おか》されて残《そこな》はる
琵琶多哀怨　　琵琶に哀怨多し
何意更為弾　　何の意か更に弾《ひ》くことを為さん

「脂粉」は化粧、「花簪」は美しいかんざし。結びは琵琶を弾くことはもうしない、ということ。

『経国集』（巻十）には同じく楽府として「塞下曲」「塞上曲」「関山月」の題の七首がある。「塞」は異民族の侵入を防ぐために設けられたとりで、つまり辺塞、「関」は陽関や玉門関のような国境に置かれた関所である。嵯峨朝詩壇の中心にあった嵯峨天皇の「塞下曲」を例にすると、

百戦功多苦辺塵　　百戦功多くして辺塵に苦しむ
沙場万里不見春　　沙場万里春を見ず
漢家天子恩難報　　漢家の天子恩報い難し
未尽凶奴豈顧身　　未だ凶奴を尽くさずあに身を顧みんや

と詠んでいる。「沙場」は砂漠、「凶奴」は匈奴をいう。

『文華秀麗集』（巻下）と『経国集』（巻十三）に「隴頭秋月明らかなり」の題で詠まれた六首がある。「隴頭」は陝西省と甘粛省の境をなす隴山のほとりの意。『経国集』の四首は弘仁十三年（八二二）の文章生試での作、すなわち大学寮の試験の答案として作られたものであるが、注目されるのは小野篁の作が含まれていることである。このように詠んでいる。

反復単于性　　反復は単于の性
辺城未解兵　　辺城未だ兵を解かず
戍夫朝蓐食　　戍夫朝に蓐食す
戎馬暁寒鳴　　戎馬暁に寒鳴す
帯水城門冷　　水を帯びて城門冷やかなり

添風角韻清　風に添ひて角韻清し
隴頭一孤月　隴頭の一孤月
万物影云生　万物影云《ここ》に生ず
色満都護道　色は満つ都護の道
光流佽飛営　光は流る佽飛《しひ》の営
辺機候侵寇　辺機侵寇を候《うかが》ふ
応驚此夜明　応に此の夜の明らかなるに驚くべし

「戍夫」は兵士。「蓐食」は寝床で食事をすること。「戎馬」は軍馬。「角韻」は角笛の音。「都護」は唐代、辺境を治めるために設置された都護府。「佽飛」は漢代の官名で射手。「営」はとりで。

篁は大学寮における修学時代にすでにこのような辺塞詩を作っていた。

仁明朝に先立つ嵯峨朝の詩人たちによってこのような辺塞詩がすでに作られており、篁もその中にあった。「輪台」詠はこのような詩群の系譜に位置する。ただし、その性質をより鮮明にしている。上引の詩にも辺塞詩として「胡塞」「沙場」「角韻」といった詩語が点綴されているが、普通名詞に止まっている。対して、この詠は題の「輪台」がすでに固有の地名であるが、これに応ずるかのように「焉支山」「莫賀」という固有名詞を用いている。この地名が持つイメージの喚起力のほどは、かつて日本にあったシルクロードブームに与って力があったに違いない井上靖の小説『敦煌』あるいは『楼蘭』の、その「敦煌」、「楼蘭」という文字、また「トンコウ」、「ローラン」という語の響きを思い出してみれば納得できよう。加えて「蒲桃の美酒」である。このように第二首は短いなかに西域をイメージさせる語彙を集中的に用いてエキゾチスムを横溢させる。また第一首は西域の異民族と唐との交渉を賦しているが、他に全く例のないテーマである。
「輪台」詠は小品ながら前述の六言詩であることと併せて、内容においても平安朝詩史に独自の位置を占めている。

注
（1）新編日本古典文学全集本（小学館、一九九四年）に拠る。一―三一一頁。
（2）『河海抄』には「南宮譜云」として引く。南宮は清和天皇皇子貞保親王。「譜」は『大日本史』巻三四八、礼楽志は「横笛譜」とする。
（3）日本思想大系『古代中世芸術論』（岩波書店、一九七三年）所収本に拠り、読み下す。
（4）櫻井利佳・岸川佐恵・神田邦彦・川野辺綾子「春日大社蔵〈楽記〉について／〈楽記〉翻刻」（二松学舎大学21世紀COEプログラム中世日本漢文班編『雅楽・声明資料集』第二輯、二〇〇七年）。
（5）以下の資料を用いた。『仁智要録』―大阪府立中之島図書館本、京都大学附属図書館本、『教訓抄』―大阪府立中之島図書館本、大谷大学図書館本、宮内庁書陵部本、曼殊院本（注4『資料集』所収翻刻）、『楽記』―注4『資料集』所収翻刻。
（6）任半塘（任二北）『唐声詩』（上海古籍出版社、二〇〇六年新版）下編、第八、六言四句に「輪台」を立項し、「唐　佚名」の作として第二首のみを収載する。これを唐人の作とするのであるが、疑問である。典拠については「録大日本史礼楽志」と記す。出典は『大日本史』とするが、その巻三四八の「輪台」の記事には詠本文の引用はない。任著は注に「常任俠唐代伝入日本之音楽与舞踏」の一部を引用しており、これに「伝為小野篁卿所作、一云為唐人作」とある。そこでこの常任俠論文（『説文月刊』第四巻合刊本、中華民国三十三年（一九四四））を確認すると、同じく第二首のみを引用して「此歌伝為小野篁卿所作。一云為唐人詞」という。推測するに、任著は常論文に拠ったものと思われるが、常論文は典拠を明記していないので、何に基づいて「詠」（第二首のみ）

を引用したのか不明である。ただし論文中でしきりに「大日本史礼楽志」に言及しているので、任著はこれを出典と考えたのであろう。しかし、常論文および任著がこれを唐人の作とする肝心の「一云為唐人作」という記述が『大日本史』「礼楽志」にないのである。なお、こうした記述は『仁智要録』『教訓抄』にもない。要するにこの詠を唐人の作とみなす根拠はない。なお、常任俠論文の入手には河野貴美子氏の高配を得た。

（7）詠は漢字音で誦される。それを訓読するというのは矛盾であるが、漢字で表記された詩文の内容を理解するために一般的に行っている伝統的方法として訓読する。

（8）テキストは中華書局本。

（9）「二王の後」とは王朝の交替がある中国において、前代二王朝（唐では隋と北周）の王室の後裔。

（10）「支」は諸本「子」であるが、『日本詩紀』に「当作支」と注記するのに従って改めた。

※『ひと・もの・知の往来――シルクロードの文化学』（『アジア遊学』二〇八、二〇一七年）に発表した。二〇一四年十一月十四日・十五日にウズベキスタンのタシケント国立東洋学大学で行われたシルクロード国際研究フォーラム「ひと・もの・知の往来――国際比較日本文化研究の可能性を探る」における講演に基づいて草したものである。六言詩のこと（第二節1）を付け加えた。

3 踏歌章曲考

一

『源氏物語』「初音」の巻は六条院造営後初めての新春の、うち続く華やかな行事の様を描くが、それは踏歌を以て一区切りがついている。

今年は男踏歌あり。内裏より朱雀院に参りて、次にこの院に参る。(1)

男踏歌は正月の宮中儀礼の一つで、十四日に行われる。清涼殿に出御した天皇の前で歌を謡って舞を舞い、祝詞を奏上した後に、宮中を出て、院、東宮、貴権の邸第などを廻って歌舞を行い、饗応を受ける行事である。その舞人、楽人の一行が新造の六条院へ巡ってきた。光源氏は院に住む女君たちを誘って共に見物し、一行を十分に歓待する。その翌日、源氏は昨日の踏歌の場における、夕霧の人に優れた歌舞の才を満足の思いで想い起こす。

中将の声は弁少将にをさをさ劣らざめるは。あやしく有職ども生ひ出づるころほひにこそあれ。……など、いとうつくしと思したり。万春楽《ばんすらく》、御口ずさみにのたまひて、

(一六〇頁)

「弁少将」は内大臣の次男で、美声で評判であった。

ここに見える「万春楽」について、『奥入』[2](定家本)に「多久行」の説として次の注記がある。

踏歌曲

万春楽のことは

はんすらく

くわうえんそうおくせんねん

くゑんせいくゑうくゑねんくわうれい

源氏が口ずさんだ「万春楽」とは踏歌の曲名で、その歌詞は「はんすらく」、「くわうえんそうおくせんねん」、「くゑんせいくゑうくゑねんくわうれい」だというのであるが、仮名表記では何のことか全く意味不明のこの歌詞に『河海抄』はさらに注を加えている。[3]

我皇延祚億仙齢万春楽
元正慶序年光麗々々々
延暦休朝帝化昌々々々
百辟陪莚華幄内天心感
千般作楽紫震場々々々
久霑湛露帰休徳々々
日暖春天仰載湯
願以喜辰常楽事天心感

千々億歳奉明王万春楽

10事吹云々新元嘗楽淡海三船撰

この七言詩の形式の詞章と見合わせると、「はんすらく」が「万春楽」であることはいうまでもないが、「くわうえんそうおくせんねん」が第1句の「我皇延祚億仙齢」に、「くゐんせいくゐうくゐねんくわうれい」が次句の「元正慶序年光麗」に当たることが了解される。すなわち源氏は踏歌の曲章「万春楽」を漢字音で口ずさんだのである。

この「万春楽」は『朝野群載』巻二十一にも「踏歌章曲」として採録されているが、『河海抄』所引本文とは多少の異同がある。次のとおりである。(4)

詞章の前に題「万春楽万春楽万春楽」がある。

第1句、「仙齢」を「千齢」とする。「億千」齢という熟語であるから、これに従う。

第3句、「休朝」を「休期」とする。これに従う。

第4句、「莚」を「筵」とする。これに従う。句末の小字で書かれた和声（囃子詞）「天心感」を「天人感呼」とする。これに従う。第8句も同じ。

第5句、「紫震」を「紫宸」とする。この「震」と「宸」は通用。

第5・6・7句の句末の和声、「万春楽」とする。これに従う。

これは大きな違いであるが、第5句の次に、第1句と同じ「我皇延祚億千齢」が入る。後に見る「女踏歌章曲」が各首の第1句は同一句の繰り返しであることから、あるべきものと判断する。すなわち第5句までが第一首で、以下は最初にこの句を置いて第二首である。

第6句、「久」を「人」、「休」を「依」とする。
第7句、「載湯」を「載陽」とする。これに従う。
第8句、「喜辰」を「佳辰」と、「常」を「掌」とする。共に従う。
以上のように本文を校定して訓読する。(5)

我が皇《きみ》の延祚は億千齢万春楽
元正の慶序年光麗し万春楽
延暦の休期帝化昌《さか》んなり万春楽
百辟筵に陪《はべ》る華幄の内天人感呼
千般楽しみを作す紫宸場万春楽

我が皇の延祚は億千齢万春楽
久しく湛露に霑《うるお》ひ休徳に帰す万春楽
日は春天に暖かく載陽を仰ぐ万春楽
願はくは佳辰を以て楽事に掌《あずか》らん天心感呼
千々億歳明王に奉ぜん万春楽

踏歌章曲は二首からなり、一首は七言五句からなる。一首が五句という奇数句であるのは異例であるが、冒頭の一句は同一句の反復であるから、実質は一首四句である。
語句に若干の注釈を加えると、第一首、「元正」は元日。「休期」はめでたい御代、『陳書』高祖本紀に用例がある。「百辟」は諸侯、『書経』洛誥の用語である。「華幄」は宮殿、『晋書』楽志に用例がある。「千般」はいろいろと、さまざまにの意。第二首では、「湛露」はたっぷりと置いた露で、君の恩徳の比喩。『詩経』小雅の篇名である。「休徳」の「休」はよい、おおきなの意で、『文選』（巻四十四）の司馬相如「難二蜀父老一」に例が見える。「載陽」は暖かい陽気、『詩経』豳風《ひんぷう》「七月」の措辞である。

この詞章の制作時期について、岩橋小弥太氏は第一首に「延暦の休期」とあることから、延暦期とした。[6] これに対して、荻美津夫氏はやはり第一首の詞句に「千般作楽紫宸場」とあることに着目して異見を提出した。[7] すなわち「紫宸場」を「紫宸殿」と解し、踏歌が紫宸殿で行われるようになるのは淳和朝天長期であるから、それ以前の延暦期には遡りえない。また仁和五年（八八九）に男踏歌が宮廷儀礼として成立した時、承和年間のものを規範とした（『年中行事抄』の記述）ことから、承和以降に成立したと主張した。しかしこれにも反論[8]がある。平間充子氏は「紫宸」という語は紫宸殿という名称が使われる以前から、「天子の御殿」を指す美称として用いられており、[9] 延暦期の制作とする考えを否定する論拠にはなりえないとする。そうして『河海抄』の注記から制作時期を限定できるという。先の引用に掲げたように、『河海抄』には詞章二首のあとに次のようにある。

事吹[10]云々新元嘗楽淡海三船撰

淡海三船の作とあるが、三船は延暦四年に没していることから、この踏歌章曲は延暦元年（七八二）から四年までの間に作られたものと考えられる。

この平間氏の説に従うべきものと思う。付け加えると、もし荻氏のように承和期以降の作と考えるならば、その詞章になぜ「延暦の休期」という表現があるのか、説明が必要であろう。

なお、平間氏は専ら詞章の制作年時を推定する根拠として、これが淡海三船の作であることに注目したのであるが、本章の立場からは、奈良朝後期の代表的文人、淡海三船の埋もれていた作品として注目したい。日本の古代の詩篇の集成を図った市河寛斎の『日本詩紀』は、後述する（第五節）『類聚国史』所収の延暦十四年正月の踏歌は採録しているが（巻六）、この「踏歌章曲」二首はその採録に漏れている。

二

『朝野群載』（巻二十一）には先の「踏歌章曲」に続いて「女踏歌章曲七首」が引かれている。これについて併せて考えてみたい。七首の本文は次のとおりである。[11]

㈠明々聖主億千齢　千春楽
無事無為唯賞予　千春楽
凝旒端拱任群賢　千春楽
網疎刑措還千古　天人感呼
治定功成太平年　千春楽

明々たる聖主は億千齢
無事無為にしてただ賞予す
凝旒端拱《ぎょうりゅうたんきょう》して群賢に任す
網は疎に刑は措《お》きて千古に還る
治定りて功成る太平の年

㈡明々聖主億千齢　千春楽
深仁潜及三泉下　々々々
鴻徳遐充六合中　々々々
悦以紀民々悦服　天人感呼

明々たる聖主は億千齢
深仁潜《ひそ》かに及ぶ三泉の下
鴻徳遐《はる》かに充《み》つ六合の中
悦びて以て民を紀《おさ》むるに民悦服す

（一句欠）

㈢明々聖主億千齢千春楽
上月韶光早先春々々々
階前細草緑初新々々々
南山雪尽春峰遠天人感呼
北闕煙生瑞気淳千春楽

㈣明々聖主億千齢千春楽
君王暁奏旒蘇帳々々々
春日芳菲遺興催々々々
暁光偏着青桜柳天人感呼
寒色金舞玉砌梅々々々

自此以下為破

㈤明々聖主億千齢千春楽
宮女春眠常懶起々々々
被催中使絵粧成々々々

明々たる聖主は億千齢
上月の韶光早く春に先んず
階前の細草緑初めて新たなり
南山雪尽きて春峰遠く
北闕煙生じて瑞気淳《きよ》し

明々たる聖主は億千齢
君王に暁奏す旒蘇帳
春日芳菲として興を催さしむ
暁光偏へに着く青桜柳
寒色金舞す玉砌の梅

明々たる聖王は億千齢
宮女の春眠常に起くるに懶《ものう》し
中使に催《うなが》されて粧を絵《えが》きて成る

雲鬢尚恨無新様天人感呼
霧縠還嫌色不軽聖主億千齢

雲鬢《うんかん》なほ恨む新様無きことを
霧縠《むこく》還つて嫌ふ色軽からざることを

㈥明々聖主億千齢千春楽
春歌清響伝金屋々々々
双踏佳声繞玉堂々々々
借問曲中何憶有天人感呼
仙齢延祚与天長聖主億千齢

明々たる聖主は億千齢
春歌清響金屋に伝はり
双踏の佳声玉堂を繞《めぐ》る
借問す曲中何か憶ふこと有る
仙齢延祚天と与《とも》に長からん

㈦早年愛光華千春楽
春遊不知厭
暮景落朱顔
猶恨韶光短
徘徊不欲還聖主億千齢
以此為急

早年光華を愛す
春遊して厭《あ》くを知らず
暮景朱顔に落つ
なほ恨む韶光の短きことを
徘徊して還《かえ》るを欲せず

まず全体的に見てみよう。

一首は七言五句からなるが、第一句は同一句の繰り返しで、実質は四句、すなわち絶句の形式であり、前節で見た「踏歌章曲」と同じである。ただし、第七首のみは他と異なり、第一句の繰り返しがなく、かつ五言である。

これとも関わると思われるが、第五首の前に「此れ自り以下を破と為す」、第七首のあとに「此れを以て急と為す」という注記がある。つまり第五・六首が「破」、第七首が「急」ということになる。これは直ちに「序破急」を想起させるものであるが、「序」の注記はない。

措辞について、必要なものに説明を加えておく。

第一首。「賞予」は喜び楽しむこと。「凝旒」は冠の垂れが動かないこと、「端拱」は威儀を正し何もせずに立つことで、「凝旒端拱」は前句の「無事無為」と同じく君主が何を為すこともなく、徳によって天下を治めることをいう。「網疎」の「網」は法律の網である。「刑措」は刑罰は置かれているだけで用いられることはないということ。

第二首。まず他と見比べて最後の一句を失っている。「三泉」は地下の深い所。「六合」は天地四方で、天下すべて。「悦服」は喜んで従うこと、『書経』武成の措辞である。

第三首。「上月」は正月、「韶光」は日の光、春の光。

第四首。「旒蘇帳」はふさ飾りのついたカーテン。なお、「青桜柳」の「桜」は疑問であるが、どのように改めるべきか、思い至らない。また「金舞」という語も疑問である。

第五首。「中使」は宮中からの使者。「霧穀」は諸本は「霧斂」あるいは「霧殿」であるが、荻論文[12]の指摘に従って改める。宋玉「神女賦」（『文選』巻十九）の語で、薄絹をいう。

第七首。「朱顔」はここでは女の美しい顔。

この七首は、全体を通して見ると、初めは高徳の君王による治政を言祝ぐことを内容とするが、第五首からは宮女による歌舞の様を詠じ、その踏歌が君王の寿命と治世の永遠を願うものであることをいう。

三

「女踏歌章曲」をこのように語の意味、出典の有無などを吟味しながら読んでくると、一つ見えてくることがある。それは、これらの詞章は白居易の詩文の表現を取り込んでいるようだということである。いくつかの例証がある。

一つは第一首の「凝旒端拱」である。「凝旒」及び「端拱」の意味は前節に述べたとおりで、ともに有徳の君王が朝政に臨む態度をいうものとして用例が散見するが、二語を繋いだ「端拱凝旒」という措辞が白居易の文章に二例ある。一つは「才識兼茂明於体用科策」（『白氏文集』巻三十）に、

夫垂衣不言者、豈不謂無為之道乎。臣聞、無為而理者、其舜也歟。舜之理道、臣粗知之矣。……、百職不戒而挙、万事不労而成、端拱凝旒、立於無過之地。

夫れ垂衣して言はずとは、あに無為の道を謂はざらんや。臣聞く、無為にして理《おさ》まるは、其れ舜なるかと。舜の道を理むるは、臣ほぼ之れを知る。……、百職は戒めずして挙がり、万事は労せずして成り、端拱凝旒して、無過の地に立てり。

また対策「君不㆑行㆓臣事㆒」（巻四十七）に、

蓋先王所以端拱凝旒而天下大理者、無他焉。委務於有司也、仰成於宰相也。

蓋し先王端拱凝旒して天下大いに理まる所以は、他無し。務めを有司に委ぬるなり、成を宰相に仰《たの》むなり。

とある。このように二語が連結した用例は他には見出しえない。

次いでは、これは誰もがああ、あれかという思いを懐くのではないか。第五首の第2句「宮女の春眠常に起く

るに嬾し」の「起くるに嬾し」という措辞である。白居易の「(香鑪峯下、新卜二山居一、草堂初成。偶題二東壁一)重題」(巻十六)の

日高睡足猶慵起　日高く睡り足りてなほ起くるに慵《ものう》し
小閤重衾不怕寒　小閤に衾を重ねて寒さを怕《おそ》れず

が想起される。いうまでもないが、「嬾(懶)」と「慵」は全く同意である。「起くるに慵し」という表現は白居易詩にもう一例ある。「天寒晩起、引レ酌詠レ懐、寄二許州王尚書・汝州李常侍一」(巻六十七)に、

葉覆氷池雪満山　葉は氷池を覆ひ雪は山に満つ
日高慵起未開関　日高く起くるに慵くして未だ関を開かず

とある。なお、この「ものうし」と訓む「嬾」「懶」「慵」を白居易が多用することは小島憲之『古今集以前』(塙書房、一九七六年、二二六頁)に指摘する。

「凝旒端拱」と「起くるに嬾し」、この二例があることから、改めて白居易の詩文の受容という点に注目してみると、なお、以下のような例がある。

第五首の第3句の「粧成」は周知の「長恨歌」(巻十二)に、

金屋粧成嬌侍夜　金屋に粧成りて嬌として夜に侍し
玉楼宴罷酔和春　玉楼に宴罷《や》みて酔ひて春に和す

と見える。他に四例があるが、「時世粧」(巻四)、「婦人苦」(巻十二)、「琵琶引」(同)と、よく知られる詩に用いられている。

さらに「長恨歌」のこの聯の「金屋」―「玉楼」の対語は、第六首に、

春歌清響金屋に伝はり
双踏佳声玉堂を繞る

の「金屋」—「玉堂」の対として摂取されたと考えられる。
また第三首の「南山雪尽きて」に関しては、「渓中早春」(巻十)に、

南山雪未尽　南山雪未だ尽きず
陰嶺留残白　陰嶺残白を留む

の例がある。何の変哲もない表現であり、暗合と見られないこともないが、「南山雪」と「尽」とが結びついた措辞は他にはない。

さらに、敢えて付け加えておくと、第三首の「階前」、第七首の「春遊」はごく普通の詩語であり、他の詩人の用例も枚挙に遑がないが、白居易が愛用した語でもあり、それぞれ一〇例、一三例がある。

上述したところから、「女踏歌章曲」には白居易の詩文の表現が利用されていると考えられる。そうしてこれを認めてよいとすれば、制作時期は限定されてくる。

我が国の文学に白居易文学の影響が見られるようになるのは、仁明朝承和期からのことである。[13] したがって、今我々が目にする「女踏歌章曲七首」は承和期以後に作られたものということになる。

四

もう一つ注目したい作品がある。『楽府詩集』巻九十、新楽府辞に採録される王維の「扶南曲五首[14]」である。

(1)翠羽流蘇帳　翠羽の流蘇帳
春眠曙不開　春眠曙《あかつき》にも開《あ》けず
羞従面色起　羞《はぢらい》は面色より起こり
嬌逐語声来　嬌は語声を逐《お》ひて来たる
早向昭陽殿　早く昭陽殿に向かふ
君王中使催　君王中使に催《うなが》さしむ

(2)堂上清弦動　堂上に清弦動き
堂前綺席陳　堂前に綺席陳《つら》なる
斉歌盧女曲　斉歌す盧女の曲
双舞洛陽人　双び舞ふ洛陽の人
傾国徒相看　傾国徒《いたず》らに相看るも
寧知心所親　寧《なん》ぞ心の親しむ所を知らんや

(3)香気伝空満　香気は空に伝はりて満ち
妝華影箔通　妝華は箔《すだれ》に影《うつ》りて通ふ
歌聞天仗外　歌は聞こゆ天仗の外
舞出御筵中　舞は出づ御筵の中

日暮帰何処　日暮れて何処にか帰る
花間長楽宮　花間の長楽宮

(4)宮女還金屋　宮女金屋に還《かえ》り
将眠復畏明　将に眠らんとしてまた明くるを畏《おそ》る
入春軽衣好　春に入りて軽衣好し
半夜薄妝成　半夜薄妝成る
払曙朝前殿　払曙《あかつき》前殿に朝するに
玉除多珮声　玉除珮声多し

(5)朝日照綺窓　朝日綺窓を照らす
佳人坐臨鏡　佳人坐して鏡に臨む
散黛恨猶軽　黛を散《ほどこ》してはなほ軽きを恨み
挿釵嫌未正　釵を挿しては未だ正しからざるを嫌ふ
同心勿遽遊　同心遽《にわ》かに遊ぶことなかれ
幸得春妝竟　幸《ねが》はくは春妝の竟《お》はるを得ん

題の「扶南曲」の扶南は今のカンボジアにあった国。そこから伝来した楽舞に合わせて作った詞章である。『新唐書』巻二十二、礼楽志に「扶南楽、舞者二人、以㆓赤霞㆒為㆑衣、赤皮鞋」と見える。

詩は舞妓の日常を時間を追って詠む。朝の目覚め、君王の使に促されて昭陽殿に向かい（第1首）、寵姫（「傾国」）の前で歌い舞う（第2首）。そうして夕暮れになると長楽宮に戻り（第3首）、翌朝には再び宮殿へ出仕していく（第4首）。第5首は朝の日差しの中での化粧の様子を詠む。

表現はきわめて平易である。説明が必要なのは次の三語ぐらいであろう。第2首、「盧女の曲」は楽曲名で、『楽府詩集』巻七十三、雑曲歌辞に「盧女曲」があり、『楽府解題』に盧女は魏の武帝の時の宮人で、七歳で後宮に入り、琴の演奏に優れていたという。第3首の「天仗」は近衛兵。ここではその守る空間、すなわち宮城である。第4首の「玉除」は宮殿の階段をいう。

この詩にも「女踏歌章曲」と近似した表現が見いだせる。

まず第1首の「流蘇帳」であるが、これは「女踏歌章曲」第四首の「旒蘇帳」―ふさ飾りのあるカーテンである。「流」は「旒」に同じ。この特殊な三字の熟語が共通する。

以下は「女踏歌章曲」の方は舞妓の様態を詠む第五・六首である。

まず第五首。3句目「中使に催されて粧を絵きて成る」の、「中使に催され」は「扶南曲」第1首の「中使催」と全く一致する。また「粧を絵きて成る」も「扶南曲」第4首に「薄妝成る」とある。続く第4・5句は

雲鬟なほ恨む新様無きことを
霧縠還つて嫌ふ色軽からざることを

であるが、この「――を恨む」と「――を嫌ふ」という対語がやはり「扶南曲」の第5首に、

黛を散してはなほ軽きを恨み
釵を挿しては未だ正しからざるを嫌ふ

として用いられている。第2句に戻るが、その「宮女」の語は「扶南曲」第4首にもあり、

宮女の春眠常に起くるに嬾し（踏歌章曲）

宮女金屋に還り、将に眠らんとしてまた明くるを畏る（扶南曲）

と共にその眠りを詠む。

「女踏歌章曲」第六首では、第2・3句の

春歌清響金屋に伝はり

双踏の佳声玉堂を繞る

という対偶は、「扶南曲」第2首の

斉歌す盧女の曲

双び舞ふ洛陽の人

に相似する。舞妓を詠んだ詩においては、歌と舞の対句はもとより類型表現の一つではあるが、この両者では、舞妓が並び舞うという捉え方も一致しているのである。なお、「踏歌章曲」の前句に用いられた「金屋」の語も「扶南曲」第4首にある。

以上に述べたことから考えて、王維の「扶南曲」も「女踏歌章曲」の作者の目に触れていたのではなかろうか。

五

踏歌章曲にはそれが踏歌の詞章であることを特徴づけるものとして、各句の末尾に和声（囃子詞）が添えられ

ている。第一・二節に本文と共に掲げたが、改めてそれを示すと、「踏歌章曲」は

——万春楽
——万春楽
——万春楽
——天人感呼
——万春楽

で二首目も同じである。しかし「女踏歌章曲」は途中から少し変化がある。七首のうち、四首目までは

——千春楽
——千春楽
——千春楽
——天人感呼
——千春楽

という形の繰り返しであるが、破とされる第五・六首は第5句が「聖主億千齢」に変わり、急の第七首は第1句と第5句のみにある。前者が「千春楽」、後者が「聖主億千齢」である。このようにほぼ各句末に和声がある。

古代の踏歌の詞章として遺存するものがもう一つある。桓武朝の延暦十四年（七九五）正月十六日に行われた踏歌のそれである（『類聚国史』巻七十二）。

山城顕楽旧来伝　　山城の顕楽は旧来《もとより》伝ふ
帝宅新成最可憐　　帝宅新たに成りて最も憐れむべし

郊野道平千里望　郊野道平らかにして千里望む
山河擅美四周連　山河美を擅《ほしいまま》にして四周に連なる
新京楽、平安楽土、万年春

沖襟乃眷八方中　沖襟乃《すなわ》ち眷《かえり》みる八方の中
不日爰開億載宮　日ならずして爰《ここ》に開く億載の宮
壮麗裁規伝不朽　壮麗規を裁《ただ》して不朽に伝へ
平安作号験無窮　平安号と作《な》して験《しるし》無窮ならん
新京楽、平安楽土、万年春

新年正月北辰来　新年の正月北辰来たり
満宇韶光幾処開　満宇の韶光幾処《いずこ》にか開かん
麗質佳人伴春色　麗質の佳人春色に伴ふ
分行連袂儛皇垓　分行袂《たもと》を連ねて皇垓に儛ふ
新京楽、平安楽土、万年春

卑高詠(15)沢洽歓情　卑高沢《めぐみ》を詠ひて歓情洽《あまね》し
中外含和満頌声　中外和を含みて頌声満つ
今日新京太平楽　今日新京の太平楽
年々長奉我皇庭　年々長《とこし》へに我が皇庭に奉ぜん
新京楽、平安楽土、万年春

延暦十四年の正月は平安京への遷都後初めての正月であり、詞章は新造の都京で迎えた新年にふさわしい、その繁栄を寿ぐ頌歌となっているが、措辞には「西都賦」「東都賦」などの『文選』京都部の賦を規範として、その語彙を摂取していることが指摘されている(16)。

さて和声であるが、これにも付随している。ただし前述の二つとは異なり、毎句ではなく、各首の末尾に三句がある。

このように今に残る踏歌章曲は、小異はあるものの、いずれも和声を伴っていて、これを特徴とするのであるが、これも唐詩に先例がある。先学の指摘(17)に教示を得て具体的に見てみよう。

三例があるが、うち二例は盛唐の張説《ちょうえつ》の曲詞に見える。一つは「舞馬詞六首」(『張燕公集』巻十)である。「舞馬詞」は玄宗が百頭の馬に舞技を教えて千秋節(皇帝の誕生日)ごとに舞わせた(『新唐書』巻二十二、礼楽志)時の曲詞である。第一首をあげると、

万玉朝宗鳳扆　　万玉鳳扆《ほうい》に朝宗し
千金率舞龍媒　　千金龍媒を率舞せしむ
眄鼓凝驕躞蹀　　鼓するを眄《み》て凝驕躞蹀《しょうちょう》し
聴歌弄影徘徊聖代昇平楽　　歌ふを聴きて弄影徘徊す

で、一首の末尾に「聖代昇平楽」という和声がある。六首のうち、第一・二首はこの詞句で、三首目からは「四海和平楽」となる。

もう一つは「蘇摩遮五首」(同巻十)である。「蘇摩遮」は唐代に西域より伝わった少数民族の楽舞また楽曲で、ここに引く曲詞がその基本資料である。同じく第一首を引く。

摩遮本出海西湖　　摩遮は本《もと》海西の湖より出づ
琉璃百服紫髯鬢　　琉璃の百服紫の髯鬢《ぜんしゅ》
聞道皇恩遍宇宙　　聞道《きく》ならく皇恩宇宙に遍しと
来将歌舞助歓娯億歳楽　　歌舞を来将《もたら》して歓娯を助く

五首いずれも「億歳楽」の和声が付く。

いま一例は中唐の盧綸の「天長久詞三首」（『御覧詩』）である。これも第一首をあげると、

玉砌紅花樹　　玉砌の紅花樹
香風不敢吹　　香風敢へて吹かず
春光解人意　　春光は人意を解す
偏発殿南枝天長久、万年昌　　偏へに発《ひら》く殿南の枝

とあり、「天長久、万年昌」の二句の和声が添えられている。以下の二首も同じである。

現存する例はわずかであるが、これらは平安朝の踏歌の詞章にある和声と内容、表現がきわめて近い。和声はやはり独自に発明されたのではなく、唐詩のそれを学んだものであろう。張説の二首は舞曲の詞章であり、そのことも踏歌に近い。付言しておけば、『日本国見在書目録』の別集家に「張説集十（巻）」が著録される。したがって、九世紀後半の宇多朝の宮廷にこの書が蔵されていたことは確実なのであるが、桓武朝延暦期とはおよそ百年程の隔たりがある。

光源氏が「はんすらく、くわうえんそうおくせんねん、くゑんせいくゑうくゑねんくわうれい」と口ずさんだ

踏歌の世界を探ってみると、以上のようなものである。

注

（1）新編日本古典文学全集本（小学館、一九九六年）に拠る。三―一五八頁。

（2）『源氏物語大成』第七巻、研究資料篇に拠る。なお、この記載は「初音」ではなく「竹河」の条に別紙に書いて貼られている。

（3）天理図書館善本叢書（八木書店、一九八五年）所収、伝兼良筆本に拠る。

（4）『朝野群載』は新訂増補国史大系本に拠る。

（5）前述のようにこの詞章は漢字音で誦される。それを考察するのに訓読するというのは矛盾であるとも思うが、今は漢字で表記された詩文の内容を理解するために行っている伝統的・標準的方法として訓読する。

（6）岩橋小弥太『芸能史叢説』（吉川弘文館、一九七五年）。

（7）荻美津夫「踏歌節会と踏歌の意義」（佐伯有清編『日本古代中世史論考』吉川弘文館、一九八七年）。

（8）平間充子「男踏歌に関する基礎的考察」（『日本歴史』第六二〇号、二〇〇四年）。

（9）藤原史「元日、応詔」（『懐風藻』）に「斉レ政敷二玄造一、撫レ機御二紫宸一」とある。

（10）「事吹」は言吹であろう。『年中行事秘抄』所引の「踏歌記」に「踏歌者新年之祝詞、累代之遺美也。歌頌以延二宝祚一、言吹以祈二豊年一」とある。従来は「事吹云々」は「事次云」と判読されていた。ただし伴信友の『比古婆衣』は正しく読んでいるが、顧みられることがなかった。

（11）東山御文庫本、内閣文庫蔵慶長写本、国文学研究資料館蔵三条西本、今出川本、尾州家本（佐藤道生氏蔵）、神宮文庫蔵林崎文庫本（新訂増補国史大系本底本）を用いて校定した本文。これら諸本の利用については佐藤道生氏、高田義人氏の高配を得た。

（12）注7に同じ。

（13）小島憲之『国風暗黒時代の文学』中（上）（塙書房、一九七三年）、第二篇第一章（2）「白詩の投影」（六〇九頁以下）。

（14）中国古典文学基本叢書（中華書局、一九七九年）に拠る。

（15）国史大系本は「泳」、注16の渡辺著（四四三頁）の指摘により改める。

（16）渡辺秀夫『平安朝文学と漢文世界』（勉誠社、一九九一年）四四三頁。ただし三首目は考察の対象から落ちている。

（17）浅野通有「唐朝における踏歌――わが踏歌行事への影響母体としての考察――」（『國學院大學紀要』第八号、一九七〇年）。

※　仁平道明編『源氏物語と東アジア』（新典社、二〇一〇年）に発表した。

4　入唐僧の将来したもの
――讃と碑文

一

空海の書状を集成した『高野雑筆集』(1)に次の一通がある。

金剛智三蔵影一鋪
善無畏三蔵影一鋪
不空三蔵影一鋪
一行阿闍梨影一鋪
恵果阿闍梨影一鋪
秘密漫荼羅教付法伝二巻〔幷善無畏三蔵伝一巻〕
右、大学寮少属河内浄浜、到山菴、説左大将相公伝語。空海従大唐所将来三蔵等影及伝等、為比勘讃文等、附使上者。謹承高命奉上。其一行阿闍梨碑文者、大唐玄宗皇帝所製。空海在唐日、上大使訖。今聞、其本奉進太上皇。山房霧濃、像多折損。毎事塵穢、恐触高覧。今望、命工手便加繕修、幸甚幸甚。又唐広智三蔵等告身讃文者、代宗皇帝之御札也。以光釈宗、懸諸日月。釈門栄幸、莫大於此。儻上天有感、同彼故事。仏法栄曜、何亦更加。此窃所願、非敢所望。謹因還李奉状。不宣。謹状。

月日

左大将公閣下謹空

右、大学寮少属河内浄浜、山菴に到りて、左大将相公の伝語を説く。「空海が大唐より将来する所の三蔵等の影及び伝等、讃文等を比勘せんが為に、使に附して上《たてまつ》れ」てへり。謹んで高命を承りて奉上す。其れ一行阿闍梨の碑文は、大唐の玄宗皇帝の製る所なり。空海在唐の日、大使に上り訖《おわ》んぬ。今聞くに、其の本、太上皇に奉進すと。山房霧濃くして、像多く折れ損す。事毎に塵穢して、高覧に触れんことを恐る。今望むらくは、工手に命じて便ち繕修を加へなば、幸甚幸甚。また唐の広智三蔵等の告身、讃文は、代宗皇帝の御札なり。以て釈宗を光《て》らし、諸《これ》を日月に懸《か》く。釈門の栄幸、此れより大なるはなし。もし上天感有らば、彼の故事に同ぜん。仏法の栄曜、何ぞまた更に加へん。此れ窃《ひそ》かに願ふ所なり、敢へて望む所に非ず。謹んで還李に因つて状を奉ず。不宣。謹んで状す。

月日

左大将公閣下謹空

この書状は「左大将(相)公」に宛てたものであるが、ここにいう左大将相公とは左近衛大将藤原冬嗣で、弘仁十二年(八二一)に書かれたものと考えられる(2)。

この書状は、藤原冬嗣の要請を受けて、空海が唐より将来した祖師の図像および伝を進上するのに添えられたものである。

以下、書状の記述を検討していこう。

ここに列挙された金剛智、善無畏、不空、一行、恵果の五人は真言五祖と称されるが、これら真言五祖師像は、空海が将来した、まさにその原本が今に京都、教王護国寺（東寺）に国宝として伝存する。

『秘密漫荼羅教付法伝』は空海の撰述。真言密教の付法祖師七人の伝記で、一般には、後述の『真言付法伝』が「略付法伝」と呼ばれるのに対して、「広付法伝」と称される。先の五祖のうち、金剛智、不空、恵果の伝が含まれる。

一行の碑文については、いくつかの興味ある事実が述べられている。唐の玄宗の作であること、また空海は延暦二十三年（八〇四）遣唐使に従って入唐したが、在唐中に入手して遣唐大使の藤原葛野麻呂に呈上したこと、そうしてそれは帰国後、太上皇、すなわち時の平城天皇に奉進されたということである。この玄宗御製の碑文は空海の『真言付法伝』に遺存する。「掩化の日、玄宗皇帝自《みづから》親碑銘を製り、幷せて石上に書す。其の詞に曰はく」として引載されていて、一行伝のほとんどを占める。一行の主要な伝記資料として、空海は自らの述作にも活用したのである。(3)

広智三蔵は不空のこと。「広智三蔵等」が不審であるが、不空の「告身」「讃文」は『代宗朝贈司空大弁正広智三蔵和上表制集』（以下『表制集』）に見ることができる。

『表制集』は不空に関する公文書類を集成したもので、六巻。貞元の初年（元年は七八五年）頃の成立。この書は中国ではすでに唐末には散佚し、日本にのみ伝わる佚存書であるが、(4)それを日本に将来したのは、ほかならぬ空海であった。その『御請来目録』に、「大唐大興善寺大弁正大広智三蔵表答碑六巻」と記載されている。

告身は官に任命する文書。不空は前掲の『表制集』の正式の書名からも推察されるように、仏教を尊崇した代宗の下で、世俗の高い位官を与えられた。『表制集』にその三首の告身がある。巻一の「拝不空三蔵特進試鴻臚卿贈号制書」は永泰元年（七六五年）十一月に特進試鴻臚卿となり、大広智不空三蔵の賜号を与えられた時のもの。巻四の「加開府及封粛国公制」は大暦九年（七七四）六月に開府儀同三司となり、粛国公に封ぜられた時のもの。また「贈司空謚大弁正三蔵和尚制」は示寂直後の同年七月に司空を贈られ、大弁正広智不空三蔵和上の謚号を授けられた時のものである。

讃文は二首ある。ともに巻四所収で、厳郢作の「三蔵和上影讃并序」および飛錫撰の「唐贈司空大興善寺大弁正広智不空三蔵和上影賛」である(5)。

「御札」はここでは御筆の意。文脈からその意味でなければならないが、『性霊集』(6)に援用すべき格好の証例がある。巻六所収の「弘仁太上奉㆓為桓武皇帝㆒講㆓御札法花経㆒達嚫一首」、目録にはこうあるが、本文の表題には「奉㆓為桓武皇帝㆒講㆓太上御書金字法花㆒達嚫一首」とある。

一行の碑文は玄宗の製作に懸かり、不空の告身、賛文は代宗の親筆である。まことに「釈門の栄幸」というべきである。

もう一度讃文に戻る。前述の讃文二首のうち、飛錫の「不空三蔵和上影賛」は『真言付法伝』に引用されている。その不空の伝の最後に四字二十四句の讃が引かれている。作者は記されていないが、確かに飛錫撰の讃である(7)。先の玄宗作の一行の碑文と同じく、『真言付法伝』の述作に利用されたわけである(8)。

二

空海が将来した碑文あるいは讃文がこのように『付法伝』の資料として用いられている。将来された作品は、このようなかたちで我が国における撰述書に資料として利用されるとともに、また一方では、同様の文体の作品の制作を促す重要な契機をなしたものと考えられる。

空海は僧のために碑文また讃を制作している。『性霊集』巻二に「大唐神都青龍寺故三朝国師灌頂阿闍梨恵果和尚之碑」がある。空海が中国で直接師事した恵果の碑であるが、このような高僧の碑文を制作するについては、自ら将来した同様の作品の存在が、空海の念頭にあったと考えられる。すなわち、先述の一行の碑文のほかに、「奉二献雑書迹一状」（『性霊集』巻四）に「不空三蔵碑一巻」、「岸和尚碑一鋪」が、「献二梵字幷雑文一表」（同）に「曇一律師碑銘一巻」が記載されている。「不空三蔵碑」は前節で論及した『不空三蔵表制集』所収の飛錫の「大唐故大徳開府儀同三司試鴻臚卿粛国公大興善寺大広智三蔵和上之碑」（巻四）および厳郢の「唐贈司空大弁正広智不空三蔵和尚碑」（巻六）である。また岸和尚は道岸。これらの僧の碑文を書写していることによって、空海が内容を知悉していたことはいうまでもないが、これらの諸作を規範として、恵果の碑が作られることになる。

讃についても同様である。『続性霊集補闕抄』巻十に「故贈僧正勤操大徳影讃」がある。勤操の図像に付された讃および序であるが、これに関わるものとして、『表制集』所収の、二首の不空の「影讃」がある。また『性霊集』巻四、「献二雑文一表」に、内容は不明ながら、「讃一巻」があげられている。さらに、最初にとりあげた空海の書状に立ち帰らなければならないが、左大将相公冬嗣の伝語に、「大唐より将来する所の三蔵等の影及び伝等、讃文等を比勘せんが為に、使に附して上れ」とあった。これによって、金剛智以下の五祖師の影は、祖師像だけではなく、讃が付されていたと理解しなければならない。こうした高僧の讃文が「勤操大徳影讃」制作の先蹤となったと考えられる。

入唐僧の漢籍すなわち外典の将来における寄与については、これまでも注目され、論及もされている。(9) しかし、より広く漢文の受容という視点からすると、外典のみに限らず、彼ら入唐僧が、本来の使命として将来した経典にも注目すべきである。すなわち、その中に含まれている、上述の碑・讃、また伝・記などの類である。これらは純粋な教理を説いた経論からすれば、周縁的な著作ということになるが、一具のものとして、将来される経典に常に含まれるものであったことは、空海の「上二新請来経等目録一表」に「入唐学法沙門空海が大同元年請来の経律論疏章伝記」、また円仁の『入唐新求聖教目録』に「長安五台山及び揚州等の処に求むる所の経論念誦法門及び章疏伝記等」(10)などと記され、これら入唐僧の将来目録を集成分類した安然の『諸阿闍梨真言密教部類総録』に「諸碑伝部」が立てられていることなどから明らかである。

三

讃に注目してみると、ひとり空海に限らず、他の入唐僧の将来目録にも、僧の讃が見出される。

最澄については、『台州録』に「天台山智者大師讃」、『越州録』に「唐仏隴故荆溪大師讃」があり、円仁には『入唐新求聖教目録』に「長安資聖寺宝応観音院壁上南岳天台等真影讃」、「天台等真影讃」、「大唐西明寺故大徳道宣律師讃」、また円珍には、『入唐求法目録』に「天台山国清寺挙律大徳影賛」、「仏窟大師写真賛」、「大遍覚法師画賛」、『福州温州台州求得目録』に「上都雲花寺十大弟子賛」、『智証大師請来目録』に「泗州和上賛」がある。さらに源為憲が『三宝絵』（巻下「比叡霜月会」）に記すところによれば、顔真卿の「天台大師画讃」は円珍が伝えたものであるという。(11)

また、前述の空海書状に記されていたように、祖師の影像に讃が付されている場合も考えられるのであるが、そうした高僧祖師の図像も、最澄、円仁、円珍いずれもの将来目録に記録されている。

これら入唐僧によって将来された讃に注目するのは、次のような事実を念頭においてのことである。『本朝文粋』、『本朝続文粋』、『朝野群載』、『都氏文集』（都良香）、『菅家文草』（菅原道真）に、類題の一つとして「讃」が立てられているように、平安朝漢文学史に〈讃の系譜〉を見ることができる。そうしてその讃は、高僧の讃、またこれに近似したものとして仏菩薩の讃である場合が多い。以下の通りである。

画虚空蔵菩薩讃　紀長谷雄

讃は伝存しないが、その序が観智院本『作文大体』に残る。

柏原奈良嵯峨三朝国師叡山大師廟賛　尊敬（『天台霞標』二篇巻之一）

最澄の讃である。

観音讃　良源

伝わらないが、『往生要集』に付載された「大宋国某賓」宛の源信の書状に「先師故慈恵大僧正、観音讃を作る」とある。

性空画讃　具平親王（『権記』長保四年八月十八日条）

普賢菩薩讃　具平親王（『本朝文粋』巻十二）

　天台慈覚大師徳行賛　大江以言（『天台霞標』二篇巻之二）
円仁の讃である。
　羅什三蔵讃　藤原明衡（『本朝続文粋』巻十一）
鳩摩羅什《くまらじゅう》の讃
　大唐大慈恩寺大師画讃　大江匡房（同）
慈恩大師基《き》の讃である。
　釈迦如来讃　大江匡房（『三十五文集』）
　弘法大師讃　大江匡房（『弘法大師御伝』巻下）
　慈恵大師賛　大江匡房（『山門堂舎記』）
良源の讃である。
　観音讃　大江匡房
摘句が『新撰朗詠集』巻下・仏事に引かれている。
　智証大師画讃　藤原通憲[12]（『唐房行履録』）
円珍の讃である。

このような祖師讃の系譜において、注目すべきものは橘在列の「延暦寺東塔法華三昧堂壁画讃[13]」である。高山寺旧蔵の大東急記念文庫本が唯一の伝本であるが、それには、内題に「天慶九年八月之比東塔法華三昧堂壁画大師等賛作者橘在列」とあり、これによって、制作年時、内容、作者が明らかである。すなわち、本書は、天慶九年（九四六）、この時、橘在列は出家して尊敬と称し比叡山にあったが、その尊敬が延暦寺東塔の法華三昧堂の壁に描かれた祖師高僧の画像に添えるために作った讃の集である。その対象となった高僧たちは、インド・中国・日本の三国に亙る以下の三十二人である。

1中天竺善無畏三蔵、2北天竺不空三蔵、3南天竺金剛智三蔵、4南岳慧思大師、5天台智者大師、6国清寺灌頂大師、7縉雲智威大師、8天官寺慧威大師、9左渓玄朗大師、10妙楽寺湛然大師、11瑯瑘道邃大師、12呉興道宣律師、13泗州玉泉寺僧伽和尚、14一行阿闍梨、15恵果阿闍梨、16順暁阿闍梨、17義真阿闍梨、18法詮阿闍梨、19南天竺婆羅門僧正、20聖徳太子、21鑑真大和尚、22行基大僧正、23伝教大師、24慈覚大師、25智証大師、26義真和尚、27円澄和尚、28光定和尚、29安恵和尚、30恵亮和尚、31延最和尚、32静観僧正。

ここには、第一節の空海の書状に挙げられていた、1善無畏、2不空、3金剛智、14一行、15恵果の真言五祖も含まれている。一方、天台系の祖師高僧も中国・日本両国の人々がある。なお、このうち、23最澄、25円仁、31延最、32増命の讃は拙著『天台仏教と平安朝文人』「延暦寺東塔法華三昧堂壁画賛」で読んだ。

このように、仏や高僧の讃を作ることが、空海を初めとして、断続的ながらも、平安時代を通じて行われているという事実がある。

そうして、このような讃の制作を促したものは、中国から将来された讃であっただろう。その明白な事例がある。前記の讃のうちの一つ、藤原通憲の「智証大師画讃」、正確には「清和陽成光孝三朝国師智証大師画讃」は、唐の顔真卿の「陳隋二代三朝国師天台智者大師画讃」を粉本とする。そのことは両者の重々しい標題からすでに予想することができるのであるが、二首の内容を対照してみると、「智証大師画讃」には明らかに「天台大師画讃」の表現を踏まえた措辞がある。藤原通憲は顔真卿の作を手本として円珍の画讃を作っているのである。(14) ちなみに、「天台大師画讃」を日本にもたらしたのは、前述のようにほかならぬ円珍その人であった。

現在のところ、明確な影響関係を指摘できるのはこの例だけであるが、仏菩薩や高僧の讃を作るという営為自体が、影像や書巻として、入唐僧の手でもたらされた唐土の讃文に倣ってのことであったと考えられる。そのようにして制作された作品が、結果的に讃の系譜を形成させるに至った。

四

碑については、そもそも平安朝の作がきわめて少なく、述べ得ることも少ない。ただし、空海には三首の作がある（『性霊集』巻二）。

沙門勝道山水を歴て玄珠を瑩《みが》く碑

大和州益田池の碑銘

大唐神都青龍寺故三朝国師灌頂阿闍梨恵果和尚の碑

いずれも序と銘とからなる。

漢文の文章としての碑とはいかなるものか。拠るべきものを尋ねると、『文心雕龍』がある。「誄碑《るい》」として一章が立てられているが、「其の序は則ち伝、その文は則ち銘（序文の部分は伝記に当たり、本文は銘というかたちを取る）」の一文がある。すなわち、碑は散文の序と韻文の銘とからなるという。『文選』（巻五十八、五十九）に五首があるがいずれも序と銘とを備えている。右の空海の三首も整った形式を有している。

他の平安朝の詩文集では『朝野群載』（巻一）に「碑文」の類題があるものの、わずかに「叡山水飲道場観音像碑文」一首だけで、しかもこれは序を欠き、四句の銘を残すに過ぎない。他にはこうした貧弱な遺例を伝えるだけの碑という文章の完好な作品として『性霊集』の三首は貴重である。その一首「恵果和尚碑」については第二節で論及した。

碑について、もう一つ、円珍によるその将来のことを見ておこう。

円仁が白居易の詩文の日本への将来に重要な役割を果たしたことについては、太田晶二郎氏の指摘[15]があってより、よく知られるようになった。円仁は承和五年（八三八）、遣唐使と共に入唐したが、まず、揚州の地で入手した経論等を、翌六年に帰国する使節に託して日本に送付した。その時の将来目録が『慈覚大師在唐送進録』であるが、それに「任氏怨歌行一帖白居易」「攬楽天書一帖」「杭越寄和詩幷序一帖」[16]が記載されている。また同十四年、円仁が帰国する際に自ら持ち帰った経典類を記録した『入唐新求聖教目録』にも「白家詩集六巻」「杭越唱和詩一巻」が入っている。

円仁によるこれら白氏詩文の将来は、承和五年の大宰少弐藤原岳守による、来朝した唐人の貨物中からの「元白詩筆」の発見、および円仁と同じ年に帰朝した恵萼《えがく》による会昌四年（承和十一年）書写の『白氏文集』の将来とともに、承和期に相次いだ白居易文学伝来の一環をなし、この時期を文学史上の画期たらしめることとなった。

このような円仁の役割に比して、従来ほとんど注意されることもなかったが[17]、円珍もまた、白居易の作品の将来に関して、その一翼を荷っているのである。

すなわち、円珍『福州温州台州求得目録』に、「伝法堂碑一巻白舎人撰」とある。これには「南岳思大師碑一巻衡州王郎中撰」「天台山智者大師碑一巻王侍郎撰」などと共に、「已上六巻、従二上都一観座主将来八年八月廿日抄」の注記があり、円珍が天台山に滞在していた大中八年（八五四）の八月二十日、清観が長安よりもたらした碑文類を書写したものであったことが知られる。

作者注の「白舎人」が白居易である。舎人は中書舎人のこと。白居易は長慶元年（八二一）、この官職に就いた（『旧唐書』巻一六六、白居易伝）。昵懇の詩友であった劉禹錫の詩に「始めて雲安に至りて兵部韓侍郎・中書白舎人の二公に寄す。……」（『全唐詩』巻三五五）「白舎人拙詩に酬いらる。因りて以て寄せて謝す」（同三六〇）など、白居易をこの称で呼んだ例が見え、我が国では嶋田忠臣の『田氏家集』（巻中）に「白舎人の詩を吟ず」の例がある。

「伝法堂碑」は現存する。『白氏文集』巻二十四所収。序と銘から成る。初めの部分を引用すると、[18]

王城離地有仏寺、号興善寺。寺之坎地有僧舎、名伝法堂。先是、大徹禅師宴居于是寺、説法于是堂。因名焉。有問師之名迹。曰、号惟寛、姓祝氏、衢州信安人。祖曰安、父曰皎。生十三歳出家、二十四具戒。僧臘三十九、報年六十三、終興善寺。

王城の離地に仏寺有り、興善寺と号《なづ》く。寺の坎地に僧舎有り、伝法堂と名く。是より先、大徹禅師、是の寺に宴居し、法を是の堂に説く。因りて焉《ここ》に名く。師の名迹を問ふこと有り。曰はく、号は惟寛、姓は祝氏、衢州信安の人なり。祖を安と曰ひ、父を皎と曰ふ。生まれて十三歳にして出家し、二十四にして具戒す。僧臘三十九、報年六十三、興善寺に終はる。

伝法堂は長安の興善寺にあった僧院で、大徹禅師惟寛が説法を行った所である。「師之名迹」の途中までを引用したが、以下、「師之伝授」「師之道属」「師之化縁」「師之心要」について説く。「師之心要」は、白居易自身がかつて四度大徹に道を問うたことがあったことをいい、その時々に大徹がいかに答えたかを述べる。

銘は次の通りである。

仏以一印付迦葉　　仏は一印を以て迦葉《かしょう》に付す
至師五十有九葉　　師に至るまで五十有九葉

故名師堂為伝法　故に師堂に名けて伝法と為す

この「伝法堂碑」が円珍によって日本へもたらされた。

先に、中国文化の輸入に果たした入唐僧の役割に関して、その内典として持ち帰った文学的作品にも留意すべきことを述べたが、「伝法堂碑」はまさにそうしたものの一つとして将来された白居易の作品であった。

注

(1)『弘法大師全集』第三輯（同朋舎、一九七八年復刊）所収。
(2) 西本昌宏「真言五祖像の修復と嵯峨天皇――左大将公宛て空海書状の検討を中心に――」（『関西大学東西学術研究所紀要』第三八輯、二〇〇五年）。
(3)『真言付法伝』については、空海の撰述ではなく、後人が編集したものとする説が提出されているが（稲谷裕宣「空海作広略二付法伝について」『印度学仏教学研究』第十一巻一号、一九六三年）、その説においても、一行および後述の不空の伝は空海の作と考えられている。
(4) 近年、そのうちの青蓮院本が影印に付された。久曾神昇編『不空三蔵表制集他二種』（汲古書院、一九九三年）。諸本の伝存状況については「解説」（中村裕一稿）参照。
(5) 不空の讃は、空海自身、書写して嵯峨天皇に献呈したことがあった。弘仁五年閏七月二十八日付の「献二梵字幷雑文一表」（『性霊集』巻四）に「大広智三蔵影讃一巻」が記録されている。この二首（あるいはいずれか一首）を書写したものである。
(6) 日本古典文学大系本（岩波書店、一九六五年）に拠る。
(7)『真言付法伝』本文の校勘に資する。第11句「蟬脱而去」に『弘法大師全集』には「脱恐蛻歟」という注記があるが、『表制集』（青蓮院本）はそのとおり「蟬蛻」に作る。また23句は「伝法浩劫」であるが、『弘法大師全集』は諸本の異同を挙げ、「皆難解」と匙を投げる。これは『表制集』の「伝浩劫乃」の本文に従うべきである。

そうすると21句以下、

瞻㆓雪顔㆒則、無㆑示無㆑説、
伝㆓浩劫㆒乃、斯焉取㆑斯。

となり、対偶がよく整う。

（8）『秘密漫荼羅教付法伝』については、『表制集』所収の多くの文章が述作に用いられていること、早くは『弘法大師全集』第一輯（初版一九一〇年）、近年では『弘法大師空海全集』第一巻（筑摩書房、一九八三年）などに注として指摘されている。

（9）太田晶二郎「白氏詩文の渡来について」（同著作集第一冊、吉川弘文館、一九九一年。初出、一九五六年）」神田喜一郎「慈覚大師将来外典攷証」（同全集第三巻〔同朋舎出版、一九八四年〕所収『東洋学文献叢説』。初出、一九六四年）、小島憲之『上代日本文学と中国文学』下（塙書房、一九八〇年）第七篇第二章（一）「詩書の伝来」、興膳宏「空海と漢文学」（『中国文学理論の展開』清文堂、二〇〇八年。初出、一九九五年）等。

（10）ここにいう「伝記」は「経論疏の周縁に位置しそれを補助する、仏法にかかわる事実を記した書」の意である（森正人「説話集の編纂」（『国文学解釈と鑑賞』第五十三巻三号、一九八八年）。

（11）後藤昭雄『天台仏教と平安朝文人』（吉川弘文館、二〇〇二年）「讃　天台大師画讃の受容」参照。

（12）原文は「高美倫」、これが藤原通憲であること、注11の拙著参照。また、上述の讃のうち、「柏原奈良嵯峨三朝国師叡山大師廟賛」、「天台慈覚大師徳行賛」についてもこの著参照。

（13）亀田孜「橘在列賛の延暦寺東塔法華三昧堂の大師影像壁画」（『日本仏教美術史叙説』学芸書林、一九七〇年）参照。翻刻も付されている。

（14）後藤昭雄「円珍をめぐる文人たち」（『平安朝文人志』吉川弘文館、一九九三年）参照。

（15）注9太田論文。

（16）『宋史』芸文志に「元稹白居易李諒杭越寄和詩集一巻」と著録するものに該当すると考えられ、白居易詩が含まれている（注9太田論文）。

（17）佐伯有清「唐と日本の仏教交流」（池田温編『古代を考える　唐と日本』吉川弘文館、一九九二年）には、円珍が白居易に関心を懐いた例の一つとして言及されている。

（18）　金沢文庫本に拠る。題は「伝南禅法堂碑」。

※　後藤祥子・鈴木日出男・田中隆昭・中野幸一・増田繁夫編、論集平安文学2『東アジアの中の平安文学』（勉誠社、一九九五年）に発表した。

5 『三国祖師影』の讃

一

平安初期には、少なからぬ僧侶が中国へ渡り、多量の経典をはじめ典籍文物を我が国に将来したが、そのような文物の一つとして高僧の図像があった。たとえば、空海が持ち帰った真言五祖像（金剛智・善無畏・不空・一行・恵果）は今に京都、教王護国寺（東寺）に伝存している。また円仁の『入唐新求聖教目録』には「金剛智三蔵真影」「不空三蔵真影」「（善）無畏三蔵真影」「（義）真和尚真影」が著録されている。

仏教教義の広布継承に当たっては、その正当性を証明するものとして師資相承による伝授ということが重視されるが、そうした思潮のもとで、将来された祖師像が信仰の対象として尊崇され、あるいはそれらに基づいて祖師高僧の影像を集めた図像集が制作されることになる。『三国祖師影』はそのような図像集として現在に伝わるものの一つである。

『三国祖師影』は小野僧正仁海（九五一〜一〇四六）によって制作されたもので、(1) インド・中国・日本三国の祖師四十六人の影像を集成した白描の図巻である。真言宗勧修寺流の血脈相承の証資として伝授書写された。

その四十六人は次の通りである。

1龍猛、2龍智、3金剛智、4不空、5善無畏、6一行、7恵果、8空海、9実恵、10真雅、11真済、12真然、13源仁、14益信、15聖宝、16観賢、17法全、18真照、19宗叡、20達磨、21恵可、22僧璨、23道信、24弘忍、25恵能、26鑑真、27禅定法皇（宇多）、28寛空、29元杲、30淳祐、31雅真、32高倉大和尚、33貞師仙、34真如、35行基、36聖徳太子、37婆羅門、38僧伽、39道宣、40鳩摩羅什、41玄奘、42宝応、43周武王、44河上公、45先聖、46天帝。

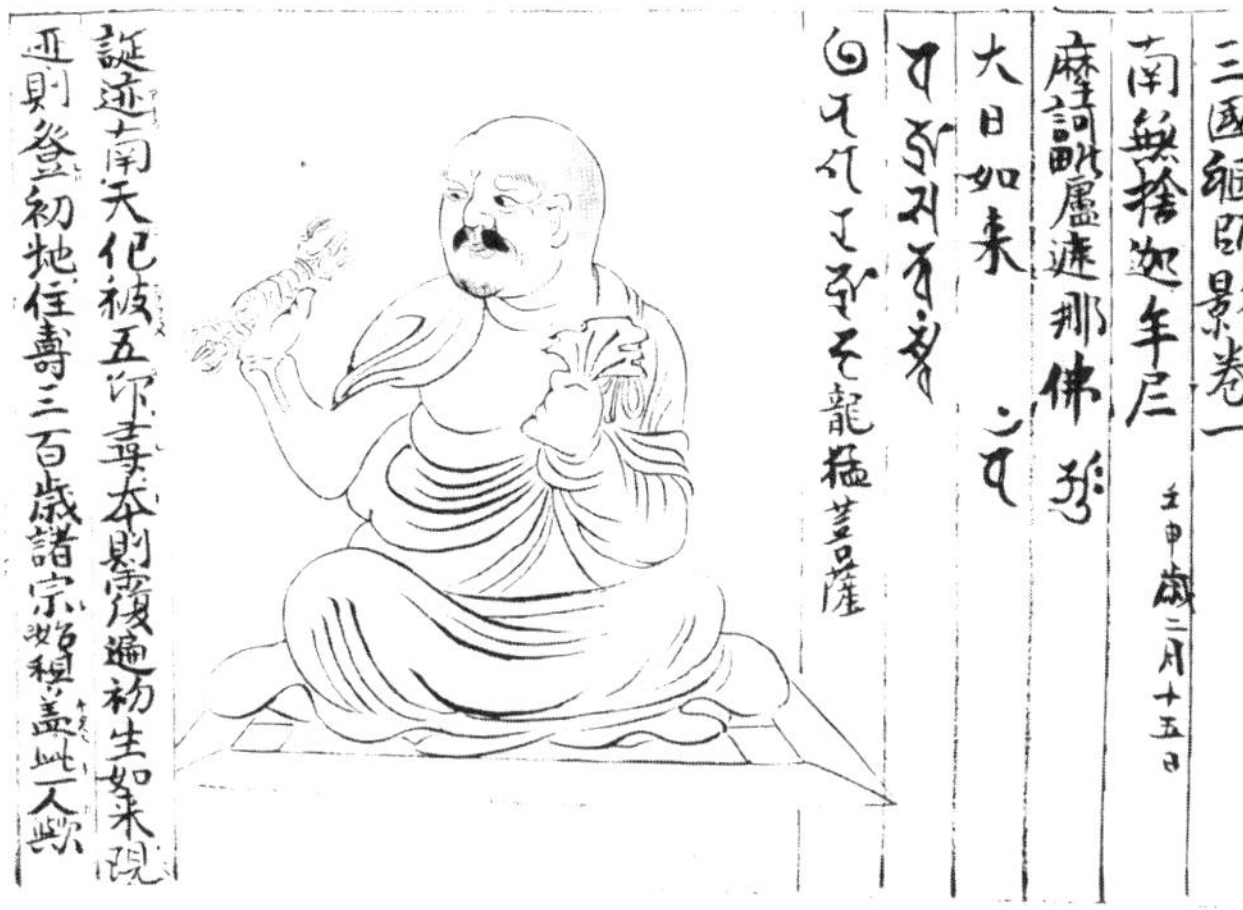

『三国祖師影』（久安六年本）龍猛像（『久安六年本三国祖師影の研究』に拠る）

真言七祖をはじめ、真言宗の諸師、中国の禅宗六祖、また日本の聖徳太子や行基、さらに中国の儒教、道教の先聖先師にも及んでいる。

この『三国祖師影』の影像には、祖師名は必須のものとして、これに加えて忌日、寺名、さらに行状文、讃、銘などが付載されているものがある。巻頭の祖師影のそれを例としてあげてみよう。(2)

(1) Nagarajuda　龍猛菩薩

誕迹南天、化被五印。尋本則覆遍初生如来。現迹則登初地。

住寿三百歳。諸宗始祖、蓋此一人歟。

⑵Nagarjñana　龍智菩薩

亦名普賢阿闍梨

位登聖地。神力難思。徳被五天。名薫十方。上天入地。無碍自由〈年七百余歳。貞元廿二年今在南天竺伝法。開元廿九年辛巳八月十五日忌〉

本章は、この『三国祖師影』に付された「讃」について、出典の指摘を中心に、考察を加えてみようとするものである。

二

『三国祖師影』には次の八本の伝存が知られている。(3)

1 久安六年本　大谷大学図書館神田文庫蔵。神田喜一郎氏旧蔵。

2 玄証書写本　鎌倉初期写。東京国立博物館蔵。高山寺旧蔵。

3 承安三年本　所伝不詳。

4 龍華寺本　鎌倉後期写。横浜市龍華寺蔵。

5 醍醐寺三宝院本　室町初期写。三宝院蔵。

6 寛永十六年本　仁和寺蔵。玄証書写本模写。

7 元禄四年本　唐招提寺蔵。久安六年本模写。

8 古書目録本　所伝不詳。一新会五十周年記念販売目録（一九六四年）

現存の諸本のうち、久安六年（一一五〇）書写の大谷大学図書館神田文庫所蔵本が最も古い本ということになるが、この本については、神田喜一郎氏所蔵時の一九六九年、大谷大学の高橋正隆氏による、作者、成立およびその背景、諸本、伝写の事情、構成などに亙って委細を尽くした研究が、コロタイプによる影印を併載して公にされた(4)。

この高橋氏の研究に、影像に付された記文(5)の典拠についても論及があり、そのうちのいくつかについては典拠が明らかにされている。

すなわち、1龍猛から7恵果までのいわゆる真言七祖の記文は、空海の撰述とされる『真言付法伝』（『略付法伝』）に基づいている。基本的にはこれを抄出したもので、これに、一部祖師の別称や干支、忌日などを付け加えている。なお、この七祖の記文のうち、4不空と5善無畏の二つは讃を含んでいる。このうち不空の讃は『真言付法伝』にあるのをそのまま引用したものであるが、善無畏の讃は『真言付法伝』には見えない。これについて、高橋氏は「『真言付法伝』によりながらその他の伝記を参照したのであろう(6)」と述べていて、讃の出典について、それ以上の具体的な指摘はない。

記文の典拠が指摘されているものがもう一つある。それは鑑真の記文であるが、これは周知の『唐大和上東征伝』から適宜記事を抄出して継ぎ合わせたものである。

高橋氏によってなされた『三国祖師影』の記文の典拠についての究明は以上である。

三

『三国祖師影』の記文には讃を含んでいるものがある。あるいは讃のみが記文となっているものがある。それは次の十四祖師影である。

4不空、5善無畏、17法全、20達磨、21恵可、22僧璨、23道信、24弘忍、25恵能、35行基、36聖徳太子、37婆羅門、38僧伽、39道宣。

このうち、弘忍については「玄宗御製」と明記されているが、現存の諸資料からは確認することができない。また不空の讃は、前述のように、『真言付法伝』に典拠を求めることができるが、この二つを除くと、ほかの讃の作者、またその典拠は明らかではなかった。そこから、高橋氏はいくつかの讃については、仁海の創作ではないかとも述べているのであるが(7)、これらの讃は、やはり典拠となった資料があって、それに基づいているのである。

その典拠となったものは橘在列の「延暦寺東塔法華三昧堂壁画賛」である。本書はもと高山寺に襲蔵されていたが、現在は大東急記念文庫蔵。これが唯一の伝本であるが、なお東京大学史料編纂所に久原文庫所蔵時の大正八年の影写本を蔵する。『大東急記念文庫書目』(一九五五年)によれば「平安末写」。粘葉装で本文七丁。早く仏教美術史の亀田孜氏による紹介があり、翻刻も付されている(8)。

内題に「天慶九年八月之比東塔法華三昧堂壁画大師等賛作者橘在列」とあり、これによって、制作年時、内容、作者が明らかである。すなわち、本書は、天慶九年(九四六)、この時、橘在列は出家して尊敬と称し、比叡山にあったが、その尊敬が延暦寺東塔の法華三昧堂の壁画に描かれた祖師高僧の画像に添えるために作った讃の集である。その対象となった高僧たちは、インド・中国・日本の三国に亙る以下の三十二人である。

1中天竺善無畏三蔵、2北天竺不空三蔵、3南天竺金剛智三蔵、4南岳慧思大師、5天台智者大師、6国清寺灌頂大師、7縉雲智威大師、8天官寺慧威大師、9左渓玄朗大師、10妙楽寺湛然大師、11瑯琊道邃大師、12呉興道宣律師、13泗州玉泉寺僧伽和尚、14一行阿闍梨、15恵果阿闍梨、16順暁阿闍梨、17義真阿闍梨、18法詮阿闍梨、19南天竺婆羅門僧正、20聖徳太子、21鑑真大和尚、22行基大僧正、23伝教大師、24慈覚大師、25智証大師、26義真和尚、27円澄和尚、28光定和尚、29安恵和尚、30恵亮和尚、31延最和尚、32静観僧正。

『三国祖師影』の讃が付された十四祖師影のうち、5善無畏、17法全、35行基、36聖徳太子、37婆羅門、38僧伽、39道宣の七人の讃はこの橘在列の「法華三昧堂壁画賛」を出典とする。

このことは早く亀田孜氏によって指摘されていた(9)。ただし氏の論及は簡略なものである。驥尾に付してやや細かに検討してみよう。

『三国祖師影』の讃と「法華三昧堂壁画賛」と両者の本文を対比して示す。『三国祖師影』の本文を掲げ、「壁画賛」の本文と異同がある箇所については、その文字の右肩に＊を付し、それを下段に示す。なお、虫損により判読できない箇所は□で示す。

5善無畏
宏矣無*畏　種是刹利　　無―无
栄辞中天　位登上地
瞻彼碧空　浮此金字
妙成就経　且訳且秘

17青龍寺法全阿闍梨(10)

惟恵*惟定　人称徳行

胎蔵金剛　心台鏡映

秋月比潔*　晴空同性

請益如雲　華夷帰命

35行基大僧正

菩薩昭昭　著于孩髻*

津設雀舫*　路*架虹橋

施化風靡　吐*鱠(3)魚跳

四十九寺　遺跡**蕭*条

36聖徳太子

観*音後身　為吾儲君

海香泛(5)灩　天華*繽紛

青龍馭漢*　黒駒躡雲

便知菩薩　身馨至芬

37婆羅門僧正

文殊在倭　尋之経過

来似萍浪　迎以花波

合眼黙識　携乎*詠歌

恵―慧

比潔―□(1)

孩髻―⿰歹亥髻

舫―□(2)　路―□

鱠―膾

跡―□(4)　蕭―粛

観音―南岳

華―花

漢―なし（空格）

乎―手

（1）「壁画賛」は虫損。亀田氏は下字を「渓」と判読する。

（2）「壁画賛」は扁の「舟」は判読できる。

（3）「壁画賛」には誤脱し、上欄に「魚歟」として補入。

（4）「壁画賛」は旁の「亦」は残る。

（5）「洽」をミセケチして右傍に書く。

老人奏楽　児舞婆娑

38僧伽和上

一十一面　観世音変

墜*馬惔靴　定*船施*扇　　墜—隧　定—完　施—経

免困*揚*子　除尽*李媛*　　困—囚　揚—楊　尽—恚　媛—嫨

大悲利益　多諸方便

39終南山沙門道宣

祖是老彭　呉興伝英

終南晦跡　渭北馳声

戒香芬潔*　定水澄清　　潔—契(6)

独貫千古　律蔵尤精
経也

(6) 上欄に「潔歟」と注記。

以上のように、『三国祖師影』の讃と「法華三昧堂壁画賛」とはほぼ一致し、若干の異同も上記のようなかたちで示すことで処理できる範囲にある。これによって、これら『三国祖師影』の七師の讃は橘在列の「法華三昧堂壁画賛」を典拠としていることは明らかである。高橋氏が未詳とした善無畏の讃も「法華三昧堂壁画賛」であった。すなわち記文は『真言付法伝』に拠りつつ、讃のみは「法華三昧堂壁画賛」を用いているのである。また、あるいは仁海の創作かと推測されていた行基、聖徳太子の讃も、同じく「法華三昧堂壁画賛」に拠るものであった。

四

『三国祖師影』に付された讃のうち、善無畏以下七師の讃は橘在列作の「法華三昧堂壁画賛」をそのまま借り用いる。若干の文字の異同があるが、それも、一方を参看して他方の誤写を訂しうるほどの近似した関係である。ただし、そのなかにあって、一つだけ、仁海が意図して本文を改めたに違いないと思われる箇所がある。それは聖徳太子讃である。改めて本文をあげてみよう。

観音後身　観音の後身
為吾儲君　吾が儲君《ちよくん》為り
海香泛灧　海香泛灧《はんえん》たり
天華繽紛　天華繽紛《ひんぷん》たり
青龍馭漢　青龍漢に馭し
黒駒躡雲　黒駒雲を躡《ふ》む
便知菩薩　便ち知る菩薩なりと
身馨至芬　身の馨《かお》り至つて芬《かんば》し

第一句、「観音の後身」とあるが、「法華三昧堂壁画賛」では「南岳の後身」とある。「観音」と「南岳」、この異同はどちらか一方の誤写ということではありえない。仁海は明確な意図のもとに、典拠とした「壁画賛」には「南岳の後身」とあったものを、「観音の後身」に改変しているのである。このことについては丁寧に吟味してみる必要があろう。

「法華三昧堂壁画賛」にいう「南岳の後身」はいわゆる聖徳太子慧思後身説に基づく。すなわち、聖徳太子は中国天台宗の第二祖南岳大師慧思の生まれ変わりであるとする考えである。

この慧思後身説はすでに早く奈良時代の後半に現れる。(11)『経国集』（巻十）所収、淡海三船の「五言、扈㆓従聖徳宮寺㆒」は、光定撰『伝述一心戒文』（巻中）では「景雲元年三月、天皇巡㆓行諸寺㆒、従㆓駕聖徳太子寺㆒」と題されていて、神護景雲元年（七六七）、法隆寺での作であるが、その第一聯に、

南嶽留禅影　南嶽に禅影を留め
東州現応身　東州に応身を現ず

とあり、『伝述一心戒文』では詩序が冠されるが、その序にも、

隋代、南嶽衡山有㆓思禅師㆒。常願言、我没後、必生㆓東国㆒、流㆓伝仏道㆒。其後、日本国有㆓聖徳太子㆒。……、時人皆云、太子者是思禅師之後身也。

の記述がある。年時が明示されたものとしては、これが最もの初例であるが、ほかに、鑑真に付き従って来朝した思託の『大唐伝戒師僧名記大和上鑑真伝』（『平氏伝雑勘文』所引佚文）、これを基として淡海三船が撰述した『唐大和上東征伝』（宝亀十年、七七九、成立）、また思託撰の『延暦僧録』（延暦七年、七八八、成立）(12)の「上宮皇太子菩薩伝」（『日本高僧伝要文抄』巻三所引）、さらにやはり思託と共に鑑真に従って日本に渡った法進の『梵網経註』（『梵網戒本疏日珠鈔』巻四十六所引）など、鑑真周辺の人びとの述作に見出される。

このように慧思後身説は奈良時代後期に律宗系、天台系の人びとの間に流布していたことがうかがわれるが、それは平安時代に入ると、より一層広く信じられるようになる。

最澄の「弘仁七年入㆓四天王寺上宮廟㆒求㆑伝㆓法華宗㆒詩」（『伝述一心戒文』巻中）の序には、「今我法華聖徳太子者、即是南嶽慧師大師後身也」という一文があり、またその「天台法華宗付法縁起」（『上宮太子拾遺記』巻一所引）に引かれた「略讃」は、「七生を大唐に剋《きざ》ん」だ慧思が「一生を日本に現じ」たことを四十句の偈に詠む。以下、最澄の門流に弘布していく。

光定は『伝述一心戒文』に自らの詩を引いているが、なかに「題㆓南岳慧思大師影㆒」（巻上）、「題㆓聖徳皇太子古迹㆒」（同）、「三夏居㆓四天王寺㆒奉㆓上宮廟㆒開㆓設法華㆒」（巻中）の三首があり、いずれも慧思の太子への転生を詠ずる。

円仁は『入唐求法巡礼行記』にそのことを記している。開成五年五月十六日条に、五台山大華厳寺で、天台座主志遠に日本における天台の興隆のことを尋ねられて、「南嶽大師、日本に生まれたる事を陳べた」こと、遡って同四年閏正月十九日条には、揚州滞在の円仁を訪ねた禅林寺の敬文が「彼の国の当時の儲君は是れ南岳の示生と云ふ」と語ったことを書き記している。

円珍も、『諸家教相同異略集』、「乞㆓台州公験㆒状」、および唐にもたらされた聖徳太子の『勝鬘経義疏』に唐僧明空が注釈を加えた『勝鬘経疏義私鈔』の跋に、聖徳太子が慧思の後身であるという説を書きとどめている。

さらに、空海もこれに言及している。「与㆓越州節度使㆒求㆓内外経書㆒啓」（『性霊集』巻五）に、「南嶽大士後身始到、揚江応身鼓㆑棹船破」と述べる。日本と唐との隔りの大きさ、渡航の困難をいうことの故事として用いているが、慧思後身説をいう。

このような例もあるが、天台列祖の一人慧思に関する転生説は、当然のことながら天台の門流において流布していった。橘在列、尊敬の「延暦寺東塔法華三昧堂壁画賛」もまたその流れのなかにある。

聖徳太子に関しては、この慧思後身説とともに、救世観音の化身であるとする説も行われた。ただし、その発生は慧思後身説よりはかなり後れて平安時代に入ってからで、現存の資料では『聖徳太子伝暦』[13]が初見である。すなわち、その欽明天皇三十二年、穴太部間人皇女が太子を懐胎する条に、皇女の夢に金色の僧が現れて、私には救世の願いがある。あなたの腹に宿りたいという。皇女が誰かと尋ねると、僧は「吾は救世菩薩なり」と答える。また敏達天皇十二年条、百済より渡来した僧、日羅は太子の姿を見て、「敬礼救世観世音、伝灯東方粟散王」と唱える。さらに推古天皇五年、百済王の使、王子阿佐が朝貢して太子を礼拝する条では、阿佐は「敬礼救世観世音菩薩、妙教流通東方日本国、四十九歳伝灯演説」という。

以上のような『聖徳太子伝暦』に記された観音化身説がほぼそのまま永観二年（九八四）成立の源為憲の『三宝絵』、そうして翌寛和元年、慶滋保胤編纂の『日本往生極楽記』に承け継がれている。『三宝絵』中巻第一、上宮太子伝はほとんどすべてを「平氏撰聖徳太子伝」として『伝暦』に拠っているが、前述の三条もそのまま取り入れられている。また『日本往生極楽記』は聖徳太子伝を巻首に置くが、皇女託胎のこと、および日羅礼拝のことが述べられている。

年時のうえでこれらに次ぐものとして、従来の指摘に漏れているが、寛弘三年（一〇〇六）十月十一日付の「紀伊国金剛峯寺解案」（『平安遺文』第二巻、四四六）がある。

右某謹案、仏法興、釈迦如来、浄飯王即位三十二年四月八日誕生。仏寿七十九歳、入二無余涅槃一。是即周第五主穆王即位五十二年壬申二月十五日也。……、第四十□（五）主勝宝感神聖武天皇〈釈迦如来化身也〉、聖徳太子〈救世観音化身也〉、行基大僧正〈文殊師利菩薩化身〉三人聖者造二東大寺一。顕教盛興也。

観音化身説を述べるものとして、『三国祖師影』は年代的にこれに次ぐものとなろう。

聖徳太子についての慧思後身説と観音化身説の展開を瞥見してきたが、前者は専ら天台系における太子信仰のなかで説かれる説であった。このことから、真言宗の祖師影である『三国祖師影』に採録されるに当たっては、聖徳太子の前身は、天台の祖師である慧思から、宗派を越えた汎仏教的な存在である観音へと改変されたのであろう。ただし、宗派性というものをあまり狭く限定されたものと考える必要はないかもしれない。そもそも『三国祖師影』が「法華三昧堂壁画賛」を典拠として用いること自体、すでに真言と天台の境界を越えているし、「法華三昧堂壁画賛」にも真言五祖に数えられる一行と恵果が含まれてもいるのである。

しかし、「南岳後身」から「観音後身」への本文の改変を説明するとすれば上述のようになろう。

五

他の讃に言及しておこう。

『三国祖師影』には十四の祖師影に讃が付されている。前述のように、そのうちの七つは「法華三昧堂壁画賛」を典拠とする。また不空の讃は『真言付法伝』に基づいている。したがって残り六祖師の讃の出典が明らかでない。その六人とは、20第一祖達磨大師、21第二祖恵可大師、22第三祖僧璨大師、23第四祖道信大師、24第五祖弘忍大師、25第六祖恵能大師であるが、これは、「第一祖……」という祖師名の書き方からもうかがわれるように、すなわち中国禅宗六祖である。このうち、弘忍の讃には「玄宗御製」と記されているが、典拠未詳であることは先に述べた。高橋氏は、恵可の讃に「高蹈神軀」、僧璨の讃に「絶跡高蹈」など重複した用語のあることをもって、これら六祖の讃は仁海の創作とも考えられるとするが、そうではあるまい。高橋氏は、影像については「禅宗六祖像」のごとき図像が素材となって、それがそのまま『三国祖師影』に採録された可能性を推測しているが、讃についても同様のことを考えてよいであろう。円珍の『福州温州台州求得経律論疏記外書等目録』に「禅門七祖行状碑銘一巻」があり、成尋の『参天台五台山記』煕寧六年（一〇七三）正月二十九日条に「六祖影二張」が見える。こうした例のあることを考えると、たとえば「禅宗六祖像讃」のごとき既製の画讃があり、仁海はそれを典拠として用いたと考えられるのである。「法華三昧堂壁画賛」という画讃の集が『三国祖師影』の讃の主要な典拠として用いられているという事実を顧慮すると、そう考えるのが妥当であろう。

注

（1）高橋正隆『久安六年本三国祖師影の研究』（神田喜一郎、一九六九年）。

（2）後述の大谷大学図書館神田文庫蔵久安六年本に拠る。この本にはヲコト点、傍訓、送り仮名、声点等の訓点が付されているが（注4論文参照）、すべて省略し、改めて句読点を付す。梵字はローマ字に改めた。

（3）4を除く他の七本については、注1著に拠る。4は新出本で、西岡芳文・向坂卓也「龍華寺本『三国祖師影』について――新たな中世写本の発見――」（『金沢文庫研究』第三二八号、二〇一二年）に拠る。

（4）注1著。本書に関するこのほかの研究として、石塚晴通「久安六年本三国祖師影讃の訓点」（『北海道大学文学部紀要』第二五巻一号、一九七六年）があり、釈文、訓み下し文を付す。また近年のものとして宇都宮啓吾「久安六年本『三国祖師影』の訓点について――池上阿闍梨点を巡る一問題――」（『大阪大谷国文』第四四号、二〇一四年）がある。

（5）高橋氏は（注4の石塚氏も）、影像に付された祖師名、忌日、行状文、讃等の文字部分（第一節末の引用参照）を「讃」と称しているが、これは曖昧さを含んだ用語である。本章にいう「讃」は漢文の文体の一つとしてのそれ（高橋氏はこれを「四字八句の讃文」「四字八句の押韻の文」などと呼ぶ）であり、文字部分全体とは明確に区別される必要があるので、文字部分は「記文」と呼ぶこととする。

（6）注1著、四二頁。

（7）禅宗六祖、行基、聖徳太子について（注1著、四五〜四九頁）。

（8）亀田孜「橘在列賛の延暦寺東塔法華三昧堂の大師影像壁画」（『日本仏教美術史叙説』学芸書林、一九七〇年）。

（9）私は大谷大学図書館の展観に出陳された『三国祖師影』を見ていて、このことに気づいたのであるが、調べを進めるなかで、亀田孜氏によって簡略ではあるが、すでに指摘されていることを知った。「先徳図像」（注8著所収。初出は一九三五年）に「像の間に挿入せる讃詞は寄せ集めらしく、玄宗御製が二三ある。又天台高僧像に述べた橘在列賛も善無畏、道宣、僧伽、波《（ママ）》羅門僧正、聖徳太子、行基の各々に附してある」とある。なお、ここにいう「先徳図像」は前述（第二節）の諸本のうちの「玄証書写本」である。

（10）この法全の讃のことは亀田氏の指摘に漏れている。

（11）以下の慧思後身説の展開については、大屋徳城「聖徳太子に対する後世の崇拝と信仰」（『日本仏教史の研究』第二巻、東方文献刊行会、一九二九年）、飯田瑞穂「聖徳太子慧思禅師後身説の成立について」（同著作集1『聖徳太子伝の研究』吉川弘文館、二〇〇〇年。初出一九六五年）を参照した。

（12）後藤昭雄「『延暦僧録』考」（『平安朝漢文文献の研究』、吉川弘文館、一九九三年）参照。

（13）朱雀朝（九三〇〜九四六）の成立とみられる『本朝月令』に引用のあることから、それ以前の成立。坂本太郎「日本書紀と聖徳太子の伝記」（同著作集第2巻『古事記と日本書紀』吉川弘文館、一九八八年。初出一九七二年）『日本古典文学大辞典』（岩波書店、一九八四年）「聖徳太子伝暦」の項（飯田瑞穂氏執筆）。

※　渡辺貞麿教授追悼論集『国文学論集』（『文芸論叢』第四一号、大谷大学文芸学会、一九九三年）に発表した。

6 「和歌集等を平等院経蔵に納むる記」考

はじめに

表題の「納二和歌集等於平等院経蔵一記」は諸歌集を宇治平等院の経蔵に納めるに際して、その旨を記述したもので、延久三年（一〇七一）九月という日付が明記されている。惟宗孝言《これむねのたかとき》の執筆にかかる。『本朝続文粋』（巻十二）、『朝野群載』（巻三）に収載されているが、また、阪本龍門文庫蔵『平等院御経蔵目録』にも引載されている。

本記を文学研究の立場(1)から取り上げたものとして、早く上野理氏の論(2)がある。『拾遺集』から『後拾遺集』まで、なぜ八十年間もの勅撰集の空白期があるのか。それを考えるのに、摂関による歌集集成事業をもの語る資料として本記を取り上げている。その後、長い間顧みられることはなかったが、近年、荒木浩氏が延久初年における源隆国の文学的営為に関連する文章の一つとして論及した(3)。

両氏及び福山氏の論（注1）には、本記が原文あるいは訓読文によって引用され、上野・福山論文には大意も示されているが、そこに止まっている。本記は私にとってもかねて気に掛かる文章であったので、私注を試みることにした。併せて、この記の文学史における意義について考えてみたい。

一

前もって触れておくべきことがある。それは歌集を平等院経蔵に収めた主体である。誰が納入したのか。平等院の主《ぬし》たる前関白藤原頼通とする説と、この記の作者の惟宗孝言とする説とがあったが、荒木氏が従来の説の論点を整理して、頼通願主説が妥当であることを説いている。(4)

「記」を読んで行こう。

まず本文をあげる。『平等院御経蔵目録』所収本を底本とする。(5)改行はそのままとし、全文に亙って訓点（読仮名、送仮名、ヲコト点）が付されているが省略する。

納和歌集等於平等院経蔵記
和歌者不関八万十二之教文无載
姫旦孔父之典籍唯為日域之風俗
空抽艶流之綺語然猶男女芳
語之間芝蘭結契之処初為
遂配偶之志屢述慇懃之懐後
依変昵愛之交更遺参商之恨
徒飛虚誕花飾之言葉互載

輪廻生死之罪根謂其思風最足発露又壮年之昔朝務之余多閲数家之篇什自動六義之心情始従万葉集至于拾遺抄見其吟詠之人知彼比興之趣雖隔百年之往賢雖起他界之前輩若感斯一言豈不慙三業加之時断外慮側聞内典麁言軟語遂帰中道之風妄想戯論皆混実相之月故以斯和歌集等納平等院経蔵曾非加顕密法文之緗帙偏為慣讃嘆仏乗之句偈也願以数篇風雲草木之興恋慕怨曠之詞翻為安養世界七菩提之文八正道之詠是以集中所載貴賤道俗被牽吾願念併生一仏土誇宿住通依串習力無忘春花翫七宝荘厳之行樹猶思秋

月讃四智円明之尊容今臨哀老
発此浄心適有知我之者遍結成仏
之縁于時延久三年暮秋九月記

これを『本朝続文粋』(国立公文書館内閣文庫本〔複製〕)及び『朝野群載』所収本文と対校する。『朝野群載』は次の写本を用いた。(6)

東山御文庫本(略称「東本」)
慶長写本(内閣文庫蔵、「慶本」)
菊亭本(京都大学附属図書館蔵、「菊本」)
円満院本(佐藤道生氏蔵、「円本」)
尾州家本(佐藤道生氏蔵、「尾本」)
林崎文庫本(神宮文庫蔵、新訂増補国史大系本底本、「林本」)

以下の三箇所は改定が必要である。(7)

5行目「語」。底本以外はすべて「談」である。「男女」間の「芳語」あるいは「芳談」となる。語彙としてはいずれもあり得るかと思われるが、「芳語」は他に用例を見いだしえない語である。よって「談」に改める。なお、「芳談」も『角川大字源』には「国」と標示する。すなわち和製漢語と認定している。

8行目「載」。『続文粋』及び『朝野群載』の東本・慶本・菊本・尾本は「栽」、これに拠って「栽」に改める。この文字を含む箇所は「互□輪廻生死之罪根」であるが、この句は前句「徒飛虚誕花飾之言葉」と対句をなし、これは「言葉を飛ばす」と、いわゆる縁語による修辞がなされている。したがってその対句も「罪根を栽う」という縁語表現でなければならない。「載」は字体の類似による誤写である。

14行目「起」。『朝野群載』の東本・慶本・菊本は「赴」、尾本・円本・林本は「趣」であるが、「他界」に続くことから「赴」に改める。「他界に赴く」となる。「趣」も考えられるが、本の素性による。

以上のように校定して、原文を句形を整えて示すと次のようになる。改めた文字に＊を付した。

和歌者、
不関八万十二之教文、无載姫旦孔父之典籍。
唯為日域之風俗、空抽艶流之綺語。
然猶、
男女芳談*之間、芝蘭結契之処、
初為遂配偶之志、屢述慇懃之懐、
後依変昵愛之交、更遺参商之恨。
徒飛虚誕花飾之言葉、互栽*輪廻生死之罪根。
謂其思風、最足発露。
又、壮年之昔、朝務之余、
多閲数家之篇什、自動六義之心情。
始従万葉集、至于拾遺抄、
見其吟詠之人、知彼比興之趣。
雖隔百年之往賢、雖赴*他界之前輩、

若感斯一言、豈不慙三業。
加之、
時断外慮、側聞内典、
麁言軟語、遂帰中道之風、
妄想戯論、皆混実相之月。
故、以斯和歌集等、納平等院経蔵。
曾非加顕密法文之緗帙、偏為慣讃嘆仏乗之句偈也。
願以数篇風雲草木之興恋慕怨曠之詞、
翻為安養世界七菩提之文八正道之詠。
是以、
集中所載、貴賤道俗、
被牽吾願念、併生一仏土。
誇宿住通、依串習力、
無忘春花、翫七宝荘厳之行樹、
猶思秋月、讃四智円明之尊容。
今臨衰老、発此浄心。
適有知我之者、遍結成仏之縁。
于時延久三年暮秋九月記。

これに基づいて訓読する。

和歌は八万十二の教文に関はらず、姫旦《きたん》孔父の典籍に載することなし。唯日域《ただ》の風俗と為して、空しく艶流の綺語を抽づ《ぬきい》。然れどもなほ、男女芳談の間、芝蘭結契の処、初めは配偶の志を遂げんがため、屢しば《しば》慇懃の懐ひを述ぶるも、後は昵愛の交はりを変ずるに依り、更に参商《しんしょう》の恨みを遺す。徒らに虚誕花飾の言葉を飛ばし、互ひに輪廻生死の罪根を栽う《う》。其の思風を謂へ《おも》ば、最も発露に足る。

又、壮年の昔、朝務の余り、多く数家の篇什を閲《み》て、自づから六義の心情を動かす。万葉集より始めて拾遺抄に至る。其の吟詠の人を見て、彼の比興の趣きを知る。百年を隔つる往賢といへども、他界に赴ける前輩といへども、若《も》し斯の一言に感じなば、あに三業を恥ぢざらんや。しかのみならず、時に外慮を断ち、側《ほの》かに内典に聞くに、麁言《そげん》軟語、遂に中道の風に帰し、妄想戯論、皆実相の月に混ず。

故に、斯の和歌集等を以て、平等院の経蔵に納む。曾つて顕密法文の緗帙《しょうちつ》に加ふるに非ず、偏に讃嘆仏乗の句偈に慣らはんがためなり。願はくは数篇の風雲草木の興、恋慕怨曠の詞を以て、翻して安養世界の七菩提の文、八正道の詠と為さん。

是を以て、集中所載の貴賤道俗、吾が願念に牽かれて、併せて一仏土に生ぜん。宿住通を誇り、串習力に依りて、春花を忘るることなく、七宝荘厳の行樹を翫び、なほ秋月を思ひて、四智円明の尊容を讃へん。今、衰老に臨みて、此の浄心を発す。適《たま》たま我を知る者有らば、遍く成仏の縁を結ばん。

時に延久三年暮秋九月記す。

必要な語句に注釈を加えていこう。

○八万十二之教文　仏教経典をいう。「八万」は数の多いこと。「十二」は経典を形式、内容により十二に分けた十二部（分）教をいう。『法華経』「見宝塔品」に「若持㆓八万四千法蔵、十二部経㆒、為㆑人演説、令㆔諸聴者得㆓六神道㆒、雖㆓能如㆑是、亦未㆑為㆑難」とあるのに基づく。用例として、『法華伝記』巻一の巻頭の偈に「稽首妙法蓮華経、八万十二諸聖教」とあり、本朝では大江朝綱の「朱雀院周忌御願文」（『本朝文粋』巻十四414）に「彼一句半偈之功能、仏猶難㆓算数㆒、況八万十二之較量、誰敢知㆓浅深㆒」とある。

○姫旦孔父　周公旦と孔子。「姫」は周の王室の姓。したがって「姫旦孔父之典籍」は儒教の書物をいう。周公旦を「姫旦」と称した例として、大江匡衡の「為㆓入道前太政大臣㆒辞㆓職并封戸准三宮㆒第四表」（『本朝文粋』巻四116）に「昔姫旦之輔㆓成王㆒而臨㆑朝、以㆓王少未㆑冠也」、大江匡房の「参㆓安楽寺㆒詩」（『本朝続文粋』巻一）に「淳化同㆓姫旦㆒、聖道亜㆓仲尼㆒」があるが、後者はこの「記」と同じく周公旦と孔子とを対語とする。また周公旦と孔子とを並称して儒教の代表とする例として、「文選序」に「姫公之籍、孔父之書、与㆓日月㆒倶懸、鬼神争㆑奥」、空海の『三教指帰』巻下に「仮名曰、……、其旨也、則姫孔之所㆑未㆑談、老荘之所㆑未㆑演」がある。

○日域之風俗　「日域」は日本をいう。紀淑望の「古今集真名序」に「自㆔大津皇子之初作㆓詩賦㆒、詞人才子、慕㆑風継㆑塵、移㆓彼漢家之字㆒、化㆓我日域之俗㆒」とあり、「日域之風俗」はこの「古今集真名序」に基づく語句であるが、和歌を詠むことを「風俗」の語でいうことは和歌序に多用される。一例として紀長谷雄の「太上法皇賀㆓玄宗法師八十之齢㆒和歌序」（『本朝文粋』巻十一348）の「写㆓一心之思㆒、載㆓八百之歌㆒。仮㆑物以祝㆑之、取㆑喩以賀㆑之。此間風俗、勿㆓相軽㆒矣」は「古今集真名序」に先立つ早い例である。「此間」は「ここ」で、外国に対して日本をいう。

○艶流　やはり「古今集真名序」の語で、「浮詞雲興、艶流泉涌、其実皆落、其華孤栄」とあるのを用いる。

○綺語　美しく飾り立てた言葉。仏教の立場から文学をいう。白居易の「香山寺白氏洛中集記」（『白氏文集』巻七十）に「狂言綺語」として用いられている。本朝の一例として紀斉名の「暮春勧学会聴レ講二法華経一同賦レ摂二念山林一」詩序（『本朝文粋』巻十278）に「先講レ経而後言レ詩、内二信心一而外二綺語一」とある。

○芳談　うるわしい語らい。清原佐時の「暮春見二藤亜相山荘尚歯会一詩」（『粟田左府尚歯会詩』）に、「芳談説尽花前暮、宴席開来酔裏春」、また藤原為時の「観謁之後、以レ詩贈二太宋客羌世昌一」（『本朝麗藻』巻下）に「芳談日暮多二残緒一、羨以二詩篇一子細通」とある。

○芝蘭　もとは霊草と香草をいうが、ここでは才徳に秀れた人。菅原道真の「請レ罷二蔵人頭一状」（『本朝文粋』巻五142）の「其徳也、堪レ守二芝蘭之種一、其威也、足レ率二鸞鳳之群一」、藤原有国の「初冬感二李部橘侍郎見レ過、懐レ旧命レ飲」（『本朝麗藻』巻下）の「偶遇二芝蘭芳契友一、宣風坊裏一傾レ盃」はその例であるが、後者は「契」の語も併せて用いており、ここの用法と近い。この詩の用例のように、「芝蘭の契」は男性間の交友についていうのが本来であるが、ここでは、後文の展開を見ると、前句と同じく男女間の契りとして用いている。

○昵愛　親しみ愛する。『文選』の用語。謝恵連「七月七日夜詠二牛女一」（巻三十）に「遐川阻二昵愛一、脩渚曠二清容一」とある。

○参商之恨　会うことのできない恨み。「参」はオリオン座、「商」はサソリ座で、同時に空に出ることはない。杜甫の「贈二衛八処士一」（『全唐詩』巻二一六）の「人生不二相見一、動如二参与レ商」は分かり易い用例であるが、ここの文脈により近いのは白居易の新楽府「太行路」（『白氏文集』巻三）の「与レ君結髪未二五載一、忽従三牛女為二参商一」である。また同「天可レ度」（同巻四）に「使三君夫婦為二参商一」とある。

○飛―言葉　詩歌を詠む。菅原定義の「夏日陪二北野聖廟一聴二法華経一」（東大寺蔵『願文集』所収詩巻(8)）に「去年

冬景飛二言葉一、今歳夏天聴二法華一」とある。文道の神、菅原道真を祭る北野神社で詩宴が開かれたことをいう。また藤原有業の「秋催二詩客興一」（『擲金抄』巻中）に「詞華更発露清色、言葉初飛風冷程」の例がある。

○輪廻生死　迷いの世界で生と死をくり返すこと。都良香の、菅野惟肖の「分二別生死一」の題による対策に対する評定文（『都氏文集』巻五）に「周礼之教、唯発二化者去衡尽之談一、不レ論二死生輪廻之理一」の例がある。

○思風　心の中の思い、感情、また思想。陸機の「文賦」（『文選』巻十七）に「思風発二於胸臆一、言泉流二於脣思一」とある。本朝では藤原有国の「讃二法華経二十八品一和歌序」（『本朝文粋』巻十一349）の「思風猶疎、讃二二十八品於釈迦文之教一」は一例。

○発露　つつみ隠さず明らかにする。延いて告白、懺悔の意となる。『往生要集』巻中、大文第五に「如二宝積経九十一云一、……、所行罪業、慙愧発露」、大江匡房の「不知願主逆修修善願文」（『江都督納言願文集』巻五）に「朝修二法華懺法一、発二露六根之罪障一、暮行二弥陀念仏一、願二求九品之妙果一」の例がある。

○六義　「古今集真名序」の「和歌有二六義一。一曰風、二曰賦、三曰比、四曰興、五曰雅、六曰頌」に基づいて、和歌をいう。源俊房の「暮春侍二中殿一詠二竹不レ改レ色和歌序」（『本朝続文粋』巻十）に「吾君、……、詞兼二六義一、自叶二赤人人丸之流一」というのは、堀河天皇が和歌を詠むことをいう。この語は和歌序に多様されるが、藤原有業の「於二雲居寺一同詠二雨中逢レ友和歌序」（『本朝小序集』）に「願以二此六義之興一、翻為二彼九品之縁一」というのは、この「記」の後文の「願以二——詞一、翻作二——詠一」と措辞も発想も類似する。

○比興　先の「六義」のうちの二つ、本来は『詩経』の用語で直喩と隠喩をいうが、ここでは「六義」と同じく和歌をいう。『続日本後紀』嘉祥二年三月庚辰条に「夫倭歌之体、比興為レ先、感二動人情一、最在レ茲矣」とある。

○斯一言　前段落の「謂二其思風一、最足二発露一」を指す。

○三業　意《こころ》、口、身の働き。意志と言葉と行動。『往生要集』巻上、大文第四の「礼拝門、是即三業相応之身業也」は、礼拝という動作は三業のうちの身業に当たるというのである。また大江匡房の「顕季卿室家千日講結願供養願文」（『江都督納言願文集』巻五）に「弟子、五障之雲雖レ重、望二証入於無垢界之正覚一、三業之塵雖レ深、期二払拭於有頂天之成道一」とある。

○麁言軟語遂帰中道之風　「麁言軟語」は粗雑な言葉と穏やかな物言い。これで一つの成句。『大般涅槃経』巻二十に「諸仏常軟語、為レ衆故説レ麁。麁語及軟語、皆帰二第一義一」、『妙法蓮華経文句』巻二上に「観心者、観三麁言軟語、皆帰二第一義一」とある。これらの「第一義」は最高の道理の意。「内典に聞くに」としていう、この「麁言軟語、遂に中道の風に帰し」はこれらの文句を踏まえている。「中道」はいずれにも片寄ることのない真実の道理。「第一義」をこの語に置き換えた。藤原基俊の「雲居寺聖人懺二狂言綺語一和歌序」（『本朝小序集』）に「経演、麁言及軽語、皆帰二第一義之文一。誠哉此言」というのも先の経典の文句に基づいている。なお、この「軽語」は字形の近似による誤りである。

○妄想戯論皆混実相之月　「妄想戯論」は迷いの心と無益な談論。これも仏典に散見する成語であるが、一例として『大方広仏華厳経』巻五十二に、「使三其両闕而撮二取之一、置二仏法中一、令レ断二一切妄想戯論一、安二住如来無分別無礙行一」がある。「実相」は真実のすがた。具平親王「普賢菩薩讃序」（『本朝文粋』巻十二357）に「誦二法華一者、住二心於六牙象一、読二華厳一者、繫二念於十願王一。或占二閑林窮谷一、観二実相一而見二真容一者間聞」とある。この「妄想戯論も皆実相の月に混ず」も前句「麁言軟語遂に中道の風に帰し」と対をなして、「側かに内典に聞くに」から続くものであることから、類似した措辞が仏典になければならないが、見出し

えない。(9)

○細帙　浅葱色の布のちつ。「文選序」に「飛文染翰、則巻盈二乎緗帙一」とある。

○讃嘆仏乗　「仏乗」はすべての人を悟りに導く仏の教え。それを褒め讃える。次項に引く白居易の「香山寺白氏洛中集記」にいう「讃仏乗」である。

○願以――、翻為――。　この構文は白居易「香山寺白氏洛中集記」の「願以二今生世俗文字之業・狂言綺語之過一、転為二将来世世讃仏乗之因・転法輪之縁一」に拠る。この聯は『和漢朗詠集』巻下・仏事に入るが(588)、そこでは後句の「転為」を「翻為」に作り、この「記」と一致する。

○風雲草木之興　自然の風物を詠んだ歌をいう。「文選序」に「若其紀二一事一詠二一物一、風雲草木之興、魚虫禽獣之流、推而広レ之、不レ可二勝載一矣」とある措辞をそのまま用いる。用例として、「後拾遺和歌抄目録序」(一〇八七年)に「衆物群情、風雲草木、恋慕怨曠、慶賀哀傷」と「恋慕怨曠」とともに用いられる。

○恋慕怨曠之詞　恋の歌である。「怨曠」は男女間で相手を得られず、あるいは相手を失って悲しみ怨むこと。陳琳の「為二袁紹一檄二豫州一」(『文選』巻四十四)に「咸怨曠思レ帰、流レ涕北顧」とあり、李善注に「毛詩序曰、男女怨曠」。前注所引の「後拾遺和歌抄目録序」に「恋慕怨曠」とある。

○七菩提、八正道　「七菩提」は悟りに到るための七種の修行法、「八正道」は修行の基本となる八種の実践法。対語として仏典に用いられ、『大方等大集経』巻四の偈に「七菩提分名為レ根、八正道分名為レ業」、また『阿弥陀経通賛疏』巻中に「経云、其音演二暢五根五力七菩提八聖道分一」の例がある。なお、仮名文であるが、『栄花物語』「玉の台」に「池の浪も、五根、五力、七菩提分、八正道を述べ説くと聞こゆ」とある。

○宿住通　前世のことを知る知恵。仏典に多用の語。本朝の例に慶滋保胤「勧学会、於二禅林寺一聴レ講二法華

経一同賦三聚レ沙為二仏塔一」詩序（『本朝文粋』巻十277）の「我等、或齢過二壮年一、其誠且多レ日。何疑丁来世開二宿住通一覚二今日事一、如丙智者大師記乙霊山会甲」がある。

○串習力 「串」はならう、なれる意。「串習力」も仏典に常用の語で、一例に『阿毘達磨大毘婆沙論』巻十一の「彼二人、由二串習力一得二如レ是同分レ智」がある。

○七宝荘厳之行樹 「行樹」は立ち並んだ木々。『法華経』「比喩品」に「国名二離垢一。……、瑠璃為レ地、有二八交道一。黄金為レ縄、以界二其側一。其傍各有二七宝行樹一」、『経律異相』巻二十四、無諍念金輪王請仏僧八に「其楼四門、七宝所レ成。七宝行樹、其樹皆懸二宝衣瓔珞一」とある。

○秋月 仏の円満の姿は秋月にたとえられる。『往生要集』巻上、大文第二に、「座上有レ仏、相好無辺。烏瑟高顕、晴天翠濃、白毫右旋、秋月光満」とある。菅原輔正の「円融院四十九日御願文」（『本朝文粋』巻十四415）に「八万四千之相、秋月満而高懸」というのも同じである。

○四智円明 「四智」は悟りを得た時に備わる四種の智恵。「四智円明」は完全な悟りに達した状態。『大乗本生心地観経』巻三の偈に「自受用身諸相好、一一遍満十方刹、四智円明受二法楽一、前仏後仏体皆用」の例がある。

口語訳すれば次のようになろう。

和歌は仏教の経典に関わりはなく、儒教の典籍に記載されることもない。まったく日本の風習であり、空しく美しい調べの飾られた言葉をつむぎ出している。しかし、男女の楽しい語らいの時、また才徳のすぐれた人が契りを結ぶ場で、初めは夫婦になろうという思いを遂げようと、しばしば思慕の情を述べるものの、後には親密な交わりも変わってしまうことで、さらには会えない恨みを残すことになるのである。いたずらに飾り立てた偽りの言葉を交わして、お互いに生死の世界を経廻《へめぐ》る罪の原因を作ることになる。（和歌を詠む人の）感情がこのようなものであると考えると、最も懺悔に値するものであろう。

また壮年の昔、朝廷での務めの合い間に、諸家の歌を多く読んで、自ずから歌心を動かされたものだ。『万葉集』から『拾遺抄』まで、その歌人を見、その歌の趣きを知った。百年を隔てた古の賢人、亡くなった先人といえども、先の一言（「最も懺悔に値する」）に感じるところがあれば、（人の為す）心・口・体の働きを恥じることがあるだろう。さらには、他への慮りを断ち、仏典に尋ねてみると、粗雑な言葉も穏やかな物言いも結局は真理に帰一し、偽りの想念、戯れの談論もすべて真実のすがたに関わるという。

そこで、これらの和歌集を平等院の経蔵に収めることとした。これはけっして顕密の経典に加えようとするものではなく、ひとえに人々を悟りに導く仏の教えを讃える詩句のごときものとしようとするためである。どうか諸歌の自然風物の興趣、恋や恨みの言葉を、転じて極楽世界の悟りに到るための七つの修行法を述べた文、八つの修行実践法の詠歌としたいと思う。

これによって、歌集所載の貴賤僧俗の人々が、私の願いに引かれて、すべて極楽浄土に生まれ変わりますように。（そこでは）前世のことを知る知恵を発揮し、慣れ身に付けた力によって、（歌に詠んだ）春の花を忘れることなく、七宝で飾られた木々を賞《め》で楽しみ、また秋の月を思って、完全な悟りに達した仏のお姿を讃えることであろう。

私は今老いにさしかかって、この清浄心を起こした。もしたまたま私の思いを知る人があれば、そうした人すべてと成仏の縁を結びたいと思う。

二

この「記」が深い関わりを持つのは、語釈でも断片的に触れてきた白居易の「香山寺白氏洛中集記」である。このことも上野論文に指摘があるが、そもそも平等院に歌集を奉納するという行為自体、そしてそのことを「記」に記述するということがすでに白居易が自らの詩集を香山寺に収め、「記」を書いたことに倣うものであった。表現のうえでの借用についても、前記以外の例も指摘されているが、なおある。それも含めて、影響の深切なことを見るために「白氏洛中集記」の全部を引いてみよう。

白氏洛中集者、楽天在レ洛所レ著書也。大和三年春、楽天始以二太子賓客一分二司東都一、及レ茲十有二年矣。其間、賦二格律詩一、凡八百首、合為二十巻一。今納二于龍門香山寺経蔵堂一。夫以二狂簡斐然之文一、而帰二依支提法宝蔵一者、於レ意云何。我有二本願一、願以二今生世俗文字之業、狂言綺語之過一、転為二将来世世讃仏乗之因、転法輪之縁一也。十方三世諸仏応レ知。噫、経堂未レ滅、記石未レ泯之間、乗二此願力一、安知丁我他生不丙復游二是寺一、復覩乙斯文甲、得二宿命通一、省二今日事一、如下智大師記二霊山於前会一、羊叔子識中金鐶於後身上者歟。於戯、垂老之年、絶二筆於此一、有二知レ我者一、亦無レ隠焉。大唐開成五年十一月二日、中大夫守太子少傅馮翊県開国侯上柱国賜紫金魚袋白居易楽天記。

傍線を付した部分が「納和歌集記」に摂取されている措辞である。前節の語釈には挙げなかったが、「垂老」「我を知る者有らば」もそうである。[10] さらに「宿命通」もそうである。「納和歌集記」の「宿住通」と同義で、孝言はこれを一字を換えて用いたのである。

この「白氏洛中集記」の受容ということと密接に関わるが、「納和歌集記」の文学史における意義の一つは、上野論文が述べるように、和歌を明確に狂言綺語と捉えて記述した最も早いものということである。

語釈で触れた藤原基俊の「雲居寺聖人の狂言綺語を懺する和歌序」（『本朝小序集』）は表題のとおり、より端的に詠歌を狂言綺語とみなして、その滅罪を行うことを述べた作品である。

和歌之興、其風遠哉。陰陽定レ義、山川分レ形以降、神明所レ感、歌詠有レ由。所以、住吉明神、為二諷喩一垂レ跡、後代詞人、慣二微言一継レ塵。倩尋二此明神之本地一、寧非二高貴徳王菩薩一哉、追訪二此菩薩之対揚一、則是双林拮拾之説教也。経演、麁言及軽語、皆帰二第一義之文一。誠哉此言。予、止観之余、坐禅之隙、時々有二和歌之口号一。春朝戯指レ花称レ雲、秋夕哢仮レ月云レ雪。妄言之咎難レ避、綺語之過何為。仍図二彼菩薩之像一、写二此経典之文一。向レ像講レ経、礼レ経謝レ罪。請以二一生中之狂言一、翻為二三菩提之因縁一而已。

和歌の興《おこり》、其の風遠きかな。陰陽義を定め、山川形を分かちて以降《よりこのかた》、神明の感ずる所、歌詠すること由《よし》有り。所以《ゆえ》に住吉明神、諷喩を為して跡を垂れ、後代の詞人、微言に慣らひて塵を継ぐ。倩《つら》つら此の明神の本地を尋ぬるに、寧《なん》ぞ高貴徳王菩薩に非ずや、追つて此の菩薩の対揚を訪ふに、則ち是れ双林拮拾の説教なり。経に演《の》ぶ、麁言《そげん》及び軽語、皆第一義の文に帰すと。誠なるかな此の言。予、止観の余、坐禅の隙に、時々和歌の口号有り。春の朝には戯れに花を指して雲と称し、秋の夕には哢《あざけ》りて月を仮《たと》へて雪と云ふ。妄言の咎《とが》避け難く、綺語の過ち何《いかん》とか為ん。仍《よ》つて彼の菩薩の像を図《えが》きて、此の経典の文を写す。像に向かひて経を講じ、経を礼《うやま》ひて罪を謝す。請ふ一生中の狂言を以て、翻して三菩提の因縁と為さんのみ。

故に傍線部のような、「納和歌集記」[11]とほとんど同じ表現もあるのであり、この和歌序もまた狂言綺語観の展開をみるうえで注目すべき作品であるが、これは嘉承元年（一一〇六）九月十三日の作[12]で、「納和歌集記」に三十年ほど遅れる。

『本朝小序集』にもう一例ある。これもたまたまか雲居寺に関わるが、藤原有業の「夏日雲居寺に於いて同に「雨中友に逢ふ」を詠ずる和歌序」である。

交芳二於蘭一、契堅二於石一之者、七八許輩。凌二雨脚之滂流一、尋二雲居之幽寺一。蓋訪二上人寂寞一也。所レ談者空仮中之妙理矣、□□自消、所レ礼者安養界之厳飾焉、眼塵忽洗。凡視聴之所レ触、莫レ不レ滅二罪霜一矣。随喜之余、聊入二風情一。題目々〔曰〕、雨中逢レ友。即是斯時也。願以二此六義之興一、翻為二彼九品之縁一。其詞曰。

交はり蘭より芳しく、契り石より堅き者、七八許《ばかり》の輩、雨脚の滂流たるを凌《しの》ぎて、雲居の幽寺を尋ぬ。蓋《けだ》し上人の寂寞を訪ふなり。談ずる所は空仮中の妙理なり、□□自づから消え、礼する所は安養界の厳飾なり、眼塵忽ちに洗はる。凡そ視聴の触るる所、罪霜を滅せざること莫し。随喜の余り、聊《いささ》か風情に入る。題目に曰はく、雨中友に逢ふと。即ち是れ斯の時なり。願はくは此の六義の興を以て、翻して彼の九品の縁と為さん。其の詞に曰はく。

末尾の一文である。「六義」はいうまでもなく「納和歌集記」と同じく和歌の代名詞である。この序では、この一文はすでに和歌を詠むことの免罪符として末尾に添えられているというようにも思えるが、もしそうであるとすれば、狂言綺語のいっそうの浸透をもの語るものである。

この序は製作時が明確でなく、文中の「上人」が瞻西《せんさい》と考えられるので、その没年、大治二年（一一二七）以前の作[13]としか分からない。

「納和歌集記」はこれら和歌序に述べられる思考、叙述を導くものとなったのである。

この「記」には狂言綺語観の展開を見ていくうえで注目すべきものがさらにいくつか含まれている。

「狂言綺語」と並んで狂言綺語観を示す成句としてよく用いられるものに「麁言軟語帰二第一義一」がある。狂言綺語を論じるに際しては常に、といってもいいほど言及されることであり、今はそれらの論で取り上げられる作品名を列挙するに止めるが、「和歌政所一品経供養表白」、『梁塵秘抄』（二二二）、『今鏡』「打聞」作り物語の行方、さらに中世の説話集に顕著で、『十訓集』序、『古今著聞集』跋、『沙石集』序等に用いられているが(14)、これらに先立って、この「記」の「麁言軟語遂帰二中道之風一」がある。

上記の諸作のなかでも「和歌政所一品経供養表白」はこれまでの狂言綺語論において重要視された作品である(15)が、この「表白」は「納和歌集記」の影響下にある。

まずは見易い表現上のことであるが、「表白」(16)の

夫和歌者、不レ出二八万十二之仏教一、不レ載二周公孔子之典籍一、我朝風俗、其尚奇異。

が、「納和歌集記」の冒頭の、

和歌者、不レ関二八万十二之教文一、无レ載二姫旦孔子之典籍一、唯為二日域之風俗一、

に拠ることは一目瞭然であり、

願風雲草樹之興、更帰二三草二木之泥一、
恋慕怨別之詞、悉混二開示悟入之理一。

という対句の傍線部は、「記」の

願以二数篇風雲草木之興、恋慕怨曠之詞一、
翻為二安養世界七菩提之文、八正道之詠一

の傍線部に基づく。

また、「表白」の、

何ぞ況んや、
婦人佳美の詠、識恨を秋思に驚かし、
男女恋慕の詞、情塵を春夢に動かす。
互ひに輪廻の罪根を萌《もや》し、各おの流転の業因を結ぶ。

の箇所は、和歌のなかでも、とり分けて恋の歌は罪深いものだというのであるが、これは「記」の初段落が専ら恋の歌に焦点を合わせて、その罪因たることをいうのを約めたものである。措辞のうえでも、「互萌二輪廻之罪根一」は「記」の「互栽二輪廻生死之罪根一」に拠る。

もう一つの両者の相似は単なる表現上のことに止まらない。「表白」の終わりに近く、和歌史に名を連ねる歌人たちの救済を願う記述がある。人丸から喜撰までの六人の名を列挙してそれぞれにそのことを希求した後、さらに一般化して次のようにくり返される。

凡《およ》そ名を五代の撰集に列ぬる輩、思ひを六義の風情に付くる倫《とも》、併《しかしなが》ら三有の樊籠を出で、皆一仏の浄土に生ぜん。

このように、先人の救済を願うことがこの「表白」の主題であり、それを強調する点にこの作品の特色が見られると評されているが[17]、同様の叙述は「納和歌集記」にもすでにある。「集中所載貴賤道俗、被レ牽二吾願念一、併生二一仏土一」がそうである。「皆生二一仏之浄土一」と「併生二一仏土一」とは措辞もほぼ同一である。

表白は仏教漢文の一種として、対象の追善、救済を目的として書かれる文章であるが、記はそれを目的とする文章ではそもそもない。したがって「表白」に比べれば簡略な叙述である。簡略ではあるものの、「納和歌集記」にこの叙述がある。この点においても、「記」は「表白」の先蹤と見ることができよう。

以上のように見てくると、この「和歌集等を平等院経蔵に納むる記」は、平安後期から中世に及ぶ狂言綺語観の展開を考えるに当たって、もっと注目されていい作品であると思う。

注

（1）建築史学からの論として福山敏男「平等院の経蔵と納和歌集記」（『日本建築史研究 続編』墨水書房、一九六八年）がある。
（2）上野理「納和歌集等於平等院経蔵記」（『後拾遺集前後』笠間書院、一九七六年）。
（3）荒木浩「源隆国における安養集と宇治大納言物語の位相――南泉房と延久三年をめぐって――」（『説話集の構想と意匠』勉誠出版、二〇一二年）。
（4）注3に同じ。なお、従来の諸家の説とは全く異なる視点であるが、テキストの記載の様態も論拠になるのではなかろうか。『本朝続文粋』は本文の後に改行して「作者大学頭孝言」、『平等院御経蔵目録』は同じく「作者大学頭惟宗孝言」、『朝野群載』は表題の下に「作者宗孝言」と書く。これらは、文字どおり孝言は記の作者である、それ以上でないことを示しているのではなかろうか。
（5）「阪本龍門文庫覆製叢刊」（一九五九年）による。「解説」（川瀬一馬）によれば、平安末期書写。なお、これには翻刻が付されているが、六箇所に誤りがある。後の人を惑わしてもいるので、注記する。
（6）これについては佐藤道生氏・高田義人氏の高配を得た。
（7）これ以外にも異同は少なくないが、繁雑を厭って省略する。
（8）後藤昭雄「永承五年北野聖廟法華講詩」（『平安朝漢文文献の研究』吉川弘文館、一九九三年）参照。
（9）唐の一行の『大毘盧遮那成仏経疏』（『大正新脩大蔵経』第三十九巻所収）に「爾時、一切心意識妄想戯論、皆悉清浄、法界円照如²秋月在¹空」とあるのは近いかと思われるが、「経」ではなく「疏」に見えるものであるゆえ、注記に止めておく。
（10）注2上野論文に指摘する。

(11) この和歌序では詠歌における比喩を「妄言の咎」、「綺語の過」と捉えている。
(12) 本文の後に注記がある。
(13) 本間洋一「『本朝小序集』研究覚書」(『同志社女子大学日本語日本文学』第一〇号、一九九八年)。
(14) これ以降の例は荒木浩「『沙石集』と〈和歌陀羅尼〉説――文字超越と禅宗の衝撃への途中――」(『徒然草への途 中世びとの心とことば』勉誠出版、二〇一六年)に指摘がある。
(15) 渡部泰明「『古来風躰抄』と狂言綺語観」(『中世和歌の生成』若草書房、一九九九年。初出一九九〇年)、三角洋一「いわゆる狂言綺語観について」(『源氏物語と天台浄土教』若草書房、一九九六年。初出一九九二年)。
(16) 「表白」の本文は簗瀬一雄「和歌政所一品経供養表白について――俊恵法師研究の内――」(『国語国文』第四十二巻四号、一九七三年)の校訂本文に拠る。
(17) 注15の渡部論文。

※『成城国文学』第二九号(二〇一三年)に発表した。

7　外交文書としての牒

はじめに

牒は『養老令』の「公式令」に規定のある、いわゆる公式様文書である。それには、四等官以上の官人が役所に上申する時に用いるものと定められているが、実際には広くさまざまな場合に用いられている。平安朝の詩文集に採録されたものを見てみると、外交の場で用いられているものが多い。『菅家文草』（巻十）は三首中一首、『本朝文粋』（巻十二）は五首中三首がそうで、都良香『都氏文集』（巻四）および『本朝続文粋』（巻十一）は牒は一首のみであるが、共に外交文書である。

本章では外交文書として用いられた牒を見ることとしたいが、[1]例として『都氏文集』の牒を取り上げる。なぜこの作品であるのかは本文中で述べることになる。ただし、この作品を読むためには、別の牒を読むことから始めなければならない。

一

貞観十八年（八七六）十二月、楊中遠を大使とする渤海使が出雲へ来航し、翌元慶元年四月、渤海国王から天皇（陽成）に宛てた啓と、中台省から太政官に宛てた牒とが上奏された。『三代実録』同十八日条に引載されている。牒は次のような内容であった。(2)

渤海国中台省　牒　日本国太政官

　応差入貴国申謝幷請客使政堂省孔目官楊中遠等惣一百五人

牒。奉　処分、雲嶺万里、海波千重、我有善隣、誰謂路阻。早結和好、无愆使期。崇先規而此朝頻修、廃故親而彼国惣絶。近者専使楊成規入貴国、後年本国往唐国。相般、検校官門孫宰等着海岸。天皇特賜矜念、並蒙大恩。況乎已受恤憐之敦、何无申謝之喜。亦奉尋前文、仰得古記、両国交使、本有来由。今只路絶、年歳弥久。聿修先例、不思其復。遠感往来之蹤、常多懇望之懐。堂構之念、不敢墜失。不勝感激瞻仰之至。謹差政堂省孔目官楊中遠令入貴国、申謝恩造、幷請嘉客。宜准状牒上日本国太政官者。謹録牒上。謹牒。

訓読文は段落に分けた。

渤海国中台省牒す　日本国太政官

　応に貴国に入る申謝幷びに請客使政堂省孔目官楊中遠等惣《すべ》て一百五人を差《つか》はすべし

㈠ 牒す。処分を奉《うけたまは》るに、雲嶺万里にして、海波千重なるも、我善隣有り、誰か道阻《へだ》たれりと謂《い》はん。早《つと》に和好を結びて、使期を愆《あやま》つこと无《な》し。先規を崇《とうと》びて此の朝頻りに修め、故親を廃して彼の国惣《すべ》て絶ゆ。

㈡ 近者《ちかごろ》専使楊成規貴国に入り、後年本国より唐国に往く。相般、検校官門孫宰等海岸に着く。天皇特に矜念《きょうねん》

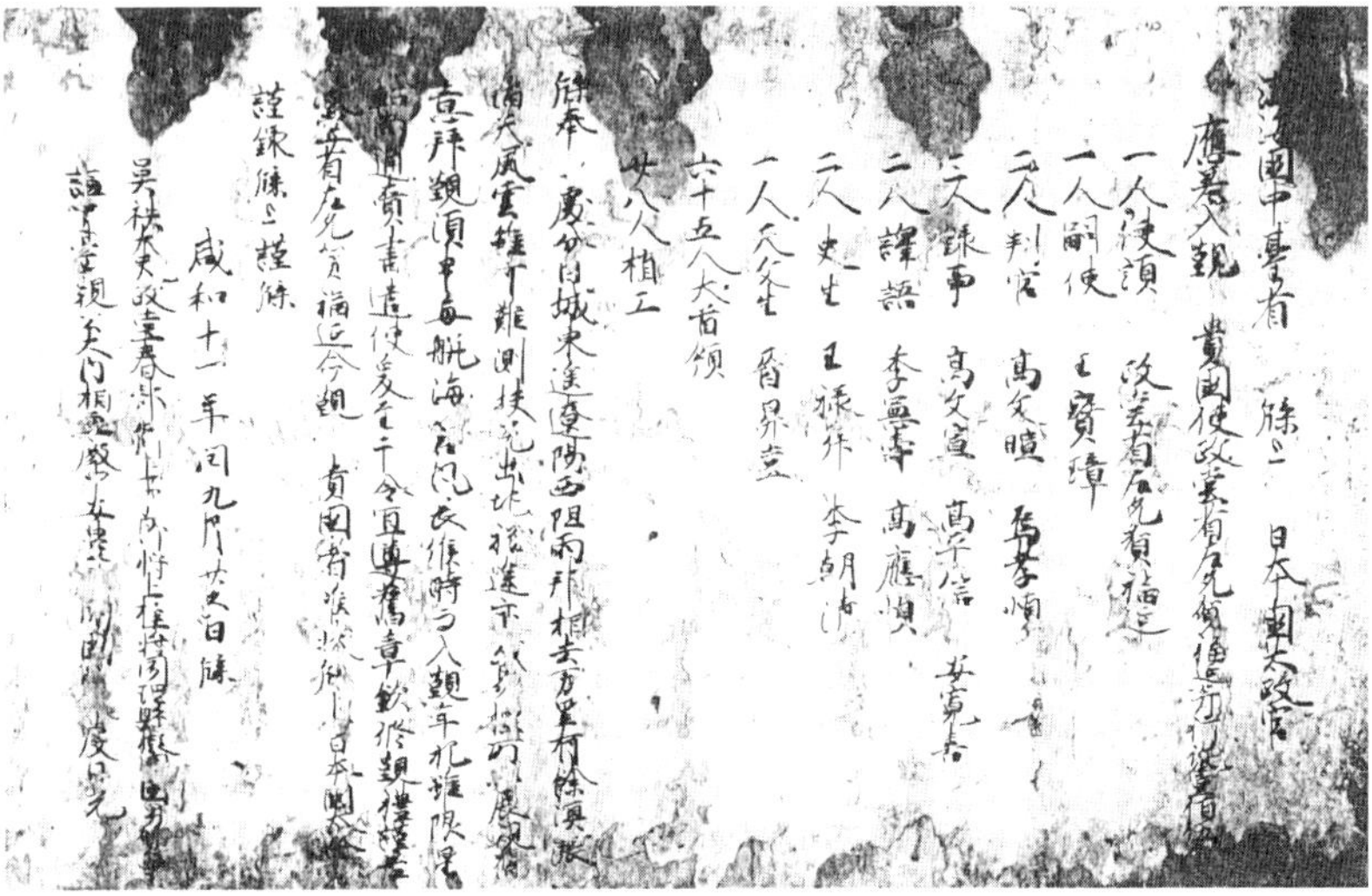

図1　渤海国中台省牒（宮内庁書陵部蔵）
（酒寄雅志『渤海と古代の日本』校倉書房、2001年より）

を賜ひ、並びに大恩を蒙る。況んや已に恤憐《じゅつれん》の敦《あつ》きを受く、何ぞ申謝の喜び无からんや。

㈢　また奉じて前文を尋ね、仰いで古記を得るに、両国の交使、本より来由有り。今はただ路絶え、年歳弥《いよ》いよ久し。ここに先例を修め、其の復せらるるを思はざらんや。遠く往来の蹤《あと》に感じ、常に懇望の懐《おも》ひ多し。堂構の念《おも》ひ、敢へて墜失せず。感激瞻仰《せんぎょう》の至りに勝《た》へず。

㈣　謹んで政堂省孔目官楊中遠を差はして貴国に入らしめ、恩造に申謝し、并せて嘉客を請ふ。宜しく状に准じて日本国太政官に牒上すべしてへり。謹んで録して牒上す。謹んで牒す。

内容を検討していこう。
第1行は発給の主体と宛所であるが、「牒」とある。日本と渤海の官庁の間で取り交わす文書としては牒が用いられた。
第2行は使節を入朝させるという牒の主旨が述べられ、その目的が「申謝」と「請客」であることも明記される。

併せて、大使の名と一行の人数が記されている。

㈠からが本文である。「牒す」で書き起こす。これは文末の「謹牒」と対応する。ただし結びの語は送り手と受け手の上下関係により違いがある（後述）。

「処分を奉るに」、これも書き出しの常套表現である。常套表現であり、「処分」は歴史史料に習見の語であり、また今も普通に使われる語であるゆえか、その意味は取り立てて吟味されることもなく、口語訳でもそのまま「処分」ですまされてきたが、ではどういう意味であろうか。これは〈(国王の)命令、仰せ〉の意である。[3]これに関連して、図版に示したのは注2の咸和十一年（八四一、承和八年）の中台省牒である。これも本文の冒頭（12行目）は同じ形であるが、「処分」の上に一字分の空白がある。これは「公式令」にいう「欠字」である。たとえば「勅旨」、「天恩」などの語を文章中に用いる時は敬意を表すためにその語の上に空白を置く。つまりこの「処分」は敬意を示すべき語なのであるが、〈(国王の)仰せ〉の意であれば、欠字がなされることも納得がいく。

「雲嶺万里にして」以下が「処分」によって示された渤海国王の意向であるが、第一段落は前文である。両国は遠く海に隔てられているが、良好な関係を保っており、入朝の時期も遵守されている。「先規を崇びて」以下も一般論としていう。決まりを守った場合と親交をおろそかにした場合の国の盛衰である。

第二段落は入朝の目的の一つ目をいうが、「近者」云々と「後年」云々は対偶であり、二つのことをいう。「楊成規、貴国に入り」とは、貞観十三年（八七一）、楊成規を大使とする渤海使が来朝し、入京を許されたことをいう。当時、渤海使の来朝は「紀」、十二年に一度と定められており、これに先立つ天安三年（八五九）と貞観三年（八六一）の渤海使は年期に達していないとして入京を認めず到着地からそのまま帰国させていた。しかしその回は紀を満たしての来航であったので入京が許されたのである。

「後年本国より唐国に行く」。これは貞観十五年（八七三）、渤海の遣唐使が遭難し日本に漂着した事件のことをいう。その一人が次の文に見える門孫宰である。同年五月、大宰府から次のような報告が届いた。三月、何国人か分からぬ六十人が乗った船二艘が薩摩の甑島《こしきじま》に漂着した。筆談によって問い質すと、彼らは渤海から唐に派遣された使節一行で、途中遭難し日本に流れ着いたのであった。船を大宰府に廻航させたところ、途中で一艘が逃走してしまった（『三代実録』五月二十七日条）。七月になって大宰府から再び報告があった。

渤海国人崔宗佐・門孫宰ら肥後国天草郡に漂着す。……、是れ渤海国入唐の使、去る三月、薩摩国に着き、逃れ去りし一艦なり。（『三代実録』七月八日条）

門孫宰の名が明記されている。朝廷は大宰府に対し、「善隣の使臣」であるから手厚く保護すべきである。衣服食料を支給し、船が破損していれば修理して早く帰国させるようにと命じている。この時の日本のこうした対応をいうのが次の「特に矜念を賜ひ、並びに大恩を蒙る」である。「矜念」はあわれみ。「並びに」というのは、先の楊成規らに入京を許したことと共に、の意である。

戻って「相般」は疑問の語である。従来不詳とされているが(4)、参考となりうるかと思われる例がある。『三代実録』貞観元年三月十三日条に、

領渤海客使大内記正六位上安倍朝臣清行、……、俶レ装進発。告宣云、使等宜レ称二存問兼領渤海客使一。当般、不レ任二存問使一故也。

とあり、この「当般」に佐伯有義校訂『増補六国史』本（名著普及会復刻版、一九八二年。底本、松下見林校訂寛文十三年版本）には「コノタビ」の訓が付されている。また菅原道真の「為二平子内親王一先妣藤原氏周忌法会願文」（『菅家文草』巻十一630）に「至二于此般一、仏像初成、経典全備」の用例がある。「相般」の「般」もこの用法ではな

かろうか。「今般」、「先般」の「般」である。ただし「相」(5)の意は解しがたく、やはり疑問の語とせざるを得ないが、前後の文の繋りは、後に我が国から唐へ使節が向かった。その時、検校官門孫宰らは（貴国の）海岸へ漂着した、となるだろう。

段落の終わりに趣旨を言う。「恤憐の敦きを受く、何ぞ申謝の喜び无からんや」、厚い恩情をいただいた。当然のこととして感謝の意を申し述べるべきである。すなわち使節派遣の目的の一つは「申謝」であった。

第三段落は二つ目の目的を言う。過去を尋ねてみると、両国は互いに使節を交換してきた。ところが今はそれが長らく途絶えたままになっている。先例のように復活させたい。

史実を追ってみると、確かに八世紀には日本からの遣使もかなり行われているが、弘仁二年（八一一）四月、帰国する渤海使を送るために使節を派遣したのを最後として、以後は途絶えている。この一方通行の現状を「往来」していた元のあるべき姿に戻したいというのである。「堂構」は子が父の業を継ぐこと。『書経』大誥に出る語。

第四段落は結びである。遣使の目的二つを改めて述べる。恩恵に謝意を表することと日本からの遣渤海使派遣の要請である。「恩造」は恩恵が及ぶこと。『隋書』巻六、礼儀志に引く皇帝の「板」（みことのり）に「臣、上天の恩造、群霊の降福を蒙る」とある。

二

前節の中台省牒に対して我が国の太政官は元慶元年六月十八日付で返牒を与えた。ただし、これは『三代実録』には記載されておらず、都良香の『都氏文集』に収録されている。すなわちこの牒は作者が明らかである。

本章で読むことを主眼とする文章であるが、次のとおりである。(6)

日本国太政官牒　渤海国中台省

放還謝恩幷請客使事　政堂省孔目官楊中遠等凡壹佰伍人

牒。得彼省去年九月十三日牒稱、近日専使楊成規入貴国、後年本国往唐国。相般、検校官門孫宰等着海岸。天皇特賜憐念、並蒙大恩。亦奉尋前文、仰得古記、両謹差政堂省孔目官楊中遠、申謝恩造幷請嘉客者。」国家大体、仁尚含弘。其異倦殊方、遭飆失泊、漂着此岸者、歳有二三。或象胥難通、或鳥鄙易惑。在所、不問東西、加意済活。稟米稟粟、于橐于囊。如此普施、不復求執。況乎渤海、世為善隣。相厚之深、未足為怪。不恃我徳、還恐人知。煩更謝恩、実非元意。加之、以紀為限、惣紀度予。前後文書、斟喩重畳。而愆忘之甚、不知噬臍。過渉之凶、至于滅頂。亦曩時有制、停遣報使。数十余年、以為流例。今読来牒、見有此請。頓戻旧章、豈無新賚。但中遠等、割依風之北思、甘踏海以南脱。聴仄鶏而或行、逐沙鷗而在路。波浪浸齧、舟船渡穿。眷彼赤心、収其素款。仍命在所、務令友存。大賚之料、率由恒典。斯乃、事縁一切、誰謂通規。恩出非常、不可串習。令遣中遠等、放還本邦。事須守前期於盈紀、修旧好而更来。牒到准状。故牒。

左大弁源朝臣舒

元慶元年六月十八日

左大史山宿彌徳美牒

返牒は長文であるので前後に分けて検討することとし、前段を訓読する。

日本国太政官牒す　渤海国中台省

謝恩幷びに請客使を放還する事　政堂省孔目官楊中遠等凡《すべ》て一百五人

牒す。彼の省の去る年九月十三日の牒を得るに稱《い》はく、「近日専使楊成規、貴国に入り、後年本国より唐国に往く。相般、検校官門孫宰等海岸に着く。天皇特に憐念を賜ひ、並びに大恩を蒙る。また奉じて前文を尋ね、仰いで古記を得るに、両、謹んで政堂省孔目官楊中遠を差はして、恩造に申謝し、幷せて嘉客を請ふ」てへり。

短いがここまでが前段である。第1行は発給の主体と宛所である。第2行は牒の主旨を事書として記す。3行目からが本文であるが、初めに明記するように、これは前節で読んだ中台省牒の引用である。それで「　」に入れた。末尾の「てへり」（原文「者」）は現代語の「―と」に当たる。

太政官の返牒は、前段に中台省牒をそのまま引用し、後段にこれに対する太政官の判断、対応措置を述べる。これが太政官返牒の定型である。これもそれに従っているのであるが、前節で読んだ中台省牒とここに挙げたその引用とを比較してみると本文にかなりの違いがあり、問題を含んでいる。検討の要がある。改めて両者（原文）を引用する。

[a]奉二処分一、雲嶺万里、海波千重。我有二善隣一、誰謂二路阻一。早結二和好一、無レ愆二使期一。崇二先規一而此朝
頻修、廃二故親一而彼国惣絶。近者（日）専使楊成規入二貴国一、後年本国往二唐国一。相般、検校官門孫宰等着二
海岸一。天皇特賜二矜（憐）念一、並蒙二大恩一。[b]況乎已受二恤憐之敦一、何無二申謝之喜一。亦奉尋二前文一、仰得二古
記一、[c]両国交使、本有二来由一。今只路絶、年歳弥久。聿修二先例一、不レ思二其復一。遠感二往来之蹤一、常多二
懇望之懐一。堂構之念、不二敢墜失一。不レ勝二感激瞻仰之至一。謹差二政堂省孔目官楊中遠一、[d]令レ入二貴国一、
申二謝恩造一幷請二嘉客一。

中台省牒末尾の常套表現は省略した。中台省牒に太政官牒の引用を重ねるかたちで示したが、四角で囲んだ部

分が引用にはない。これを検討するが、その前に、重なる部分にも二箇所に文字の違いがある。右に傍書したが、問題にするほどのことではない。

　引用にない四箇所のうち、a、b、dは省略したものと見ることができる。bは趣旨に関わるが、引用の末尾に「恩造に申謝」とくり返されているので省略も可であろう。しかしcはこれらとは全く異なる。見るように「両国」という二字の熟語の下の文字から欠けている。文の続きとしても「前文を尋ね」「古記を得るに」を承けるものであるから、その結果、あるいは答えが述べられていなければならないが、引用のままではそのようには続かない。何よりも引用の形では中台省牒の趣旨の二つ目がすっぽりと脱け落ちることになる。要するにcがないのは本文の脱落である。これを補わなければ文章の体をなさない。

　この返牒はこれまで二つの注釈書に取り上げられている。注4の『訳註日本古代の外交文書』とこれに先立つ中村璋八・大塚雅司著『都氏文集全釈』（汲古書院、一九八八年）であるが、共にcを欠いたままの「両謹差――」の本文で訓読、口語訳を行っている。しかし、これでは文章を読んだことにはならない。cの部分を補ったうえで読まなければならない。なお、後者は校異欄に「両の字の下、……五十一字がある」と注記しているが、前者にはそうした言及もない。このことは後にも述べる。

　後段を訓読する。段落に分けた。

(一)　国家の大体たる、仁は含弘を尚《とうと》ぶ。其れ異倦殊方の、飆《ひょう》に遭ひて泊を失ひ、此の岸に漂着する者、歳に二三有り。或いは象胥《しょうしょ》通じ難く、或いは鳥鄙惑ひ易し。在所は東西を問はず、意を加へて済活す。米を稟《たま》ひ粟を稟ふ、槖《たく》に嚢《のう》に。此《か》くの如く普《あまね》く施し、また執《と》るを求めず。

(二)　況《いわ》んや渤海は、世よ善隣為り。相厚の深きこと、未だ怪しみと為すに足らず。我が徳を恃《たの》まず、還《かえ》つて人の知るを恐る。煩はしく更に恩を謝するは、実に元意に非ず。

㈢しかのみならず、紀を以て限りと為すも、惣《す》べて紀は予を度《こ》ゆ。前後の文書は、斟喩《しんゆ》重畳たり。而《しか》して愆《けん》忘《ぼう》の甚だしき、臍《ほぞ》を噬《か》むを知らず。過ぎて渉ることの凶は、頂《いただき》を滅《い》るに至る。

㈣また曩時《のうじ》制有り、報使を遣はすことを停む。数十余年、以て流例と為す。今来牒を読むに、此の請有るを見る。頓《にわか》に旧章に戻《もと》る、あに新賚《しんらい》無からんや。

㈤但し中遠等、風に依る北思を割きて、海を踏みて以て南に脱《はな》るるに甘んず。灰鶏を聴きて行くこと或《あ》り、沙鷗を逐ひて路に在り。波浪浸齧《しんげつ》し、舟船渡るに穿《うが》たる。彼の赤心を眷《かえり》み、其の素款《そかん》を収む。仍《よ》つて在所に命じ、務めとして友存せしむ。大賚の料は恒典に率《したが》ひ由《よ》る。斯れ乃ち、事は一切に縁《よ》る、誰か通規と謂はん、恩は非常に出づ、串習《かんしゅう》とすべからず。中遠等をして本邦に放還せしむ。事須《すべから》く前期を盈紀に守り、旧好を修めて更めて来たるべし。牒到らば状に准ぜよ。故《ことさら》に牒す。

左大弁源朝臣舒

元慶元年六月十八日

左大史山宿禰徳美牒す

前節で読んだ中台省牒に対する日本側の判断、対応を述べる。

第一段落は国の基本姿勢を開陳する。国家の基本原則は広い包容力、これを仁として尊ぶことである。「含弘」は『易』坤に「含弘光大」と見える。

「其れ異倦殊方」以下はその原則を外国船が漂着した場合に当てはめていう。「異倦」は解しがたい。「殊方」は外国で、「異〇・殊方」と同義語を重ねて、これが主語となって下へ続いていく文脈であるので、「倦」はたとえば「域」などの誤写と考えられる。外国の船が遭難して我が国に漂着する例は年に二、三回はある。「象胥」は通訳。『周礼』に見える。「鳥鄙」は十分には意味が取れない。「鳥」を「烏」に作る本もあるが、「鳥鄙」「烏鄙」ともに用例を見出しえない。異民族の意味不明の言語をいう「鳥語」（『後漢書』巻八十六、南蛮西夷伝論）という語のあることから、外国人の通じない言葉を「鳥鄙」と言ったと一応解しておく。「在所」は漂着地。「橐」「囊」は小さな袋と大きな袋。『詩経』大雅「公劉」に「迺《すなわ》ち餱糧を裹《つつ》む、橐《たく》に囊《のう》に（于レ橐于レ囊）」とあるのをそのまま用いた。

「象胥通じ難く」以下を通釈するとこうなろう。

通訳も言葉が通じないし、鳥のさえずりのような異国語にはとまどう。漂着地がどこであろうと、意を注いで救済に当たり、食料を支給する。このように広く手を差し延べるが、これは報酬を期待してのことなどではない。

これが外国船が漂着した場合の日本としての基本方針である、というのである。

第二段落。この方針を踏まえての今回の渤海の行動についての評価である。「相厚」は交情の厚いこと。『旧唐書』巻一六八、銭徽伝に「李宗閔《りそうびん》、元稹《げんしん》と素より相厚善し」とある。「元意」は本意。

通釈。まして渤海は長年に亙って良き隣国である。交情の深いことは疑問の余地はない。しかるに我が国の徳を信頼せず、かえって他人《ひと》が知ることを恐れて、煩わしくもことさらに謝意を示す、これは我が国の本意ではない。

「人の知る」とは、この文脈では、日本から恩恵を受けていながら、謝意を示す行動をしないことを知られる、ということになる。

この段をわかりやすく言い換えれば、我が国は先に述べたような理念に基づいて、友好国の漂着船に対して当然の援助をしたまでであって、何か対価を求めようとしたのではない。したがってわざわざ謝恩使を派遣するまでもなかったのだ、ということになる。

こうした思いが次の第三段落に続く。

「紀を以て限りと為す」の「紀」は十二年。「紀は予を度ゆ」の「予」は許容する。「斟喩」は押し測ることとたとえること。「愆忘」は『詩経』大雅「仮楽」の「愆《あやま》たず忘れず、旧章に率由す」に基づく語。「過ぎて渉ることの凶は頂きを滅《い》る」は『易』大過に「過ぎて渉り頂きを滅る。凶なり」とあるのに基づく。身のほど知らずに大川をかちわたりし、頭までずぶりと没してしまう、という意で、(7) これは比喩であるが、ここでは渤海使のくり返しての来朝に対する警告として読めば、まさにぴったりの表現である。

通釈。それだけではなく、入朝は十二年を期限としているが、いずれも許容期限を越えている（それ以上の頻度で来朝している）。入朝に前後する文書は推測と比喩に満ちている。はなはだしい誤り、手抜かりがあるが、後悔することを知らない。過度の渡海が招く災いは船の沈没である。

この段落は十二年に一度という年期制が守られなかったことへの不信の表明である。中台省牒は何も触れていないが、渤海王の啓には「懇誠に勝へず、紀を待つに遑《いとま》あらず」とあり、年期に達していないことは承知のうえでの派遣であった。前回の遣使は貞観十三年（八七二）であったから、五年しか経っていない。

第四段落。「来牒を読むに、此の請有るを見る」、「此の請」とは日本からも使節を派遣するようにとの要請である。前節の中台省牒の第三段落にそれが述べられていた。なお、これについて付言しておくと、先述のように、返牒は前段に中台省牒を引用し、これを踏まえて、後段に日本側の対応を述べるという形式を取る。すなわち前段の引用部分にも「此の請」が述べられていなければならないが、これは先に本文上の大きな問題点として述べた脱落部分に相当する。つまり、脱落部分を補って読まなければ、この文章は返牒として首尾対応しないのである。「旧章」は「報使」を停止した天皇の「制」をいう。「新賚」の「賚」は賜り物。

通釈。また昔、天皇の命があり、渤海への遣使が停止された。これは以後数十余年続く例となっている。今、もたらされた牒を見ると、使節派遣の要請があった。突然に昔の法令に背いたのである。新たな賜物の必要がないはずはない。

日本からの応答の使節派遣を禁止する天皇の命令というのは不詳。史実としては嵯峨朝の弘仁二年の遣使が最後である。

第五段落。「風に依る北思」、「古詩十九首（その一）」（『文選』巻二十九）の「胡馬は北風に依り、越鳥は南枝に巣くふ」を踏まえる。渤海人の故国に寄せる思いをいう。「赤心」「素款」は共に真心。「友存」は用例を見出せない語であるが、友情によるねぎらい、いたわりという意であろう。「大賚」は沢山の賜り物。『書経』武成の「大いに四海に賚す」に基づく。「一切に縁る」の「一切」は臨時の意。「串習」は慣習。文末にある「事須」は唐代口語、二字で一語で「事」は強意の接頭辞で実義はない。書き止めに置かれている「故牒」は上位から下位へ宛てた文書に用いられる用語である。対して、前節の中台省牒の文末の「謹牒」は、下位から上位への上中文書の用語である[8]。

通釈。しかし中遠らは故国への思いを断ち切り、海を渡って南へ行くことを受け入れた。鳥の声を聴き姿を追いながら道を進み、波に侵され、船は破損した。このように苦労した彼らの真心を思い、その誠意を受け入れる。そこで到着地に命じて、役目として慰問させる。多くの賜物は定まった規則に従ったものである。しかしこれは臨時の措置であって、通例ではない。こうした恩情は非常時によるもので、慣習とすべきものではない。中遠らを本国へ帰国させる。今後の時期は年期を満たすことを守り、古くからの友好を学んで改めて来朝すべきである。

牒が届いたならばこれに従うように。以上申し述べる。

本文の後に牒の作成、発行に当たった太政官の弁と史《ふひと》の署名と年月日が記される。

この日付より七日後、『三代実録』の元慶元年六月二十五日条に次の記事がある。

渤海国使楊中遠ら、出雲国より本蕃に帰る。王啓幷びに信物は受けずして之れを還らしむ。

渤海使は国王から天皇宛ての啓および贈り物の受け取りも拒否されて、到着地からそのまま帰国させられたのである。それは、この牒がいうように、この度の来朝が紀を満たしていないからであった。

三

本章で読んだ中台省牒と太政官の返牒は注4の『訳註日本古代の外交文書』（以下『訳註』）に収載されているので、先行研究として参照した。『訳註』は外交文書に特化した注釈書として注目され、学術誌三誌が書評に取り上げている。『日本歴史』第七九九号（二〇一四年、稲田奈津子稿）、『法政史学』第八三号（二〇一五年三月、榎本淳一稿）、『古文書研究』第八二号（二〇一五年十二月、篠崎敦史稿）であるが、いずれも高く評価している。当然のこととして評者はいずれも史学研究者であるから、その点についての批評が主であるが、漢文の読みに関わる訓読や現代語訳についても好評で、篠崎評のごときは「正確な訓読・語釈・考証に裏打ちされており、その理解に対し異論を差し挟む余地はほとんどない」と絶賛である。

しかし、漢文の文章の読解という視点からすると、疑問を懐く点があるので、上記の二首の牒だけであるが、その主なものについて述べて付節とする。なお中台省牒、太政官牒は「省牒」「官牒」と略称し、『訳註』の作品番号、45・46を付して呼ぶ場合もある。他の牒も「40牒」のように略称する。項目に分けて述べる。

本文校定

官牒前段における省牒の引用に脱文があり、これを補わなければ官牒として文章の体をなさないことは先に述べたとおりである。

訓読

官牒の2行目は次のとおりである。

放還謝恩幷請客使事　政堂省孔目官楊中遠等凡一百五人

この事書を『訳註』は「放還されし恩に謝し幷せて客使を請う事」と読む。これについては榎本評に「それでは日本側が渤海側に放還を感謝し、客使を要請することになってしまい、文書の内容と齟齬することになる」と指摘するとおりである。またここでの「放還」はわかりやすくいえば追い帰すということであるから、それに感謝するというのは奇妙なことであるが、それ以前に漢文としての読み方に疑問がある。原文は「放還謝恩」であるが、これを「放還されし恩に謝す」とはそもそも読めない。

なお、榎本評は続けて、「他の太政官牒の文例を併せ見るならば、太政官牒の二行目に事書きが来ることはなく、渤海使の使節名（「入覲使」など）とその長官の官職・姓名が書かれている。従って、「放還謝恩幷請客使事」の部分も事書きではなく、使節名と解釈しうるのではないだろうか」という考えを示しているが、これにも疑問がある。「放還謝恩幷請客使」を使節名とするならば、これはいったいどのような任務を持った使節であろうか。それよりも太政官牒の2行目に事書を記すことはある。次のような例がある。必要な箇所のみ抄出する。

太政官牒　醍醐寺

応レ置二住僧幷三綱一事

(歴名省略)

右権大僧都法眼和尚位観賢奏状偁、……

延喜十九年(九一九)九月十七日

(『真言諸山符案』)

太政官牒　石清水八幡宮護国寺

応レ補二別当従五位上紀朝臣安遠一事

右得二彼寺去天元五年十一月十六日解一偁、……

永観元年(九八三)六月五日

(『類聚符宣抄』巻一)

次は大宰府の牒であるが、太政官牒に準じて考えていいだろう。

日本国大宰府牒　高麗国礼賓省

劫二廻方物等一事

牒、得二彼省牒一偁、……

承暦四年(一〇八〇)月日

(『朝野群載』巻二十)

高麗からの医師派遣の要請を拒否する返牒で、外交史研究ではよく知られた文書である。これは大江匡房の作で、高名な文人の作であること、相手方の要求を拒否するものであること、共にこの返牒と似る。

時代はかなり降るが、これらの例があることから、第2行は事書としてよい。そうして本文の内容に即して読むと、前節に示したように「謝恩幷びに請客使を放還する事」となる。

くり返し述べているように、官牒は前段には省牒を引用するが、それは、「得二彼省牒一偁、――者」という形で示され、引用がどこまでであるかが「者」によって明示されている。46官牒も引用の終わりの前後は「申謝恩造幷請嘉客者、国家大体、仁尚含弘」とある。『訳註』はこれを、

恩造に申謝し、幷せて嘉客を請うは、国家の大体にして、仁は含弘を尚べばなり」と。

と訓読しているが、これは引用の終わりを見誤っている。引用は「嘉客」までである。したがって、

恩造に申謝し、幷せて嘉客を請ふ」てへり。国家の大体たる、仁は含弘を尚ぶ。

となる。これは『都氏文集全釈』の誤読を踏襲したものである。先行研究の誤りを正すよい機会であったのに残念なことである。

官牒の第四段落に「頓戻旧章」という句があるが、これを『訳註』は「頓に旧章に戻す」と訓読する。「す」の仮名を送っているので「もどす」と訓んでいることになるが、「もどす」は日本語としての訓み（和訓）である。漢語としての「戻」にはこの意味はない。「もとる」（背く）である。「旧章にモドす」と「旧章にモトる」では意味が大きく異なる。和訓の存在に注意しなければならない。

語彙

「処分」

省牒は「牒、奉二処分一」という定型句で書き起こされるが、この「処分」が現代語訳でもそのまま「処分」とされ、意味が曖昧である。それは45省牒だけでなく、他の37、38、39、41、42、44、47の牒もそうであるが、なかで43牒のみは「大玄錫の命令」（傍点、引用者）と訳していて、意味がすっきりと頭に入る。この明解を会全

体で共有してもらえばよかった。

「事須」

官牒の文末近くに「事須下守二前期於盈紀一、修二旧好一而更来上」とあるが、この「事須」は唐代口語で、「事」は強調の接頭辞であり、「こと」という実義はない。したがってこれを「事は須《すべから》く」と訓むのは誤りである。なお、40、47牒にもその例がある。歴史史料にも中国口語が用いられている。したがって文章を正しく読むためにはそのことに留意し、口語は口語として正確にその意味を捉えなければならない。そのような意図で書いたのが本書の20・21章である。

注

(1)『本朝文粋』所収の二首については注釈を施した。後藤昭雄「渤海国中台省に贈る牒」(『本朝文粋抄』四、勉誠出版、二〇一五年)、「天台座主覚慶の宋国杭州奉先寺の和尚に答ふる牒」(『同』二、二〇〇九年)。

(2)本文は新訂増補国史大系本に拠る。ただし句読は私見による。また宮内庁書陵部蔵『壬生家古往来消息』所収の中台省牒写本(一二四頁図版参照)により、書式を改めたところがある。

(3)注1の拙稿「渤海国中台省に贈る牒」で論証した。これについて中国文学者の金文京氏より私信で、六朝から宋代までの文献に王また上官の命令の意での用法があるとの教示を得た。

(4)鈴木靖民・金子修一・石見清裕・浜田久美子編『訳註日本古代の外交文書』(八木書店、二〇一四年)二六四頁。

(5)この牒は次節で読む日本からの返牒に引用されており、これには「於」「持」「侍」の異文があるが(注4著、二七〇頁、「校異」2参照)、これでも解しえない。

(6)本文は注4著に拠る。その「校異」欄を参照して文字を改めた箇所もあるが、注記は省略する。句読、訓読は私見による。

（7）本田済、新訂中国古典選『易』（朝日新聞社、一九六六年）に拠る。
（8）酒寄雅志『渤海と古代の日本』（校倉書房、二〇〇一年）二七〇頁。

※ 新たに草した。

8　菅原道真の祭文と白居易の祭文

一

菅原道真は仁和二年（八八六）、讃岐守に任ぜられ任国に赴いた。三年目となる同四年、讃岐では四月から五月にかけて雨の降らぬ日が続き、旱魃に悩まされた。そのことを道真は詩に賦している。長文の詩題（『菅家文草』巻四262）に、

丙午の歳、四月七日、予初めて境に莅《のぞ》みて、州府を巡視せり。府の少しき北に、一つの蓮池有り。……、今《こ》茲《とし》、春より雨《あめふ》らず、夏に入りて雲無し。池の底に塵生じ、蓮の根気死《か》る。……

という。「丙午の歳」は仁和二年である。詩にはこのように詠む。

……　……
豈図此歳無膏雨　あに図らんや此の歳膏雨無からんことを
何罪当州且旱天　何の罪か当州且《まさ》に旱天なる

風巻春山雲宿澗　風は春山に巻きて雲は澗《たに》に宿る
火焼夏日地生煙　火は夏日を焼きて地は煙を生ず
毒龍貪惜神通水　毒龍は貪り惜しむ神通の水
邪鬼呵留知慧泉　邪鬼は呵《しか》りて留む知慧の泉
祝史疲馳頒幣社　祝史は馳するに疲る幣を頒《わか》つ社
禅僧倦著読経筵　禅僧は著《つ》くに倦む経を読む筵
……　……
近見塵飛芳葶死　近く見る塵飛びて芳葶の死るることを
遍知土熱稼苗煎　遍《ひとえ》に知る土熱して稼苗の煎《い》らるることを
……　……

第7句の「祝史」は神官で、この句は神に雨を乞う祈りがしきりに行われたことをいう。対をなす第8句は仏への祈願である。

このような状況のもとで、道真は苦境の打開を願って祭文《さいぶん》を作り神に捧げた。「城山《きやま》の神を祭る文」（『菅家文草』巻七）である。

城山は讃岐国阿野《あや》郡甲智《かくち》郷（香川県坂出市）に位置する。城山神は『延喜式』巻十、神名に「阿野郡三座」の一つとして見え、貞観元年（八五九）十一月に従五位下、同七年十月に従五位上に叙せられている（『三代実録』）。讃岐における三名神大社の一つであり、その麓に国府が置かれていたことから、道真はこの城山の神に雨を祈ったのであろう。

祭文はこのようなものである。

維仁和四年、歳次戊申、五月癸巳朔、六日戊戌、守正五位下菅原朝臣某、以㆓酒果香幣之奠㆒、敬祭㆓于城山之神㆒。四月以降、渉㆑旬少㆑雨。吏民之困、苗種不㆑田。某、忽解㆓三亀㆒、試親㆓五馬㆒。分㆑憂在㆑任、結㆑憤惟悲。嗟虖、命之数奇、逢㆓此愆序㆒。政不㆑良也、感無㆑徹乎。伏惟、境内多㆑山、茲山独峻、城中数社、茲社尤霊。是用、吉日良辰、禱請昭告。誠之至矣、神其察之。若八十九郷、二十万口、一郷無㆑損、一口無㆑愁、敢不㆘蘋藻清明、玉幣重畳、以賽㆓応験㆒、以飾㆗威稜㆖。若甘澍不㆑饒、旱雲如㆑結、神之霊無㆑所㆑見、人之望遂不㆑従。斯乃、俾㆓神無㆒㆑光、俾㆓人有㆒㆑怨。人神共失、礼祭或疎。神其裁㆑之、勿㆑惜㆓冥祐㆒。尚饗。

このように述べている。

木星が戊申に宿る仁和四年、癸巳が一日の五月六日戊戌の日に、国守の正五位下菅原朝臣道真は酒、果物、香、幣《ぬさ》を供え、謹んで城山の神を祭ります。

四月以降、数十日に亙って雨が少なく、役人も民衆も困しみ、苗も種も伸びません。私は突然三つの官職を解かれ、任用されて国守となりました。帝と憂いを分かつ身として任務に就いておりますが、憤りを抱きつつ悲しんでおります。ああ、我が運命の拙さで、この天候不順に見舞われました。私の政治が良くないからなのです。思いが通じなかったのでありましょうか。

考えてみますに、領内に山は多くありますが、この山は他と異なって高く、国内に社は数社ありますが、この社が最も霊験あらたかです。そこで、この吉き日、良き時に、祈請し、はっきりと申し上げます。これは私の真心からの思いです。神よ、どうぞお察し下さい。

もし国内の八十九郷、二十万人のうち、一郷も被害を受けることなく、一人も心配するような者がないようになれば、必ず清らかな水草を供え、玉や幣を積み重ねて、現れた徴《しるし》に対してお礼の祭りをし、神の威力のあることを示すようにいたします。

またもし、恵みの雨がたっぷりと降らず、日照り空に雲が出るようなことになれば、神の霊力は示されることなく、人びとの願いが結局認められなかったことになります。これは神の威光をなくさせ、人に怨みを抱かせることです。人と神とが信頼をなくすことになれば礼祭はおろそかになりましょう。

神よ、よくご判断下さい。加護を惜しんではなりません。どうか供え物をお受け取り下さいますように。

この祭文には模範とされた文章があった。白居易の祭文である。

二

道真は自らの祭文を作るに際して、いかに白居易の作を受容しているか、それを見るのが本章の主眼であるが、先立って少し廻り道をしておこう。

「城山の神を祭る文」は『菅家文草』巻七に「祭文」の類題のもとに収められているが、祭文は二首ある。もう一首は「連聡の霊を祭る文」で、亡くなった連聡を悼む文章である。(1)つまり死者の霊を祭るものと山の神に雨を祈るものとの二首が収められている。

白居易の祭文は『白氏文集』巻二十三および巻六十・六十一にある。巻二十三には「哀祭文」の類題で、「楊夫人を祭る文」「小弟を祭る文」など死者を追悼するものと、「匡山を祭る文」「浙江を祭る文」など諸神に祈る文と、合わせて十三首がある。また巻六十に四首、巻六十一に二首を収めるが、いずれも死者を悼むものである。

本章に関わるのは〈神に祈る文〉であるが、『白氏文集』のそれは次の七首である。

45[2]　城の北門を禜《まつ》る文　長雨を止めることを請う。「禜」は災害を払う祭り。

51　匡山を祭る文　山に住むことの許しを請う。

52　廬山を祭る文　山に住むことの許しを請う。

54　仇王神に禱《いの》る文　虎の害を止めることを請う。

55　皐亭《こうてい》の神に祈る文　降雨を請う。

57　浙江を祭る文　洪水を鎮めてほしいと請う。

45、51、52、57は「神」と明記しないが、いずれもそれぞれの神を祭るものである。なお「仇王神」は仇山（浙江省余杭）の神。

このうち「城山の神を祭る文」と密接に関わるのは「皐亭の神に祈る文」である。「皐亭」は杭州銭塘県（浙江省杭州市）にある山の名で[3]、この文章を書いた長慶三年（八二三）、白居易は杭州刺史としてその地に在った。以下二つの文章を対比しつつ読んで、両者は何を述べているか、見ていこう。「城山の神を祭る文」を改めて書き下して引用する。論述の便宜のために記号、傍線を付した。

A維《こ》れ仁和四年、歳次戊申、五月癸巳朔、六日戊戌、守正五位下菅原朝臣某、酒果香幣の奠《てん》を以て、敬《つつし》みて城山の神を祭る。

B四月以降、旬を渉《わた》りて雨少し。吏民之れ困しみ、苗種田《の》びず。某忽ち三亀を解きて、試《もち》ゐられて五馬に親しむ。憂へを分かちて任に有り、憤りを結びて惟れ悲しむ。ああ、命の数奇なる、此の愆序《けんじょ》に逢ふ。政の良からざるなり、感の徹ること無きか。伏して惟《おもん》みれば、境内山多きも、茲《こ》の山独り峻《たか》く、城中に数社あるも、茲の社尤《もっと》も霊あり。是《ここ》を用《も》つて、吉日良辰、禱請して昭らかに告ぐ。誠の至りなり、神其れ之れを察せよ。

C 若《も》し八十九郷、二十万口、一郷も損すること無く、一口も愁ふること無くは、敢へて蘋藻清明に、玉幣重畳して、以て応験に賽《むく》い、以て威稜《いりょう》を飾らざらんや。D 若し甘澍饒《かんじゅゆた》かならず、旱雲結ぶ如きことあらば、神の霊見《あら》はるる所無く、人の望み遂に従はざらん。斯れ乃ち、神をして光無からしめ、人をして怨み有らしめん。人神共に失《あやま》たば、礼祭或いは疎かならん。神其れ之れを裁《ことわ》れ、冥祐を惜しむこと勿《な》かれ。尚《こいねが》はくは饗《う》けよ。

次いで白居易の「皐亭の神に祈る文」である。

a 維れ長慶三年、歳次癸卯、七月癸丑朔、十六日戊申、朝議大夫使持節杭州諸軍事守杭州刺史上柱国白居易、酒乳香果を以て皐亭廟神に昭らかに告ぐ。

b 去秋陽を愆《あやま》り、今夏雨少なく、実に災沴《さいれい》の重ねて杭人を困しむるを憂ふ。居易、忝なくも詔条を奉ずるも、政術無きを愧《は》づ。既に愆序に逢ひて、敢へて寧居せず。一昨、伍相神に禱《いの》り、城隍祠に祈り、霊期に応ずといへども、雨未だ霑足《てんそく》せず。是を用つて、日を撰び祗《つつし》み事《つか》へて、改めて神に請ふ。恭《つつし》んで明神に聞するに、霊を陰祇に稟《う》け、善を釈氏に資《う》け、聡明正直、潔靖慈仁、幽として通ぜざる無く、感じて必ず応ずる有らん。今請ふ、心を斎して虔《つつし》みて告ぐ、神其れ之れに鑑みよ。

c 若し四封の間、五日の内、雨沢し霈足《はいそく》し、稼穡滋稔せば、敢へて像設を増修し、重ねて馨香を薦《すす》め、歌舞鼓鐘し、物を備へて以て報いざらんや。此《か》くの若くならば則ち独り人の福なるのみならず、亦《また》惟れ神の光なり。d 若し寂寥として自ら居り、肸蠁《きっきょう》して応ずる無く、長吏虔誠するも答へず、下民顒望《ぎょうぼう》するも知らず、坐して田農を観《み》、枯悴に至らしめんか。此くの如くならば則ち独り人の困しみのみならず、亦唯《ただ》神の羞《はじ》なり。惟れ神之れを裁れ。敬みて以て命を俟《ま》たん。尚はくは饗けよ。

順序に従って読む。まず冒頭のAとａ、「維れ〇〇某年」以下、「〇〇の神を祭る（〇〇の神に昭らかに告ぐ）」までは酷似している。しかし、この書き出しは文章末尾の「尚饗」と共に祭文の文体としての常套表現であり、両者の類同を証拠立てるものではありえない。

祭文はこのように文頭に類型を持つ。他の例を挙げると、『文選』所収の祭文の一つ、王僧達の「顔光禄を祭る文」（巻六十）に、

維れ宋の孝建三年、九月癸丑朔、十九日辛未、王君、山羞野酌を以て、敬んで顔君の霊を祭る。

我が国の例では、『続日本紀』延暦六年（七八七）十一月甲寅条所引の交野《かたの》に天神を祀った折の祭文に、

維れ延暦六年、歳次丁卯、十一月庚戌朔、甲寅、嗣天子臣、謹んで従二位行大納言兼民部卿東大寺司長官藤原朝臣継縄を遣して、敢へて昭らかに昊天上帝に告《もう》さしむ。

とある。道真、白居易の祭文ともにこうした定型を踏襲しているに過ぎない。

Ｂ・ｂで祭文を書くに至った事情が具体的に述べられる。

道真は、四月以来、雨が降らず、人々は苦しんでいる。私は国守として赴任したが、不運にもこの天候の不順に見舞われた。領内には山も多く、神社は少なくないが、その霊力に期待して城山の神に祈るという。一方、白居易は去年の秋の不順に続いて、この夏は少雨に苦しめられる。一昨日は他の二神に祈ったが効果はない。そこで改めて皐亭廟に雨を請うといい、その効力を称える。

ここまででですでに作者である道真と白居易の立場、置かれた状況がじつによく似たものであることが諒解される。道真は讃岐守、白居易は杭州刺史で、共に地方長官の立場に在るが、その治下の地は雨の降らぬ日が続いていた。天候の不順は治政の誤りに対する天の感応である。道真は「政の良からざるなり」、白居易は「政術無き

を愧づ」と言い、自らの責任として、それぞれに土地の山の神に雨を祈るのである。かくてその祭文ははなはだ似たものとなる。以下を見ていこう。

道真の作のCとDは対応している。二つの選択肢とそれがもらす結果である。Cは神が雨を降らせた場合である。そうなれば、お供えをして神の霊験に報い、神が威力を持っていることを称えましょうという。対してDは雨が降らなかった場合である。それは神の霊力のなさを露呈するもので、その威光を失墜させ、人と神の信頼関係は失われ、祭礼は疎かになりましょうという。

このアメとムチとを提示して神に選択を迫る。それが文章の末尾近くの「神其れ之れを裁れ」である。神よ、よくよくお考え下さい。

白居易の祭文も同じ形である。cとdにそれが述べられている。cは五日のうちに雨が降り穀物が実った場合。その時はさらに像や器物を供え、香を焚き、歌舞音楽を以てお礼といたします。これは民の幸せであるばかりでなく、神の栄光でもありましょう。dはそうならなかった場合である。神が役人や百姓の願いを坐視して無為のまま、作物が枯れるようなことになれば、人々を苦しめるだけでなく、神の恥となります。この両方を示して神に決断を促す。「惟れ神之れを裁れ」。

このように、ここは神に二者択一のかたちで雨を降らせるよう強要する、同じ構文となっている。

これは遠く『書経』に淵源がある。[4] その「金縢《きんとう》」に次のように見える。周が商(殷)に勝利して二年目、武王は病いに罹った。周公旦は王の延命を願い、代わりに自分の命を縮めてほしいと先王の霊に請う。その言葉（「祝」）にこうある。

爾《なんじ》之れ我を許さば、我其れ璧と珪《けい》とを以て帰りて爾の命を俟《ま》たん。爾我を許さざれば、我乃ち璧と珪とを屏《かく》さん。

　あなたが私の願いを聞き届けて下さるなら、私は璧と珪とを持って帰ってあなたの命を待ちましょう。そうでなければ、私は璧と珪とを隠してしまいましょう。

「璧」はリング状の、「珪」は板状の玉《ぎょく》。「屏」はしまい込むこと。つまり先王の祭祀をしないことである。白居易の祭文はこの祝文の先蹤を踏まえている。そうして道真がこれを襲用したのである。

道真は表現、措辞においても白居易祭文に倣っている。B段落の終わり近く、

　禱請して昭らかに告ぐ、誠の至りなり。神其れ之れを察せよ。

というのは、白居易の作の同じくb段落の終わり近くの

　今請ふ、心を斎して虔《つつし》みて告ぐ、神其れ之れに鑑みよ。

ときわめて近い。

道真の祭文のCは条件文で、もし雨が降ったならば、このようなよいことがありましょうと約束する。その降雨があった場合にもたらされる報酬を述べる部分は、「敢へて――ざらんや（敢不二――一）」という反語文となっている（傍線部）が、白居易の作もそのようになっている（c）。道真はこれに倣ったのである。また、Cが「八十九郷、二十万口」と数字を含む句で始めるのも、cの「四封の間、五日の内」という表現をより強めたものであろう。

措辞では、一つに「神其〇レ之」という形の句がある。道真の文に「神其察レ之」と「神其裁レ之」の二例（傍線部）があるが、白居易も「神其鑑レ之」また「惟神裁レ之」と用いている。しかも文中の位置も、B（b）の末尾と全体の末尾とで、これも一致する。

道真の祭文のDにある「神之霊」「人之望」という措辞も特徴的である。二字の熟語の間に「之」字を入れて三字とし、これを対語にする表現であるが、これも白居易が用いている。cの末尾の「独り人の福なるのみならず、亦惟れ神の光なり」の傍線部は原文では「人之福」「神之光」という三字句である。

用語としては「是用」「昭告」そして「愆序」がある。両方の祭文に傍線を付した。

是用 「ここをもつて」と訓む。「是以」や「以レ此」ではなく「是用」である。これは古い用語で、たとえば『詩経』小雅の諸篇（「四牡」「天保」「六月」「小旻《しょうびん》」「巧言」）に散見するが、「巧言」第三章では、

君子屢《しば》しば盟《ちか》ふ、乱是を用つて長ず。
君子盗を信ず、乱是を用つて暴なり。
盗言孔《はなは》だ甘し、乱是を用つて餤《すす》む。
其の共《つつし》みに止まるに匪《あら》ず、維れ王の邛《うれへ》なり。

と重ねて用いられている。

昭告（昭らかに告ぐ） はっきりと申しのべる。これも古典の用語で、『書経』湯誥に「敢へて昭らかに上天の神后に告げ、罪を有夏に請ふ」、また『春秋左氏伝』成公十三年に「昭らかに昊天上帝、秦の三公、楚の三王に告ぐ」の例がある。

愆序 順序が狂う。特に天候の不順をいう。これも熟語とはなっていないが、『春秋左氏伝』文公元年に「端を始に履《ふ》めば、序則ち愆《あやま》たず（序則不愆）」とあるのに基づく。古典に出る語である。

以上の措辞、用語も両者の祭文で一致あるいは類似する。これらについても道真が白居易の祭文を自らの表現にとり入れているのであるが、これらについては併せて見ておきたいことがある。

いま措辞、用語の例として挙げたうち、「愆序」以外は「皐亭の神に祈る文」だけでなく、白居易の他の神を祭る祭文にも次のように用いられている。

「神其〇㆑之」という形の句

虎暴者非㆑一、神其知㆑之乎、人死者非㆑一、神其念㆑之乎。（禱㆓仇王神㆒文）

惟神裁㆑之、無㆑忝㆓祀典㆒。（祭㆓浙江㆒文）

「匡山の神を祭る文」にも例がある。

「〇之〇」という三字句を重ねて用いる。

実惟鄘之神、門之霊。（禜㆓城北門㆒文）

則人神之主也、獣神之属也。（禱㆓仇王神㆒文）

是用

惟城、積陰之気、惟北、太陰之位。是用昭告㆓于城之北門㆒。（禜㆓城北門㆒文）

これには「昭告」の語も用いている。

是用虔告㆓于神㆒。惟神、廟居血食、非㆑人不㆑立。（禱㆓仇王神㆒文）

「浙江を祭る文」にも用いる。

昭告

謹以㆓清酌之奠㆒、敢昭告㆓于匡山神之霊㆒。（祭㆓匡山㆒文）

「浙江を祭る文」にも用いる。

これらは白居易の祭文に特徴的な措辞、用語ということができよう。

併せて注目したいのは、これらは同じ祭文でも哀悼の祭文には用いられないということである。先に見たように哀悼の祭文は『白氏文集』の三巻に亙って十二首がある。「神其〇ㇾ之」という語句は神に祈る祭文にしか用いえないものであるが、他の「人之望」のような「〇之〇」という三字句、また「是用」「昭告」という語は亡き人を祭る文章に用いても差し支えないように思われるのであるが、用いられることはない。つまり同じく祭文であっても、神に祈る祭文と死者を悼む祭文とでは、その表現にも相違があることが見えてくる。

このことも道真は従っている。『菅家文草』に「連聡を祭る文」という哀悼の祭文(5)があることは前述したが、これには上述の措辞、語彙は用いられていない。

以上見てきたように、菅原道真の祭文と白居易の祭文とは、主題、文章の全体の結構、段落のなかの構文、措辞、用語などに亙って、じつによく似ている。国守として治国の少雨旱天の災厄に遭遇した時、道真は同じ立場、状況に置かれたなかで白居易が書いた祭文を規模とし、これにきわめて忠実に倣って祭文を作って山の神に捧げたのである。

道真は本章の初めに引用した詩の三首前に置いた「客舎の書籍」(巻四259)に次のように詠んでいる。

来時事々任軽疎　　来る時事々軽疎に任せたり
不妨随身十帙余　　妨げず身に十帙余を随ふること

任国に赴任するに際しては万事身軽にと心がけたが、十帙余りの書物は思いどおりに持参した。その書物は以下の四書である。

百一方資治病術　　百一方は資《たす》く治病の術

五千文貴立言虚　　五千文は貴ぶ立言虚しきを
謳吟白氏新篇籍　　謳ひ吟ず白氏の新篇籍
講授班家旧史書　　講授す班家の旧史書

医書と『老子』『白氏文集』そして『漢書』である。讃岐守時代にも道真の机辺には『白氏文集』が置かれていた。

注

（1）連聡は菅原氏と同族である土師氏の土師連胤（『三代実録』元慶元年十二月二十七日条ほかに所見）の兄弟に当たる人物ではないかと考えられる（後藤昭雄「菅原道真の家系をめぐっての断章(一)」『平安朝文人志』吉川弘文館、一九九二年）。

（2）数字は『白氏文集』の作品番号（花房英樹『白氏文集の批判的研究』「綜合作品表」）一四四五の下二桁。

（3）『咸淳臨安志』巻二十四に「（皐亭山は）高さ百余丈、雲出づれば則ち天必ず雨る」とある。

（4）吹野安「杭州刺史白居易——祈皐亭神文を中心として——」（『國學院雑誌』第五七巻一二号、一九八六年）に指摘する。ただし、この論文では「威嚇的発想」の先蹤としているが、上述の視点から見ると、二者択一を迫る先蹤ともなっている。

（5）文草の会『菅家文草注釈　文章篇』第一冊（勉誠出版、二〇一四年）参照。

※　本章の骨格は新釈漢文大系『白氏文集』十（明治書院、二〇一四年）の「季報」に発表した。ただし、これはA4判二頁という制約のもとで執筆したものであったので、これに基づいて十分な紙幅のもとに論文とした。

9

平安朝の願文

——中国の願文を視野に入れて

はじめに

平安朝には多量の願文が作られ、仏事の場で用いられている。また平安朝には多様な漢文の文章が作られているが、願文はその中の主要な作品であった。さらに平安朝には多種の作品を集めた（詩）文集が少なからず編纂されているが、そのほとんどは文体別に作品を配列する方法を取っていて、考察を進めるうえで恰好の資料となる。このような状況を踏まえて、表題の問題について考えてみたい。以下の第10章から16章までの諸論の導入をも意図する。

なお、「願文」という用語を本章では広義と狭義とで用いる。広義には仏事の場において祈願の意を述べるために用いられる文章である。そうして狭義のそれは、のちに述べるその中の一種である。

願文は多様な漢文の中でどのような位置を占めているのか。詩文集における収載状況を通して概観してみよう。

最初に取り上げなければならないのは『本朝文粋』である。藤原明衡の撰で、十一世紀中頃の成立。九世紀初頭から一〇三〇年に至る約二百年間の作品を撰録する。十四巻で、三十八種、四三二首の詩文を収める。平安朝における漢詩文集の代表である。

願文の種類と所収作品数は次のとおりである。(1)

呪願文	2	
表白文	1	
発願文	2	
知識文	1	
願文	27	
神祠修善		2
供養塔寺		4
雑修善		6
追修		15
諷誦文	6	

このように分類がなされ、類題が立てられている。六種あるが、呪願文、表白文、願文、諷誦文については後に改めて考えるので、他の二種について述べておく。発願文は誓願を立てて、その趣旨を述べるもの、知識文は寺塔建立あるいは仏像製作などのために人々に喜捨を勧める文章である。ともに他にも例は少ない。

六種の願文のなかで中心となるのは（狭義の）願文である。下位分類がなされており、これによって願文がどのような目的で作られていたかが知られるが、最も数が多く、主となる「追修」は四十九日や周忌の追善法会で用いられるものである。また「雑修善」は講経や経典の書写供養に伴う作である。

狭義では二七首、広義で捉えると四〇首の願文が収められているが、これは『本朝文粋』の文体ごとの作品数としては四番目（広義では三番目）となる。前述のように『本朝文粋』には三十八種の文体の作品が収められているが、その入集数の上位のものをあげると次のようになる。

序	156
表	42
奏状	37
願文	27（40）
対策	26

『本朝文粋』において、願文は主要な文章の一つであった。

次いで、『本朝続文粋』を見てみよう。書名からも明らかなように『本朝文粋』の後継の文集である。撰者未詳、十二世紀中頃の成立か。十三巻に二十七種、二三三首の作品を収める。願文は次のとおりである。

呪願	2
表白	2
願文	22
修善	8
追善	14
諷誦文	1

集全体の作品数が『本朝文粋』の半分強に減少していることに伴ってであろう、願文の種類も四種となっているが、文体別の入集数は『本朝文粋』と同じく四位（広義では三位）である。次のとおりである。

序　69
表　28
対策　24
願文　22（27）
辞状　15

もう一つ、多様な文体を類集した文集として『朝野群載』がある。成立は一一三〇年から四〇年代と考えられ、『本朝続文粋』にやや先立つ。三十巻という大部な集であるが、現存するのは二十一巻である。歴史史料が主で、文学作品は巻一〜三の「文筆」部に収められている。三十四種の文体、八八首を収めるが、この数字に示されるように、各種文体の見本を示すという性格が強く、文体ごとの数は少ない。願文はつぎのとおりである。

願文　4（諷誦文2を含む）
呪願　3
表白　4
誓願　2

諷誦文は願文に含められ、類題として立項しない。また「誓願」という類題がある。他の文集にはない独自の題目であるが、じつは作品そのものは『本朝文粋』所収の発願文と同一である。すなわち文集相互で類題にゆれがある。

次に個人の詩文集――別集を見てみよう。

『性霊集』(『遍照発揮性霊集』)。空海(七七四〜八三五)の詩文を集めたものである。生前に弟子の真済《しんぜい》が編纂したもので、十巻。現存本も十巻であるが、元の形を保っているのは巻七までで、巻八〜十の三巻は散佚し、承暦三年(一〇七九)に遺文を拾収して補ったもの(『続遍照発揮性霊集補闕抄』)である。

『性霊集』は類題を立てていない。各作品の表題に基づいて類集してみると、願文に属するものは次のようになる。

願文	30
表白	6
達嚫《だっしん》	5
啓白文	3
知識文	2

このうち、達嚫は他には例がなく、『性霊集』にのみ見える文章であるが、梵語ダクシナーの音写で、本義は布施の意。転じて願文の意として用いる。(2)

『性霊集』には一一九首の作品が収められているが、願文三〇首はその四分の一近い数で、文体別に見た場合、最も多い作品数である。

もう一つは菅原道真(八四五〜九〇三)の『菅家文草』である。昌泰二年(八九九)に道真自身の手で編纂された。十二巻から成るが、前半の六巻は詩で、巻七以下の六巻に漢文を収める。

これに十七種の文体の一四七首を収めるが、願文に属するのは、願文三三首と呪願文五首である。『菅家文草』

に見える願文は二種であるが、作品数としては最も多い。文体別に作品数の多いものを挙げると、次のようになる。

願文　33（広義38）
奏状　27
表状　23
序　22

以上、平安朝に編纂された詩文集を対象として、その中で願文がどのような位置を占めているかを、数量の面から見てきたが、総集である『本朝文粋』『本朝続文粋』では、願文は序、表、奏状、対策などと共に多数の作品が収録されている。また別集の『性霊集』『菅家文草』では願文が最も多い。僧侶である空海については願文を多く制作していることは当然といえば当然とも言えるのであるが、平安朝を代表する文人である菅原道真において、最も多くを制作したのが願文であるということは、平安漢詩文における願文の位置を考えるうえで注目すべきことであろう。

ここで考え合わせるべき叙述が『枕草子』にある。清少納言は類聚章段の一つ「文は」の段で、中国の書物としては『白氏文集』『文選』『史記』の三つを挙げ、日本のものとしては「願文、表、博士の申文（奏状）」の三つを挙げる。中国については具体的な作品を挙げるのに対し、日本については三種の文体を挙げるが、その一つが願文である。また「めでたきもの（すばらしいもの）」の段では、その一つとして、才能ある学者を挙げるが、具体的には、願文、表、序を執筆して周囲の人々から称賛されるのがすばらしいという。この二つの段を重ね合わせると、清少納言は同時代の文人たちの作る漢文を願文、表、奏状、序に代表させているわけであるが、この四種の文体は、先に見た『本朝文粋』と『菅家文草』における入集数の多い文体の第一位から第四位までとぴたりと重なっている。すなわち、清少納言はそうした文章を挙げたということなのであるが、この四種の文章は平安時代に作られた漢文のなかの主要な文章ということになる。

以上を要するに、願文は平安朝の漢文のなかで、主要な文体の一つであった。

三

前節で平安朝の詩文集における願文（広義）を概観したが、それには狭義の願文の他にいくつもの種類がある。呪願（文）、表白（文）、発願文、知識文、諷誦文、達嚫、啓白文の七種であるが、そのうちの主要な願文について問題点を考えていこう。取り上げるのは、願文、表白、呪願文、諷誦文の四種である。

個別に検討する前に、願文全体に通じることとして述べておかなければならないが、願文は基本的に他者（文人）に依頼して制作してもらうもの、執筆する側から言えば、人のために代作するものであった。先に見たように、『菅家文草』には文体別にして最多の三三首の願文があるが、道真が自らのために書いているのは一首だけで、他はすべて他者のために代作したものである。この基本的性格を理解しておかないと、その内容を読み誤ることになる。(3)

個別に見ていこう。まずは願文である。平安朝に制作された漢文の中での主要な文体の一つであったことは前節で見たとおりであるが、そのことを示す例がもう一つある。それは願文のみを集めた文集の存在である。代表的なものとして『江都督納言願文集』がある。院政期の文人の第一人者、大江匡房《まさふさ》（一〇四一〜一一一一）の願文を集めたもので、六巻（現存本は巻四を欠く）。願主の身分によって分類され、一一九首の作品を集録しており、近年、注釈が施された。(4) 他に東大寺図書館また彰考館文庫蔵の願文集等もあり、(5) 特に平安後期、院政期には仏事の盛行に伴って多くの願文が制作されたことをもの語っている。

これら願文集を加えて、最初期の空海の『性霊集』に始まり、前期の作は菅原道真の『菅家文草』に、中期の作は『本朝文粋』に、後期、院政期の作は『本朝続文粋』及び『江都督納言願文集』にと、平安朝を通して全時代の作品を見ることができるのである。

願文は仏事を行う施主の立場で書かれる。これが通説である。言葉を換えて言えば、文章における主語は施主である。

ただし、空海作の願文にはこれと背反するものがある。その一例は「東太上為故中務卿親王造刻檀像願文（東太上の故中務卿親王の為に檀像を造刻する願文）」（『性霊集』巻六）である。嵯峨天皇が故伊予《いよ》親王の追善のために白檀の仏像を造った時の願文である。通説によれば、文章は施主の嵯峨天皇の立場で書かれていなければならない。ところが、文中に「皇帝陛下、允仁允慈、含弘光大（皇帝陛下はまことに慈しみ深く、広大な徳を持ち、光り輝いておられる）」という表現がある。天皇を主語とする文章に「皇帝陛下」という措辞が用いられるのは矛盾である。この願文は作者である空海の立場で書かれていると読むよりほかはないだろう。同様の願文がもう一首ある。(6) これらは願文の形式が定型化する以前の過渡的な姿を示しているのであろう。

次に表白を取り上げよう。願文と並んで多量の作品が制作され、願文（広義）の中の主要な文体と考えられる。

その文章としての機能、性格については、願文と対比して次のように捉えられている。

願文は施主の立場で祈願の意を述べるものであるのに対して、表白は法会を執り行う僧侶の立場からその趣旨を述べたものである。(7)

ただし、これについてもこの理解に相反するものがある。これも空海の作品であるが、たとえば「為忠延師先妣講理趣経表白文（忠延師の先妣の為に理趣経を講ずる表白文）」（『続性霊集補闕抄』巻八）は本文中に次のような表現を含んでいる。

先妣宗方朝臣氏、生レ我之功、高二於五岳一、育レ我之徳、深二於四瀆一。

（亡き母が私を生んでくださった功は山よりも高く、私を育ててくださった徳は川よりも深い）

豈図蒼天奪二我親一、玉儀入二月城一。弟子履レ霜之感、千爛二我肝一、沐レ雨之悲、百砕二吾心一。

（思いがけなくも天は私の親を奪い、母は月の世界へ去ってしまった。私は霜を覆むような冷やかさを感じて、胸を痛めること数知れず、雨にさらされる悲しみで、幾度となく心を砕いたことである）

このような表現のあることから、この文章は母を亡くした忠延法師、すなわち施主の立場で書かれていることは明らかである。

『性霊集』には表白が六首あるが、その半数の三首は施主の立場で書かれている。これも先の願文と同じように、表白が一つの文体として成立する途上にあることに因るのだろうか。しかし、この点は願文と異なり、例文を提示しての検討は省略するが、表白の盛行期である院政期の表白にも、施主の立場で書かれているとしか読めない作品がある。(8)

表白は平安朝の前中期には少なく、後期に至って急激に作品数が増大する文体である。第二節で見たが、『菅家文草』にはなく、『本朝文粋』は一首、『本朝続文粋』は二首のみに過ぎない。それが後期になると飛躍的に増加するが、そのことはすでに指摘されている。山本真吾氏は平安朝を前期、中後期、院政期の三つに分け、それぞれの時期に制作された表白の数を挙げているが、それによると、前期―6、中後期―61、院政期―688となる。(9)

このような後期（院政期）における表白の急増は、表白のみをまとめた表白集が多数編纂されるという結果[10]をもたらしている。

なお、これら表白集の多くは影印あるいは翻刻により公刊されているが、残念ながら、注釈は未だ一つもなされていない[11]。前述の願文における『江都督納言願文集注解』のごとき仕事がなされなければならない。作品の一首一首を丁寧に読むことによって、先に述べた表白の基本的性格もより明確になるはずである。

次は諷誦文であるが、諷誦文については考えるべき点がいくつかある。

第一にその性格規定である。諷誦文は何を目的として書かれる文章であるかということである。私はこのことを考えてきたが[12]、得た結論は、諷誦文における「諷誦」とは布施の意で、仏や僧また死者の霊に布施を供えて、施主の祈願の意を述べるものである、というものである。なお、諷誦の語は普通には経典を読誦する意であるが、諷誦文の諷誦もその意であり、僧にそれを依頼する文章が諷誦文であるとする説もあるが、疑問である。現存する諷誦文に、僧に向かって読経を依頼するような文言を含んだ作はない。

ある文体をどのように定義づけるかということは、その文章に何が述べられているかを正確に読み取ることを通してなされなければならない。

諷誦文は次のような文章としての定型を持っている。

敬白

請諷誦事

三宝衆僧御布施

（本文）

所請如件　敬白

　このように定型化した大枠の中に本文が記される。本文の前に「敬白／請諷誦事／三宝衆僧御布施（つつしんで申し上げる／贈物を受け取ってほしいということ／仏と僧への贈り物）」という定型句が置かれる。また三行目は、この句の後に仏や僧への贈物が具体的に明記される場合もある。この定型句の後に、本文を述べ、また文章の末尾を定型の措辞で結ぶ。

　諷誦文は以上のような性格の文章であり、また形式を持っている。

　呪願文は特殊な願文である。一つはそれが用いられる場に関してで、呪願文が用いられる場は限定されている。一つには、『仁王般若経』を講説する仁王会《にんのうえ》で用いられる。天皇の即位に伴って、また災害、兵乱などに際して臨時に鎮護国家、除災招福を祈念して行われる法会である。また、経典の書写や寺院の建立、あるいは死者の追善などの供養において読誦される。このように用いられる場が限定されているので、作品もさほど多くない。第二節で見たように、『本朝文粋』以下の四つの文集に一二首があるが、院塔供養の作が三首で、残りはみな仁王会での作である。

　もう一つの特徴は文体（文型）で、四字句を長く連ねて行く。『本朝文粋』所収の大江朝綱の作（393「臨時仁王会呪願文」）を例にすると、

　三千界中、唯仏是仰、十六会外、此経殊勝。
　非有非空、妙理氷渙、天上天下、牟尼月明。

のように、四字句で、全部で一〇二句からなる。先に述べた呪願文すべてが、このように四字句からなるものである。

この点に呪願文の文体上の一番の特徴があるが、それは最初からそうなのではなかった。呪願文は文体において大きな変化を遂げているのである。そのことを見るのに恰好の資料がある。前述のように、呪願文は多く仁王会で用いられるが、このことに着目して『類聚国史』巻一七七「仁王会」の項を見ると、五首の呪願文が引用されている。

1天長二年（八二五）閏七月十九日
2承和十四年（八四七）閏三月十五日
3貞観二年（八六〇）四月二十九日
4元慶二年（八七八）四月二十九日
5仁和元年（八八五）四月二十六日

の五度の仁王会の呪願文であるが、このうち3・4・5の三首はいずれも先の引用のような四字句からなる作であるが、1・2はそうではない。ともに長文であるから2（作者不詳）の冒頭を挙げると次のとおりである。

夫、
識之所識、曷嘗非識。
知之所知、未始不知
是故、
能行而所行兼空、則摂受之理廃、
自性而無性不異、則執取之念忘。

このような対句を多用した四六駢儷文で書かれている。

呪願文は初めは四六駢儷体であったが、のち四字句に変化し、これで固定化し、呪願文を特徴づける文体となる。その固定化の時期であるが、先の5は菅原道真の作で、『菅家文草』所収の一首でもある。『文草』の呪願文はすべて四字句である。このことを考えると、九世紀中頃、四字句という呪願文の文体が成立したと考えられる。

以上述べてきたことの要点をまとめてみると、次のようになる。

願文にはいろいろの種類がある。

その中の主要なものとして、願文、表白、諷誦文、呪願文の四種がある。

当然のことながら、それぞれは独自の性格、目的、機能を持っている。

諷誦文と呪願文は文体上の特徴を持っている。

以上であるが、それぞれの願文の性格規定については、なお議論の余地があるものがある。そのためには一首一首の作品の丁寧な読解が必要であろう。

四

以上見てきたように、平安朝にあっては、願文は主要な漢文の一つであり、数多くの作品が制作され、漢文学史に確固とした位置を占めているが、中国においては全く事情が異なる。

中国の伝統的な文学規範では、願文は文学としての位置を与えられていなかった。早く六朝時代の『文心雕龍』また『文選』に「願文」という項目、類題はなく、したがって作品もない。降って宋代の『文苑英華』、『唐文粋』においても同様である。かろうじて以下の作品が残るに過ぎない。

王暁平氏が『広弘明集』啓福篇に三首が収載されていることを指摘している。(13)

千僧会願文　沈約

四月八日度人出家願文　梁簡文帝

北斉遼陽山寺願文　盧思道

これに示唆を得てさらに『広弘明集』に求めてみると、仏徳篇に、

礼仏発願文　王僧孺

千仏願文　梁簡文帝

法義篇に、

斉三部一切経願文　魏収

周経蔵願文　王褒

宝台経蔵願文　隋煬帝

があり、『国清百録』巻三に、

入天台建功徳願文　王遣使

於天台設斎願文　皇太子（隋煬帝）

が入集する。単行の作として慧思の「立誓願文」（『大正新脩大蔵経』巻四十六）がある。管見で得た作品は以上に止まる。

古く編纂された文集(14)における願文の採録はかくも寥々たるものである。

中国の願文といえば直ちに想起されるのは『敦煌願文集』（黄徴・呉偉編校、岳麓書院）であるが、この書が刊行

されたのは一九九五年のことである。

二〇一二年五月二十五日、東京（日本教育会館）で開かれた第五十七回国際東方学者会議において、シンポジウム「日中「願文」の比較」（主宰、金文京氏）が行なわれた。私は講師の一人として参加し、中国側の講師として出席した『敦煌願文集』の編者黄徵氏と同席する機会を得た。そうして黄氏の研究報告「敦煌願文要論」[15]を聞いた。これによって、中国における願文研究の状況や『敦煌願文集』出版の経緯などを知ることができたが、それは端的にいえば、中国においては文体としての願文がなお認知されるには至っていない状況であったということである。黄氏は次のような事例を紹介した。

当初、この書は学界の大家S氏主編の敦煌文献研究叢刊の一冊として出版される予定であったが、黄氏が自己の文体類別とこれに基づく「願文集」の書名に固執したため、この叢刊に入れることは不可能となった。なお、台湾では王三慶氏の『敦煌仏教斎願文研究』が二〇〇九年に出版された。近年のことである。この書も書名では「斎願文」と称し、本文中では「斎文」あるいは「斎会文」の語を用いている。願文は独立した文体としては認められていないということである。台湾でも近年に至るまで同じように認識されていると推測される。

黄氏は前記報告で、文体名として、また書名として「願文」を掲げることが妥当であることの論拠として、清の彭紹升（一七四〇〜一七九六）の『二行居集』（道光五年、一八二五刊）を用いている。類題として「願文」が立てられ、一二首の作品が収められていることを指摘する。しかし、遼遠な中国の文学史を考えてみると、文体名として「願文」を掲げる論拠として清代の文献が用いられていることは驚くべきことである。それまで願文を一つの文体として捉える意識はなかったのか。

対比して日本の願文を思う。第二節で述べたが、類題としての「願文」は九〇〇年に編纂された菅原道真の

『菅家文草』にすでに存する。『一行居集』よりおよそ八百五十年遡る。また書名として「願文」を用いることは、一一一一年（匡房没）以前に成立した大江匡房の『江都督納言願文集』に例がある。これまた『敦煌願文集』に六百五十年ほど先立つ。

この例が示唆するように、その文体、性格規定、用途などがほぼ明らかになっている日本の願文を考えることが中国の願文を研究するうえで資するところがあるのではなかろうか。

五

『敦煌願文集』の刊行により、多くの作品（二七〇首余り）を読むことができるようになったが、なお、中国の願文資料の発掘を続けていかなければならないことはいうまでもない。

その一つとして日本に残る文献に含まれている作品を紹介しておこう。それは正倉院蔵の有名な聖武天皇宸翰『雑集』に引かれるものである。『雑集』は天平勝宝八歳（七五六）、光明皇太后によって東大寺に施入された聖武天皇遺愛の品の一つであるが、天平三年（七三一）九月八日に書写したとの奥書がある。一四五首の詩文が収められているが、いずれも中国の六朝時代及び隋代の詩文で、多くが仏教的な内容の作である。八つに分けられるが、その一つに『鏡《きょう》中《ちゅう》釈《しゃく》霊《れい》実《じつ》集《しゅう》』がある。(16)「鏡中」は越州（現在の浙江省紹興）で、その地の僧霊実の文集である。三〇首の作品があるが、なかに一〇首の願文がある。

為人父母忌斎文

為人父忌設斎文

為人母遠忌設斎文
為人母祥文
為人妻祥設斎文
為人妻妊娠願文
為人息神童挙及第設斎文
為人為息賽恩斎文
為人社斎文
七月十五日願文

このように各首に表題が備わっている。「願文」と称するのは二首のみで、「斎文」が多く「祥文」というのも一首ある。

『釈霊実集』中の一首、「為㆓桓都督㆒祭㆓禹廟㆒文」に「大唐開元五年歳在丁巳九月日」という日付が記されている。唐の開元五年は七一七年。これによって、『釈霊実集』所収作品の、つまりはこれら願文のおおよその制作年代が明らかになる。霊実が越州を本拠とする人物であることは前述のとおりである。すなわち、これら願文は制作された時と場、そして作者が明らかである。

これらの作はわずか一〇首とはいえ、遺存する中国の願文として貴重である。唐代の願文として『敦煌願文集』の諸作と、名称、文章の形式、措辞そして内容等に亙って比較してみる必要があるだろう。

なお、これら『釈霊実集』所収の願文は、また日本の願文の研究においても意義を有する。まずは中国から願文が日本に将来されて、奈良朝人がこれを書写しているという事実そのものである。先述のように、集中の文に唐の開元五年（七一七）の日付があり、これを含む『雑集』は天平三年（七三一）に書写されている。すなわちこの間に日本に伝来したことになるが、そこから、養老二年（七一八）十月に帰朝した多治《たじ》比県守《ひのあがたもり》を大使とする遣唐使によって日本にもたらされたものであろうと考えられている。また正倉院文書にしばしば『鏡中集』の名で現われ、この書の書写が行われている。さらに平安後期の『東域伝灯目録』『大乗経律論疏目録』などの仏典目録に記載され、また平安末から鎌倉初期にかけて現われる空海の『性霊集』の注釈、『性霊集注』『性霊集略注』には『鏡中集』からの引用がある。(17) これらのことから、『鏡中集』はある程度流布していたであろうと推測されるが、とすれば、日本の願文への影響の有無も考えてみなければならない。

注

（1）「知識文」の次に「廻文」の類題があり、「勧学院仏名廻文」一首を収める。この作品自体は仏事の場での作であるが、文体としての「廻文」は願文の範疇には入らないので、除外する。

（2）中村元『仏教語大辞典』（東京書籍、一九七五年）。

（3）『性空上人伝記遺続集』に藤原惟成《これしげ》の「供㆓養書写山講堂㆒願文」を収載する（『本朝文集』巻三十九にも）。この作は起筆の「沙彌性空、曲㆑躬合㆑掌、白㆑仏而言」にすでに明らかであるが、惟成が性空《しょうくう》のために代作したものである。すなわちこの文章は全篇性空を主語として書かれていて、そうした作品として読まなければならない。

（4）笹川博司『惟成弁集全釈』（風間書房、二〇〇三年）にこの願文の注釈があるが、この書は、その解説の「第三段階（ママ）において、惟成は、幼少の昔から出家の機会を竊かに伺っていたと言い」という記述から読み取れるように、作者惟成の立場で書かれていると解している。

（4）山崎誠『江都督納言願文集注解』（塙書房、二〇一〇年）。

（5）川口久雄『平安朝日本漢文学史の研究』三訂版（明治書院、一九八八年）第二十四章第四節「願文・表白の文学とその諸本」。
（6）本書10「願文の主語――空海の願文」参照。
（7）山本真吾『平安鎌倉時代に於ける表白・願文の文体の研究』（汲古書院、二〇〇六年）、小峯和明『中世法会文芸論』（笠間書院、二〇〇九年）等。
（8）本書13「表白についての序章」参照。
（9）注7山本著第一部第二章「院政鎌倉時代に於ける表白量産の史的背景」。
（10）注7小峯著I一3「表白集の編纂」参照。
（11）なお、川崎大師教学研究所東草集研究会編『『東草集』訳註研究』（大本山川崎大師平間寺、二〇一四年）が刊行された。『東草集』は根来寺（和歌山県）の頼豪（一二八三～一三六〇以後）の文集で、表白も五十余首がある。校訂本文に基づく訓読文と簡略な注がある。本章からすればかなりのちの十四世紀の作品であるが、注記しておく。
（12）本書14「諷誦文考」、15「諷誦文考補」。のち16「諷誦文論」を発表した。
（13）「東亜願文考」（『敦煌研究』二〇〇二年第五期）。
（14）『広弘明集』は唐の麟徳元年（六六四）、道宣の撰述。『国清百録』は隋の大業三年（六〇七）頃の成立と考えられる（『大蔵経全解説大事典』雄山閣出版、二〇〇八年）。
（15）東方学会の英文紀要ACTA ASIATICA第105号（二〇一三年）に論文として収載されている。An Overview of *Yüan-wen* from Tun-huang
（16）この書の研究書として、東京女子大学古代史研究会『聖武天皇宸翰『雑集』「釈霊実集」研究』（汲古書院、二〇一〇年）が刊行された。
（17）注16著参照。
※　東方学会の平成二十四年度秋季学術大会（二〇一二年十一月十日、京都芝蘭会館）における講演草稿を基として論文とした。

10　願文の主語
——空海の願文

一

「願文の主語」というものいいは少しおかしいと思われるかもしれないが、その文章は誰を表現の主体として、すなわち主語として書かれているかを考えてみようとするものである。願文は多く執筆が他者に依頼される。そこに問題が生じる。

願文とは何か。どのようなものとして書かれているものなのか。現在の通説を見るために、今よく用いられていると思われる仏教辞典の記述を借りる。

神仏に祈願する文書。あるいは仏事を修する時、願意を記した文。生前にみずからの死後の供養を行う逆修《ぎやくしゆ》、寺塔建立・造仏・写経などの供養、死者の冥福を祈る追善供養などのための仏事法会の時に、施主の願意を述べる。
（『岩波仏教辞典』第二版、二〇〇二年）

また、願文についての専著である山本真吾『平安鎌倉時代に於ける表白・願文の文体の研究』（汲古書院、二〇〇六年）には、「表白・願文の定義」の項があり、願文と表白とを対比的に捉えて詳細な検討がなされている。そのうえで提示された結論は次のようなものである。(1)

　表白は導師（僧侶）の立場から法会の趣旨を述べたものであり、願文は施主の立場で祈願の意を述べたものである。

なお、これに先立って、

　願文は導師が宣読するも書き手の立場はあくまで施主であることが知られ、注意される。（八九頁）

という論述がある。願文の主語は誰かをより明確に述べたもので、本章の議論に関わるものとして留意する。要するに、願文は施主の祈願の意をその立場から記述したものである、というのが通説である。しかし、この定義に背反する願文がある。

何よりもまずその願文を読んでみよう。空海の46「天長皇帝の故中務卿親王の為に田及び道場の支具を捨して橘寺に入るる願文（天長皇帝為故中務卿親王捨田及道場支具入橘寺願文）」（『性霊集』巻六）である。(2)

A双円大我、越如々於一居、　　双円の大我は如々を一居に越え、
五部曼荼、韞智々乎諸識　　五部の曼荼は智々を諸識に韞《つつ》む。
秣大羅而牛羊憊、　　大羅に秣《まぐさか》ひて牛羊憊《つか》れ、
脂化城而烏兎喘。　　化城に脂《あぶらさ》して烏兎喘《あえ》ぐ。
遠而不遠即我心、　　遠くして遠からざるは即ち我が心、
絶之不絶是吾性。　　絶えて絶えざるは是れ吾が性なり。
水清則不到而到　　水清ければ則ち到らずして到り、

鏡瑩則不得而得
鐘谷之応、奚其遅矣。
B伏惟、故中務卿親王
爀曦之玉葉、円舒之金柯。
純粋稟天、乃智人傑。
所冀、争寿椿桃、竭忠松竹。
寧図、控鵠早飛、忠孝忽違。
哀哉悲哉。
雨絶雲端、一鳧蜿転、
露消葉上、数稚哽咽。
不分不分。
何蒼々忍剰無情、何奪我鐘愛。
聖襟慟兮忘味、凡庶懆兮不相。
性愛恩深、思崇福祐。
C謹以、天長四年九月日、敬造薬師如来羯磨身、
日月遍照両大士羯磨身、写金文蓮華法曼荼羅。
兼延屈致仕僧都空海、少僧都豊安、致仕律師施
平、律師戴栄、泰演、玄叡、明福等、以為講匠。

鏡瑩《あきら》かなれば則ち得ずして得《う》。
鐘谷の応、奚《なん》ぞ其れ遅からんや。
伏して惟《おもんみ》れば、故中務卿親王は、
爀曦《かくぎ》の玉葉、円舒の金柯なり。
純粋天に稟《う》け、乃智《だいち》人傑なり。
冀《こいねが》ふ所は、寿を椿桃に争ひ、忠を松竹に竭《つ》くさんことを。
寧《なん》ぞ図らんや、控鵠早く飛びて、忠孝忽ちに違《たが》はんとは。
哀しいかな、悲しいかな。
雨は雲端に絶えて、一鳧蜿転たり、
露は葉上に消えて、数稚哽咽せり。
不分《ねたいかな》、不分《ねたいかな》。
何ぞ蒼々忍《むご》くして剰《あまつ》さへ情無き、何ぞ我が鐘愛を奪へる。
聖襟慟《いた》んで味を忘れ、凡庶懆《いた》んで相《きねうた》せず。
性は恩の深きを愛し、思ひは福祐を崇《あが》む。
謹んで以て、天長四年九月日、敬ひて薬師如来羯磨身、
日月遍照両大士羯磨身を造り、金文の蓮花法曼荼羅を写す。
兼ねて致仕の僧都空海、少僧都豊安、致仕の律師施
平、律師戴栄、泰演、玄叡、明福等を延屈して、以て講

泰命都講、慈朝達親。法相中継、隆長等、三論寿遠、実敏等、真言真円、道雄等、二十智象、聴法上首。四箇日間、開巻尽文、旗鼓談義。幷永捨入若干色物。其水田十余町者、毎年春秋両節云々。

匠と為す。泰命は都講、慈朝は達親なり。法相の中継、隆長等、三論の寿遠、実敏等、真言の真円、道雄等、二十の智象は、聴法の上首なり。四箇日の間、巻を開きて文を尽くし、旗鼓して談義す。幷せて永く若干の色物を捨入す。其れ水田十余町は毎年の春秋両節と云々。

D爾乃、乗蓮金体、流累日之光彩、
　潤草玉文、致梵釈之誠請。
三妄蕩一礼之題、五智集一誦之吻。
幡蓋飄揺、輪座幾千。
香花飛零、相好無数。

爾《しか》れば乃ち、乗蓮の金体は累日の光彩を流し、
潤草の玉文は梵釈の誠請を致す。
三妄は一礼の題《ひたい》に蕩《あら》はれ、五智は一誦の吻《くち》に集まる。
幡蓋飄揺して、輪座幾千ぞ。
香花飛び零《お》ちて、相好無数なり。

E伏願、沷此法水、洗彼煢霊。
性蓮乍発、顕微塵之心仏、
心法忽開、証恒沙之遍智。
福廻聖躬、現当有余。
衆与生所遍之刹、情与非所在之聚、
豁大肚而懐含、開鴻蔵以亭毒。
同飽鑁乳之味、斉遊阿字之閣。

伏して願はくは、此の法水を沷《そそ》いで、彼の煢霊《けいれい》を洗はん。
性蓮乍《たちま》ち発《ひら》いて、微塵の心仏を顕《あら》はし、
心法忽ち開いて、恒沙の遍智を証せん。
福　聖躬に廻らして、現当に余り有らん。
衆と生と所遍の刹、情と非と所在の聚、
大肚を豁《ひら》いて懐含し、鴻蔵を開いて亭毒せん。
同じく鑁乳《ばんにゅう》の味に飽き、斉《ひと》しく阿字の閣に遊ばん。

本文に一個所疑問がある。Bの傍線を付した一行である。この願文はCとした部分——造仏、写経をし、衆僧

を招いて講説を行い、施入をしたという事実を記述する――以外はすべて駢儷体によって書かれている。すなわち対句による構文であるが、そのなかにあって、この傍線部のみは対句をなしていない。本文の校定について一考の要がある。

何蒼々忍剰無情、何奪我鐘愛。

であるが、前句と後句が7・5で字数がそろわない。また、それぞれの句頭に同じ「何」が置かれており、以下の措辞も対応していない。さらにいえば、この句の前の「不分不分」も同語のくり返しで、不自然である、などが指摘できる。なお「不分」は「ネタイカナ」(『類聚名義抄』)と訓まれるが、中国口語で、張相『詩詞曲語辞匯釈』(中華書局、一九六二年)に、不満、不平の意という。

この句に類似した表現が空海の他の作品にいくつかある。

ア　蒼々何忍、奪二我宗師一。(『真言付法伝』[3]不空伝の賛)
イ　何忍日天、矢運奪二人童顔一。(15「中壽感興詩序」『性霊集』巻三)
ウ　蒼々何忍、奪二我阿衡一。(48「右将軍良納言為二開府儀同三司左僕射一設二大祥斎一願文」『性霊集』巻六)
エ　天公何忍、奪二我鍾愛一。(53「藤大使為二亡児一願文」『性霊集』巻六)
オ　蒼天蒼天、劇剰無レ情。(69「林学生先考妣忌日造レ仏飯レ僧願文」『続遍照発揮性霊集補闕抄』巻八)
カ　豈図、蒼天奪二我親一、玉儀入二月城一。(76「為二忠延師先妣一講二理趣経一表白文」『続性霊集補闕抄』巻八)
キ　蒼天何忍、奪二我国梁一(『高野雑筆集』51[4])

これらを考え合わせてみよう。まず、ア・ウ・エ・キは基本的な構文はこの句と同じであるが[5]、いずれも四字句である。句頭に「何」が重ねて用いられるというようなことはない。またオから考えると、「何蒼々忍剰無情」

はこの「蒼天蒼天、劇剰無情」という四字句二句が一句になったものといえる。

　以上のことから、「不分（不分）」も含めて、四字句とする、あるいはカの例があることを考えて、五字句とする。この二つの考え方で改訂案を考えたが、妙案を得るには到らなかった。本文に疑問を残しつつ原文に従った。ただし、訓読は改めた。「蒼々」と「忍」の訓み方である。『性霊集』の流布のテキストはいくつかあり、その一々についていうのは煩瑣なので、日本古典文学大系本、弘法大師空海全集本（筑摩書房、一九八四年、第六巻）を例にするが、「蒼々忍剰無情」を共に「蒼々として忍んで剰《あまつ》さへ情無し」と訓む。しかし、前掲の諸例を見れば、「蒼々」は「蒼天」「日天」「天公」と同義であることが瞭然である。したがって「蒼々として」と訓むのは誤りである。また「忍」はア・イ・ウ・エ・キにいずれも同じ句形で用いられている。これらもすべて「忍んで」と訓まれているが(6)、これらの諸例を見、また「忍剰無情」は「忍」と「無情」とが「剰（あまつさへ）」という語で結ばれていることを考え合わせると、「忍」は「無情」と同じく「蒼々（天）」の属性をいうものであるはずである。ここでは〈むごい〉の意である。

　ここからが本題である。

　願文の表題の「天長皇帝」は淳和天皇、「故中務卿親王」は異母弟の伊予《いよ》親王である。親王は平城朝の大同二年（八〇七）十一月、謀反を企てたとして、母の藤原吉子（南家雄友の娘）と共に捕えられ、薬を仰いで自ら命を絶った悲劇の人である。

　この願文は淳和天皇が伊予親王の菩提をとむらうために料田や寺で用いる道具などを橘寺に施入した時に、空海が天皇のために代作した願文である。表題に記すところはそうである。施主は淳和天皇、したがって、この願文は天皇の立場で書かれているはずである。

しかし、文章を読んでいくと、淳和天皇が主語であるとすれば不自然な措辞がある。二重傍線を付したBの「聖襟」とEの「聖躬」である。いうまでもなく「聖」という語は皇帝（天皇）に関することに添えて敬意を表すものであり、他者から天皇に対して用いる。その語が天皇の立場で記述された文章に用いられるというのは矛盾である。

これはどう考えればよいのだろうか。

周知のように、天皇については自敬表現がある。これで解することはできないだろうか。前者の「聖襟慟んで味を忘れ」はそう考えることができるかもしれない。しかし、後者の「福、聖躬に廻らして、現当に余り有らん」を自敬表現と見ることは無理である。これを淳和天皇の立場に立って読むと、福徳が我が身にも及ぶように、と述べていることになるが、それはやはりおかしい。

この措辞のあることによって、この願文は淳和天皇の立場で書かれているとして読むことはできない。

そうすると、これは願文の作者、空海の立場で書かれていると考えるより外はない。施主ではなく、代作者の立場で書かれているということになる。

先にあげた弘法大師空海全集本は口語訳を付すが、それはそうした理解のもとでなされている。たとえば、Bの初めの「伏惟」は「私、空海が、ひれ伏して願うのに」、Eの初めの「伏願」は「私、空海が、ここにひれ伏して願うことは」と口語訳されている。

それでは代作者たる空海の立場で書かれているとして読もう。そうすると、ここでも疑問を懐かせる措辞に出会うのである。Bの二重傍線を付した「鍾愛」の語である。

「何奪㆓我鍾愛㆒」。この句は従来は「どうして私どもの鍾愛する殿下を奪い去ってしまったのであろうか」（弘法大師空海全集本)、「どうして敬愛する殿下を奪い去ってしまったのであろうか[7]」と口語訳され、「鍾愛」は「敬愛する者」(日本古典文学大系本頭注)と解されているが、いずれも誤っている。

「鍾愛」は次のように用いられる語である。まず中国における用例である。

為レ子之道、鍾二愛其兄弟一、施二行於諸父一、慈二恵於衆子一、誠二信於朋友一。謂二之孝一。(『晏子春秋』諫下)

姉妹無レ多兄弟少、挙レ家鍾二愛年最小一。(施肩吾「効古詞」『全唐詩』巻四九四)

空海の他の作品における用例。

玄宗皇帝有二一鍾愛公主一。忽沈レ病薨。(『秘密漫荼羅教付法伝[8]』巻一、金剛智伝)

天公何忍、奪二我鍾愛一。(53「藤大使為二亡児一願文」『性霊集』巻六)

爰有二一鍾愛女息一。婦容具而至孝、婦徳備而醮レ人。(79「三嶋大夫為二亡息女一書二写供養法花経一講説表白文」『続性霊集補闕抄』巻八)

空海よりあとであるが、平安朝詩文の用例である。いずれも『本朝文粋』所収。

本是富家鍾愛女、幽深窓裏養成レ身。(紀長谷雄、18「貧女吟」、巻一)

源氏第一皇子、初学二周易一入レ学也。……、聖上諸子之中、尤所二鍾愛一也。(都良香、255「聴三源皇子初学二周易一詩序」、巻九)

弟子有二一息女一、最所二鍾愛一也。(慶滋保胤、421「為二大納言藤原卿一息女女御四十九日願文」、巻十四)

最後の例の「弟子」とは願主の大納言藤原卿である。

これらの用例から、「鍾愛」は兄弟、息子、娘など肉親に対する愛情をいい、しかもそれは親から子、年長者から年下の者へなど、目上の者から注がれるそれをいうものであることが知られる。

したがって、この願文の「鍾愛」を空海から故伊予親王に対してのものとする理解は二重に間違っていることになる。これは淳和天皇の、弟伊予親王に向けての愛情をいうものでなければならない。そうすると、この語が用いられていることから考えると、この願文の主語は淳和天皇である。先に得た結論と矛盾する。

この願文だけでは解決できない。別の作品について考えてみよう。

二

49「東太上の故中務卿親王の為に壇像を造刻する願文（東太上為故中務卿親王造刻壇像願文）」（『性霊集』巻六）である。「東太上」は嵯峨上皇をいう。「故中務卿親王」は先の願文の対象であった伊予親王である。表題からは、嵯峨上皇が伊予親王の追善のために白檀の仏像を造立した時の願文ということになる。ただし本文を読めば明らかであるが、追善の対象は親王だけでなく、その母の「夫人藤原氏」すなわち藤原吉子もそうである。そうして、このことは願文の制作時を推測させるものとなる。前節で触れたように、伊予親王は謀反の罪を問われて親王位を廃され、母と共に死を強要されたが、弘仁十年（八一九）名誉を回復されている。『日本紀略』の三月二十一日条に次の記事がある。

詔、朕有ㇾ所ㇾ思。宜ㇾ復二故皇子伊予・夫人藤原吉子等本位号一。

この願文はこのことに関わって作られたものではなかろうか。

その願文である。

A粤有大聖。号薄伽梵。　粤《ここ》に大聖有り。薄伽梵《ばがぼん》と号す。

孕大虚而為体、豁繊壒而建都。

其通也則汲溟海於毛端、
其術也則入巨嶽於小芥。

四量用心、六度為行。

無親無怨、三界耶孃。

不捨不倦、四生則子。

塵沙徳海、欲談舌巻之也。

B伏惟、皇帝陛下、
允仁允慈、含弘光大。

且智且文、道義是親。

C所以、為故中務卿親王及故夫人藤原氏、敬造刻檀釈迦牟尼仏像一軀、観世音菩薩像一軀、虚空蔵菩薩像一軀、並金銀泥画四大忿怒王像四軀、四摂八供養八大天王像等。各副法曼荼羅三昧耶曼荼羅。兼延法侶、開肆斎筵。

D爾乃、妙業揮刀、真容宛爾。

尊々玉質、智々金山。

香饌断結、妙花含光。


大虚を孕んで体と為し、繊壒を豁《のぞ》きて都を建つ。

其の通は則ち溟海を毛端に汲み、
其の術は則ち巨嶽を小芥に入る。

四量を心に用ゐ、六度を行と為す。

親無く怨無し、三界の耶孃なり。

捨てず倦まず、四生は則ち子たり。

塵沙の徳海、談らんと欲するに舌巻くなり。

伏して惟《おもんみ》れば、皇帝陛下、
允《まこと》に仁允に慈にして、含弘光大なり。

且《かつ》は智且は文にして、道義是れ親しむ。

所以に、故中務卿親王及び故夫人藤原氏の為に、敬ひて檀釈迦牟尼仏の像一軀、観世音菩薩の像一軀、虚空蔵菩薩の像一軀を造刻し、並びに金銀の泥もて四大忿怒王の像四軀、四摂八供養八大天王の像等を画く。各《おの》おの法曼荼羅、三昧耶曼荼羅を副《そ》ふ。兼ねて法侶を延《ひ》いて、斎筵を開き肆《つら》ぬ。

爾れば乃ち、妙業刀を揮ひ、真容宛爾たり。

尊々の玉質、智々の金山なり。

香饌は結を断じ、妙花は光を含む。

E伏願、藉此勝業、抜翊煢魂。　伏して願はくは、此の勝業に藉《よ》りて、煢魂を抜き翊《たす》けん。

持金翊於空々、攀蓮歩於如々。　金翊を空々に持《たも》ち、蓮歩を如々に攀《よ》ぢん。

珍宝日新、山寿無窮。　珍宝日び新たにして、山寿窮まり無からん。

股肱良才、元々康哉。　股肱良才にして、元々康哉ならん。

幽顕同福、併鑑本有之五鏡、　幽顕福を同じくして、併せて本有の五鏡に鑑み、
常沐仏護、鎮遊法苑。　常に仏護に沐して、鎮《つね》に法苑に遊ばん。


この願文の表現の主体、主語は明らかである。それを明示するのはBの傍線部である。「皇帝陛下」とあることによって、これは嵯峨天皇ではなく、作者空海の立場で書かれていると読まなくてはならない。これが明白な措辞であるが、そのことを示す徴証がもう一つある。Eの「山寿」である。人の長寿をいう語であるが、これは天子に関して用いられる。中国での用例に、

巍々天子、南面山寿、徳洽二蒼生一、楽二乎大有一。（唐、敬括「花萼楼賦」『文苑英華』巻四十九）

があり、空海は64「為二菅平章事一願文」（『性霊集』巻七）にも、

去宝亀年中、柏原天皇、鳳闕不予之日、与二故中納言従三位紀朝臣勝長、……等一、相共祈誓、奉レ造二四天王像一。延二山寿一、保二海福一。

と用いている。「菅平章事」は参議の菅野真道、「柏原天皇」は桓武天皇である。宝亀年間に桓武が病気になった時、真道は紀勝長らと共にその回復を祈ったことを述べるが、「山寿」は天皇の長命をいう。この語が用いられていることも、この文章は嵯峨天皇が主語となるものではなく、空海の立場での叙述であることを示している。

ただし、追善の行事の主体、すなわち施主は嵯峨天皇である。B・Cにそのことが記述されている。しかし、

願文は施主ではなく、空海の立場で書かれている。

三

このように、代作者としての空海の立場で書かれていることの明徴がある作品があることから、先の願文も同じように考えてよいだろう。これも施主の淳和天皇ではなく、その依頼を受けて願文を執筆した空海の立場で書いていると判断する。そうすると、「我鍾愛」という措辞が用いられていることが疑問となるが、これは〈弘法も筆の誤り〉であろう。

空海が書いた願文に通説となっている願文の定義では捉えきれない作品二首がある。ともに天皇のために代作した願文である。しかし、このことが異例であることの要因とは考えられない。『性霊集』には他にも天皇のために作った願文があるが、それらは通説の範囲内にあるのである。たとえば47「天長皇帝、大極殿に百僧を屈して、雩《あまごい》する願文（天長皇帝於大極殿屈百僧雩願文）」（『性霊集』巻六）は「天長皇帝」、淳和天皇の立場で書かれている。淳和を主語として読んで問題はない。

本章で読んだ二首は願文の形式が定型化する以前の過渡的な姿を示しているのであろうか。思い合わされるのは呪願文である。

呪願文は同じく仏教漢文の一つで、願文ときわめて密接な関係を持っているが、これは形態的にはっきりとした特徴がある。一句が四字で、その四字句を連ねていくのであるが、時間的に溯ってみると、平安朝初期の作は四六文の駢儷体なのである。空海が作った呪願文もそうである。それが四字句の文体に変化し、固定化する。[9]

本章で見た二首の願文は例外的な特別の作品として、内容に即して理解しておこう。

注

（1）九〇頁。表として示されているが、いま文章に置き換える。

（2）本文は日本古典文学大系『三教指帰　性霊集』（岩波書店、一九六五年）に拠るが、『定本弘法大師全集』第八巻（高野山大学密教文化研究所、一九九六年）所収『性霊集』を参看して本文を改めた所がある。作品番号は日本古典文学大系本のもの。訓読は私見による。

（3）『定本弘法大師全集』第一巻（高野山大学密教文化研究所、一九九一年）に拠る。

（4）高木訷元『弘法大師の書簡』（法藏館、一九八一年）の作品番号。

（5）『遍照発揮性霊集便蒙』は中国の先例として後漢の蘇順「和帝誄」に「如何昊穹、奪二我聖皇一」があることを指摘する。『芸文類聚』巻十二、帝王部所収。

（6）意味は、ひそかに、知らず知らずのうちに、の意で解されているが、これは和訓としての意であり、漢語としてはこのような意味はない。

（7）山本真吾「空海作願文の表現世界——伊予親王関連願文を中心に——」（『人文論叢』（三重大学）第八号、一九九一年）。

（8）注3に同じ。

（9）本書12「呪願文考序説」参照。

※荒木浩編、科学研究費補助金研究報告書『小野随心院所蔵の文献・図像調査を基盤とする相関的・総合的研究とその展開——Vol.Ⅲ』（二〇〇八年）に発表した。

11　菅原道真の願文

一

菅原道真の詩文集『菅家文草』十二巻は、後半の巻七〜十二に、詩以外の諸種の文体の作品を収載する。それは次のような構成になっている。（　）内は作品数。

巻七　賦（4）・銘（3）・賛（12）・祭文（2）・記（3）・序（22）・書序（5）・議（2）
巻八　策問（8）・対策（2）・詔勅（9）・太上天皇贈答天子文付中宮状（6）
巻九　奏状（27）
巻十　表状（23）・牒状（3）
巻十一　願文上（17）
巻十二　願文下（16）・呪願文（5）

十七種の文体があるが、これまでの道真研究、あるいは『菅家文草』研究では、これらの詩以外の文体の作品が取りあげられることははなはだ少なかった。しかし、道真の文学を全円的に捉えるためには、これらの諸作品についての考察も不可欠である。(1) そこで、その一環として、最も多くの作品がある願文について、基礎的なところから出発して、いくつかの問題について考えてみたい。

二

願文は三三首が巻十一と十二に上・下として収められているが、その配列はまったく作品の制作年時の順序に従っている。内容に即した分類などはされていない。このようにいうのは、『本朝文粋』を比較の対象として想起してのことである。『本朝文粋』は巻十三と十四に亙って二七首の願文を選録するが、それらは内容によって「神祠修善」「供養塔寺」「雑修善」「追修」の四つに分類されている。なお、雑修善に収められているのは、法華八講や経供養などに際して作られた願文である。

『菅家文草』ではこうした方法は取られていない。制作年時の順に配列するというのがこの集全体の方針であるから、(2) 願文もそうである。

願文は各首の表題の下に制作年時が注記されていて、それが明瞭であるが、その配列の情況は次頁の表のとおりである。(3)

最初の636「為二刑部福主一四十賀願文」には、次の注記がある。

　貞観元年作レ之。願文之始。仍存二之巻首一。

これが道真が執筆した願文の第一作であったことが知られるが、この時、道真はなお十五歳であった。

西暦	和暦	作品番号
850	貞観　1	636
	5	637
	6	638
	7	639
	10	640
	11	641、642
	13	643
	15	644、645
	16	646
	18	647、648
879	元慶　3	649
	5	650、651
	6	652、653
	7	654
	8	655、656、657
885	仁和　1	658
	2	659、660、662
	3	661
892	寛平　4	663、664
	5	665
	8	666
	9	667、668
899	昌泰　3	（菅家文草成立）

全体として見渡してみると、ほぼ毎年一首ないし二首が制作されている。ところどころに数年に亙る空白もあるが、願文は文章の性格として、意欲が湧いたから作るなどといったものではもとよりない。必要とされる時に、しかもそのほとんどは、他者からの依頼に応じて制作されるものであるから、場合によっては、制作のない年が数年に及ぶ場合もあろう。空白が三年以上に及んでいる場合が二度ある。一度は貞観二年から四年にかけてであるが、これは道真がなお若年（十六歳〜十八歳）であったからであろう。もう一度は、仁和四年から寛平三年に及ぶ四年間で、もっとも長い空白であるが、これはこの間（仁和二年〜寛平元年）、讃岐守として都を離れていたという事情もあろう。しかし一方、仁和二年は讃岐に赴任したその年であるが、三首を作っている。

このように、ところどころに空隙があるものの、貞観元年（八五〇）から寛平九年（八九七）まで、およそ五十年という時間のなかで、作品が年次を追って配列されていることは、時間の流れに即して、その表現に変化はあるのかどうか、あるとすれば、どのように展開していくのかなど、時間軸のなかで見てみたいという思いを懐かせるが、そのことは後で考えることとする。

　内容について見てみよう。

　それにもいくつかの視点が考えられるが、まずはどのような目的で作られたものであるか、ということである。もっとも多いのは、やはり637「為㆓源大夫閤下㆒先妣伴氏周忌法会願文」のような、死者の追善のための願文で、一八首がある。

　一方、636「為㆓刑部福主㆒四十賀願文」のような、算賀の願文も六首ある。そのうち、658「木工允平遂良為㆓先考㆒修㆓功徳㆒、兼賀㆓慈母六十齢㆒願文」は、この表題からも知られるが、亡父の追善と母の六十の賀算とを兼ねた異色の作である。

　水田や家宅、あるいは封戸を寺に施入する時の願文が三首ある。

　法会のための願文が二首。649「奉㆓太上皇勅㆒、於㆓清和院㆒法会願文」は、元慶三年三月、清和上皇が主催した五日に及ぶ盛大な法華講会の願文、664「為㆓諸公主㆒奉㆓為中宮㆒修㆓功徳㆒願文」は宇多天皇の后、班子女王が行う仏名会のために、所生の四人の内親王が功徳を修した時の願文である。先の追善願文にも、法華会や一切経会など、法会の席での作があるが、それらは死者追善という要因による法会であるので、これらとは区別される。

　以下はいずれも一首ずつである。

　逆修願文。654「為㆓式部大輔藤原朝臣室家命婦㆒逆修功徳願文」。命婦の藤原某子は両親に早く死に別れ、子供もいないので、自分の死後のために、写経、造塔をなし、供養を行った、その時の願文である。

　656「為㆓阿波守藤大夫㆒修㆓功徳㆒願文」は、元慶八年、時に阿波守であった藤原邦直が、「百姓の平安」、「五穀の豊稔」等を祈願したものである。
父への孝養のため。659「為二源中納言家室藤原氏一奉二為所天太相国一修善功徳願文」。源能有《よしあり》の妻の藤原滋子が、父の太政大臣基経に孝養を尽くすため、曼荼羅を描かせ、経典を書写して供養した時の願文である。
663「奉レ勅放二却鹿鳥一願文」は、宇多天皇が神泉苑に飼育されていた鹿と鳥を比叡山に放った時の、すなわち放生を行った時の願文である。
施与の願文。668「奉レ勅雑薬供二施三宝衆僧一願文」。宇多天皇が紅雪を和合した薬を僧に布施として与えた時の願文。

三三首の願文をどのような目的で書かれたものかという観点で分類すると、以上のとおりである。死者追善の願文が多くを占めるのは平安時代を通してのことであり、賀算（六首という数は多い）、施入、法会の願文はほかにも作例がある。しかし一首ずつの願文には、やはり他に例がなく、注目すべき内容の作品がある。最後の施与の願文（668）は、諷誦文というものの成立を考えるのに、きわめて重要な作品であることは以前に述べた[4]が、656「為二阿波守藤大夫一修二功徳一願文」は国司が治下の民政の平安を祈って仏像経典を供養するというもので、当代の受領の心性をうかがい知る資料として注目される。

次いで、誰のために制作されたものかということである。

一首を除いて、三二首は他者からの依頼を受けて執筆したものである。言葉を換えて言えば、道真は自分自身のためには一首しか作っていない。その一首は650「吉祥院法華会願文」で、元慶五年（八八一）十月、亡父母の追善のために、吉祥院で法華会を開いた時の願文である。この願文があるのであるが、ほかには道真が自らのために作った願文はない。道真の母の伴氏は貞観十四年（八七二）正月十四日に、父是善は元慶四年八月三十日に没しているが、これに関わる、七々日あるいは周忌の願文などはない。また、道真は元慶七年には、阿満と呼ぶ七歳の息子とその弟を亡くし、その悲痛な思いを、117「阿満を夢みる」（『菅家文草』巻二）という長篇詩に託して詠んでいるが、これに関わる願文もない。

委嘱されて作った三二首の依頼者はさまざまである。清和上皇（649）や宇多天皇（668）、太皇大后（藤原明子、651）、右大臣（藤原基経、644）などの高位の人の命を承けての作もあり、一方に、従七位上左衛門少志の坂上有識（653）、正六位上の大江豊岑（638）、藤原清瀬（645）といった下位の官人のために制作した作もある。

662「為二宮道友兄一賀二母氏五十齢一願文」には注記が付され、その制作事情を語っている。

　是れより先、友兄、事に就きて讃岐の旅館に到る。帰るに臨んで語りて云はく、「願ふ所は云々《しかじか》。将《まさ》に願文を賜はらんとす」と。時に夜更けて已に久しく、交睫漸く成るも、旅客の嘱《たの》む所に勝《た》へず。臥し乍《なが》ら友兄に命じて筆を採り、余が口誦に随ひて、之《こ》れを写し取らしむ。京に到りて、友兄に一通を写し送らしむ。

仁和二年十二月二十六日の日付があるが、この時、道真は讃岐守として任国に在った。そこへ宮道友兄《みやじのともえ》なる人物が道真を客舎に訪ねて来て、帰るに際して、願文の制作を依頼した。唐突な申し出であったが、道真はこれに応えて、早卒の間に口述し筆記させたという。これは、いわば文章制作の舞台裏が明らかにされているわけで興味深い。

三

道真の願文を読んでいくと、同一の、あるいは類似した表現のくり返しがかなり目に付く。たとえば次のような例がある。

ア・法界道場、何処非㆓鹿苑㆒。
　如来不住、誰家非㆓鷲峰㆒。(641)(5)
・如来不住、鷲峰自聳㆓於精誠㆒。
　法界道場、鹿苑乍開㆓於恭敬㆒。(643)
・法界道場、設法之郷、皆是鹿苑。
　如来不住、真如之境、豈唯鷲峰。(649)

「法界道場」は仏の住居《すまい》を、「如来不住」は仏が涅槃にも生死界にも留まらず衆生を救うことをいうが、これらの文では、この二つの語句が対語をなし、加えて、前者は「鹿苑」と、後者は「鷲峰」と対応し、したがってこの二語がまた対語をなす。「鹿苑」は鹿野苑《ろくやおん》、「鷲峰」は霊鷲山《りょうじゅせん》で、ともに釈迦が説法したと伝える地である。以上の四語を組み合わせた、まったく同じ形の対句が、このように三首の願文に用いられている。

これは一つの典型であるが、同じ語句を対応させた対句を何度も用いることは、ほかにも例がある。

イ・唯願、開示悟入、駆㆓八正㆒而飛㆓其文㆒。
　常楽我浄、叩㆓五趣㆒而引㆓其響㆒。(637)
・仰願、開示悟入、灑㆓慧雨於重昏㆒。
　常楽我浄、放㆓慈光於厚夜㆒。(638)
・夫、法華経者、所㆑謂宝典乎。惣而談㆑之、唯一法也。折而論㆑之、十微妙也。
性而説㆑之、常楽我浄也。
情而言㆑之、開示悟入也。(641)

・常楽我浄、布二慈雲一以奉レ導二尊霊一。
開示悟入、施二恵雨一而奉レ翊二尊霊一。(660)

この四例はいずれも「開示悟入」と「常楽我浄」が対語になっている。「開示悟入」は『法華経』「方便品」に、仏が出現した目的は、衆生に仏の知見を「開かしめ」、「示さんと欲し」、「悟らしめ」、知見の道に「入らしめ」るためであると説くのに基づく話。「常楽我浄」は悟りを得た時に備わる四つの徳で、常は常住永遠であること、楽は楽しさ、我は絶対、浄は清浄をいう。「開示悟入」、「常楽我浄」ともに仏教上の概念を表す成語であるが、道真はこれを対語として、くり返し用いている。なお、それぞれを単独に用いた例は、さらに「開示悟入」が二例(649・658)、「常楽我浄」が一例(654)ある。

ウ・勝因在レ近、冥報非レ賒。
安楽可二仰而攀一、
筌蹄可二束而棄一。(639)

・仰願、香積啓行、安楽可二俯以拾一レ之、
金光照乗、筌蹄可二推以除一レ之。(640)

・不レ如、修二善業一以免二筌蹄一、
寄二真功一以増二安楽一。(642)

「安楽」と「筌蹄《せんてい》」を対語とした例であるが、次もこれに準じるものと見てよいだろう。

請導二先妣於安楽一、速証二菩提之正覚一。筌蹄何煩、塵垢可レ脱。(641)

「安楽」は幸せ。「筌蹄」は『荘子』外物篇に出る語で、魚を捕るかごと兎を捕るわなである。目的を達するた

めの手段の比喩と説明されるが、道真の用法はそれとは異なり、安楽、悟りを得るに際して、棄て去るべきもの、除くべきもの、離れるべきものと述べられていて、より強く働きかけてくる障害のごときものと捉えているようであるが、これと「安楽」とを対語として、何度も用いている。なお、「筌蹄」はさらに用例がある。

・不レ若下仮二道真如一、脱二筌蹄於罪報一、
　趁二功恵業一、招中抜済於善根上。(646)

・各離二往生之筌蹄一
　共結二得道之因果一。(653)

次のような巧緻な対偶がある。

エ・善心為レ香、徒云二百和一之普及二一切一。
　合掌為レ花、不レ採二四種一而近取二諸身一。(639)

・香之百和、華之四種、
　或生二合掌一、或起二善心一者也。(641)

普通には仏前に香を焚き、花を供えるが、今は香の代わりに善心を、花に代えて合掌を奉げるというのであるが、加えて、香は百和、花(華)は四種という。すなわち、

香―百和―善心
花―四種―合掌

という関係のもとに、これを対句に仕立てている。この二例は、表現はずらしているが、全く同じ発想である。

なお、香の百和とは百和香のことで、『太平御覧』巻八一六、羅に引かれた『漢武内伝』に、漢の武帝が七

月七日、紫の羅《うすぎぬ》を地上に敷き、百和香を焚き、九微灯を燃やして西王母を待ったとある。また、花の四種とは、『法華経』序品に語られている、釈迦が説法し終わった時に天が讃歎して降らせた曼荼羅華、摩訶曼荼羅華、曼珠沙華、摩訶曼珠沙華である。

先の対偶はまた少し形を変えて、

・香華数簇、斯乃善心合掌之所レ輸。
　鐘磬一声、斯乃抜苦与楽之所レ寄。（640）
・善心所レ引、合掌所レ生、近取二諸身一、香華供養。（654）

と用いられている。

道真はこの香と花の対偶を詩にも取り込んでいる。279「懺悔会作」（『菅家文草』巻四）の

香出善心無出火　香は善心より出て火より出づること無し
花開合掌不開春　花は合掌に開きて春に開かず

がそうである。この詩が詠まれたのは仁和四年（八八八）であるから、願文より後である。願文で試みた対偶を詩に取り入れたということになる。

以上の例は対句表現に関するものであったが、単独の句についても、同一の表現がくり返されている例を見いだすことができる。

オ・攀哀極則添以二滅性之非腸一、
　涕涙竭則続以二流襟之泣血一。（638）
・乃謂、飡レ荼非二追レ福之道一。

泣血豈反レ魂之声。（642）

・弟子、位望猶微、心申事屈、泣血而已、更無レ所レ営。（650）

・星霜雖レ積、割腸之悲在レ今。
　松檟雖レ老、泣血之涙如レ昨。（661）

「泣血」は血の涙を流すことである。悲しみの激しさをいう。語としての「泣血」は『周易』や『詩経』にも見えるが、『礼記』檀弓上に次の例がある。

高子皐《こうしこう》の喪を執るや、泣血すること三年、未だ嘗《かつ》て歯を見《あらわ》さず。

カ・風波不レ定、心事相違。仮寐永歎、維憂用老。（638）

・日月不レ居、時節如レ流、刻レ膚刻レ骨。維憂以老。（641）

・維憂以老、先妣思二道於往年一。
　事留変生、弟子泣二岐於今日一。（642）

・起居刻レ肌、昼夜焦レ思、維憂用老、三四年来。（658）

これらに用いられている「維憂用（以）老」は、『詩経』小雅「小弁」の、

仮寐永嘆　　仮寐《かび》して永嘆す
維憂用老　　維《ここ》に憂へて用《も》つて老ゆ
心之憂矣　　心の憂ふる
疢如疾首　　疢《や》むこと首を疾《や》むが如し

に拠るものである。ことに638では、前句の「仮寐永歎」の句もそうであり、この詩に拠っていることが明白であ

る。前三首は亡母のための追善願文で、その亡き母のことを、658は亡父の周忌のための経供養願文で、施主自身のことをいうが、心労のなかに老いていくことを、この『詩経』の句をもって表現している。

キ・収二染竹之余涙一以扶持、
　続二湌レ茶之断腸一而撫育。(637)
・嘗レ薬永断、湌レ茶乍臻。(638)
・泣レ竹如レ新、湌レ茶未レ足。(641)
・湌レ茶非二追レ福之道一、
　泣血豈反レ魂之声。(642)

やはり四例がある。「湌茶」はにがなを食うこと。語は『文選』に見える。謝眺の「始出二尚書省一」(巻三十)に、

防口猶寛政　　口を防《ふさ》ぐもなほ寛《ゆる》き政《まつりごと》のごとく
餐茶更如薺　　茶を餐《く》ふも更に薺《あまな》の如くす

とある。圧政が行われていた時代のことを描写した箇所で、「餐茶」は苦しみを味わうことをいう。

ク・三界含レ情、七世父母、煙霞之有レ色者、礫瓦之無レ心者、(640)
・七世父母、三界疎親、同因二此会一、倶昇二彼岸一。(641)
・七世父母、六親眷属、十方世界、四大海中、(647)
・奉レ資二先考之七世父母、六親眷族一。(653)

「七世の父母」は七代に亙る父母の意であるが、右の諸例もそうであるように、すべての衆生という時の、これを構成するものの一つとしての慣用語である。『日本書紀』斉明天皇五年七月庚寅条に、

群臣に詔して、京内の諸寺に盂蘭盆経を勧講《と》かしめて、七世の父母を報いしむ。

と用いられているが、その『盂蘭盆経』に「七世父母」の語が見える。我が国では、古代の仏像の銘や写経の奥書に慣用語として用例がある。願文に用いることは、『性霊集』、『本朝文粋』所収の作には見えないが、道真はこのようにしばしば用いている。

ケ・香華数簇、斯乃善心合掌之所レ輸、
　鐘磬一声、斯乃抜苦与楽之所レ寄。(640)
・弟子、夙為二孤露一、未レ報二微塵一。
　自レ非二仏智経王一、無レ資二抜苦与楽一。(654)
・弟子、今於二仏前一、請二其抜苦与楽一。(660)

これは三例がある。「抜苦与楽」は苦しみから救済し、安楽を与えること。この語は空海の文章にしばしば用いられている。(6)『性霊集』の例をあげると、「勧進奉レ造二仏塔一知識書」(巻八)に

夫れ諸仏の事業は、大慈を以て先と為し、菩薩の行願は、大慈を以て本と為す。慈は能く楽を与へ、悲は能く苦を抜く。抜苦与楽の基、人に正路を示す是れなり。

とあり、これは「抜苦与楽」の意味、また成語となる過程をよく示している。

コ・身之数奇、夙為二孤露一。(650)
・弟子、夙為二孤露一、未レ報二微塵一。(654)
・妾之薄レ祐、夙為二孤露一。(655)

三例がある。「孤露」はみなし子。したがって「夙《つと》に孤露と為る」とは、幼くして両親を失ったということで

ある。「孤露」という語は特別な語ではないが、道真は、早くに親をなくした境遇をいうのに、この同一表現をくり返している。

弟子、皇天不レ祐、夙為二偏孤一。(643)

は、やや変化させている。

サ・運二籌帷帳一、何疑二於知レ恩報レ恩。
結二誓衣衿一、遂至二於依レ仏依レ法。(643)

・弟子、歴二祀閨房一、脂粉之春早去。
　運二籌帷帳一、綺羅之暁難レ留。(654)

・中宮殿下、毎年臘月、剋二三日夜一、読レ経礼レ仏、当二于此年一、四内親王、運二籌帷帳一、作レ念言曰、……、(664)

この三例の「運籌帷帳」の措辞はきわめて特異な用語である。「運籌帷帳」は訓読すれば「籌を帷帳に運《めぐ》らす」となる。「籌」ははかり事、計画、「帷帳」はとばり、幕の意である。これを右の文章のなかで考えると、どのようになるか。この三例は願主が女性であるという共通点がある。643は女御源厳子が尚侍源全姫の六十歳を賀したもの、654は式部大輔藤原朝臣の妻の逆修の願文、664は宇多天皇中宮班子女王のために娘の四内親王が功徳を修した時の願文である。したがって、これら三例では、願主の女性がそれぞれに祈願のために行う行為、そのための計画、それが「籌」である。そうして「帷帳」は女性が住む空間の象徴として用いられている。

この「運籌帷帳」ははっきりとした典故のある語句である。『史記』巻五十五「留侯世家」に拠る。

漢六年正月、封二功臣一。良未三嘗有二戦闘功一。高帝曰、運二籌策帷帳中一、決二勝千里外一、子房功也。

漢の高祖劉邦の参謀として絶大の信頼を得た張良の伝の一節である。功臣に領地が与えられることとなった。

張良は戦闘で功績を挙げたことはなかったが、高祖はこう言った。「陣営にあって策略を立て、千里のかなたで勝利を決定づけたのは、張良の功績だ」。彼はこれによって留侯となる。
「運籌帷帳」という語句がこれに基づいていることは明白である。しかし、出典と願文とでは文脈は全く異なる。この語を用いるならば、たとえば、

臣、略は孫呉に非ず、職は是れ周衛なり。謬《あやま》つて相将の胤を以て、叨《みだ》りに左右の勤を歴たり。帷帳籌無し、何ぞ枕を幕府に高くせん。車甲練り難し、寧《なん》ぞ帯を轅門に緩《ゆる》くせん。

（菅原文時「為㆓清慎公㆒請㆑罷㆓左近衛大将㆒状」『本朝文粋』巻五140）

のように用いるのが常識である。しかしこれら願文の用法は全く相違している。「帷帳」を陣営の幕の意から、女性の部屋を包む垂れ絹の意にずらし、女性の象徴として用いている。確信犯的な〈誤用〉といってよいが、これをくり返し用いている。

シ・聞㆓厳訓㆒而如㆑休、見㆓温顔之就㆑冷。(638)
・先妣始㆑自㆓尊体乖和㆒、終至㆓温顔就㆑冷、遺訓存㆑之。(642)
・遂以㆓去年十一月某日㆒、慈顔就㆑冷。(653)

三例がある。「温(慈)顔冷きに就く」は人の死をいう。

ス・資具漸備、勤修未㆑終。始一二年来、心中事屈。(641)
・如㆑斯之後、日運星廻、猶予之間、心中事屈。(642)
・弟子、位望猶微、心中事屈。泣血而已、更無㆑所㆑営。(650)
・常念、所㆑得珍材、以用布㆓施万民百姓㆒。然而志申力屈、言深事浅。(668)

これら四例の「心(志)申《の》び事(力)屈す」は、右の文章のなかで考えると、意志と行動との背反をいうものである。心の内には思いながら実行しない(できない)ことをいう。

セ・去九年十二月十五日、斯蓋先妣即世之時也。(642)

・去年九月二日、斯乃温顔即世之夕也。(644)

・今月二十二日、斯乃先妣下世之夕也。(657)

何月何日は誰それの命日である、というのであるが、このような類型表現となっている。

四

道真の願文における、同一ないし極めて近い類似表現の重出ということを見たが、このことはどう理解すればいいのだろうか。

一つには、このことを道真の願文の表現上の特徴と捉えることができるだろう。それは同一表現のくり返しということと、くり返されることで特徴性を帯びてくる語句の存在との二つの点からである。

平安時代の他の文集の願文に目を向けてみよう。ある程度まとまった数の作品があるのは空海の詩文集『性霊集』と『本朝文粋』で[7]、『性霊集』には三〇首、『文粋』には二七首の願文が収められている。

このうち、『本朝文粋』は複数の作者、実際には十二人の作を集録したものであり、単独の作者の文集である『性霊集』が、同一表現のくり返しという点での対比の対象となる。そこで、この視点から空海の願文を見てみると、空海の願文には、わずかな例はあるが、道真の願文に見るような、かなりの数の同一表現のくり返しという現象は存在しない。

次に、くり返されることで特徴づけられた語句についてである。前節で取りあげた語句のうち、サ「運籌帷帳」、ス「心申事屈」は、願文という文章の性格に直結する表現ではないのでこれを除外し、その他の表現に『性霊集』、『本朝文粋』の願文の措辞と共通するものがどれくらいあるかを求めてみると、意外にも、二集の願文と共通するものは少ない。

具体的には、『性霊集』所収願文に、「開示悟入」1、「鷲峰」2、「筌蹄」1、「抜苦与楽」1、「孤露」1の用例があるのみで、『本朝文粋』所収願文には、共通する語句は一つもない。[8] 予想される、たとえば「常楽我浄」、「泣血」、「湌茶」といった語句も用いられていないのである。

こうした他集の願文の表現との対比から、道真の表現の特徴が際立ってくる。

なお、この対比によって、副次的に明らかになったことがある。道真の表現の後代の文章への影響である。二例ある。

『本朝文粋』巻十四、大江朝綱の413「朱雀院四十九日御願文」の、

説法有レ隣、何野非二鹿苑一、
如来不レ住、何山非二鷲峰一。

は、第三節のアの表現に倣ったものである。ことに641の願文の措辞に近い。

同じく巻十四所収、大江匡衡の425「為二右近中将宣方一四十九日願文」の、

合掌為レ花、善心為レ香

は、エの639の対句をそのまま借り用いている。

以上の二例、『菅家文草』の願文が摂取された例である。
もう一つ、道真の願文における問題として考えてみたい。

（用例記号）

（作品番号）

	ア	イ	ウ	エ	オ	カ	キ	ク	ケ	コ	サ	シ	ス	セ
636														
637		○					○							
638		○			○	○	○					○		
639			○	○										
640			○	○				○	○					
641	○	○	○	○		○	○	○					○	
642			○		○	○	○					○	○	○
643	○									○	○			
644														○
645														
646			△											
647								○						
648														
649	○	△												
650					○					○			○	
651														
652														
653			△					○				○		
654		△		○					○	○	○			
655										○				
656														
657														○
658		△				○								
659														
660		○							○					
661					○					△				
662										△				
663														
664											○			
665														
666														
667														
668													○	

このような表を作ってみた。第三節で取りあげた、くり返しの目立つ措辞が、三三首の願文でどのように用いられているかを示す表である。○はその対偶あるいは語句が用いられていることを示す。△は対語の一方が単独で用いられている、あるいは類似表現として見える場合である。

これから何が見えてくるだろうか。

一つには、先に道真の願文の特徴的表現としたものが、全体的に初めの時期の作品に多いということである。ことに638（貞観六年）、641（貞観十年）、642（貞観十一年）には、重出する措辞が多く用いられている。これらの願文が執筆された時期は、道真の二十代前半で、なお対策及第以前である。

初期の数年間の後は、こうした語句の使用は散漫になっている。一首の作品のなかにそのいくつもが集中的に用いられることはなくなる。

このことと相関するが、途中から用いられなくなる表現がいくつかある。たとえば、キ「浪茶」は642までに四例があるが、以後は用いられていない。これは、にがなを食うことで、苦しみを味わうことの比喩であり、追善願文であれば、悲哀、労苦の表現として広く用いられていい、いわば汎用性のある語なのであるが、途中から見られなくなる。ア「法界道場―如来不住」、ウ「安楽―筌蹄」、エ「善心―合掌」等の対語、ク「七世父母」、シ「温顔就冷」なども、そうした表現である。

このような語句の存在に気付いてみると、そうした例はほかにもある。

・七華千葉、嬌㆓飾安居之宮㆒、
日帝星王、推㆓轂周遍之歩㆒。（639）

・日名㆓恵日㆒、安居之坐和㆑光、

風号二梵風一、周遍之路靡レ草。(641)

「安居」と「周遍」が対語をなす。

・収二染竹之余涙一以扶持、続二湌茶之断腸一而撫育。(637)

・泣レ竹如レ新、湌レ茶未レ足。(641)

「湌茶」は前節に取りあげたが、これはその語が「染(泣)竹」と対偶をなしている例である。「染(泣)竹」は、中国古代の皇帝舜の妃である娥皇と女英は、舜が崩じた時、悲歎の余り、後を追って湘江に身を投げて川の神となったが、夫の死を悲しむ彼女たちの涙が川辺の竹に降りかかってまだら模様になったという故事(『芸文類聚』巻八十九、竹所引『博物志』)に基づく語。

・丁レ憂如レ昨、忌序登レ辰。(637)

丁レ憂如レ昨、忌序忽至。(638)

きわめて近似した表現である。「丁憂」は「憂へに丁《あ》たる」で、父母の喪に出会うことをいう。

・上帝不レ祐、同作二遺孤一。(637)

・皇天不レ祐、夙為二偏孤一。(643)

第三節では、三例以上の用例が見えるものを対象としたので、これらは取りあげなかったが、いずれも第三節の挙例と同類の表現である。いわば、重出表現として成長するに至らない段階で止まったものと言えようか。

これらもまた、作品番号からわかるように、やはり早い時期の作に用いられている。

以上述べてきたことを要約すれば、初期の段階で制作された願文のなかに、以後道真自らが規範としていくことになる表現が形成され、数年に亙っては、道真はこうしたいわば型にはまった措辞を比較的多く取り入れて執筆したが、その後は規制の網目を粗くした、ということになろう。

五

上述したことは表現を規制する方向性を持つものであるが、これとは対照的な、一回性の、自在な叙述も見られる。

その一つに655「藤相公の為の亡室周忌法会の願文」がある。

弟子参議正四位下左大弁藤原朝臣山陰《やまかげ》、敬ひて白《もう》す。弟子が亡室、平生語りて曰はく、「妾《しょう》が祐《さいわい》の薄き、夙《つと》に孤露と為る。一乗の妙典を写し奉り、将《まさ》に二親の尊霊を済《すく》はんとす。情願《ねがい》未だ就《な》らざる間、先考、夢に妾に告げて曰はく、『予《われ》娑婆に在りしとき、殺生手に随ひき。汝罪報を贖《あがな》ひ、当に善根を修すべし』と。妾の此の意、独自《ひとり》何ぞ為さん。善知識の故に、請ふ倶に記《しる》し符《しる》さん」と。弟子此の語を聞きて従《よ》り、刹那と雖も、心に忘れず。……

藤原山陰が亡き妻のために周忌の法会を催した時の願文の冒頭部であるが、ここには二重の直接話法が用いられている。まず亡妻の言葉が引用されているが、さらに、そのなかに、彼女の夢に亡くなった父親が現れて語った口説が引用されている。次のようになる。

私の亡き妻が日頃語っていた。「私は薄幸の身の上で、早く一人ぼっちになりました。それで『法華経』を書写して、その功徳によって、両親の霊を救済してやりたいと思っているのですが、その願いもまだ叶えられずにいるなかに、亡父が夢に現れて、こういうのです。『わしは生前、殺生のし放題だった。お前は私の罪報をあがなって、善根を行ってくれ』。私のこの思いは、一人では成就できそうにありません。よい機縁ですから、どうぞあなたも一緒に心を留めて下さい」。私は妻のこの話を聞いてからは、一瞬たりとも忘れることはなかった。

亡妻の生前の談話をそのまま引用するという形を取り、さらにそのなかに、その父の夢告を同じく直接話法の形で引用するもので、臨場感のある文章となっている。

もう一例あげよう。642「安氏諸大夫の先妣の為に法華会を修する願文」の前半部である。

……、先妣、齢六十に盈《み》つるに至るに及び、弟子等相謀りて曰はく、

「聊《いささ》か年を祈《ねが》ふ賀を設けて、将《まさ》に至孝の情を叙べんとす」と。

人心同じからず。或いは曰はく、「綾羅以て色養に宛てん。俗事緒《しわざ》多し」と。

或いは曰はく、「糸竹以て形言を表さん」と。

是に於いて、先妣、弟子等に此の語有るを聞いて、即ち命《おお》せて曰はく、

「我、昔、報恩を為さんとて宿心有り。汝先ず之《こ》れを識《し》れ。汝今老いを祝ふを為さんとて新しき慮《はかりごと》有り。我既に之れを聞けり。事須《すべか》らく心を善報に帰し、道を真如に仮《か》るべし。我は汝に因りて以て我が心を遂ぐ。汝は我に因りて以て汝が志を言へ」と。

斯の時に当たりてや、同胞の子、四男一女あり。一人は以て王命を衛《まも》りて、出でて千里の吏為《た》り。一人は以て国憂を分かちて、行きて一州の長為り。閨に在るは一女、朝に在るは二男なり。通計期年有り。唯《ただ》願はくは諸子の会同を待ちて、一家の因果と成さむ。斯《こ》れ誠に尸鳩《しきゅう》均《ひと》しく養ふ義、敢へて悶然せず、凱風遍《あまね》く吹く仁、亦復《また》是《か》くの如きものなり。

安倍宗行ら兄妹が亡母の多治氏のために追善の法華会を行った時の願文であるが、その前半部に、母の生前のこととして、六十歳の賀を行ったことが記述されている。右の引用の後半部を見ると、四男一女の同腹の兄妹があったというが、その兄妹の間で、皆が会しうる機会を作って、母の算賀を行おうと計画したという。「尸鳩均しく養ふ義」とは、親が子供を分け隔てなく養育すること。『詩経』曹風「鳲鳩」の毛伝に、鳲鳩（きじばと）の習性として、「其の子を養ふや、朝には上より下にし、暮には下より上にし、平均して一の如し」という。「凱風」も『詩経』邶《はい》風の篇名。第一章は、

凱風南よりして
彼の棘《いばら》の心《しん》を吹く
棘の心は夭々たり
母氏は劬労《くろう》す

と詠う。木の若芽を吹く南風は、子を育む母の比喩である。

注目したいのは前半部である。子供たちが相談して母の算賀を計画するさまを叙述する。ある者は立派な衣裳を準備して孝養の気持ちを表そうといい、もう一人は、音楽で、と提案する。すると、そのことを聞いて母が自らの考えを述べる。複数の人びとの会話を引用するかたちで、その場の情況を活写している。集《つど》った人びとの心の昂揚が伝わってくるような自在な文章である。

以上の二例、道真の願文が示すもう一つの面である。

注

（1）このような思いから、巻七～十二所収の作品についての会読を同学の諸氏と継続中である。『菅家文草注釈 文章篇』第一冊（勉誠出版、二〇一四年）はその成果の一つである。

（2）後藤昭雄「『菅家文草』散文篇の基礎的考察」（『本朝漢詩文資料論』勉誠出版、二〇一二年）。

（3）661は本文に「仁和二年十一月二十七日」の注記があるが、記述の内容から、仁和三年の作とする日本古典文学大系本の指摘に従った。

（4）注2に同じ。

（5）作品番号のみで示した。作品の表題は、「作品表」として後に掲げた。

（6）『弘法大師全集』（密教文化研究所、一九七八年復刊）の索引によると一二例がある。

（7）『本朝続文粋』、『江都督納言願文集』もあるが、道真とは時代が隔たっているので、今は考慮の外に置く。

（8）すぐ後に述べる『本朝文粋』の二例を除いている。

作品表

637 為㆓源大夫閤下㆒先妣伴氏周忌法会願文
638 為㆓大枝豊岑真岑等㆒先妣周忌法会願文
639 為㆓平子内親王㆒先妣藤原氏周忌法会願文
640 某人亡考周忌法会願文
641 為㆓弾正尹親王先妣紀氏㆒修㆓功徳㆒願文
642 安氏諸大夫為㆓先妣㆒修㆓法華会㆒願文
643 為㆓温明殿女御㆒奉㆑賀㆓尚侍殿下六十算㆒修㆓功徳㆒願文
644 為㆓右大臣㆒依㆓故太政大臣遺教㆒以㆓水田㆒施㆓入興福寺㆒願文
646 為㆓源大夫㆒亡室藤氏七々日修㆓功徳㆒願文
647 為㆓前陸奥守安大夫㆒於㆓華山寺㆒講㆓法華経㆒願文
649 奉㆓太上皇勅㆒於㆓清和院㆒法会願文

※ 和漢比較文学会編『菅原道真論集』（勉誠出版、二〇〇三年）に発表した。
その後、道真の願文について論じた論文として、工藤美和子『平安期の願文と仏教的世界観』（思文閣出版、二〇〇八年）第一章「慙愧する天皇――九世紀における天皇の仏教的役割――」、第二章「摩頂する母――菅原道真の願文にみる母と子――」が発表された。

12　呪願文考序説

一

9「平安朝の願文」で概観したように、平安朝には仏事の場で多様な漢文の文章が用いられているが、その一つに呪願文がある。文体や使用される場に特徴を持った文章である。この呪願文について考えてみよう。呪願文に関する専論はまだない。基本的なところから考えていかなければならない。

遺存する平安朝の呪願文は次のとおりである。時代を追ってあげる。

1仁王会呪願文　空海（類聚国史巻一七七・続遍照発揮性霊集補闕抄巻八）825天長二年閏七月一九日
2仁王会呪願文　未詳（続日本後紀、承和一四年閏三月一五日・類聚国史巻一七七）847
3仁王会呪願文　未詳（三代実録、貞観二年四月二九日・類聚国史巻一七七）860
4東大寺盧舎那仏供養呪願文　菅原是善（三代実録、貞観三年三月一四日）861
5仁王会呪願文　未詳（三代実録、元慶二年四月二九日・類聚国史巻一七七）878

6 践祚一修二仁王会一呪願文　菅原道真（菅家文草巻一二・三代実録、仁和元年四月二六日・類聚国史巻一七七）885

7 臨時仁王会呪願文　菅原道真（菅家文草巻一二）893寛平五年閏五月一八日

8 臨時仁王会呪願文　菅原道真（菅家文草巻一二）895寛平七年一〇月一七日

9 臨時仁王会呪願文　菅原道真（菅家文草巻一二）897寛平九年三月一九日

10 臨時仁王会呪願文　菅原道真（菅家文草巻一二）898昌泰元年六月二六日

11 臨時仁王会呪願文　大江朝綱（本朝文粋巻一三）940天慶三年二月二二日

12 延暦寺仁王会呪願文　尊敬（朝野群載巻二）946天慶九年二月二〇日

13 村上天皇奉二為太皇太后一供二養宸筆法華経一呪願文　大江維時（本朝文集巻三六）955天暦九年正月四日

14 仁王会呪願文　菅原輔正（朝野群載巻二）962応和二年三月二五日

15 一条天皇奉二為故東三条院一修二法華八講一呪願文　菅原輔正（本朝世紀、長保四年一〇月二二日）1002

16 木幡寺呪願文　菅原輔正（政事要略巻二九）1005寛弘二年一〇月一九日

17 浄妙寺塔供養呪願文　大江以言（本朝文粋巻一三）1007寛弘四年一二月二日

18 左府於二里第一被レ修二仁王百講一呪願　藤原広業（政事要略巻七〇）1009寛弘六年一二月一三日

19 仁王会呪願文　菅原宣義（小右記、長和二年八月一九日）1013

20 法成寺金堂供養呪願文　善滋為政（法成寺金堂供養記）1022治安二年七月一四日

21 後冷泉天皇奉二為先帝後朱雀天皇一供二養宸筆法華経一呪願文　藤原実綱（本朝文集巻四九）1065治暦元年九月二五日

22 仁王百講呪願文　藤原敦基（本朝続文粋巻一二）1082永保二年三月二八日

23 法勝寺御塔供養呪願文　大江匡房（朝野群載巻二）永保五年（ママ）一〇月一日

24仁王会呪願文　甲斐国　未詳（朝野群載巻二二）　寛治某年
25堀河帝奉㆓為母后㆒修㆓御八講㆒呪願文　大江匡房（本朝文集巻五三）　1104長治元年八月一日
26円勝寺供養呪願　藤原敦光（本朝続文粋巻一二）　1128大治三年三月一三日
27供㆓養園城寺㆒呪願文　菅原時登（本朝文集巻五五）　1134長承三年八月二七日
28鳥羽天皇安楽寿院阿弥陀堂供養呪願文　藤原永範（本朝文集巻六〇）　1147久安三年八月一一日
29供㆓養金剛心院㆒呪願文　藤原茂明（本朝文集巻五九）　1154仁平四年八月九日
30白河御堂中三重御塔供養呪願文　藤原茂明（兵範記、仁平四年一〇月二一日）　1154
31高倉天皇奉㆓為前建春門院㆒被㆑修㆓法華八講㆒呪願文　藤原永範（本朝文集巻六〇）　1177安元三年七月五日

この一覧から、まず呪願文が用いられる場には偏りのあることが看て取れる。それは仁王会である。三一首のうち一六首は仁王会のために作られたものである。前期ではことにそうである。このことから見ていこう。

仁王会は『仁王般若経』（『仁王護国般若波羅蜜多経』）を講読して鎮護国家あるいは災厄の消除や福利の招来を祈る仏事であるが、三つに分けられる。一つは天皇の即位に伴って行われるものである。『延喜式』（巻十一、太政官）に、

凡天皇即位、講㆓仁王般若経㆒〈一代一講〉。

とあり、「一代仁王会」（『北山抄』巻五）と称される。6の菅原道真の「践祚の一《はじめ》に仁王会を修する呪願文」（仁和元年）は表題に明らかなようにこの例である。前年、元慶八年に即位した光孝天皇のための仁王会における作である。19の長和二年八月の作もそうである。これを記録した藤原実資は「一代一度仁王会」と呼んでいる。寛弘八年（一〇一一）十月に即位した三条天皇のための法会であるが、即位から二年近くが経過している。そこで菅

原宣義は呪願文にありのままに、

初受龍図、馭世三載。　初めて龍図を受け、世を馭《おさ》むること三載。

と書いたが、これに対して「尤も忌諱有るもの」として「難ずる者蜂のごとく起こる」と実資は記している。

次いで資料に現れるのは臨時仁王会である。7から11まではいずれもそうである。いろいろな事件、情況に対応すべく行われるが、たとえば11の呪願文(1)には、

山東凶徒、結党構逆　山東の凶徒、党を結びて逆を構へ、
海西狂豎、成群挟邪　海西の狂豎《きょうじゅ》、群を成して邪を挟《さしはさ》む。

とあり、朱雀朝の天慶二年から三年にかけて東国と西海に相次いで起こった周知の将門の乱、純友の乱の平定を祈念して行われている。また、18の仁王会は寛弘六年二月に発覚した、一条天皇の皇后彰子を呪詛するというまがまがしい事件に対処して、彰子の父、藤原道長が自邸に行ったものである。

時代が降ると、史料に次のような記述が見える。『江家次第』巻五、仁王会定に、

検校の上卿、弁若《も》しくは蔵人をして御願の趣きを申し請ひて、文章博士に仰せて呪願を作らしむ。

とある。「御願の趣き」とは仁王会の趣旨、目的であるが、弁や蔵人を通して示された天皇の趣意を承けて呪願文が書かれるわけである。その「趣き」が具体的に記されている例がある。『小右記』寛仁三年（一〇一七）五月十九日条、臨時仁王会定の記事に、

其の趣きを問ふ。云はく「旱魃の事のみあり」てへり。異国の凶賊の事有るべき由を示す。

とある。旱魃のことに加えて、刀伊《とい》の来襲という外憂の鎮定も趣旨として呪願文を書くよう実資は指示している。『中右記』元永元年（一一一八）正月二十日条には、

今日、臨時百座仁王会の日時、僧名を定むべきなり。去る十八日、俄かに奉《うけたまわ》るなり。呪願の趣きは今年凶年に相当する上、公家殊に御慎しみ有るの由、作り載すべき由、頭弁仰せ下さるる所なり。一日、則ち文章博士永実に仰せ了んぬ。

と見える。この年が凶年に当たっていることと、具体的には不詳であるが、天皇の「御慎」のあることを述べることを趣旨とするという。

さらに、同じく十一世紀以降、「春季仁王会」（『帥記』承暦五年（一〇八一）三月二十四日）、あるいは「秋仁王会」（『中右記』嘉承元年（一一〇六）十二月三十日）、「秋季仁王会」（『長秋記』大治五年（一一三〇）九月十九日）という用語が見えるようになる。年中行事として定例化したことを示している。

呪願文が用いられるもう一つの場はいろいろな供養である。仁王会以外の一五首の呪願文はすべて供養のための作である。これも次のように分けられる。

仏　4（盧舎那仏）
経　13・21（法華経）
追善　15・25・31
寺　16（木幡寺）、26（円勝寺）、27（園城寺）、29（金剛心院）
堂塔　20（法成寺金堂）、23（法勝寺塔）、28（安楽寿院阿弥陀堂）、30（白河御堂三重塔）

この諸供養において注目されるのは同時に願文も制作されていることである。一五首のうち、23、26の二首を除いて他はいずれも併せて願文が作られ、その作品が残っている。作者と所収文献をあげる。表題は呪願文と相違するもののみ示した。なお、△を付したものは呪願文と願文の作者が別人であるものである。

4　菅原是善　三代実録同日条
13　大江維時　本朝文集巻三六
△15　大江匡衡　本朝世紀同日条
△16　大江匡衡　政事要略巻二九「木幡寺被㆑始㆓法花三昧㆒願文」
△17　大江匡衡　本朝文粋巻一三
△20　藤原広業　法成寺金堂供養記
21　藤原実綱　本朝文集巻四九
25　大江匡房　本朝続文粋巻一三
△27　藤原敦光　本朝文集巻五八
△28　藤原顕業　本朝文集巻五九
△29　藤原永範　本朝文集巻六一
30　藤原茂明　兵範記同日条
31　藤原永範　本朝文集巻六〇

このように供養の呪願文は同時に願文も作られている。これは上述の呪願文が残る例だけでなく、『小右記』ほかの漢文日記の供養の記事を検討しても同様である。

このことに注目するのは仁王会の場合は願文が用いられることはないからである。ただし一つだけ両方が作られている例がある。18の場合である。これは前述の皇后彰子呪詛事件に伴う仁王会であるが、この時には呪願文のみならず、菅原宣義によって願文も作られている（『政事要略』巻七十）。これを唯一の例外として、仁王会においては仏事の文章としては呪願文のみが用いられる。これもまた作品が残る場合だけでなく、漢文日記の記事や『西宮記』『北山抄』等の儀式書の記述にも願文が作られたことは見えない。したがって18の場合における願文の制作は例外といってよい。

本節で述べたことを要約するとこのようになる。呪願文が用いられる場は二つある。仁王会と諸供養の仏事とである。後者では呪願文と共に願文も制作される。

ここにおいて、それぞれ二首を収載する『本朝文粋』、『本朝続文粋』の呪願文が「臨時仁王会呪願文」（前掲11）と「浄妙寺塔供養呪願文」（17）、そして「仁王百講呪願文」（22）と「円勝寺供養呪願」（26）であること、また三首を収める『朝野群載』のそれが「仁王会呪願文」（14）・「延暦寺仁王会呪願文」（12）と「法勝寺御塔供養呪願文」（23）であることが納得されるのである。

二

次に呪願文の文体（文型）について考える。

呪願文の文体ははなはだ特徴的である。「臨時仁王会呪願文」（前掲11）を例としてあげてみよう。長文であるので、冒頭の一部とする。

三千界中、唯仏是仰。　　三千界の中、ただ仏を是れ仰ぐ。
十六会外、此経殊勝。　　十六会《じゅうろくえ》の外、此の経殊に勝れたり。
非有非空、妙理氷渙、　　非有《ひう》非空、妙理氷のごとく渙《と》け、天上天下、牟尼月明。　天上天下、牟尼《むに》月のごとく明らかなり。
既称仁王、神符救世。　既に仁王と称し、神符世を救ふ。
亦号護国、潜衛佐時。　また護国と号し、潜衛時を佐《たす》く。

見るように一句四字である。本作は一〇二句からなるが全篇四字句であり、これを連ねていく。供養呪願文も同じである。前掲17の冒頭部である。

浄妙寺塔供養呪願文　大江以言

水不昇上、月不下降、　水昇り上らず、月下り降らず、
一月高晴、衆水同泛。　一月高く晴れて、衆水同じく泛《う》かぶ。
水月程隔、雖無昇降、　水月程隔てて、昇降すること無しといへども、
感応道交、自通念願。　感応道交すれば、自づから念願通ず。

このように四字句であることは呪願文の顕著な特徴であり、呪願文と他の仏教漢文とを分かつ最も見易い指標ともいえるのであるが、当初から四字句ではなかった。途中で大きく文体が変化しているのである。このことを追ってみよう。対象となるのは前節の呪願文一覧の1〜4である。改めてあげる。

1　825天長二年　仁王会　空海
2　847承和一四年　仁王会　未詳
3　860貞観二年　仁王会　未詳
4　861貞観三年　盧舎那仏供養　菅原是善

このうち3、4は前掲の二首と同じ四字句であるが、1、2はそうではない。それぞれの冒頭部をその形がわ

かるように句形を整えて示すと、次のとおりである。

1唐矣三尊、耶二孃六趣一。
構二殿大虚之無際一、建二都妙空之不生一。
五眼高照、爀日之光非レ儔。
四量普覆、靉雲之羃何喩。
吾子多レ病、医薬不レ遑。
奇哉大哉、欲レ談舌巻。

2夫、
識之所レ識、曷嘗非レ識、
知之所レ知、未二始不一レ知。
是故、
能行而所行兼空、則摂受之理廃、
自性而無性不レ異、則執取之念忘。
唯斯仁王護国般若波羅蜜経者、
施レ慈敷レ愛之奇法、避レ難安レ利之神符。
頒レ之有レ用、則人鬼調和、
廃而不レ行、則龍神怨怒者矣。

ともにいわゆる四六駢儷文（以下「四六文」）で書かれている。すなわち呪願文の文体は四六文から四字句へ大きく変化している。そうして3以降は四字句として定着する。

四六文から四字句への転換は2と3の間にあるが、その作者は残念ながらともに未詳である。なお、後代の儀式書では呪願文は文章博士が作るとされている（『西宮記』巻十八、「一代一度仁王会」ほか）。もしこの慣例が当時すでに成立していたとすれば、2の作者は菅原是善《これよし》か春澄善縄《はるずみのよしただ》、3の作者は是善である。

文体の大きな変化の時期はこのように限定することができるが、なぜなのか。その理由は求められるのか、あるいは、その推移の過程なりとも見えてこないか、考えを進めてみよう。

三

このことを考えるために、四六文の最初の作（今残る呪願文の最初の作でもある）を読んでみよう。空海の作である。『類聚国史』（巻一七七、仁王会）と空海の詩文集『性霊集』に入るが、前者(2)に拠って本文をあげる。天長二年閏七月十九日条、呪願文の引用に先立って、次の記事がある。

宮中、左右京、五畿内、七道諸国に仁王護国般若経(3)を講説せしむ。承前の例(4)は、呪願文は予め当時の文章に進める者に仰せて作らしむ。少僧都伝灯大法師位空海、東宮の講師に配せられ、卒爾に思ひを灑《そそ》ぎ、講前に即ち成る。其の詞に曰はく、

原文は文型がよくわかるようなかたちで示す。

I (1)唐矣三尊、耶孃六趣。　唐《おお》いなるかな三尊、六趣に耶孃《やじょう》たり。

構殿大虚之無際、建都妙空之不生。
五眼高照、爀日之光非儔、
四量普覆、靉雲之冪何喩。
吾子多病、医薬不遑。
奇哉大哉、欲談舌巻。
(2)伏惟、我皇帝陛下、
百億之一、一得之貞。
悲物濡足、済時申手。
切軫一物納隍、常憂万黎安堵。
(3)謹天長二年閏七月十九日、於宮中及五畿七道、
設一百師子座、延八百怖魔人、一日両時、奉
演仁王護国般若経。
五忍開義、忽褰咎氛之霧、
二諦審理、乍聚休徴之祥。
総此白業、奉資聖体。
(4)伏願、
教令五忿、揮輪剣而降魔怨、
自性十六、麾惟宝而滋福寿。

殿を大虚の無際に構へ、都を妙空の不生に建つ。
五眼高く照らして、爀日《かくじつ》の光儔《たぐい》に非ず、
四量普《あまね》く覆《おお》ひて、靉雲《あいうん》の冪《まく》何にか喩《たと》へん。
吾子多病にして、医薬遑《いとま》あらず、
奇《くす》しきかな大いなるかな、談らんと欲して舌を巻く。
伏して惟《おもん》みるに、我が皇帝陛下、
百億の一にして、一得の貞なり。
物を悲《いつくし》みて足を濡らし、時を済《すく》はんと手を申《の》ぶ。
切に一物の納隍を軫《いた》み、常に万黎《ばんれい》の安堵を憂ふ。
謹んで天長二年閏七月十九日、宮中及び五畿七道に、
一百の師子座を設け、八百の怖魔人を延《ひ》きて、一日両
時、仁王護国般若経を演《の》べ奉る。
五忍義を開きて、忽ち咎氛の霧を褰《かか》げ、
二諦理を審《あきら》かにして、乍《まちま》ち休徴の祥を聚《あつ》む。
此の白業を総《す》べて、聖体を資《たす》け奉る。
伏して願はくは、
教令の五忿、輪剣を揮《ふる》ひて魔怨を降し、
自性の十六、惟宝を麾《まね》きて福寿を滋くせん。

洪祚永々、咍芥石於猶短、
玉体堅密、咲金剛於易滅
十善之風、扇四天以不鳴条、
万民之廩、貯九年以不拾遺。
忘其帝力、悟其垂拱。
上福七廟、益彼三明、
永抜無明根、常遊大覚観。
太上天皇、
姑射之遊、与八仙無極、
褰城之徳、将千葉流芳。
宸位弐君、
名斉文王世子、徳比悉達薩埵。
監国之誉弥新、紹構之功不墜。
宮貴飛美、文武効能。
繞北極而竭力、仰南風而解慍。
鼎食有余、冠帯無尽。
普潤幽明、広及動植。
共沐般若之甘露、同昇解脱之蓮台。

洪祚永々として、芥石をなほ短きに咍《あざけ》り、
玉体堅密にして、金剛を滅《き》え易きに咲《わら》はん。
十善の風、四天を扇ぎて以て条《えだ》を鳴らさず、
万民の廩《くら》、九年を貯へて以て遺《お》ちたるを拾はず。
其の帝力を忘れ、其の垂拱を悟らん。
上は七廟を福し、彼の三明を益し、
永く無明の根を抜きて、常に大覚の観に遊ばん。
太上天皇、
姑射《こや》の遊、八仙と与《とも》に極まり無く、
褰城の徳、千葉と将《とも》に芳《かおり》を流さん。
宸位弐君、
名は文王の世子に斉《ひと》しく、徳は悉達薩埵《しつださつた》に比《なら》ばん。
監国の誉れ弥《いよ》いよ新しく、紹構の功墜《お》ちざらん。
宮貴美を飛ばし、文武能を効《いた》さん。
北極を繞《めぐ》りて力を竭《つ》くし、南風を仰ぎて慍《いかり》を解かん。
鼎食余り有り、冠帯尽くること無し。
普く幽明を潤し、広く動植に及ばん。
共に般若の甘露に沐し、同じく解脱《げだつ》の蓮台に昇らん。

Ⅱ　開題

(5)維照陽之大荒、白蔵之初節、城中一大諸天所子、洗身澄心、投誠帰命。敢告乎仏駄、達磨、僧迦。

(6)夫、高天不覆、人民何生、
　厚地不載、草木誰憑。
所生之尤霊、惟人為貴。
為貴之原、惟君惟王。
君是人父、民則君子。
子病不愈、父何以安。
四大之疾、薬針所治。
一心之患、深法能療。

(7)聞道、
大雄調御、天中之天、
仁王尊経、玄之又玄。
帰之仰之、神力能救、
若読若誦、万沴忽消。
是故、

開題す。

維《こ》れ照陽の大荒、白蔵の初節、城中の一大諸天所子、身を洗ひて心を澄まし、投誠して帰命せよ。敢へて仏駄《ぶっだ》、達磨《だるま》、僧伽《そうか》に告ぐ。

夫れ、高天覆はざれば、人民何ぞ生きん。
厚地載せざれば、草木誰か憑《たの》まん。
所生の尤も霊なるは、惟れ人を貴しと為す。
貴しと為す原《もと》は、惟れ君惟れ王なり。
君は是れ人の父、民は則ち君の子なり。
子の病愈《い》えざれば、父何ぞ以て安からん。
四大の疾《やまい》は、薬針の治《いや》す所、
一心の患《やまい》は、深法能《よ》く療《いや》す。

聞道《きくなら》く、
大雄調御《じょうご》は、天中の天、
仁王尊経は、玄のまた玄なり。
之れに帰し之れを仰げば、神力能く救ひ、
若《も》し読み若し誦すれば、万沴《ばんれい》忽ち消えん。
是《こ》の故に、

釈提一誦、修羅之軍、瓦砕氷銷、
普明二説、班足之忿、雲巻霧散。
(8)所以、
為鎮乾坤之変怪、済元々之塗炭、
謹於紫微極殿、青春鳳楼、
五畿之内、七道諸国、
厳飾道場、陳列妙供。
敷一百師子座、屈八百龍象衆、
奉宣五種之般若、守護内外之国土。
(9)仰願、云々。

釈提《しゃくだい》一たび誦すれば、修羅の軍、瓦砕氷銷し、
普明《ふみょう》二たび説けば、班足の忿《いかり》、雲巻霧散せん。
所以《ゆえ》に、
乾坤の変怪を鎮《しず》め、元々の塗炭を済《すく》はんが為に、
謹んで紫微極殿、青春鳳楼、
五畿の内、七道諸国に、
道場を厳飾し、妙供を陳列す。
一百の師子座を敷き、八百の龍象衆を屈し、
五種の般若を奉宣し、内外の国土を守護せん。
仰ぎ願はくは、云々。

この文章は『性霊集』にも収載されている。ただし大きな違いがある。『性霊集』の文章は右の引用のIだけで、「開題」以下のIIがない。また、このこととも関わってか、文体名も異なる。『類聚国史』は先の引用に見るように「呪願文」と称する。しかし『性霊集』では「被レ修二公家仁王講一表白」である。すなわち「表白」と称している。ただしこれにも考慮すべきことがある。それは『性霊集』自体の問題である。

この「表白」は巻八に収められているが、巻八は厳密には「続遍照発揮性霊集補闕抄」である。『遍照発揮性霊集』は本来十巻であったが、巻八・九・十が散佚した。そこで済暹《さいせん》が佚文を収集して、承暦三年（一〇七九）に「補闕抄」として補った。「被修公家仁王講表白」という題名はこの時付けられたものであろう。済暹はIのみを表白と捉えた。

『性霊集』にはこのような問題もあり、文献としての信頼度から『類聚国史』に拠って考察すべきことはいうまでもないが、『性霊集』所収「表白」はIだけでIIの部分がないということは留意すべき点であろう。

そこで、このようにIとIIとに分け、それぞれの文章を検討してみよう。

Iは四つに分けることができよう。

(1)、「三尊」は釈迦とその脇士である普賢・文殊の二菩薩。「耶嬢」は父母の意で、「六趣」は衆生が経廻る六道である。仏菩薩は迷いの世に転生をくり返す衆生の父母であるとして、その広大な力を讃歎する。

(2)は「皇帝」の慈愛をいう。皇帝は淳和天皇である。

(3)で仁王会の催行を述べる。仁王会は宮中を初めとして、畿内七道すなわち日本全国に百の講座を設けて『仁王経』を講読する。

(4)は「伏して願はくは」と始まることに明らかなように、祈願である。悪害からの防護、福幸の招来、皇統の永遠、世の平安、民衆の生活の安定などを述べ連ねたのち、改めて「上（淳和天皇）」、「太上天皇（嵯峨上皇）」、「宸位弐君（皇太子）」を取り立てて、具体的にかくあれかしと祈念する。これに続く「宮貴」は宮廷の女官、「文武」は文武百官である。次いで再び全般に戻る。天子の徳は民の不満をなくし、豊かさをもたらし、動植物にまで及ぶ。『仁王般若経』の恵みにより、皆が悟りの境地に至るようにと結んでいる。

「開題」と称しているIIである。

(5)　導入であるが、まず時が示される。「照陽之大荒」は干支の癸巳を、「白蔵之初節」は秋の初め、七月をいうが、天長二年は乙巳で、干支が合わない。[5]「諸天」は仏法を守護する天上界の神々。これに向かって帰依せよと呼びかける。[6]「仏駄、達磨、僧迦」は仏、法、僧。以下をこれらに奉告するという。

(6)　天の下、地上の生あるものの中で最も貴いものは人であり、その尊貴の原《もと》たるものは君王である。その君王と人民の関係は父と子のごときものであるが、子が病めば父は安心ではいられない。体の病は薬針によって治すことができるが、心の患いは仏法のみが癒すことができる。このように叙述を展開して、(7)へとつなぐ。

(7)「大雄調御」は仏陀。仏陀と「仁王尊経」が対として提示されているが、ここで述べるのは専ら『仁王般若経』の功徳である。「釈提」は帝釈天。対語の「普明」、普明王と共に『仁王経』の読誦、講説によって煩悩を打ち破った先例をなす。[7]

そうして『仁王経』の講読を行うことを述べる(8)へ続く。

Ⅱの末尾は「仰願」で終わっている。本来は以下に「伏願」で始まるⅠの(4)と同じような祈願の文章があったはずである。しかもこれこそが主要部であるはずである。しかし、『類聚国史』では省略されている。

呪願文をⅠとⅡに分けて見てきたが、これは一篇の文章ではなく、別々の文章である。それは両者の表現には重複するところがいくつもあるからである。

ただちに気が付くのはⅠの(3)とⅡの(8)の仁王会催行の叙述である。

Ⅰ(3)　謹天長二年閏七月十九日、於㆓宮中及五畿七道㆒、設㆓一百師子座㆒、延㆓八百怖魔人㆒、一日両時、奉㆑演㆓仁王護国般若経㆒。

Ⅱ(8)　謹於㆓紫微極殿、青春鳳楼、五畿之内、七道諸国㆒、厳㆓飾道場㆒、陳㆓列妙具㆒、敷㆓一百師子座㆒、屈㆓八百龍象衆㆒、奉㆓宣五種之般若㆒、守㆓護内外之国土㆒。

Ⅱには時の記載がないが、それは(5)に「照陽之大荒、白蔵之初節」と書かれている。

また、前述のように、Ⅰの(4)の祈願と同じような叙述が、Ⅱでは(9)としてあったはずである。

さらに、Ⅰの(1)の終わりの「吾子多㆑病、医薬不㆑遑」とⅡの(6)の「子病不㆑癒、……、薬針所㆑治」も類似した発想、表現である。

こうした類似の文、表現が一篇の文章の中に前と後に現れることはありえない。ⅠとⅡは別の文章と考えられる。

このように見定めたうえでそれぞれを見て気付くのは、文体もまた異なることである。二点ある。

一つはⅡは四字句が目立つということである。改めて本文を示してみよう。先の(6)と(7)である。

　夫、
　高天不覆、人民何生、厚地不載、草木誰憑、
　所生之尤霊、惟人為貴、為貴之原、惟君惟王、
　君是人父、民則君子、子病不愈、父何以安、
　四大之疾、薬針所治、一心之患、深法能療、
　聞道、
　大雄調御、天中之天、仁王尊経、玄之又玄、
　帰之仰之、神力能救、若読若誦、万沴忽消、
　是故、
　釈提一誦、修羅之軍、瓦砕氷銷、
　普明二説、班足之忿、雲巻霧散、

冒頭の発語「夫」、また「聞道」「是故」が途中に置かれてはいるが、いまはこれを除いて考えると、四字句が三〇句続いている。なお、三行目「所生之尤霊」の「之」は衍字であろう。

Ｉでも四字句はもちろん用いられていて、四句続く箇所が四例あるが、このように四字句を長く連ねるということはない。

もう一つは、IIはより表現に彫琢を凝らしていることである。先に類似表現がI(3)とII(8)にあるとした仁王会催行の叙述がそのよい例である。Iは史書の記述と同様の表現であるが、IIは次のように対句仕立てになっている。

於㆓紫微極殿―青春鳳楼、五畿之内―七道諸国㆒、厳㆓飾道場㆒―陳㆓列妙具㆒、
敷㆓一百師子座㆒―屈㆓八百龍象衆㆒、奉㆓宣五種之般若㆒―守㆓護内外之国土㆒。

すべて字数を揃えて対句をなしている。二行目の「師子」は「獅子」で、「龍象」と対語となる。同じく仁王会が行われたことを記述する文であるが、Iが史書と同様の散文的な記述であるのに対し、IIは全部が対句で構成された美文となっている。

以上の点もIとIIとは別の文章であるとする論拠の一つとなろうが、注目したいのは第一の点、すなわちIIには四字句が集中して用いられていることである。これは第二節で見た、呪願文の文体が四六文から四字句へ変化することに関わる事象ではないだろうか。のちには全篇四字句を連ねる形で定着する文体の、推移の一段階を示しているのが、このIIなのではなかろうか。

四

現存する最初の呪願文である空海の作を検討してきた。『類聚国史』（『日本後紀』）は「呪願文」として一篇の文

章として引用しているが、『続遍照発揮性霊集補闕抄』はその途中までを「表白」として採録する。この点に着目し、そこまでをⅠ、後半をⅡと分けて、それぞれの叙述内容、文体について検討してみると、両者は別個の文章である。ただし、仁王会における祈願の文章という基本的性格は同じである。すなわち、この仁王会では二種の祈願文が作られたことになるが、これについては、第一節で明らかにした諸供養の仏事においては願文と呪願文という二種の文章が作られていることを考え合せれば、これと同様のことと考えられる。

この「呪願文」は前半と後半とでは文体も相違する。一つは後半は四字句が集中的に用いられていること、もう一つは文のほとんどを対句で構成し、前半より以上に文章の美的表現に意を用いていることである。このうち第一の点は呪願文を文体として特徴づける〈四字句の願文〉の前段階の姿を示すものではなかろうか。

このように後半（Ⅱ）の特徴が明らかになってくると、その冒頭の「開題」の語が注目される。「開題」は普通には「仏教経典の題目について解釈し、その大要を述べること」（『岩波仏教辞典』第二版）と解されている。空海の『仁王経開題』『法華経開題』などはまさにそれであるが、この「開題」はそれではない。ここではⅡの文章が記述する内容を述べ立てること、それを「開題」と呼んでいると考えられる。あるいはⅡの文章そのものと解していいのかもしれない。

注

（1）この呪願文については後藤昭雄『本朝文粋抄』四（勉誠出版、二〇一五年）第十一章「臨時仁王会呪願文――仏事の場の文章（一）」参照。

（2）黒板伸夫・森田悌編、訳注日本史料『日本後紀』（集英社、二〇〇三年）天長二年七月十九日条に拠る（ただ

し、一部、新訂増補国史大系本により改めた）。『日本後紀』当日条は散佚部分であり、『類聚国史』巻一七七により補っている。

（3）平安期の仁王会で用いられる『仁王般若経』は不空訳の新訳であるが、これは空海が将来したものである。『御請来目録』（『定本弘法大師全集』巻一、高野山大学密教文化研究所、一九九五年）の「新訳経」の中に「仁王経二巻　三十五紙」とある。

（4）この記述から、呪願文はこれ以前から制作されていたことがうかがえる。

（5）注2『日本後紀』の補注。

（6）注2『日本後紀』の訓読による。

（7）空海は『仁王経開題』（『定本弘法大師全集』巻四）でも「天帝講レ経則早却二頂生之軍一、普明誦レ偈則急免二班足之難一」と類似の表現をなしている。

※ 新たに草した。

第一節に4として挙げた「東大寺盧舎那仏供養呪願文」について、「貞観三年東大寺大仏供養呪願文」（『成城文藝』第二四〇号、二〇一七年六月刊行予定）を執筆した。

13　表白についての序章

一

表白は願文と並んで仏教漢文の代表的な作品である。近年の寺院収蔵資料の調査研究の著しい進展に伴い、表白集の紹介、公刊が多くなされており、また次の二つの研究書が刊行された。

山本真吾『平安鎌倉時代に於ける表白・願文の文体の研究』（汲古書院、二〇〇六年）

小峯和明『中世法会文芸論』（笠間書院、二〇〇九年）

表白は願文また諷誦文、呪願文などと共に仏事の場において用いられるものであるが、それはどのような性格の、あるいは目的を持った文章であるのか、考えてみたい。

表白とは何か。このことは、もちろんこれまでにも論じられている。願文との対比で論じられることが多いが、次のとおりである。

山本著には「表白・願文の定義」の項があり、このように結論づけられている（九〇頁、表として示されているが、文章に置き換える)。

表白は導師(僧侶)の立場から法会の趣旨を述べたものであり、願文は施主の立場で祈願の意を述べたものである。

小峯著も「表白とは何か」を論じており、次のようにいう(二八一頁)。

後者(狭義には―引用者)は法会のはじめに僧がその趣旨を三宝や会衆に告げる言説をいう。

この書には、他にも表白の性格規定を示したところがある。併せて引用する。

願文　法会を主催する施主の願意を表した文。

表白　法会を主導する導師がその意義を述べる文。(三九七頁)

願文は法会の主催者である施主の願意を述べた言説であり、……、表白は……、導師が主体で施主の功徳をたたえ、法会の意義を述べたてるもの。(四一一頁)

さらに渡辺秀夫氏も願文を規定するのに、併せて表白にも論及している。(1)

「表白」が法会を執り行う僧侶(導師・講師)の立場から仏や聴聞衆に向かって修善供養の趣旨を告げるものであるのに対し、……

いずれも同じである。つまり、このような理解が通説と考えてよいだろう。

しかし、実際の表白にはこのような理解では読めないものがある。

まず、平安朝に制作された表白としては最も早い空海の作である。76「忠延師の先妣の為に理趣経を講ずる表白文」(『続遍照発揮性霊集補闕抄』巻八)を読んでみよう。(2)

a弟子、帰命両部四印等。道聞〔聞道〕、　　弟子、両部の四印等に帰命す。聞道《きく》ならく、

林鳥微禽、有反哺之志、
泉獺愚獣、致祭魚之誠。
何況天性之孝易惑、罔極之恩難答。
至如屈十力而担棺、乗六通而饋鉢、
大孝之称、於焉顕矣、
酬徳之理、誰敢遺乎。
b伏惟、先妣宗方朝臣氏、
生我之功、高於五岳、
育我之徳、深於四瀆。
湿乾忘労、提哺不倦。
常思、与三曜色養、将両儀告面。
豈図、蒼天奪我親、玉儀入月城。
弟子、履霜之感、千爛我肝、
　沐雨之悲、百砕吾心。
訴蒼天无感、(3)□逝水不還。
c星霜改変、諱日斯臨。
謹奉為先妣、奉写大三摩耶理趣経、幷講演文義、兼陳列大曼荼羅、奉献随力珍供。仰願、

林鳥の微禽も反哺の志有り、
泉獺の愚獣も祭魚の誠を致すと。
何ぞ況《いわ》んや天性の孝感じ易く、罔極の恩答へ難きをや。
十力を屈して棺を担ひ、六通に乗じて鉢を饋《おく》るが如きに至りては、
大孝の称、焉《ここ》に顕はれ、
酬徳の理、誰か敢へて遺《わす》れんや。
伏して惟《おもんみ》れば、先妣宗方《むなかた》朝臣氏、
我を生める功は五岳よりも高く、
我を育める徳は四瀆よりも深し。
湿乾に労を忘れ、提哺して倦まず。
常に思ふ、三曜と与《とも》に色養し、両儀と将《とも》に告面せんと。
豈《あに》図らんや、蒼天我が親を奪ひ、玉儀月城に入らんとは。
弟子、霜を履む感、千たび我が肝を爛《ただ》らし、
雨に沐する悲しみ、百たび吾が心を砕く。
蒼天に訴ふるも感ずることなし、逝水□還らず。
星霜改変して、諱《いみ》の日斯《ここ》に臨む。
謹みて先妣の奉為《おんため》に大三摩耶理趣経を写し奉り、幷せて文義を講演し、兼ねて大曼荼羅を陳列し、随力の珍供を奉献

理趣曼荼一十七尊、金剛界会三十七聖、開五
智本有之殿、授九品性蓮之台。

す。仰ぎ願はくは理趣曼荼一十七尊、金剛界会三十七聖、
五智本有の殿を開き、九品性蓮の台を授けたまへ。

三つの段落に分けることができよう。aは導入として、鳥や獣でさえ孝心を有することと、釈迦、目蓮も父母のために尽くしたことを説く。bは亡母宗方氏の恩徳の大きさを述べ、これに報いたいとの思いを懐いていたなかで亡くなったこと、そして我が悲しみを叙述する。cでは追善供養の様子を具体的に述べ、浄土への導きを祈願する。

さて、この文章は誰の立場で叙述されているか。その答えは容易である。bに「我を生める功」「我を育める徳」「我が親を奪ひ」「我が肝を爛らし」「吾が心を砕く」という措辞が用いられている。法会の施主忠延の立場で述べられているとしか読めない。

空海の表白として残るものは他に五首ある。いずれも『続遍照発揮性霊集補闕抄』巻八所収。

75　孝子、先妣の周忌の為に両部の曼荼羅大日経を図写供養し講説する表白文
77　仏経を講演し四恩の徳に報ずる表白
78　先師の為に梵網経を講釈する表白
79　三嶋大夫、亡ぜし息女の為に法花経を書写供養し講説する表白文
84　公家の仁王講を修せらるる表白

77、78の二首も同じように施主の立場で書かれている。78を例示してみよう。ただし、これは長文であるので、根拠となる箇所を抄出するに止める。

維れ天長の五稔、孟夏の十三、日は惟れ丁卯、曜は惟れ那頡《なきつ》、真に返りし法将僧正鄔波駄野《うばだや》、法もて某乙《なにがし》を

化す。……、経の中に仏は恩処有るを説く。其の四種有り。父母、国王、衆生、三宝なり。父母は則ち我を生み、我を哺する功、厚地に過ぐ。国王は我を安んじ、我を貴くする徳、高天に逾《こ》ゆ。……、伏して惟れば、先師徳下、人の形にして仏の心なり。凡の色にして聖の神《こころ》なり。智恵胸に懐きて、世を照らす徳は宛《あたか》も日月の如し。慈悲心に涌きて、人を済《すく》ふ功はまた船筏に同じ。群品の耶嬢、一人の帰馮なり。況んやまた、我を覆ふこと天の如く、我を載すること地の如し。我を撫づること嬢《はは》の如く、我を提《ひっさ》ぐること父の如し。吾を潤すこと雨に似たり、我を照らすこと灯に似たり。

「鄔波駄野」は和尚。先の76と同じように「我を――する」という措辞がくり返される。77もこれほどではないが同様である。この二首も施主の立場で書かれていて、通説の定義に背反する。[4]

ただし、空海の作については次の事情も考慮に入れておく必要があるだろう。

それは表白はいずれも巻八に採録されているということである。『性霊集』は十巻から成るが、巻八～十は早くに失われ、現在のものは済暹《さいせん》が佚文を収集して承暦三年（一〇七九）に後補したものである。ゆえに「続――補闕抄」と称される。また真作でないものも混入しているとされている。したがって上記の諸篇の「――表白」という表題も、後に与えられたもので、当初のものではないというようなことも、あるいは考えなければならないのかもしれない。

しかしまた一方、『補闕抄』が編まれた十一世紀後半は、表白の制作が盛んになり、それに伴って形式、内容ともに固定化していく時期なのである。

空海の表白については、濫觴期であること、あるいはテキストに問題がある可能性という事情を考慮すべきなのかもしれない。

ならば、その成熟期とされる院政期の作品を読んでみよう。

三

二十二巻本『表白集』巻十三所収の恵什の「御乳母大弐三位、堀河院の奉為に御追善を修する表白」を読む。これを取り上げるのは前述の小峯著が「表白の典型は先述のように、院政期から鎌倉初期、安居院や仁和寺周辺のものにみいだすことができる」として、後者すなわち真言系表白の代表例に挙げて論及しているからである。(5)これは書き下しにしてあげる。(6)

a　敬ひて千行涙を揮ひ、十指合掌し、一心の誠を至して、三宝に白《もう》して云はく、弟子は是れ先帝聖霊の嫥母、数年近習の賤妾なり。聖霊階〔陛〕下御誕生の古自《よ》り、位に即きて世を理《おさ》め、御昇霞の終はりに至るまで、二十九箇年の間、一時も玉体を離るること無し。之れに依りて、一身の栄花は傍輩に勝り、子息の繁昌は他人に逾《こ》ゆ。

b　常に思ふ、鳳暦年久しく、五〔吾〕が家の面目弥《いよ》いよ増し、龍図□遥かにして、吾が身恩波に洛〔浴〕せんことを。図らざりき、去る嘉承二年者〔春〕より、玉体漸く不与〔予〕にして、孟秋十九の旦、人事悉く変じ、二十四日の夕、橋山の下送り奉らんとは。万騎千乗轅《くつわ》を並べ、眼梧抽〔岫〕を守りて煙空しく去り、采女百官首を低《た》れ、涙□流に混じりて徳□に絶ゆ。六道区分す、吾が君独り何れの道にか趣きたまへる、四生姿替はる、吾が君また何の形をか受け給へる。生死途異なり、多年胸を焦がすも、龍顔を拝すべからず、存亡事代はり、九廻腸を絶ちて、恩言を承《う》くべからず。

c　嗟乎《ああ》、時々清冷の古宮に参り、簾粧反涙纏々たり。泣き泣き香隆の新陵を拝す。石塔色冷やかにして、草花の山路、日暮れて泣きて精舎の柩を出づ。野径風寒し、帰洛の路に愁ふ。

d　春過ぎ夏来たる、昔事忘るること無し、夜明けて日暮る、祈歎弥いよ深し。是を以て、七々の初め従《よ》り、去年の秋に至るまで、仏を図し経を書し、御善根を訪ひ奉ること幾許《いくばく》ぞや。当寺は是れ聖霊の御骨、且《しばら》く宿らしめし砌なり。香花灯明、薫修して絶えず、已に二千余日成り、行法読誦、経備はり徳断えざること七箇年なり。春已に来たりて事已に限り有り。昔、山陵遷御し、只今別れの中の長き別れ有り。只今度許《ばか》りなり。悲中の悲、之れに過ぐべからず。

e　然れば則ち、女大施主、仏像を図きて吾が身に代へ、聖霊を送り奉る。経巻を書写して、我が消息と為し、最後の御訪ひと思し食《め》す処なり。

内容について考える前に、文章について言及しておく必要があるだろう。

この表白は原文をあげていないが、それは先の空海の作のように句形を整えて示すに耐えないほどに、漢文としての文章が拙劣だからである。そもそもこの表白は和文化しており、また底本の脱字、誤写も考慮しなければならないだろうが、基本的には作者の能力の問題である。「学力の低下」は明白である。

内容について考える。

これは堀河天皇（在位一〇八六～一一〇七）の乳母の大弐三位が天皇のために追善供養を行った時の表白である。三位は藤原道隆流、家房の娘の家子。

五つの段落に分けることができよう。

aは書き出しの文言のあと、「弟子」は先帝の乳母であり、その誕生から二十九年間に亙って近侍し、それによって我が身のみならず子息までもが天皇の恩顧を得て立身したことを述べる。

bは、そうした栄耀が天皇の幾久しい在位と共に続くだろうと期待したにもかかわらず、嘉承二年（一一〇七）七月二十四日、天皇が亡くなったことを述べ、その折の人々の悲歎のさま、そうして三位自身の追慕の思いを綴る。堀河天皇の骨は香隆寺（現存しない。現、京都市北区等持院）に安置された（『殿暦』『中右記』嘉承二年七月二十五日条）。

cは墓参の様子を叙述するが、文章の乱れがことに著しく、漢文としての体をなしていない。前掲の引用もただ漢字仮名交じりに置き換えただけであるが、それすらできない箇所がある。

三位は翌八月の十三日、香陵寺で仏経供養を行っている（『中右記』）。

今日帥三位〈先帝御乳母也〉於二香隆寺一供二養仏経一。奉レ図二絵阿弥陀三尊一、金泥経一部〈一日之中書写〉。

ここでは、「帥三位」の名で呼ばれている。次のdにいう「仏を図し経を書し、御善根を訪ひ奉る」一例である。

dはそれ以来の歳月の中での追善について述べるが、「二千余日」「七箇年」が経過しているという。とすると、永久元年（一一一三）ということになるが、その時点で、「当寺は是れ聖霊の御骨、且く宿らしめし砌なり」「昔、山陵遷御し、只今別れの中の長き別れ有り、只今度許りなり」という叙述がなされる供養の場を考えると、その年の三月二十二日、天皇の遺骨が香隆寺から仁和寺円融院に改葬されており、これに先立っての香隆寺における追善供養に違いないだろう。「春已に来たりて」という措辞にも符合する。『長秋記』同日条に次の記事がある。

堀河院御骨、自二香隆寺一令レ渡二仁和寺一御。……、右宰相中将顕雅奉レ懸二御骨一、越後守敦兼、出雲前司家保〈共御乳母子〉、信濃前司広房、式部大夫仲光〈共判官代〉入二堂中一従二此役一。

家保は大弐三位の子である。

すなわちこの表白は永久元年の作である。

ようやく本題に入る。この文章は、通説にいうような、法会を執り行う導師の立場から追善供養の趣旨を述べるもの、として読めるであろうか。

この文章は誰の立場から記述されているか。それを端的に示す表徴は「吾」という語の使用である。b段落に「吾が家の面目」「吾が身」「吾が君」とある。ただし、ここでe段落を併せ見ておかなければならない。

この一段は導師の立場で書かれている。「女大施主」といい、末尾にその施主に対して「思し食す処なり」と敬語を用いているからである。すなわちこの部分は通説がいう表白に当たる。そうして、ここに「吾が身」「我が消息」の措辞があるが、これは導師の立場から施主を客観的にいうものである。こうした用法があることから、先のb段落の「吾」を見直してみると、前の二例はそのように解釈できないことはない。しかし後の「吾が君独り何れの道にか趣きたまへる」「吾が君また何の形をか受け給へる」を同じように解することはできない。これは施主の乳母の立場での叙述としか解しえない。であれば前の二例も同じように捉えるのが自然である。要するに施主である乳母は「吾」と称している。

それと何よりもこの文章を虚心に読めば、これは（eを除いて）乳母の立場で記述されていると見るのが最も自然で素直な理解であろう。つまり、この文章はそのようなものとして書かれているのである。

この表白は施主である大弐三位の立場に立って書かれている。eに至って導師の立場での記述となるが、この文章の中心はa～dであってeではない。

院政期の表白の一代表例とされたこの作もまた、通説がいう定義に背反する。

一部ではあろうと予測するが、実作のなかに以上のような作品が存する。したがって、表白の性格について、従来の規定どおりでいいのか、批判的な目をもって検証してみなくてはならない。その際、大切なことは、あくまでも作品そのものに即して、それはどのようなものとして書かれているのか、一首全体を通して読むということである。

注

（1）『仏教文学講座 唱導の文学』（勉誠社、一九九五年）「願文」、一四二頁。
（2）本文、作品番号は日本古典文学大系『三教指帰 性霊集』に拠り、訓読は私見による。
（3）諸本共に文字はないが、対句構成から一字（動詞）があったはずである。
（4）なお、山本著は79について、書き出しに「弟子正五位上三嶋真人助成、三宝に帰命す」とあることから、表白とするのは疑問というが（七二八頁）、文中には「今日の法主三嶋真人氏、昔、良因を植ゑて、今、善果に鍾《あ》たる」という文言があり、これは導師の立場での叙述であることを明示するものであり、氏のいう表白の定義に叶う。
（5）前掲『中世法会文芸論』三〇一頁。
（6）本文は阿部泰郎・福島金治・山崎誠編『守覚法親王と仁和寺御流の文献学的研究 資料篇 金沢文庫蔵御流聖教』（勉誠出版、二〇〇〇年改訂版）所収の翻刻による。誤字は右に正したが、翻刻の注記を参考にし、さらに私見を加えた。□で示したのは脱字が想定される箇所で（ほかにも可能性のある箇所がある）、私見による。

※ 二〇〇九年度仏教文学会（二〇〇九年六月七日、佛教大学）のシンポジウム「仏教文学とは何か」における口頭発表「平安朝漢文学における仏教文学」の一部「表白について」を論文として『仏教文学』第三四号（二〇一〇年）に発表した。いま漢文学の中の仏教文学全般について述べていた部分を削除し、第三節の大弐乳母表白の記述と史実との関係について補った。

14　諷誦文考

一

諷誦文を初めて本格的に論じた、今成元昭「「諷誦文」生成考」[1]が近頃発表された。論点はいくつかに及ぶが、中心になるのは、諷誦文の概念規定とその成立時期の二点であると考えられる。従来の説を検討批判して提示された諷誦文の定義は次のようなものである。

「諷誦文」は、布施物を献じて僧に諷誦を請う文書であって「請諷誦文」ともいう。

なお、ここでの「諷誦」とは経典等の読誦の意である。この説は正しいものとして認知されつつあるのである[2]が、はたして実際の諷誦文はこの規定通りのものなのであろうか。この定義付けに従って、諷誦文は読めるのだろうか。

今成氏の論では、実際の諷誦文の読解ということが全く閑却されている。本章では、あくまでも諷誦文を実際に読むことを通して、そこから諷誦文とは何かということを改めて考えてみよう。

論ずるに先立って、平安朝に制作された諷誦文の遺存するものをあげておく。

〔本朝文粋〕巻十四

1宇多院為二河原院左大臣一没後修二諷誦一文　延長四年（九二六）　紀在昌

2清慎公奉二為村上天皇一修二諷誦一文　康保四年（九六七）　菅原文時

3在原氏為二亡息員外納言一四十九日修二諷誦一文　天慶六年（九四三）　大江朝綱

4為二石清水検校一四十九日修二諷誦一文　制作年未詳　慶滋保胤

5左相府為二寂心上人一四十九日修二諷誦一文　長保四年（一〇〇二）　大江匡衡

〔本朝続文粋〕巻十三

6待賢門院奉二為白河院一追善諷誦文　大治四年（一一二九）　藤原敦光

〔朝野群載〕

7源高明正嫡乳母諷誦文　天暦元年（九四七）　源順（巻二）

8関白家五十御賀諷誦文　寛治五年（一〇九一）　藤原行家（巻七）

9藤原在衡職封施入諷誦文　安和二年（九六九）　藤原在衡（巻十七）

〔扶桑略記〕巻二十五

10中宮逆修御諷誦文　天暦三年（九四九）　大江朝綱

〔本朝文集〕

11藤頼通賀二大僧正明尊九十算一諷誦文　康平三年（一〇六〇）　藤原明衡（巻四十八）

12供二養成楽院西御堂一諷誦文　久安五年（一一四九）　大江維順（巻五十五）

〔江都督納言願文集〕
13陽明門院為二太上法皇一修二諷誦一文　延久五年（一〇七三）（巻二）
14右兵衛督師頼為二厳親左府御賀一諷誦文　長治元年（一一〇四）（巻三）
15安楽寺堂供養諷誦文　康和五年（一一〇三）（巻三）
16先妣追善諷誦文　永長二年（一〇九七）（巻五）

以上である。遺存する平安朝の諷誦文はそれほど多くない。ほかに公卿の漢文日記等に引用収載されていることが推測されるが、なお拾揖を果たしていない。(補1)

以下、これらを資料として、諷誦文とは何かということを考えていく。

二

まず、『本朝文粋』所収の429「在原氏の亡息員外納言の為に四十九日に諷誦を修する文」(補2)を取りあげよう。以下、本章では、理解を助けるために、漢文はすべて書き下して引用する。

敬ひて白《もう》す
請二諷誦一事(3)
三宝衆僧の御布施　法服一具
右、員外納言、病を受くる時、風儀を変じて俗累を脱し、終はりに臨める日、雲鬟を落として空王に帰す。仍《よつ》て、此の方袍の具を擎《ささ》げて、彼の円照の庭に捨す。妾、少《わか》くして所天に後れ、独り血涙を眼泉に流す。老いて愛子を哭す、誰か紫筍を雪林に抽《ぬ》かん。人は皆短命を以て歎きと為す。我は独り長寿を以て憂へと為す。若《も》し遄《すみ》やかに死ぬること有らば、豈《あに》此の悲しみに逢はんや。灯前に裁縫せる昔は、龍尾の露に曳き、涙底に染め出す今は、鷲頭《じゅとう》の風に任す。魂にして霊有らば、此の哀贈を受けよ。請ふ所件《くだん》の如し。敬ひて白す。

天慶六年四月二十二日　　女弟子在原氏敬ひて白す

在原氏は棟梁《むねやな》の娘。藤原国経の妻となり、滋幹《しげもと》を生んだが、のち時平に奪われて、彼との間に敦忠を生んだ。いわゆる「少将滋幹の母」である。この諷誦文は母に先立って早逝した敦忠の四十九日追善のために作られたものである。

さて、この文章は何を述べているのか。本文に先立って「三宝衆僧御布施、法服一具」とあるが、それが本文にいう「方袍の具」である。それを「彼の円照の庭に捨す」という。亡息ゆかりの寺に喜捨することである。本文の終わりに再び「法服」のことを述べる。生前、我が子のために朝服を縫ったことと対比させつつ、今は涙ながらに袈裟を作って「鷲頭の風に任す」という。仏前に供えることであるが、その後に対象が明言されている。それは「魂にして霊有らば」というからには、亡き敦忠の霊でなければならない。その霊魂に向かって「此の哀贈を受けよ」と呼びかけている。文末の「所レ請如レ件」の「請ふ所」とは、敦忠の霊が「此の哀贈を受ける」ことであるはずである。

この諷誦文は、亡息ゆかりの寺に喜捨した法服をその霊魂が受納してくれることを請う文章である。僧に向かって経文の読誦を依頼する文言などはどこにもない。

『本朝続文粋』の例をあげよう。「待賢門院の白河院の奉為《おんため》に追善の諷誦文」である。

待賢門院

請二諷誦一事
　三宝衆僧の御布施　麻布　端
右、仰せを奉ずるに云《のたま》はく、「初商七夕、法皇登霞したまひて以来、銀漢の景頻りに転じ、鼎湖の駕帰らず。唯に故宮の幽閑なるのみに非ず、方《まさ》に別館の蕭索たるを憐れむ。城南秋深し、池苑寂々として悲風起こり、洛東気冷《すさま》じ、楼閣重々として愁雲横たはる。是を以て白河の禅窓を排《ひら》き、金仙の尊像を礼《うやま》ふ。講ずる所は一乗の妙典、叩く所は三下の洪鐘なり。華蔵八葉の風、西方を以て勝れりと為す。蓮台九級の露、上品を以て先と為す。伏して望むらくは、聖霊陛下、速やかに其の中に往生を得たまはん」てへれば、謹んで仰せを奉じて修する所件の如し。
　大治四年九月日　　　　　　別当

内容を検討する前に、文体上の形式についてふれておくと、諷誦文は、文頭に、

敬白
請諷誦事
三宝衆僧御布施云々

という常套句を持つが、施主が院や中宮、親王などの場合、一行目の「敬白」がなく、その位置に、院、中宮、親王になり代わって諷誦を行う院司、中宮職、親王庁などの名が記される。また施主に代わって行うということから、右の例のように、本文の冒頭に「右奉レ仰云」、末尾に「――者、謹奉レ仰所レ修如レ件」の句が置かれる。すなわち、右の引用で「　」で括った部分が施主の願意を述べた本来の本文である。

　この諷誦文は、その中宮であった待賢門院璋子が白河法皇の追善供養を行った時のものであるが、この文章

の趣旨は最後に明示されている。それは、法皇が西方極楽に往生を遂げることを祈願することである。そうして、この諷誦文にも、僧に諷誦を請う文句は全く記されていない。

諷誦文の大部分を占めるのは死者の追善供養のためのものであるが、ほかに算賀の場合もある。その例として「藤頼通の大僧正明尊の九十の算を賀する諷誦文」（『本朝文集』巻四十八）を読んでみよう。

請二諷誦一事

三宝衆僧の御布施　信濃布三百端

右、教命を奉ずるに云はく、「法務大僧正法印大和尚位は、禅林の翹楚《ぎょうそ》、法水の津梁なり。顕密の奥旨を窮め、綱維の崇班に登れり。三観年深くして、丹棘 石龕の月に□、四禅秋積もりて、青松 巌扃の雲に老いたり。倩《つら》つら桑楡の景を計るに、已に九十の年に至る。長生の運数、尤も歓喜すべし。爰《ここ》に其の護持に依りて、久しく惣己の官に居り。其の報いんことを憶《おも》ひて、聊《いささ》か賀算の礼を設く。便ち白河の勝地に於いて、弥《いよ》いよ南山の遐齢を祈る。龍象侶《とも》を引きて、林堂の上に鱗次し、鴛鸞群を成して、水閣の中に鳩集す。今桐布の軽資を捨して、更に華鐘の逸韻を動かす。唯願はくは、如来速やかに知見を垂れ、匪石の懇誠を照らして、恒沙の寿命を授けたまへ。凡そ厥《そ》れ、大千世界、普く以て利益せん」てへり。厳教の旨、大概斯《か》くの如し。敬ひて白す。

康平三年十一月二十六日

前述の『本朝続文粋』の例と同じく施主である頼通の命を承けるかたちをとる。「 」の中が頼通の立場で述べられた本文である。文中の「今桐布の軽資を捨して」とは「信濃布三百端」を布施として喜捨すること、また「華鐘の逸韻を動かす」とは、前述の「白河法皇追善諷誦文」中の「叩く所は三下の洪鐘なり」もそうであるが、鐘を叩いての誦経をいう。そのようにして祈請される趣旨が「唯願はくは」以下であるが、それは、仏が諷誦を行う誠意を照覧して、明尊に更なる長寿を与えてくれるように、ということである。この算賀の諷誦文にも、僧に諷誦を請うような措辞は片言隻語も見いだしえない。

三首の諷誦文を読んでみたが、いわれるように、もし諷誦文が僧に諷誦（読経）を請う文章であるとするならば、そこには当然請願の趣旨としてそのことが述べられていなければならないだろう。ところが、上述の三首いずれにも、そのようなことは全く述べられていない。

三

しかしまた、今成氏の概念想定、それは先述のように通説と見ることができるのであるが、それに従って読むことができるかと思われるものもある。『江都督納言願文集』巻五の「先妣追善諷誦文」がそれである。

敬ひて白す

諷誦を請ふ事

三宝衆僧御布施料絹三十疋

右、先妣聖霊、頓証菩提の奉為《おんため》に、請ふ所件の如し。霜鐘一たび動く、宜しく九品芙蕖《ふきょ》の雲に登るべし。紅涙千行、将《まさ》に三覚瓔珞《ようらく》の露を添へんとす。乃至《ないし》法界衆生、同じく以て利益せん。敬ひて白す。

永長二年十一月廿一日

冒頭にいう「先妣聖霊、頓証菩提の奉為に、請ふ所」を、僧に諷誦を依頼するものと読めそうである。そう理解するならば、事書の「請諷誦事」は、示したように、「諷誦を請ふ事」と読まなければならない。そこで今はそう読んでおこう。

もう一首、『本朝文集』（巻五十五）所収の「成楽院西御堂を供養する諷誦文」も同様のものと考えられそうである。

敬ひて白す

諷誦を請ふ事

三宝衆僧御布施　商布佰端

右、生霊禅定大夫人、去年臘月、離《わか》れを泉壌に告ぐ。蘭室の風儀、多年香らず、松門の露涙、千行押さへ難し。仍て彼の資貯を以て、旁《あまね》く菩提に施す。新たに精舎を排《ひら》きて、今法会を設く。坐《よ》りて十方の聖衆を驚かし、敬《つつし》みて九乳の送韻を叩く。功徳海中、涓露《けんろ》を添へて初めて済渡し、菩提山上、塵埃を加へて登覚を期す。弟子の懇念此《か》くの如し、幽霊の成道疑ひ無からん。敬ひて白す。

久安五年十月廿五日

亡者追善のために新たに建立した堂舎供養の諷誦文である。「九乳の送韻を叩く」の「九乳」は鐘をいい、この措辞は諷誦を行うことを表現する。この文章には、ほかの諷誦文ほどには請願の趣意がそれと明確に述べられていない。したがって、これは僧に諷誦を請う意を述べたものとして読むことも可能である。

このように通説に従って読むことができるかと思われるものもあるが、一方には、前節で見たように、明らかにこれとは異なる趣旨を述べたものがある。これらを一括して、諷誦文とは僧に諷誦を行うことを請うための文章と規定してよいであろうか。

四

諷誦文とは何か。その正解を得るために、さらに読み進めていこう。『本朝文粋』所収の428「清慎公の村上天皇の奉為《おんため》に諷誦を修する文」（補3）を取りあげる。

敬ひて白す

請二諷誦一事

三宝衆僧の御布施

螺鈿の筝一張、和琴一張〈已上各おの木蘭地の錦の袋に納《い》る〉

横笛一管、高麗《こま》笛一管〈已上各おの唐錦の袋に納る〉

金銀蒔絵の匣《はこ》一合〈花足《けそく》の机幷びに下机〉

信濃布三百端

右、六七の聖忌、光陰正に盈《み》てり。心憂を陳《の》べんと欲すれば、声涙溺を被る。[ア]唯願はくは諸仏愍念諦聴したまへ。昔者《むかし》延長の明主、弾箏の趣を賜示したまひ、弟子彼の徳音を承けて、先皇に伝奏せり。曲は更《さら》に雲霄の上に帰し、器は猶《なお》塵巷の間に留まる。又一龍笛有り、蓋し前代の名物なり。彼の竹と糸と、天子に献ぜんとし、花を添へ美を加へ、暗《ひそ》かに日辰を経たり。玉洞の駕晏《おそ》く出で、瑤池の蹕《ひつ》長く遷りて自《よ》り、玄宮に供せんと欲すれば、顧命疑ふらくは覇陵の風に在りしかと。将に黄閣に安んぜんとす、素意誠に是れ咸池の浪なり。豈《あに》敢へて人寰の翫《もてあそびもの》と為さんや。[イ]須く以て仏界の資と作すべし。且つ夫れ、管は逓《たが》ひに吹くべし、故に[ウ]異方の声厭ふこと無し。絃は独りは撫せず、故に[エ]流俗の調相倶《とも》にす。同じく蜀越の軽財を混じ、惣《すべ》て梵唄の仮砌に捨す。前日の懇念、今日と已に違ふと雖も、而《しか》も君に奉《たてまつ》る深誠、以て仏に奉りて達せんと欲す。然れば則ち、諷誦の功徳、遊魂を飾り奉る。瑩鏡旧徳の光を移し、覚月新果の彩を円《まど》かにす。衆生法界、利益無辺ならん。弟子、昔報国の残日を憶ふが為に、景《ひかり》暮れて齢の傾くを愴《いた》めり。弟子、今早世の聖朝を恋ひ奉りて、命薄くして祚《とし》の長きを慙づ。只《ただ》泣きて宝寿を増す至心を廻らして、以て苦《ねんごろ》に正覚を成す弘願を発するのみ。敬ひて白す。

康保四年七月七日　　　　　　従一位行左大臣藤原朝臣実頼敬ひて白す

この文章はやや丁寧に読んでみたい。

この諷誦文は藤原実頼が村上天皇の四十二日忌に追善供養を行った時のものであるが、まず一見して気づくことは「三宝衆僧の御布施」が詳細に明示されていることである。そうして、これは本文の叙述と対応している。この文章も、初めに明言されているように、僧に対してなどではなく、「諸仏」に向かって呼びかけるかたちで書かれている（傍線部ア）。まずそのことに注意しておきたい。

「延長の明主」は醍醐天皇。実頼は箏の弾奏の技法を醍醐天皇から教授され、さらにこれを村上天皇に伝授したことがあったが、その箏はそのまま実頼の手許に置かれていた。また「前代の名物」の龍笛もあって、この二つの名器を村上天皇に献上したいと思いつつ月日を過ごすうち、はからずも天皇の崩御に出会うこととなってしまった。そこで天皇の生前果たしえなかった素意を遂ぐべく、天皇の忌日に当たって、これを仏前に供え奉るという（イ）。これが「御布施」のうちの「螺鈿箏」と「横笛」である。なお「御布施」には「和琴」と「高麗笛」が添えられている。そのことをいうのが、本文の傍線部エとウである。さらに「御布施」には「金銀蒔絵匣」と「信濃布」とが記されているが、これが本文にいう「蜀越の軽材」である。柿村重松著『本朝文粋註釈』に指摘するように、信濃、越前（越中）を中国の蜀と越とに擬えての措辞である。そうして、これらすべてを諷誦の行われる場（「梵唄之仮砌」）に喜捨するという。

このように「御布施」として列挙された品々を本文の叙述に対応させて読んでくると、「螺鈿筝」と「横笛」、これに添えられた「和琴」と「高麗笛」、これらは仏に対する布施であり、「金銀蒔絵匣」と「信濃布」は僧に対するそれであるということになろう。この文章の叙述から、すでにそうでなければならないが、ここで参照すべき文章がある。それは菅原道真の願文である。『菅家文草』巻十二所収。

668勅を奉じて雑薬を三宝衆僧に供施する願文〈寛平九年三月二十三日〉

仮銀台一合〈雑薬を納る。仏施料〉

紅雪小百斤〈二百嚢。僧施料〉

弟子、生は末世に在り、乃ち宿業なり。位は国王為り、乃ち勝因なり。是の故に、常に念へらく、得る所の珍材、以用《もっ》て万民百姓に布施せんと。然れども、志申《の》び力屈し、言深く事浅し。唯願はくは、一二剤の上妙香を和合して、普《あまね》く千万億苦の衆生に及ぼさんことを。今の捨する所、此の上分に在り。三宝衆僧、哀を垂れて聴許せよ。弟子敬ひて白す。

これは諷誦文ではないが、今成氏もいうように、内容的にはこれに近いものである。ただし今は、「三宝衆僧」の措辞が用いられていること、また「供施」の対象が「仏」すなわち「三宝」と「僧」とにはっきりと分けて記されていて、「村上天皇追善諷誦文」の理解に資するものであるというにとどめておこう。

ここで、431「左相府、寂心上人の為に四十九日に諷誦を修する文」（『本朝文粋』）を取りあげよう。「左相府」は左大臣藤原道長、「寂心」は慶滋保胤の法名である。

敬ひて白す

請二諷誦一事

三宝衆僧御布施　信濃布百端

右、故寂心上人は、弟子に於いて授戒の師なり。上人入滅の後、七々の忌、今朝已に盈《み》つ。三帰五戒、戒香を薫じて恩に答ふ。一字千金、金容を思ひて徳に謝す。昔韋賢の大江公に事《つか》ふ、礼敬の跡苔老いたり。今弟子の寂心上人を訪ふ、恋慕の涙蓮開く。仍て菩提を飾らんが為に、請ふ所件の如し。敬ひて白す。

長保四年十二月九日　　白衣の弟子左大臣藤原朝臣敬ひて白す

この文章は趣意がはっきりとは示されていない。それだけに末尾の「為レ飾二菩提一、所レ請如レ件」を、通説に従って、上人の菩提をとぶらうために諷誦を僧に請うと解釈してもよいように思われる。だがそうではない。「請ふ」というのは僧に諷誦を請うことではないのである。

この諷誦文には「請文」（432）が付されている。同じく『本朝文粋』所収。これは、今成氏が説くように「諷誦文に対して用意された受諾文書」である。これを読んでみよう。

同請文

請二達嚫物一事

右、御諷誦、故寂上人の菩提を訪はんが為てへれば、請《う》くる所件の如し。昔隋の煬帝の智者に報いし、千僧一を賸《あま》せり。今左丞相の寂公を訪ふ、曝布百に足れり。古を思ひて今を見るに、同音随喜す。仍て巻篇に注し、謹んで辞《もう》す。

年月日　　僧寂照

「寂照」は俗名大江定基、寂心の弟子である。この文章は「諷誦」の受諾文書であるから、標題の「請文」は「請《う》け文」と読むことになる。また前書も文の趣旨に基づいて、「達嚫物を請《う》くる事」と読まなければならない。

さて、その前書に注目する必要がある。この請文で受け入れを承諾しているのは「達嚫物」である「達嚫」とは梵語ダクシナーの音写で、施物、布施の意である。すなわち、請文は「達嚫物」（布施）を受納することを承諾しているのである。

ここで「諷誦」の意味を問うこととなる。これまでの行文では、諷誦は、一般に理解されているように、経文を読誦することとして論を進めてきた。だが、この諷誦文と請文に用いられている「諷誦」はその意味ではない。すなわち、諷誦文の前書に「請二諷誦一事」といい、これを受けた請文の前書に「請二達嚫物一事」という。そうであるからには「諷誦」は「達嚫物」つまり布施でなければならない。ここに諷誦文とは何かの最も基本的な事柄がはっきりとしてきた。諷誦文の前書にいう「諷誦」とは、これまでそう理解されていたような、僧が経文を読誦するという意味ではなく、「御布施」の布施の意なのである[4]。

請文の冒頭の「右、御諷誦、為レ訪二故寂心上人菩提一者、所レ請如レ件」がこの文の趣旨であるが、ここも同様に理解することを求めている。前書「請二達嚫物一事」をいい換えたのがこの一文であり、つまり「達嚫物」すなわち「御諷誦」ということになる。その「御諷誦」を受納するというのである。

以上のような請文の叙述から、翻って諷誦文を考えると、その末尾にいう「請ふ所」とは、先に一応の解釈を示したような、僧に経文の読誦いわゆる諷誦を依頼するというのではなく、「御布施」の受納を請うということでなければならない。

このような解釈を支持する例証となる諷誦文がもう一首ある。「藤原在衡職封施入諷誦文」（『朝野群載』巻十七）

である。

弟子在衡敬ひて白す

請㆓諷誦㆒事

仏の御布施　名香一裹　灯明二盞

衆僧の御布施　信濃布二百端

施入し奉る職封五十烟〈甲斐二十五烟、播磨二十五烟〉

右、諷誦、封戸、請ふ所件の如し、伏して以《おもんみ》るに、須弥百億、日月異にして照臨し、世界三千、慈悲同じくして引接す。仏陀一子の愛を施して自《よ》り、聖教既に衆生の誠に叶ふ。是に於いて、懐旧の盛んなること、五内の念迷ひ易く、追遠の情、九廻の腸遏《とど》め難し。

この後、自己の経歴を大学寮入学の時から説き起こし、醍醐・朱雀朝におけるそれを屢述し、その後ついには大臣の栄職にまで登ったことを述べ、さらに次の文が続く。

凡そ代々の昇進、後聖の深恩と云ふと雖も、度々の拝除、先皇の余化に非ざるは莫し。仍て大臣是れ菜□を割きて、即ち御願の伽藍に献ず。嗟乎《ああ》、黎稷香らず、醍醐の妙薬を混ぜんと欲す。埃塵豈《あに》重からんや、亦《また》山陵の仁風に任せん。納受を甚深に思ふ、青蓮を開きて遠く監《み》たまへ。哀愍を弘誓に仰ぐ、白茅の上分を照らしたまへ。今精誠を翅《はか》る、大概此くの如し。弟子在衡敬ひて白す。

安和二年十月二十八日　　弟子右大臣従二位藤原朝臣在衡

藤原在衡が恩龍を蒙った醍醐天皇の没後、その御願寺醍醐寺に大臣の職封の一部を施入する時の諷誦文である。本文の冒頭に「諷誦、封戸、請ふ所件の如し」とあるが、ここでいう「請ふ所」とは、「諷誦、封戸」を受け入れることを、となるはずである。そうして「諷誦、封戸」は前書に明記されている「仏御布施……、衆僧御布施……、奉二施入一職封……」であり、仏と衆僧に対する御布施が「諷誦」、施入する職封が「封戸」であるはずである。つまり、ここにいう「諷誦」はすなわち「御布施」であり、先の寂照の請文と同じ用法である。

このような諷誦文であるから、いうまでもないが、この文章で述べようとしていることは、施入する封戸と共に「御布施」が受納されることを請うということである（傍線部）。決して僧に誦経を請うことではない。

また、この諷誦文も「仏御布施」と「衆僧御布施」とが区別して明示されている点、先述の「村上天皇追善諷誦文」ひいてはそこで論及した菅原道真の願文と共通する。

ここで、これまで保留してきた諷誦文の前書「請二諷誦一事」の読み方を考えてみなければならない。先に述べたように、これをどう読むかということは、諷誦文をどのようなものと規定するかということと不可分である。これまでの通説に従えば、僧に諷誦（誦経）を請うわけであるから、当然のこととして「諷誦を請ふ事」と読まなければならない。だが今明らかにしたように、「請二諷誦一事」の「諷誦」は布施であり、前書はその受納を請うことを記したものである。これに従って読むと、前書は「諷誦を請《う》けん事」(5)となろう。

またここで、前述の「村上天皇追善諷誦文」を読む時に参看した菅原道真の願文を再びふり返ってみよう。諷誦文を上述のようなものと理解したうえで、この願文を顧ると、これは、「仏施料」の「仮銀台一合」と「僧施料」の「紅雪小百斤」とを「三宝衆僧に供施する」ことを述べ、「三宝衆僧、哀を垂れて聴許せよ」と祈請している。すなわち。この願文は、先に述べた用語や形式面での相似ということ以上に、その実質的な性格において諷誦文と共通する点を有しているのである。諷誦文の性格、および成立を考えていくうえで、逸することのできない貴重な資料といわなければならない。

五

諷誦文の本来の基本的な性格は前節に詳述したとおりである。三宝すなわち仏、あるいは僧に布施を受納することを請う、というのがその本来的な性格である。諷誦文はこうした理解のもとで読めるはずである。あるいはそう読まなければならない。

ただし、ここで言及しておくが、「三宝衆僧」に対する「御布施」は、「三宝衆僧」を通して追善の対象となる亡者に供せられるものとも考えられたようである。第二節に述べた「亡息員外納言四十九日諷誦文」で前書に「三宝衆僧御布施　法服一具」とあるが、本文に「涙底に染め出す今は、鷲頭の風に任す。魂にして霊有らば、此の哀贈に受けよ」といい、「藤原道長の寂心上人四十九日諷誦文」では、「三宝衆僧御布施、信濃布百端」とあるが、本文では「今弟子の寂心上人を訪ふ」といい、その請文には「今左丞相の寂公を訪へる、曝布百に足る」と述べられている。また「村上天皇の為の追善諷誦文」にも、生前ゆかりの品を布施とすることを述べて、「君に奉る深誠、以て仏に奉りて達せんと欲《おも》ふ。然れば則ち、諷誦の功徳、遊魂を飾り奉らん」という。

第三節で、あるいは通説で解釈できるかとして引用した二首の諷誦文も、上述の規定に基づいて読み直さなければならない。

その一例、『江都督納言願文集』所収の「先妣追善諷誦文」は、冒頭部「先妣聖霊、奉二為頓証菩提一所レ請如レ件」の「請ふ所」は、先に一応の解釈を示したような、先妣の聖霊の頓証菩提のために僧に誦経を請うのではなく、先妣の聖霊に向かって、頓証菩提のために供する布施を受け入れてほしいと請うのである。

また、諷誦文をこのように理解することで明確に見えてくるものがある。

たとえば、「村上天皇の為の追善諷誦文」には、先に見たように「御布施」の品々のことが本文に委細に述べられていたが、それも、「諷誦」の本義を上述のようなものと理解すれば、よく納得できよう。

ほかに、これまでに取りあげたなかでは、「在原氏の亡息の四十九日諷誦文」および「明尊の為の賀算の諷誦文」もそうであり、さらに、「右兵衛督師頼の父左大臣の為の賀算の諷誦文」(『江都督納言願文集』)にも、「方今、施する所は越褄、心機の中より織り出し、叩く所は豊鐘、耳界の外を驚覚す」と、誦経を表す鐘の音と対句をなす形で布施に言及している。

諷誦文の本来的な性格が上述のようなものであるとして、しかしまた、諷誦文がすべて、その前書と照応して、本文にも布施を受納するようにという祈請の意が必ず述べられているわけではない。これまでに用例とした諷誦文を、ここでもう一度読み返してみよう。

「在原氏の亡息の四十九日諷誦文」と「藤原在衡の職封施入諷誦文」は布施の受納を請うことを趣旨としている。それ以外のものを本章で引用した順序で読み返してみると、「待賢門院の白河院追善諷誦文」は、法会を催したことを述べ、「聖霊」に向かって、速やかな西方浄土への往生を願う。

「藤原頼通の明尊の為の賀算諷誦文」は、恩顧を得た明尊のために「賀算の礼」を設け、布施、誦経を行ったことを述べ、仏に向かって明尊に更なる長寿が与えられるよう祈願する。

「先妣追善諷誦文」は、亡者が往生を遂げることを祈請する。

「成楽院堂供養諷誦文」は、追善のために堂舎を建立し、法会を設け誦経を行うことを述べ、その功徳によって亡者が覚りを得て済度されるであろうという。

「藤原実頼の村上天皇追善諷誦文」は、布施に供する品々に多くの叙述が費やされるが、それを承けて、そうした布施を行うことが亡き天皇の霊魂の成仏を助けることになろうという。

「藤原道長の寂心四十九日諷誦文」は寂心のために諷誦を行う趣旨を述べる。

諷誦文にはこのようなことが述べられている。

上述の検討に基づいて、ここで諷誦文とは何か、答えを出してもよいであろう。

諷誦文に用いられる「諷誦」の語は〈布施〉が本来の意であり、また、布施を供し誦経を行うその行為全体をも指していう。

諷誦文は、仏や僧に向かって布施を受納するよう請うというのが本来的な性格であるが、また諷誦（布施、誦経を含む全体としての行為）を行う趣旨あるいは祈願の意を述べるものである。実際の諷誦文は後者の例が多い(6)。いずれにしても、今成氏が主張するような、また現行の一般的な理解がそうであるような、僧に誦経を依頼する文章ではない(7)。

遺存する平安朝の諷誦文の読解を通して得られた結論は以上のようなものである。

本章をここから始めてもよかったのであるが、最後に常識論を付記しておこう。

諷誦文は法会の場で読誦される。そうであれば、施主が僧に諷誦（誦経）を依頼することを述べた文章が、法会の晴儀の場で、その僧によって読誦されるというのは、考えてみれば奇妙なことではないだろうか。僧に誦経を依頼する文章というものがもしあるとすれば、それは前もって僧に対して発せられるものでなければなるまい。

注

(1)『国文学研究』第一〇二号（一九九〇年）。

(2)『文学・語学』第一三三号（一九九二年）「平成二年国語国文学界の展望」のうち、「中世 仏教文学関係」（山下正治）、「中世漢文学」（山崎誠）。なお、この概念規定は今成氏独自の新見というのではなく、氏の論文に引用されている『望月仏教大辞典』（一九三三年）および織田得能『仏教大辞典』（一九一七年）、また近年では、中村元『仏教語大辞典』（東京書籍、一九七五年）、『日本古典文学大辞典』（岩波書店、一九八四年）、『国史大辞典』（吉川弘文館、一九九一年）の「諷誦文」の項なども同様に規定している。現行の通説といってよいであろう。

(3)この前書「請二諷誦一事」をどう読むかということは、今成氏はさほど問題にせず、わずかに注で触れているだけであるが、これは諷誦文をどう読むか、これをどう定義づけるかということに密接に関わる問題であり、明確な規定がなされた後に、その読みも決定できる。したがって初めから「答え」を出すことをせずに、しばらくは返り点を付すだけであげておく。

(4)「諷誦」に布施の意味があることは、今成氏も『文筆問答鈔』を引いて言及し、認めている。付言しておくと、『御堂関白記』にもその用例がある。長和元年十月二十四日、「故冷泉院正日也。仍参二入南院一。……、余以二信布二百端一為二御諷誦一、本院三百端」、寛仁元年十月二十八日、「辰時詣二三井寺一、為レ聞二彼寺例立義一也。以二蓮照一為二立義者一。講次以二絹三十疋一為二諷誦一」などは布施の意での用例である。

(5)諷誦文を収載する文献の古写本の読み方を参看しなければならないが、参考となしえない。該当する文献として、宝生院真福寺文庫蔵『本朝文粋』巻十四、建保五年（一二一七）写本、同弘安三年（一二八〇）写本、および六地蔵寺蔵『江都督納言願文集』永享七年（一四三五）写本があるが、諸本いずれも、この前書の部分は常套句として訓点を付していない。読みは不明である。

なお、謡曲の「自然《じねん》居士」に諷誦文を読む場面があり、「敬つて白す。請くる諷誦のこと。三宝衆僧のおん布施一裹」と読みあげる。何らかの古い定式の読みを承けるものと思われるが、概念規定と読み方とを一致させようとする私見の立場からは、この読みは採用できない。「請《う》くる諷誦のこと」という読み方は、先述したように、請文の前書の読みとなる。

(6)従来の諷誦文についての説のなかに、布施を三宝に供する諷誦文と、施主が僧に読誦を請う請諷誦文との二つがあると規定するものがある。中田祝夫『東大寺諷誦文稿の国語学的研究』（風間書房、一九六九年）、『岩波仏教辞典』（一九八九年）など。これが今成氏の批判の対象となっているものであるが、諷誦文に二種類のものがあるとするこの説も成り立ちえないことは明らかであろう。

（7）諷誦文をこのようなものとする理解は意外に早くから行われていたようで、管見では『潤背』（尊経閣文庫蔵。成立は明らかでないが、室町初期写とされているから〔『尊経閣文庫国書分類目録』〕、それ以前となる。『改定史籍集覧』第二十七冊所収）にすでに次の記述がある。

云二請諷誦一者、為二施主一可レ諷二誦経呪等一之由、申請之詞也。

そうして諷誦文の定型として次の例文をあげる。

敬白。請諷誦事。三宝衆僧御布施。右為二某事一〈或祈禱、或追善〉、就二某寺一、啒レ僧令二諷経一。依二某功徳一、成二就所願一、或抜二済亡霊一〈各随二某事一〉。故叩二鐘音一、啓二告仏界及冥道一。仍諷誦所レ請如レ件。敬白。年号月日。官姓某敬白云々。

遺存する諷誦文に、傍線を付したような記述を持つものはない。たとえこの記述があったとしても、これは、祈願のために寺で僧に経文の誦経を行わせるという、諷誦を行う趣旨の一環を述べたものにしか過ぎないが、このような例文を用いて諷誦文の「義」を説いたあたりから、誤解が始まったのではないだろうか。

補注（旧稿を本書に収めるに当たって付した注は「補注」として区別した。）

（1）旧稿に漏れたものとして以下のものがある。

〔諷誦文故実抄〕（『大日本史料』第一篇之八、天暦元年三月二十六日条所引）

陽成院金光明経供養諷誦文　天慶十年（九四七）作者不詳

〔弘法大師御伝〕巻下（続群書類従第八輯下、巻二〇七）

表題不詳（藤原行成が内裏の門額に加筆することの許しを弘法大師に請う）天元五年（九八二）作者不詳

後藤昭雄『本朝文粋抄』二（勉誠出版、二〇〇九年）第十一章「員外藤納言の為の美福門の額の字を修飾せんと請ひて弘法大師に告す文」に引用し、説明を加えた。

〔表白集〕（続群書類従第二十八輯上、巻一二二五）

上醍醐持宝王院供養諷誦文　治承四年（一一八〇）作者不詳
高野奥院誦経諷誦文　嘉応二年（一一七〇）作者不詳
同諷誦文　治承五年（一一八一）作者不詳
同御影堂誦経諷誦文　治承五年　作者不詳
乗遍阿闍梨追善諷誦文　元暦元年（一一八四）作者不詳
有亡者諷誦文　寿永元年（一一八二）作者不詳

（2）後藤昭雄『本朝文粋抄』二（前掲）第十四章で注釈を加えた。
（3）後藤昭雄『本朝文粋抄』（勉誠出版、二〇〇六年）第一章で注釈を加えた。

※平安文学論究会編『講座　平安文学論究』第九輯（風間書房、一九九五年）に発表した。
その一節で「宇多院の河原院左大臣の為に没後諷誦を修する文」を例として、「諷誦」を誦経の意として解すべき用法もあると述べていたが、誤解であると考えられるので、その節を削除した。

15　諷誦文考補

一

私は以前に「諷誦文考」(補1)（以下、「前稿」）を草して、諷誦文の性格はどう規定できるかを考えた。これは先立って公にされた今成元昭氏の「「諷誦文」生成考」によって提示された論を承けてのものであった。今成氏の、従来の諸説を検討したうえで示された定義は、

「諷誦文」は、布施物を献じて僧に諷誦を請う文書であって「請諷誦文」ともいう。

というものであった。なお、ここでの諷誦とは経典等の読誦の意である。これに対して、私が実際の諷誦文の読解を通して得た結論は、

諷誦文は、仏、僧に向かって布施を受納するよう請うというのが本来的な性格であるが、また諷誦（布施、誦経を含む全体としての行為）を行う趣旨、あるいは祈願の意を述べるものである。

である。ただし、中心は前段にある。

この二つの論文が出た後、諷誦文とは何かを論じたもの、あるいはこれに言及した論がいくつか書かれたが、私見への批判もあり、前稿を補っておきたい。

二

前稿以後の論を取り上げる前に、看過していた、私見にとって大きな意味を持つ文章について述べておかなければならない。

諷誦文は文体として類型を持っている。その最も顕著なものは、本文の前に三行に亙って、「敬白／請諷誦事／三宝衆僧御布施云々」という定型句（以下、「前書」）を有することであるが、ここに見える「諷誦」は読誦の意ではなく、布施の意であるというのが、前稿の主張の一つであり、これに基づいて、前掲の私見を得たのであるが、「諷誦」についてのこのような理解はすでに提出されていたことであった。

そのことが述べられているのは田口和夫「諷誦文のこと」（『観世』第四八巻一二号、一九八一年）である。前稿に述べたが、謡曲「自然居士」に諷誦文を読み上げる場面があるので、これに関連して書かれたものと推量される。見開き二頁の短文であるが、嘉暦四年（一三二九）二月二十六日の日付を持つ諷誦文を読解したものである。翻字、読み下し文、大意が示され、若干の説明が加えられている。この諷誦文も前述の定型句が最初にあるが、その「請諷誦事」を田口氏は「諷誦物を請けること」と解釈している。「諷誦物」とあるから、読誦の意ではなく、「物」つまり布施である。私見に先行してこうした解釈がなされていた。ただし「請」を「請けること」と解釈するが、これは、さらに言えば、全体の文脈の中でどういう意味になるのか、私にはよく理解できない。なお、田口氏は諷誦文を次のように説明している。

みずからの親しかった死者の極楽往生を願って施物をささげ、その趣旨を述べた文章のことである。

以下、前稿以後の論を見ていこう。

まず諷誦＝読誦説に立つもの。

小峯和明「和歌と唱導の言説をめぐって」（『国文学研究資料館紀要』第二一号、一九九五年）に、今成論文と前稿の結論（前引）を示して、「機能的には諷誦を請う今成説も捨てがたいものがあり」[補2]という。しかし、これだけの言及で、その理由などは述べられていない。

岡野浩二「誦経（諷誦）からみた天皇と仏教」（史聚会編『奈良平安時代史の諸相』高科書店、一九九七年）は、諷誦文は「願主が布施を送って僧に諷誦を依頼する文書」という理解に立って論じているが、「付記」で今成論文と前稿に言及して、「願主が布施を送って僧に諷誦（誦経）を依頼するなかで諷誦文が生まれ、やがて諷誦と直接関係しない布施物の施入にも諷誦文が用いられるようになったのではなかろうか」と、諷誦とは誦経であるとする立場を改めて述べている。

奥田勲氏の論があるが、これは最後に取り上げる。

諷誦＝布施説に立つもの。

大石有克「諷誦文小考――中世詩学書の視座から――」（『比較文学論攷』〔熊本大学文学部比較文学研究室〕創刊号、一九九八年）。題目から明らかなように、諷誦文とは何かを論じることを主題とした論文である。諷誦とは布施の意味であると解する基本的なところでは私見と同じであるが、当然ながら、違いもある。そのことに触れておこう。

諷誦文は次のように定義されている。

諷誦文とは事書の「請二諷誦一事」を踏まえ、三宝に布施物を喜捨する旨を述べるものである。（傍線、引用者）

私は傍線部を「受納するよう請う」と解釈したので、この点は相違する。これに関連して、私は事書を「諷誦を請《う》けん事」と訓んだが、大石氏は「諷誦を請《すす》むる事」と訓む。大石論文は副題にいうように中世の詩学書の記述を援用して論を展開する。右の定義の根拠となっているのは『王沢抄注』と松平文庫本『作文大体』付載「物書次第」であるが、前者に「諷誦トハ布施物ヲ三宝供ル文也」、後者に「諷誦ハ仏布施裏物ヲ道師（ママ）請取状也」とある。前者は大石論の論拠となりうるものであるが、後者はむしろ私見を支持するものではなかろうか。大石氏もこれを「ここの「諷誦」も前と同じく諷誦文の意味であろうが、仏に布施物を献じ、導師（僧侶）にもそれを受納するよう願う文章であるとしている」と解する。

論及しておくべきもう一つは、僧に誦経を請う文章として指摘された「請僧書」のことである。大石氏は諷誦文は僧に誦経を請う文章ではないとする立場から、そうした用途の文章は別にあるとして、『朝野群載』（巻十七）、『巻数集』に収載されている「請僧書」がそれであるという。用例として次の文章を挙げる。

中宮職

屈二請李覚大徳一

右、明日一日薬師御読経。辰剋以前可二参仕一之状、屈請如レ件。

康和元年十月四日　権大進藤原朝臣

（『朝野群載』巻十七）

従来の議論のなかで、視野に入っていなかった文章であり、貴重な指摘であるが、大石氏のいうように考えていいのか、疑問がないわけではない。この文章は御読経への参仕を僧李覚に請うものであるが、御読経という行事への参加の依頼と経典の読誦という行為についての依頼とでは、やはり違うのではないかと私には思われる。

御読経であるから、求められているのは経典の読誦には違いないのであるが。『朝野群載』所収の他の例を見ると、次のような文章もある。

内蔵寮
　啒二請某大徳一
右、始レ従二今月廿日一内裏御仏名導師、啒請如レ件。
　天延二年十二月十八日　左中弁兼頭藤原朝臣佐理

これは内裏で行われる御仏名の導師としての参仕を請うものである。このような他の例も考え合わせてみると、「請僧書」は僧に対して何らかの行事への参加、あるいは任務の遂行を依頼するものであって、読経に限定されたものではないだろう。

三

以下、補足である。
まず前稿で資料として取り上げた文章について述べておきたい。
一つは428「清慎公の村上天皇の奉為《おんため》に諷誦を修する文」（『本朝文粋』巻十四）である。作者は菅原文時。本文は訓読してあげる。

敬ひて白《もう》す
　諷誦を請《う》けん事

三宝衆僧の御布施

螺鈿の箏一張、和琴一張〈已上各おの木蘭地の錦の袋に納《い》る〉

横笛一管、高麗《こま》笛一管〈已上各おの唐錦の袋に納る〉

金銀蒔絵の匣《はこ》一合〈花足《けそく》の机幷びに下机〉

信濃布三百端

右、六七の聖忌、光陰正に盈《み》てり。心憂を陳《の》べんと欲すれば、声涙溺《るいでき》を被《こうむ》る。唯《ただ》願はくは諸仏慇念諦聴したまへ。昔者《むかし》延長の明主、弾箏の趣を賜示したまひ、弟子彼の徳音を承けて、先皇に伝奏せり。曲更《さら》に雲霄の上に帰し、器なほ塵巷の間に留まる。又一龍笛有り。蓋《けだ》し前代の名物なり。彼の竹と糸と、天子に献ぜんとし、花を添へ美を加へ、暗《ひそ》かに日辰を経たり。玉洞の駕晏《おそ》く出で、瑤池《ようち》の蹕《ひつ》長く遷りて自《よ》り、玄宮に供せんと欲すれば、顧命疑ふらくは覇陵の風に在りしかと。将に黄閣に安んぜんとす、素意誠に是れ咸池の浪なり。「豈《あに》敢へて人寰の翫《もてあそびもの》と為さんや。須く以て仏界の資と作すべし。且《か》つ夫れ、[b]管は逓《たが》ひに吹くべし、故に異方の声厭ふことなし。[a]絃は独りは撫せず、故に流俗の調相倶《とも》にす。[c]同じく蜀越の軽財を混じ、惣て梵唄の仮砌に捨す。前日の懇念、今日と已に違ふと雖も、而《しか》も君に奉る深誠、以て仏に奉りて達せんと欲す。然れば則ち、諷誦の功徳、遊魂を飾り奉る。」瑩鏡旧徳の光《ひかり》を移し、覚月新果の彩を円《まど》かにす。衆生法界、利益無辺ならん。弟子、昔報国の残日を憶ふが為に、景暮れて齢の傾くを愴《いた》めり。弟子、今早世の聖朝を恋ひ奉りて、命薄くして祚《とし》の長きを慙づ。只《ただ》泣きて宝寿を増す至心を廻らして、以て苦《ねんごろ》に正覚を成す弘願《ぐがん》を発するのみ。敬ひて白す。

康保四年七月七日　従一位行左大臣藤原朝臣実頼敬ひて白す

これは康保四年（九六七）七月七日の村上天皇の六週忌に際して、左大臣の藤原実頼が諷誦を行う趣旨を述べた文章である。要旨は次のようになろう。

実頼はかつて醍醐天皇から箏の弾奏の伝授を受け、これを村上天皇に伝えたことがあった。この伝授には楽器も付随していたが、箏は実頼の手許に置かれたままになっていた。彼は龍笛の名器も所蔵していた。そこで、その箏と龍笛とを村上天皇に献上しようと思いながら日を過ごすうちに、天皇が亡くなってしまった。天皇の死によって献上の機会を失ったが、そのまま手許に置いておくこともできないので、忌日に当たり、仏前に喜捨することとした。

前稿では、この諷誦文には前書に布施が具体的に明記され、それが本文の記述と照応している、そういう文章の例として取り上げた。第二節に述べたように、諷誦文は独特の類型として本文に先立って前書を持っているが、この諷誦文では、加えて「三宝衆僧への御布施」が「螺鈿の箏一張、和琴一張」（A）、「横笛一管、高麗笛一管」（B）、「金銀蒔絵の匣一合、信濃布三百端」（C）と具体的に列挙されている。そうして、そのそれぞれは本文で傍線部b・a・cのように書かれている。

前稿ではこのことを述べたが、肝心のことを言い落していた。傍点を付した「諷誦」の意味するところを考えるべきであった。

そのことを述べるために、先の書き下し文で「　」で括った部分を改めて口語訳によって示す。

これを人間の世界での翫び物とすることなど到底できないことであり、是非とも仏の世界の物としていただきたいと思います。また、笛は互に吹き合うものですから、外国の音楽も排除することはありません。箏は一人では弾きません。世俗の曲調と合わせて演奏いたします（このようなことで、高麗笛と和琴とを添えます）。

さらに信濃と越前の産であるささやかな品物をも合わせて、これらすべてを経文の読誦が行なわれるこの場に喜捨いたします。私の以前の念願は今日のこの行いとは相違していましたが、帝に差しあげたいという心からの思いは、仏に差しあげることによって果したいと思います。このようにして、この布施の功徳によって、中有にある帝の魂が悟りの世界に入ることをお助けいたします。

実頼が醍醐天皇から伝領した箏、これが最も大切な品である。合わせて実頼が所持していた龍笛（横笛）、これを村上天皇に献上しようと思っていたが、天皇の死によって不可能となった。そこで、やむなく忌日の法要に当たって、これを仏前に供えることで本意を遂げようというのである。布施に当たっては、箏には和琴を、龍笛には高麗笛を添えて、これを仏への、蒔絵の匣と信濃布（「蜀越の軽財」）とを僧への布施とするという。このように述べた文の後に「諷誦」の語がある。今日の仏前への喜捨は、果せなかった天皇への献上の代替行為である。「君に奉る」深い志を、代わりに「仏に奉る」ことで遂げたいという。これを「諷誦」というのであるから、これは「仏に奉る」こと、すなわち布施の意である。そうして、この諷誦=布施を行うことが、なお中有に止まっている帝の魂が悟りの世界へ至る助けとなるはずだという。

このように、この文章では、「諷誦」という語は「梵唄の仮砌に捨す」こと、すなわち布施の意で使われている。

次に取り上げたいのは菅原道真の願文である。「勅を奉りて雑薬を三宝衆僧に供施する願文」（『菅家文草』巻十二668）、寛平九年（八九七）三月の作である。

勅を奉《うけたまわ》りて雑薬を三宝衆僧に供施する願文〈寛平九年三月二十三日〉

仮銀台一合〈雑薬を納る。仏施料〉

紅雪小百斤〈二百嚢。僧施料〉

弟子、生は末世に在り、乃ち宿業なり。位は国王為り、乃ち勝因なり。是の故に、常に念へらく、得る所の珍材、以用《もつ》て万民百姓に布施せんと。然れども志申《の》び力屈し、言深く事浅し。唯願はくは、一二剤の上妙香を和合して、普く千万億苦の衆生に及ぼさんことを。今の捨する所、此の上分に在り。三宝衆僧、哀を垂れて聴許せよ。弟子敬ひて白す。

この願文は、前稿では、先の藤原実頼の諷誦文との関連で論及した。一つは「三宝衆僧」の語が用いられていること、また、本文に先立って仏への施料と僧への施料とが具体的に明記されていること、この二つの点で、願文ではあるが、先の諷誦文と類似していることを述べた。改めて内容に及んで考えてみよう。

寛平九年の作であるから、勅は宇多天皇の勅である。この文章は宇多天皇が紅雪という薬を「三宝衆僧」に供施する旨を述べたもので、したがって本文冒頭の「弟子」とは宇多天皇である。表題に「三宝衆僧」とあるが、これが次行の注記の「仏」と「僧」である。紅雪を僧への、これを入れる仮銀台を仏への施物にするという。注目されるのは、諷誦文を特徴づける前書の「三宝衆僧御布施」とこの願文の表題「三宝衆僧に供施する」との類似である。また「三宝衆僧」の語は本文の終わりにも措かれ、「三宝衆僧、哀を垂れて聴許せよ」と述べているが、何を聞き容れるのかといえば、三宝（仏）には仮銀台を、僧には紅雪を供施することである。つまり、この願文は物を供施して、その受納を三宝衆僧に祈願する文章である。(補3) そうした内容の願文の、表題および注記が諷誦文の前書ときわめて類似していることは、諷誦文の性格、またその成立を考えていくうえで、重要な手がかりとなるものであろう。

四

新たな文章を資料として取り上げる。

一つは『朝野群載』巻二の「願文」に収載される一首である。作者は源順。

乳母弟子敬白

布施絹五匹

右、賤妾有一難忍。不白仏而誰白。左丞相之愛子、右金吾之正嫡、則是賤妾忝所奉乳養也。而去五月廿一日、珊瑚牀上、花容忽萎、翡翠簾中、玉顔永隔。妾、失天失地、怨仏怨神。何留此老醜之身、令後彼恩徳之主耶。爾来、金吾殿下、猶有余悲。尊霊終焉之処、別安置五比丘。念仏読経、不断其声。四十九日全満、今朝、僧各帰寺、妾将帰家、悲涙無置、落而幾積。忘景有限、默而何過。仍聊擎数匹之解文、亦表三帰之深志。昔企保阿之功、独待我君成人之日、今尋霊山之跡、遙念我君成仏之時。所請如件。

天暦元年七月八日

乳母弟子敬ひて白《もう》す

布施絹五匹

右、賤妾一つの忍び難きこと有り。仏に白《もう》さずして誰にか白さん。左丞相の愛子、右金吾の正嫡は、則ち是れ賤妾が忝くも乳養し奉る所なり。而るに去る五月二十一日、珊瑚牀上、花容忽ちに萎《しぼ》み、翡翠簾中、玉顔永く隔たる。妾、天を失ひ地を失ひ、仏を怨み神を怨む。何ぞ此の老醜の身を留めて、彼の恩徳の主に後《おく》れしむるや。爾来、金吾殿下、なほ余れる悲しみ有り。尊霊終焉の処に、別に五比丘を安置す。念仏読経、其の声断えず。四十九日全く満ちて、今朝《きょう》、僧各おの寺に帰り、妾将《まさ》に家に帰らんとするに、悲涙置くこと無く、落ちて幾《いく》ばくか積りし。景を忘るること限り有り、默して何ぞ過ぎん。仍《よっ》て聊《いささ》か数匹の解文を擎《ささ》げて、亦《また》三帰の深志を表さん。昔保阿の功を企て、独り我が君の成人の日を待ち、今霊山の跡を尋ねて、遙かに我が君の成仏の時を念ふ。請ふ所件《くだん》の如し。

まず記述された事実から確認しておくと、天暦元年（九四七）七月の日付があるが、当時の「左丞相」、左大臣は藤原実頼である。またその「愛子」を「正嫡」としていた「右金吾」「金吾殿下」は源高明である。高明は、この頃、権中納言右衛門督であった。高明の妻は朱雀天皇の妃の慶子および村上天皇の妃の述子と姉妹であるが、二人とは違ってその名は未詳である。彼女は、この文章が明記するが、五月二十一日に亡くなった。そうして四十九日に当たる七月八日に法会が行われた。このことは『日本紀略』にも記事があり、極楽寺で行われたことを記している。

辛卯、於₂極楽寺₁、修₂右衛門督室家四十九日態₁。

この文章は源高明妻に乳母として永年に亙って仕えた女性が、亡くなった主人の満中陰に際して草した願文であるが、その主旨は傍線部、「聊か数匹の解文を擎げて、亦三帰の深志を表さん」である。「三帰」とは仏法僧の三宝に帰依すること。三宝に帰依するというその深い意志を具体的に表す行為として「数匹の解文を擎げる」のであるが、「解文」が解しがたい。「げぶみ」などではここはない。この「数匹の解文」は本文の前に記された「布施、絹五匹」であるはずである。そのように理解して、ここの意味を考えると、絹五匹を布施として捧げて、仏法僧への帰依の意志を表すということになる。

もう一つ、この文章で注目したいのは、冒頭部分である。

　賤妾に一つの忍び難きこと有り。仏に白さずして誰にか白さん。

すなわち、この文章は仏に向かって訴えるものである。

以上を要するに、この文章の要点は、布施を献じて、三宝への帰依の志を示すことを仏に申し述べるということである。そうして、それはいうまでもなく「我が君の成仏の時を念ふ」ゆえである。

この文章には表題あるいはこれに当たるようなものがない。しかし、巻二目録はこれを諷誦文とする。目録には、願文についてこうある。

　願文四首〈北野廟。亡考諷誦。自筆法花。法事諷誦〉

四首目の「法事諷誦」がこの文章であるが、『朝野群載』の目録の作成者（編者の三善為康であろう）は、この文章を諷誦文と理解しているのである。参考として触れておくと、二首目も「亡考諷誦」[1]で、諷誦文とするが、これは『本朝文粋』巻十四にも収載する「在原氏為㆓亡息員外納言㆒四十九日修㆓諷誦㆒文」[補4]で、類型の前書がある。

上述のような内容の文章が『朝野群載』にあっては諷誦文と捉えられている。

取り上げるべきもう一つの資料は『金剛寺文書』所収の諷誦文である。金剛寺は大阪府河内長野市にある真言宗の名刹であるが、古写経、聖教と併せて多くの古文書を襲蔵する。それらは早く『大日本古文書』家わけの一冊として公刊されている。これに収載されるものである。一九四「禅恵法印七年忌諷誦文案」の表題が与えられている。「禅恵法印七年忌諷誦」の端裏書があり、本文は次のとおりである。

　敬白　請達嚫物事

　　三宝衆僧御布施在之

奉　開眼供養　其仏像一躯率都婆

奉　書写駄都　妙法蓮花経開結心阿諸タラ等

奉　修勤光明護摩廿一座

右、瞻部夢中、□瀧露底、徒傷嗟於分段之哀爐、久勤労於報恩之慇重。凡計霜花之茲改、十三廻之影半已満、思薫修之漸積、七箇年之忌当今朝。仍雖為諸方計会之刻、公私物忩之節、忍万事、営於少務、抽懇誠、答於広徳。加被冥道、納饗尊師。所請如右。敬白。

建徳元年十月十六日　門弟等敬白

右、瞻部の夢中、□瀧の露底、徒《いたず》らに分段の哀爐を傷嗟し、久しく報恩の慇重に勤労す。凡そ霜花の茲《ここ》に改まるを計るに、十三廻の影已に満つるに半ばし、薫修の漸く積もるを思ふに、七箇年の忌今朝《きょう》に当たる。仍て諸方計会の刻、公私物忩の節為《た》りと雖も、万事を忍びて、少務を営み、懇誠を抽でて、広徳に答へん。被を冥道に加へ、饗を尊師に納れん。請ふ所右の如し。敬ひて白す。

建徳元年は一三七〇年。ここで問題としたいのは前書の書き様であるので、内容の説明は省略するが、この文章の要点は傍線部「被《ひ》を冥道に加へ、饗を尊師に納れん」にある。

その前書であるが、諷誦文としての定型である。ただし一個所だけ相違する。それは傍点を付した「達嚫物」である。通例は、

敬白　請諷誦事

三宝衆僧御布施

である。普通には「諷誦」とある所が、この諷誦文では「達嚫物」とある。これによれば、諷誦＝達嚫物ということになるのであるが、達嚫物とは何か。これは前稿にも言及したことであるが、達嚫とは梵語ダクシナーの音写で、布施、施物の意である。つまり、この前書は、諷誦とは布施の意であることを明白に示している。

五

以上、二節に亙って四首の文章を読んだが、これを以て、前稿の補足とする。併せてここで述べておきたいことは、四首のうちの三首は諷誦文であったが、そのいずれにも、僧に向かって経典の読誦を依頼するような文言は書かれていないということである。

これからも私見に対する批判反論があるかもしれないが、それは、この諷誦文のこの文をこう読むので、諷誦文とは僧に誦経を請う文章として規定できるのだ、というようなものであってほしいと思う。第二節に引用した大石氏指摘の「物書次第」の「諷誦ハ仏布施裹物ヲ導師請取状也」という記述は私見の強力な味方であるとは思うが、それでもなお決定的な論拠ではありえない。それは、この記述の理解自体が誤っているかもしれないからである。論拠となる実際の諷誦文の記述を提示し合うことによって、諷誦文とは何かの議論は深まるものと思う。

ここで、先に留保した奥田勲氏の論に触れておこう。それは「善妙寺の尼僧——明行・諷誦文をめぐって——」（『聖心女子大学論叢』第九二集、一九九九年）で、諷誦文についてかなりの論及がある。この論文は今成論文も前稿も見ることなく書かれたものと思われるが、次のようにいう。

諷誦文とは詳しくは「請諷誦文」と言い、僧に経・諷誦文の読誦を請う文書である。一定の形式があり、布施等を三宝に捧げることを述べ、供養の趣旨を記し、日付と願主の名を添えるのが普通である。であるならば、諷誦文とは「布施等を三宝に捧げることを述べ、供養の趣旨を記し」たものとするのが、最も素直な理解の仕方ではなかろうか。

注

（1）「亡考」は「亡息」の誤りである。

補注（旧稿を本書に収めるに当たって付した注は「補注」とした。）

（1）本書14章。

（2）この論文は小峯和明『中世法会文芸論』（笠間書院、二〇〇九年）に収載されたが、これではこの記述は削除されている。

（3）今成論文も諷誦文の成立期を論じるなかでこの願文を取り上げ、「「三宝衆僧」に哀愍納受を乞うている点なども諷誦文に近似している」と述べる。ただし、その諷誦文の規定は、前述のように、僧に諷誦（誦経）を請う文書というものである。

（4）本書14章第二節参照。

※　大阪大学古代中世文学研究会会誌『詞林』第三七号（二〇〇五年）「特集 願文の世界」に発表した。

16 諷誦文論

一

平安朝前期の文人、都良香（八三四〜八七九）は詩文集『都氏文集』を持つ。本来六巻であったが、三巻が失われ、今残るのは巻四・五・六のみである。作品の文体に依ってまとめられているが、巻四には詔書、勅書、勅符、牒、状の五種の文体を収める。このうち、状は九首であるが、内容から奏状と書状とであり、両者を合わせて「状」と分類している。これに僧に宛てた書状三首がある。

1　為㆓澄拾遺㆒屈㆓円珍法師等㆒状三首

2　上㆓都講上人㆒状

3　上㆓呪願上人㆒状

1は三首全体の表題となっていて、1そのものの題がないが、それは「為㆓澄拾遺㆒屈㆓円珍法師㆒状」ということになる。

これら三首の書状には何が書かれているのか。それを読み取って、そこから導かれる問題を考えることから始めよう。

順を追って読む(1)。

1　澄拾遺の為の円珍法師を屈する状

弟子某謹白。禍出不図、所恃棄背。迅節如流、七々期及。来月七日、於東塔院、将発法華、答恩厚也。伏惟、大闍梨、戒珠円浄、定水淵澄。倚於不二之門、馳於一乗之陌。況乃、探幽入山、苦行絶境、訪真渡海、坦歩危濤。弟子、籍其徽猷、為日久矣。敬修延屈之礼、敢求講演之仁。必賜哀赴。遺孤之上願也。軽以驚愕、荒襟流汗。弟子某、稽首和南。

弟子某謹みて白《もう》す。禍は不図に出で、恃《たの》む所棄背す。迅節流るる如く、七々の期及ぶ。来月七日、東塔の院に於いて、将に法華を発《ひら》き、恩厚に答へんとす。

伏して惟《おもんみ》るに、大闍梨は戒珠円浄にして、定水淵澄なり。不二の門に倚《よ》り、一乗の陌《みち》に馳す。況んや乃ち、幽を探りて山に入り、絶境に苦行し、真を訪ねて海を渡り、危濤に坦歩す。

弟子、其の徽猷に籍《よ》りて、日を為すこと久し。敬《つつし》みて延屈の礼を修し、敢へて講演の仁を求む。必ず哀赴を賜へ。遺孤の上願なり。軽《かるがる》しく以て驚愕せしめ、荒襟流汗す。弟子某、稽首和南。

表題から考えていこう。「澄拾遺」は唐名、中国風の呼称である。「澄」は姓の一字で、「拾遺」は侍従をいうが、これは春澄具瞻《はるずみのともみ》を指す(2)。貞観九年四月十七日に侍従に任ぜられている(『三代実録』)。「円珍」は説明の要はないだろう。この書状が書かれた貞観十二年(後述)には延暦寺座主の地位にあった。「屈」はここでは招くこと、本文には「延屈」とある。すなわち、これは春澄具瞻が円珍を招請する書状である。これを良香が代作した。

本文である。「弟子某」、原本には「某」には実名「具瞻」が記されていたはずである。僧に宛てた書であるので、自らを「弟子」と称している。「禍は不図に出づ」は、災いは予期しない時に襲いかかるの意。『晋書』巻七十八、孔坦伝に「足下方《まさ》に中年に在りて、素より疾患少し。天命在ること有りと雖も、亦《また》禍は不図に出づ」とある。「恃む所」は頼りにする人、ここでは父をいう。「棄背」は見捨てて行ってしまう。貴い人の死をいう。『三国志』巻四魏書、少帝紀（斉王芳）の「烈祖明皇帝、正月を以て天下を棄背す」は皇帝の死である。「七々の期」、四十九日である。その法会を来月七日に行おうと思う。「東塔」とあるから、比叡山の横川である。そこで法華会を催し、父の生前の厚恩に報いたい。

「伏して惟るに」以下の段落は円珍についていう。「戒珠円浄にして、定水淵澄なり」は、よく戒律を保ち、悟りを得ていることをいうが、この措辞は『続高僧伝』巻十七、智顗《ちぎ》伝に「禅師は仏法の龍象なり。戒珠円浄にして、定水淵澄なり」とある(3)のをそのまま用いている。「幽を探りて」云々と「真を訪ねて」云々の対偶は、山林における修行と仏法を求めての入唐をいう。

「弟子」以下がこの書状の主旨である。「徽猷」はよいはかりごと。上述の円珍の人となり、行為を要約してこの語でいう。「籍」はかりる、よる。『晋書』巻六十八、賀循伝に「庶《ねが》はくは徽猷を稟《う》け、以て遠規を弘めん」というのは、ここに近い表現。また「南天竺波羅門僧正碑序」に「唐国の道俗、其の徽猷を仰ぎ、崇敬甚だ厚し」の用例もある。「日を為す」は日にちを過ごすこと。この一文は、私はそのような尊師の生き方に倣って歳月を過ごしてまいりました、という。「延屈」は招請する。『文徳実録』仁寿元年三月十日条は右大臣藤原良房が自邸染殿に法華講会を催した時の記事であるが、その冒頭に「右大臣藤原朝臣良房、東都の第に智行名僧を延屈し、先皇の奉為《おんため》に法華経を講ぜしむ」とある。「先皇」は一年前に亡くなった仁明天皇である。その周忌の法会を行うに当たって、名僧を招いて、というのであるが、それを「延屈」の語でいう。「講演」は『法華経』の講釈である。「哀赴」の「哀」はふびんに思って、お情けをもってという意。用例は仏典にも少ないが、『大毘盧遮那成仏神変加持経（大日経）』巻七の偈に「唯願はくは聖天衆、決定して我を証知せしめ、各おの当に安んずる所に随ふべし。後復《また》哀赴を垂れよ」とある。「遺孤」は遺された子、つまり私。

「軽しく」以下は結びの言葉。「軽」は軽率にもという卑下の意。『性霊集』巻四所収の空海の「劉希夷の集を書きて献納する表」の結びに「弟子の僧実恵を遣はして、謹んで状に随へて奉進せしむ。軽しく宸厳を黷《けが》す。伏して戦汗を深くす」とある。嵯峨天皇に献じた表である。空海はこの意の「軽」を表に頻りに用いている。「軽しく以て驚愕せしめ」は、軽率にもこのような手紙を差し上げて驚かせ申して、という意になる。「荒襟」は用例も見いだせず、十分には解せない。「流汗」は俗にいえば、冷汗が流れるということ。先の空海の表にも「戦汗」、おののき汗が流れるとあった。「稽首和南」、頭を地に着け拝礼するということ。願文など仏事に関わる文章の末尾の常套句である。

この書状は、訓読文に段落を設けて示したように、まず亡父の四十九日の法会を催すことを述べ、次いで円珍の徳を称え、最後に来駕を請うという内容である。

2　都講上人に上《たてまつ》る状

弟子白。某為報生我不訾之恩、敬写妙法華経一部。仍須来月七日、於天台山、発明題目。伏惟、和尚、慈悲在念、汲引忘疲、戒行薫修、実無連類。弟子所以、至心帰命。屈為都講。幸垂哀許。是亦仁也。弟子某、稽首和南。

弟子白す。某、我を生みし不訾《ふし》の恩に報いんが為に、敬みて妙法華経一部を写す。仍《よ》つて来月七日を須《ま》ちて、天台山に於いて、題目を発明す。
伏して惟るに、和尚は慈悲念ひに在りて、汲引に疲れを忘れ、戒行薫修、実《まこと》に連類無し。
弟子所以《ゆえ》に至心帰命す。屈して都講と為さん。幸《こいねが》はくは哀許を垂れよ。是れ亦《また》仁なり。弟子某、稽首和南。

これは都講を務める僧への書状である。都講は講師の補助役で、経典の読誦や講師との問答などを行った。

「不訾」ははかり知れないの意。親の広大な恩をいう。「発明」は明らかにすること。

「伏して惟るに」以下の一文は都講上人のことである。「汲引」は人を引っぱり導くこと。「朱雀院周忌御願文」(『本朝文粋』巻十四414)に「此の生永く汲引の厚顧に隔り、何《いず》れの日か再び慈悲の尊容を瞻《み》ん」の例がある。「戒行薫修」は戒律を守り仏道の修業をすること。「実に連類無し」、「連類」は諸本とも「連頻」であるが、解しがたい。以下に挙げる先行の用例から、「頻」は「類」の誤写であろう。「連類」は同じ類を列挙することで、『史記』巻一三〇、「太史公自序」に「辞を作《な》して以て諷諫し、類を連ねて以て義を争ふ」、また枚乗の「七発」(『文選』巻三十四)に「山川を原本《たず》ね、極《ことごと》く草木に命《なづ》け、物を比べ事に属せしめ、辞を離《わか》ち類を連ぬ」とある。ことに『国清百録』巻四所収の「吉蔵法師の法華経を講ずるを請ふ疏」に「南嶽の叡聖、天台の明哲」、智顗《ちぎ》について「生知にして妙悟、魏晋以来、典籍風謡にも、実に連類無し」とあるのは「実無連類」の四字句が一致する。これらを参照して、「実に連類無し」とは、他に類のないほど優れているの意であろう。

終わりに書状の主旨を記す。「哀許」の「哀」は第一首の「哀赴」のそれと同じ。『大方広仏華厳経』巻四十に「世尊、我、如来応正等覚に問ふ所有らんと欲す。願はくは哀許を垂れよ」とあり、また菅原道真の「右大臣の為の故太政大臣の遺教に依りて水田を以て興福寺に施入する願文」(『菅家文草』第十一)に「仰ぎ願はくは、十方の諸仏、一切の賢聖、同じく大歓喜の心を発し、共に哀聴許の念を垂れよ」というのは「許」を「聴許」の二字に伸ばしたもの（「聴」もゆるすの意）である。

この第二状も簡略ではあるものの、構成は第一状と同じである。

3　呪願上人に上る状

弟子某白。亡考七々之忌、指今月晦以為期。便須於和尚所居山頂、以修追福之法会。和尚去月、尸柩在堂、口授呪願。亡考冥途、未宜失墜。今亦重屈、再濡高足。唯願尊者、莫惜妙吼。在於存亡、不敢忘徳。某、稽首和南。

弟子某白す。亡考の七々の忌、今月の晦を指して以て期と為す。便ち須く和尚の居す所の山頂に於いて、以て追福の法会を修すべし。和尚、去る月、尸柩堂に在るに、口づから呪願を授く。亡考の冥途、未だ宜しく失墜せざるべし。今亦重ねて屈し、再び高足に濡《うるお》はん。唯願はくは尊者妙吼《みょうく》を惜しむこと莫かれ。存亡に在りて、敢へて徳を忘れざらん。某、稽首和南。

第三状は呪願師に宛てた書状である。呪願は呪願文で、願文の一種であるが、偈と同じく四字句を連ねたかたちである点に特徴がある。[4] これを誦するのが呪願師である。

「亡考」は亡父。「尸柩堂に在り」、柩が座敷に置かれている。『漢書』巻八十六、師丹伝に「前の大行、尸柩堂に在り」とあり、[5] これを用いる。まだ亡骸が座敷に安置されている時に、この上人は枕許で呪願文を唱えてくれた。「失墜」は誤つの意。呪願のお蔭で父のあの世への道は間違ってはいないはずだ。「高足」はすぐれた弟子で、呪願師を指す。「濡ふ」はその徳に浴する、また能力のお蔭を蒙ることを意味する。『続高僧伝』巻十九、灌頂伝に「禅師は既に是れ大師の高足、法門の委寄なり。今廷屈せしめ、必ず霈然《はいぜん》たらんことを希《のぞ》む」とあるのは、「高足」「（延）屈」の語が重なり、「霈然」は雨がたっぷりと降ることで、「濡ふ」と意味が近い。「妙吼」はすばらしい声で呪願文を読誦すること。沈約《しんやく》の「内典序」（『広弘明集』巻十九）に「妙吼遐《はる》かに徹り、鸞音自づから遠し」の例がある。

この第三状は、追福の法会でもう一度呪願師の役を勤めてほしいと、ある僧に請願するものである。

二

これら三首の書状は春澄具瞻が亡父の四十九日に法華講会を催すに先立って、円珍には講師を、他の二人の僧に都講と呪願師を依頼するものであるが、具瞻の父とは誰か、また、その依頼はなぜ時に天台座主という高位にあった円珍に対してであるのか。この書状の背景を尋ねてみよう。

次に引くのは『三代実録』貞観十二年（八七〇）二月十九日条の春澄善縄《よしただ》の薨伝である。長文であるので、適宜摘記する。

参議従三位春澄朝臣善縄薨ず。善縄、字《あざな》は名達、左京の人なり。本姓は猪名部造、伊勢国員弁《いんべ》郡の人なり。達官の後、京兆に移隷す。祖財麿は員弁郡の少領と為り、父豊雄は周防大目と為る。……、齢弱冠にして、学に入り師に事《つか》ふ。群籍を耽読し、未だ嘗つて手を輟《とど》めず。博渉多通にして、藻思に妙なり。……、天長の初め、試を奉じて及第し、俊士に補せらる。……、七年対策す。詞義甚だ高く、式部省評して之れを丙第に処す。……、貞観二年、参議に拝せらる。三年、式部大輔と為る。……、是れより先、詔を奉じて続日本後紀廿巻を撰修す。十一年に迄《いた》り、筆削甫《はじめ》て就《な》る。闕《けつ》に詣《いた》りて之れを献ず。……、年歯頽暮すと雖も、聡明転《いよ》いよ倍す。文章の美、晩路麗を加ふ。……、子有り、男女四人。具瞻、魚水、並びに爵は五品に至る。然れども家風を継ぐ者無し。

引用の終わりに記すように、具瞻は善縄の子である。すなわち亡父とは春澄善縄である。善縄は本姓は猪名部氏で、伊勢の出身である。祖父、父ともに卑位の地方官に過ぎなかったが、善縄は大学に学んで学者の道を進み、ついに参議、従三位に至る。地方の下級氏族から、学問の力によって高位に昇った人物であり、その最も大きな功績は『続日本後紀』編纂の中心となったことである。

この記事により、善縄は貞観十二年（八七〇）二月十九日に没したことが知られるので、書状にいう「来月七日」とは四月七日となる。

この春澄善縄は円珍と交渉を持っていた。そのきっかけとなったのはある仏事で、円珍の伝記『天台宗延暦寺座主円珍伝』（三善清行編）にその記述がある。承和十四年（八四七）正月、宮中で行われた最勝会である。

> 此の歳正月、大極殿吉祥斎会の聴衆と為る。弁論泉のごとく涌き、微を究め妙に入る。道俗の之れを聞く者、歎服せざるは莫し。更に御前に於いて、法相宗の智徳と大義を論決す。問難激揚し、弁捷《べんしょう》電の如し。故に其の答対を為す者、詞窮まり理尽き、自づから木舌の如し。名誉俄《にわ》かに播《ひろ》まり、朝野に喧聒《けんかつ》たり。

「大極殿吉祥斎会」は正月、『金光明最勝王経』を講説し国家安穏を祈る法会で、最終日には論議が行われる。円珍が対論した相手の法相宗の智徳とは、奈良、元興寺の明詮である（『日本高僧伝要文抄』所引「智証大師伝」）。明詮は教義に通じ弁論に優れた者であったが、円珍はこの南都を代表する碩学と相対し、激しい議論の末にこれを論破した。明詮は言葉を失い、押し黙ってしまったという。これによって円珍の名声は天下に喧伝されることとなった。

この最勝会の論議に陪席していた一人の学者が感激に堪えず、その思いを書き綴った書状を円珍に送った。他ならぬ春澄善縄である。それが『唐房行履録』（巻下）に収められている。次のようにいう。

> 久しく清風を仰ぐも、未だ面拝に由あらず。素懐相睽《そむ》き、日夕惆悵たり。縁の浅きなり、機の生なるなり。

舎衛の三億とは僕に非ずして誰ぞや。

これまで善縄には円珍の面識を得る機会はなかった。お会いしたいというかねてからの望みがかなえられず、日夜憂いの思いを懐いておりました。「舎衛の三億」とは縁なき衆生ということ。

但し、闍梨、昨日傾に於いて、他宗の碩学と対して、経論の大義を談ず。捷弁流るる如く、他を屈弱せしむ。是の故に一人、諸臣感激せざるはなし。而《しか》も彼の明詮法師は法相の猛虎にして、嵯峨に独歩する者なり。如《い》今《ま》巻舌に当たりて、幾何《いくばく》か面を掩《おお》ふ。台山の光栄、祗茲《ただこ》の時に在りと謂ふべし。

善縄の目に映った円珍の奮迅の弁論の様子である。「一人」は天皇、仁明天皇も出座していた。対論した明詮は円珍の滔々たる弁説の前に答えられず、顔を覆う場面が何度もあった。「台山」は天台山で、つまり天台宗。

善縄、身は槐林に在るも、心は華頂に馳す。妙法の淳味、訪ぬるも未だ得ず。冀《こいねが》はくは、闍梨、純円の義海に引入し、方便の疑網を断たしめたまへ。

「槐林」は大学、この時、善縄は文章博士であった。「華頂」は天台山すなわち天台宗。仏法に心を寄せていることを述べ、円珍に天台の教えに導いてほしいと述べている。

この春澄善縄から円珍への書状の送達をきっかけとして、二人の交渉が始まったと考えられる。その後の二人の交渉を史料によって跡づけることは残念ながらできないが、遺子の具瞻が父の追善法会の講師を円珍に依頼していることは、それが善縄の死に至るまで続いていたと考えて間違いないだろう。

併せてここで述べておくと、春澄善縄と書状三首を代作した都良香との間には、貞観十一年、良香が対策した時の問頭博士が善縄であったという因縁がある。『本朝文粋』巻三に「神仙」と「漏刻（時計）」を課題とする善縄の策問（問題）と良香の対策（答案）とがある。

三

再び春澄具瞻の書状に戻るが、これを読んだのはもとより理由があってのことである。それは諷誦文とは何かを考えるためである。『本朝文粋』に見るように、平安朝には多様な文体の漢文の文章が作られているが、その一つに仏事の場で用いられる文章として諷誦文がある。ただし、その性格規定がなお明確ではないのである。諷誦文とはどのような文章であるのか。その一説に次の論がある。

「諷誦文」は、布施物を献じて僧に諷誦を請う文書であって「請諷誦文」ともいう。(6)

（今成元昭「「諷誦文」生成考」『国文学研究』第一〇二号、一九九〇年）

なお、ここでいう「諷誦」は経典を読誦することである。

この説に従えば、諷誦文には僧に読経を依頼する文言が書かれているはずである。はたしてどうであろうか。諷誦文そのものを読んでみよう。紙幅を考えて短い作品とする。

『本朝文粋』から一首、「在原氏の亡息員外納言の為に四十九日に諷誦を修する文」（巻十四429、大江朝綱）を読む。

敬白　請諷誦事

　三宝衆僧御布施、法服一具

右、員外納言、受病之時、変風儀而脱俗累、臨終之日、落雲鬟而帰空王。仍、擎此方袍之具、捨彼円照之庭。妾、少後所天、独流血涙於眼泉、老哭愛子、誰抽紫筍於雪林。人皆以短命為歎、我独以長寿為憂。若有遄死、豈逢此悲。灯前裁縫之昔、曳龍尾之露、涙底染出之今、任鷲頭之風。魂而有霊、受此哀贈。所請如件。敬白。

天慶六年四月二十二日、　　女弟子在原氏敬白。

敬ひて白す　諷誦を請《う》けん事

三宝衆僧の御布施、法服一具

右、員外納言、病を受くる時、風儀を変じて俗累を脱し、終はりに臨みし日、雲鬟《うんかん》を落として空王に帰す。仍つて、此の方袍の具を擎《ささ》げて、彼の円照の庭に捨す。妾、少《わか》くして所天に後《おく》れ、独り血涙を眼泉に流す。老いて愛子を哭す、誰か紫筍を雪林に抽《ぬ》かん。人は皆短命を以て歎きと為すも、我は独り長寿を以て憂へと為す。若《も》し湍《すみ》やかに死すること有らば、豈《あに》此の悲しみに逢はんや。灯前に裁縫せし昔は、龍尾の露に曳き、涙底に染め出だす今は、鷲頭の風に任す。魂にして霊有らば、此の哀贈を受けよ。請ふ所件《くだん》の如し。敬ひて白す。

天慶六年四月二十二日、　女弟子在原氏敬ひて白す。

これは天慶六年（九六三）三月七日に病を得て亡くなった権中納言藤原敦忠の四十九日の法会に際し、母の在原氏（棟梁《むねやな》の娘）が霊前に捧げた諷誦文である。諷誦文は一定の書式を持つ。初めに「敬白／請諷誦事／三宝衆僧御布施云々」という前書を置き、末尾を「敬白」で結ぶ。「御布施云々」に布施の品が具体的に書かれるが、ここでは「法服一具」である。三行目からが本文であるが、その趣旨は、子を先立たせた悲しみのなかで縫い上げた袈裟（法服、方袍、哀贈）を仏前に供えるということである。我が子の魂よ、どうか母のこの布施を受け取ってほしいという呼びかけで結ばれている。(7)

もう一首、『本朝続文粋』所収の諷誦文を取り上げる。本文には表題を欠くが、巻十三の目録に「待賢門院の白河院の奉為《おんため》に追善の諷誦文」とある。

待賢門院

請諷誦事

三宝衆僧御布施麻布　端

右、奉仰云、初商七夕、法皇登霞以来、銀漢之景頻転、鼎湖之駕不帰。非唯故宮之幽閑、方憐別館之蕭索。城南秋深、池苑寂々兮悲風起、洛東気冷、楼閣重々兮愁雲横。是以、排白河之禅窓、礼金仙之尊像。所講者一乗之妙典、所叩者三下之洪鍾。華蔵八葉之風、以西方為勝、蓮台九級之露、以上品為先。伏望、聖霊陛下、速得往生其中者、謹奉仰所修如件。

大治四年九月日　別当

待賢門院

諷誦を請けん事

三宝衆僧御布施麻布　端

右、仰せを奉ずるに云《のたま》はく、「初商七夕、法皇登霞したまひてより以来《このかた》、銀漢の景頻りに転じ、鼎湖の駕帰らず。唯に故宮の幽閑なるのみに非ず、方《まさ》に別館の蕭索たるを憐む。城南秋深し、池苑寂々として悲風起こり、洛東気冷やかなり、楼閣重々として愁雲横たはる。是《ここ》を以て、白河の禅窓を排《ひら》き、金仙の尊像を礼す。講ずる所は一乗の妙典、叩く所は三下の洪鍾なり。華蔵八葉の風、西方を以て勝《まさ》ると為し、蓮台九級の露、上品を以て先と為す。伏して望むらくは、聖霊陛下、速やかに其の中に往生を得たまはんことを」てへれば、謹みて仰せを奉じて修する所件の如し。

大治四年九月日　別当

この諷誦文は大治四年（一一二九）九月二十八日の、七月七日に崩じた白河上皇追善の結縁経供養において、養女で鳥羽天皇中宮の待賢門院（藤原璋子）が献じたものである。作者は藤原敦光。それにしては小品に過ぎるという感があるが、それは別に同じ敦光の筆になる願文があるからである。同じ巻に収める。

内容について説く前に、書式について述べておく必要があろう。この文章は待賢門院璋子が捧げたものであるが、第1行の「待賢門院」は璋子を指すのではなく、院庁をいう。施主が院や親王などの場合は「――院」「――親王家」などと書く。これが文の最後の「別当」と照応する。また本文の首尾がこれと関連する。「奉ㇾ仰云」と「――者、謹奉ㇾ仰所ㇾ修」である。この諷誦は施主の命を承けて院司（別当）が取り行うのである。したがって文章の主要部はその「仰せ」を引用するという形になっている。

右の訓読文で「 」で括った部分がそれであるが、文章も平易で注が必要な語句もさほどない。「鼎湖の駕帰らず」は帝王の死をいう。「金仙」は仏。文章の趣旨は次のようになる。

七夕の日に法皇がお亡くなりになって、月日は経ち、お会いすることはもはやできない。「城南」、鳥羽殿も、「洛東」、白河院も寂寥として悲しみに沈んでいる。そこで、白河殿において、仏像を礼拝し、『法華経』を供養する。どうか法皇の御魂が西方浄土、上品世界に往生を遂げられますように。

二首の諷誦文を読んだが、共にどこにも僧に対して経典の読誦を依頼するような記述はない。それはこの二首に限らない。私はこれまでに著書、論文の中で、あるいは注釈を加える、あるいは訓読するというかたちで以下の諷誦文を読んできた(8)。

(1)清慎公の先帝の奉為に諷誦を修する文

(2)宇多院の河原院左大臣の為に没後諷誦を修する文

(3)藤原行成の門額を修飾する諷誦文

⑷源高明の正嫡の乳母の諷誦文
⑸藤原頼通の大僧正明尊の九十算を賀する諷誦文
⑹先妣追善諷誦文
⑺成楽院西御堂を供養する諷誦文
⑻左相府の寂心上人の為に四十九日に諷誦を修する文
⑼藤原在衡の職封施入の諷誦文
⑽禅恵法印七年忌諷誦文

これらのいずれの諷誦文も同じである。経文の唱読を請うという言辞は片言もない。

もし諷誦文が一説にいうように、法会の席で経文を読むことを僧に依頼するものであるとしたら、それは第一節で読んだ書状のような内容であるべきであろうと思う。殊に呪願師に宛てた第三状が近い。呪願師は法会において呪願文を読誦する役割である。書状の「願はくは尊者妙吼を惜しむこと莫かれ」とはそのことをいう。このような文言が書かれていてこそ、それは僧に読経を請うものとなる。

本節で読んだ諷誦文と先の書状三首とは趣旨を全く異にする。諷誦文は僧に経文の読誦を請うものではない。

四

前節で諷誦文二首を読んだが、これもまたもう一つの理由があってのことである。

諷誦文とは何かについて述べた最近の説は小峯和明氏の次の論述であると思われる。

願文と同じような機能を持つのが「諷誦文」で、こちらは施主以外の聴聞衆が供物とともに差し出す、比較的短い文章で、内容は願文と類似する。

（「儀礼という場――法会を中心に――」『岩波講座　日本の思想7　儀礼と創造』、二〇一三年）

これには疑問が二点ある。まず一つは「施主以外」とする点である。諷誦文は施主以外の者が献ずる文章というのであるが、そうであろうか。その答えは前節に引用した二首の諷誦文を読み返してみれば自ずから明らかである。それぞれの表題と本文とを読み合わせてみれば、第一首は息子を失った母、在原氏（在原棟梁娘）の、第二首は養父、白河院の往生を願う娘、待賢門院（藤原璋子）の、すなわち施主の立場で書かれた文章であることは紛れもない。なお、このこと、後述する。

二つめは誤りではないが、誤解を与えかねない。それは「聴聞衆」という用語である。私などはこの語からは、法会の場につめかけた人々といったものを連想するが、念のために辞書に拠ると、『角川古語大辞典』では「仏教の講説・法話を聞く一座の人々」と説明し、用例には『大鏡』昔物語の「これはまた聴聞衆共さゞと笑ひてまかりにき」を引いている。私の理解よりは少人数をいうかと思うが、大同小異であろう。

諷誦文は施主だけでなく、他の人々も書く。それはどのような人々なのか、「聴聞衆」という語で呼んでいい者なのか。史料に即して考えてみたい。

前関白藤原忠実は久安四年（一一四八）の夏から宇治の成楽院に御堂を建立していたが、同年十二月十四日に妻師子が亡くなった。そこでこれを亡妻追善のためのものとして進め、完成した翌五年の十月二十五日、盛大な供養の法会を催した。『兵範記』にそのことが記録されているが、活字本（増補史料大成）で七頁にも及ぶ詳細な記事である。考察に必要な箇所を抄出する。

成楽院中御堂供養也。是非㆓御自願㆒、奉㆔為故北政所㆒。……

次所々加㆓布施㆒。

高陽院

導師綾被物一重（細注略、以下同）、布施一裹、讃衆各布施一裹。

皇太后宮

導師被物、布施。

摂政殿

導師被物、布施。

左大臣家

導師被物、布施。

……

(1)

敬白⑨

請㆓諷誦㆒事

三宝衆僧御布施商布佰端

右、生霊禅定大夫人、去年臘月、告離泉壌。蘭室風儀、多年非香、松門露涙、千行難押。仍、以彼資貯、旁施菩提。新排精舎、令設法会。坐驚十方之聖衆、敬叩九乳之遥韻。功徳海中、添涓露而初済渡、善根山上、加塵埃而期登覚。弟子之懇念如此、冥霊之成道無疑。敬白。

久安五年十月廿五日

弟子沙門某敬白。

作者同㆓願文㆒。

清書同、書㆓檀紙㆒。

右、生霊禅定大夫人、去年臘月、離《わか》れを泉壌に告ぐ。蘭室の風儀、多年香らず、松門の露涙、千行押さへ難し。仍つて、彼の資貯を以て、旁《あまね》く菩提に施す。新たに精舎を排《ひら》きて、法会を設けしむ。坐《よ》りて十方の聖衆を驚かし、敬《つつし》みて九乳の遥韻を叩く。功徳海中、涓露《けんろ》を添へて初めて済渡し、善根山上、塵埃を加へて登覚を期す。弟子の懇念此《か》くの如し、冥霊の成道疑ひ無からん。敬ひて白す。

久安五年十月廿五日　　弟子沙門某敬ひて白す。

⑵高陽院庁

請㆓諷誦㆒事

三宝衆僧御布施商布佰貳拾端（細注略）

右諷誦所㆑請如㆑件。

久安五年十月廿五日

別当（位官省略、以下同）藤原朝臣宗輔奉

⑶皇太后宮職

請㆓諷誦㆒事

三宝衆僧御布施料麻布参佰端

右諷誦所㆑請如㆑件。

久安五年十月廿五日

藤原朝臣宗能奉

(4)敬白

請二諷誦一事

三宝衆僧御布施商布参佰端

右諷誦所レ請如レ件。

久安五年十月廿五日

弟子摂政従一位藤原朝臣忠通敬白

(5)二品親王庁

請二諷誦一事

三宝御布施参拾端

右奉二為一品聖霊御頓証菩提一所レ請如レ件。

久安五年十月廿五日　別当寛雄

(6)左大臣家

請二諷誦一事

三宝衆僧御布施麻布佰端

右諷誦所レ請如レ件。

久安五年十月廿五日

別当藤原朝臣顕憲

引用の最初の一文はこの日の記事の冒頭であるが、この供養は忠実が亡妻のために行うものであることを述べている。

数字を付した六首が献ぜられた諷誦文である。首尾に第三節で述べた諷誦文特有の書式を持っている。第一首のみは本文が引用されるが、他方、誰が献じたものかの記載はない。それはこれが施主忠実のものだからである。自明のこととして記されていない。引用を省略したが、この諷誦文の直前に忠実の願文（大江維順作）がある。すなわち、施主は願文と諷誦文とを捧げる。なお、諷誦文の末尾に「作者、願文に同じ」の注記がある。この諷誦文も大江維順（匡房の子）の作である。

諷誦文に訓読を付したが、冒頭の「禅定大夫人」が師子である。村上源氏顕房の娘で、初め白河院の寵愛を受けたが、のち忠実の妻となり、泰子、忠通を生んだ。永治元年（一一四一）出家する。また末尾の「弟子沙門某敬白」の「某」は原本では忠実の法名「円理」と書かれていたはずである。このこと、次の史料で例証する。
(2)〜(6)の五首が施主以外の者が献じた諷誦文である。ただし、いずれも前書と結びのみで本文がないが、これは『兵範記』の記者、平信範が省略したものである。これらがどのような人のものであるかを見ていくが、その前に確認しておくべき重要なことがある。引用の初めの方に布施を行った「所々」が記載されているが、その「高陽院」から「左大臣家」までの四箇所は諷誦文の(2)〜(6)と、(5)「二品親王庁」を除いて、順序までも一致する。布施と諷誦文は密接な関連があるのである。このことから、次のようにいえるだろう。
施主以外の諷誦文は布施を行う者あるいは所が献ずるものである。

ではその人（所）を見ていこう。
(2)高陽院　忠実の娘、泰子。母は師子。鳥羽天皇の許に入内し、長承三年（一一三四）皇后となる。保延五年

（一一三九）高陽院の院号を贈られる。

(3)皇太后宮　忠通の娘、聖子。つまり師子の孫である。崇徳天皇の中宮、永治元年（一一四一）皇太后となる。この後、久安六年、皇嘉門院となる。

(4)摂政殿　藤原忠通。忠実の子、母は師子。

(5)二品親王　師子が白河院の寵を受けて生んだ覚法法親王と考えられる。『本朝皇胤紹運録』に「二品。号㆓高野御室㆒」とある。

(6)左大臣　藤原頼長。忠実の子で、忠通の異母弟である。

これらの人々を略系図に示すと次のようになる。

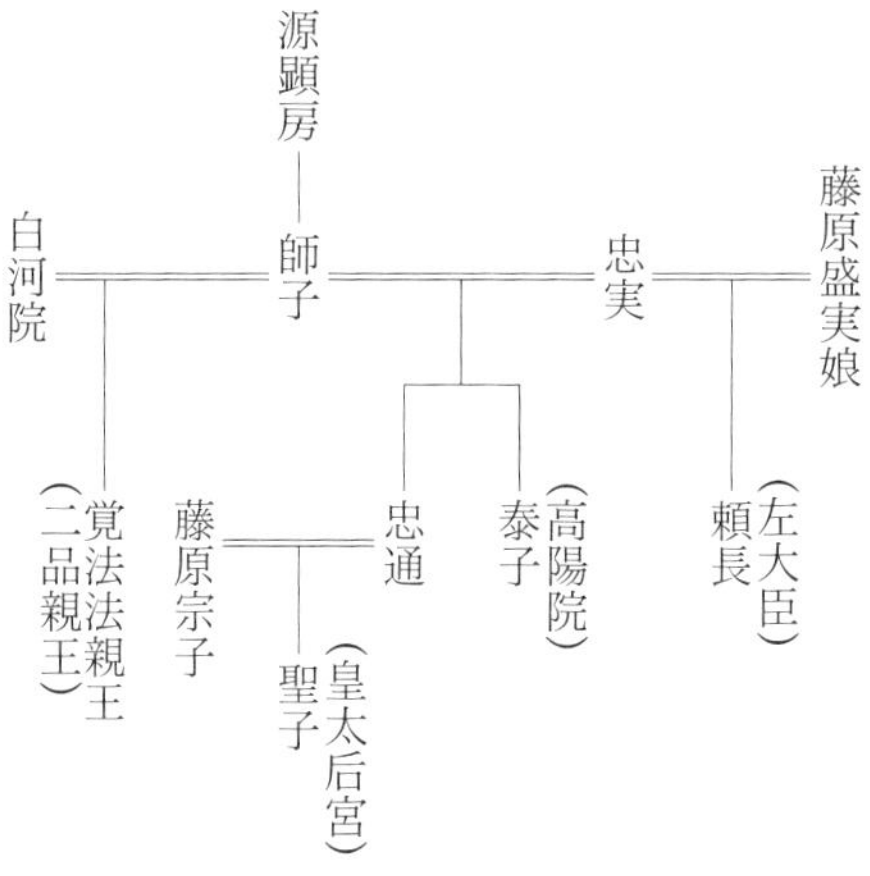

頼長を除いては、他は師子の子また孫というきわめて近い血縁にある人々である。[10] このような人が諷誦文を呈している。

この記事から諷誦文について見えてくることがもう一つある。それは諷誦文を献じる主体とそれに伴う文章の書式である。

(1)と(4)は個人（忠実、忠通）である。対して他は高陽院庁、左大臣家といった組織（『兵範記』は「所」という）である。前者の場合は前書の第1行は「敬白」であるが、後者ではそこに「高陽院庁」のような所の名称が置かれる。[11] 結びも前者では「某敬白」であるが、後者はなり代わって諷誦を行う別当などの名が書かれる。このこと、第三節で待賢門院の諷誦文を読む際にも触れたが、ここでは両者が混在して六首も列挙されているので、相違がより明白である。本文も相違する。引用されていないが、高陽院等の文章は第三節の待賢門院の諷誦文と同じ、施主の「仰せ」を引用する形式であったはずである。

同様の例がもう一つある。藤原忠実は、亡妻のための堂供養からおよそ二年後の仁平二年（一一五二）八月二十八日、鳥羽法皇の五十の賀を洛東白河の福勝院に催した。同じく『兵範記』により以上に詳細な記事がある。先と同じように抄出する。

今日、禅定大相国、於二高陽院白河御堂一被レ奉レ賀二法皇五十御算一。……、此間読二御誦経文一。権律師明雲、乍レ在二本座一、為二其導師一。先公家〈麻布五百端〉。教化了。次一院〈同布三百段〉。次高陽院〈商布三百段〉。入道殿〈麻布五百段〉。已上四通三度読レ之。……

(1)内蔵寮

請二諷誦一事

三宝衆僧御布施料麻布伍佰端

右諷誦所レ請如レ件。

仁平二年八月廿八日

正四位下行右中弁兼頭藤原朝臣光頼

(2)院

請二諷誦一事

三宝衆僧御布施麻布三百端

右奉二為　御願成就一所レ請如レ件。敬白。

仁平二年八月廿八日

別当正二位行権大納言藤原朝臣公教

(3)高陽院

請二諷誦一事

三宝衆僧御布施商布三佰端

右諷誦所レ請如レ件。

仁平二年八月廿八日

別当正二位行大納言兼民部卿藤原朝臣宗輔

(4)敬白

請二諷誦一事

三宝衆僧御布施麻布伍佰端

右所レ請如レ件。

仁平二年八月廿八日　弟子沙門円理敬白

弟子沙門円理敬白。夫、法界周遍之智応、念而必通、仏海衛護之功算、願而不レ満。譬猶下剗林択レ木、大小随レ求、海浦収レ珍、方円任上取者也。（以下略）

最初に忠実が法皇の算賀を行うとある。次いで「御誦経文」の読誦のことをいうが、諷誦文である。四首を三度読んだという。(12) それを後に引用するが、いずれも前書と結びのみである。

(1)は「公家」、近衛天皇のものである。したがって諷誦は内蔵寮が行い、頭の藤原光頼が代行するという形式である。(2)は「院」、法皇自身のものである。(3)は高陽院であるが、先に述べたように、女院は忠実の娘で、かつ鳥羽の皇后であった。(4)はこれも先述のように、書式が個人の諷誦文であることを示しているが、これはこの法要の施主である忠実のものである。文の結びの「弟子沙門円理敬白」がそれを明示している。「円理」は忠実の法名である。ただし、先の久安の堂供養の場合とは違って、諷誦文の本文は引用されていない。なお、その後に引く「弟子沙門円理敬白」で始まる文章は忠実が献じた願文（藤原永範作）である。

藤原忠実が催したこの法会で諷誦文を献じたのは、施主である忠実と算賀を受ける法皇自身、および法皇の子である近衛天皇と皇后であった高陽院（藤原泰子）の四人である。

仏事の場でどのような人が諷誦文を呈するのか、『兵範記』の記事に依って検討したが、明らかになったことの要点は二つである。

諷誦文は布施を行う人が併せて呈するものである。その人は仏事を主宰する施主、そうして供養の対象者ときわめて近い関係にある人々とである。

五

諷誦文についての私自身の理解は次のとおりである。

仏事を行う時に、仏や死者あるいは僧に布施を供え、施主の祈願の意を受け入れるようにと願う意を述べた文章。必ず布施を伴う。（以下略）（新日本古典文学大系『本朝文粋』「文体解説」、一九九二年）

同様の説明はたとえば『日本国語大辞典』などにもあり、特別のものではない。ただし、私は諷誦文における「諷誦」は布施の意であると考え、諷誦文と布施との関連を重視している。(13) 両者の結びつきは前節の『兵範記』の記事からも明らかになったことである。

仏前に祈願をなすに当たり、併せて布施を捧げることを述べた文章。諷誦文はこうもいうことができる。先に『兵範記』に見たように、諷誦文は定型の書式を持つが、前書には必ず「三宝衆僧御布施——」という一行が書かれる。これが諷誦文の最も特徴といってもよい。

このように言い換えると、類似の文章がもう一つあることに思い到る。祭文《さいぶん》である。まずはその文章を読んでみよう。菅原道真の「城山《きやま》の神を祭る文」（『菅家文草』巻七）を例とする。

維仁和四年、歳次戊申、五月癸巳朔、六日戊戌、守正五位下菅原朝臣某、以酒果香幣之奠、敬祭于城山之神。」四月以降、渉旬少雨。吏民之困、苗種不田。某、忽解三亀、試親五馬。分憂在任、結憤惟悲。嗟虖、命之数奇、逢此愆序。政不良也、感無徹乎。伏惟、境内多山、茲山独峻、城中数社、茲社尤霊。是用、吉日良辰、禱請昭告。誠之至矣、神其察之。若八十九郷、二十万口、一郷無損、一口無愁、敢不蘋藻清明、玉幣重畳、以賽応験、以飾威稜。若甘澍不饒、旱雲如結、神之霊無所見、人之望遂不従。斯乃、俾神無光、俾人有怨。人神共失、礼祭或疎。神其裁之、勿惜冥祐。尚饗。

　維れ仁和四年、歳《ほし》戊申に次《やど》る、五月癸巳朔、六日戊戌、守正五位下菅原朝臣某、酒果香幣の奠を以て、敬みて城山の神を祭る。四月より以降、旬を渉《わた》りて雨少し。吏民之れ困しみ、苗種田《の》びず。某、忽ち三亀を解きて、試《もち》ゐられて五馬に親しむ。憂へを分かちて任に在り、憤りを結びて惟れ悲しむ。嗟虖《ああ》、命の数奇なる、此の愆序《けんじょ》に逢ふ。政の良からざるなり、感の徹ること無きか。

　伏して惟るに、境内山多きも、茲《こ》の山独り峻《たか》く、城中に数社あるも、茲の社尤も霊あり。是を用《も》つて、吉日良辰、禱請して昭らかに告ぐ。誠の至りなり、神其れ之れを察せよ。若し八十九郷、二十万口、一郷も損すること無く、一口も愁ふること無くは、敢へて蘋藻清明に、玉幣重畳して、以て応験に賽《むく》い、以て威稜を飾らざらんや。若し甘澍饒《かんじゅゆた》かならず、旱雲結ぶ如きことあらば、神の霊見《あらわ》るる所無く、人の望み遂に従はざらん。斯れ乃ち、神をして光無からしめ、人をして怨み有らしめん。人神共に失《あやま》たば、礼祭或いは疎かならん。神其れ之れを裁《ことわ》れ、冥祐を惜しむこと勿《な》かれ。尚《こいねが》はくは饗《う》けよ。

　これは仁和四年（八八八）五月、讃岐守の任にあった道真が、旱天を愁えて、城山の神に雨を祈って奉った祭文である(14)。祭文は「神霊を弔う祭りやこれに祈禱する時に神前で誦する文章。天地の神や神格化された人（白居易、菅原道真など）を祭るとき、死者の霊を弔うとき、雨や晴れ、あるいは邪鬼を払うことを祈るときなどに用いられる」（拙稿、前掲「文体解説」）が、文章の書き出しと末尾に定型を持ち、このことは諷誦文と相似る。それが前掲原文の2行目の「」」までと末尾の「尚饗」である。そうして書き出しの文には神への供物が明示してある。傍線部の「酒果香幣之奠」である。文末の「尚はくは饗けよ」はこれを受け取ってほしいというのである。

他の祭文を挙げてみよう（ただし該当部分のみを抄出する）。道真のもう一首の祭文、「連聡の霊を祭る文」である。

維れ貞観七年、歳乙酉に次る、九月甲子朔、二十五日戊子、前の進士菅某、家君の教を奉じて、醴粟の奠を以て、祭りを連聡の霊に致す。……、醴粟之れ薄きも、連聡尚はくは饗けよ。

供物の「醴粟」が文末でくり返されているので、これを受けよというものであることが明瞭である。祭文はきわめて古い例がある。『藤氏家伝』の「武智麻呂伝」に引く、慶雲二年（七〇五）の仲春釈奠に刀利康嗣《とりのやすつぐ》が作った「釈尊文」である。

維れ某年月日朔丁、大学寮某姓名等、清酌蘋菜を以て、敬みて故魯司寇孔宣父の霊を祭る。……、化《めぐ》みて惟れ尚はくは饗けよ。

八世紀初頭というこの古い祭文もすでに定型を備えている。平安時代直前の作もある。『続日本紀』延暦六年（七八七）十一月甲寅条に次の記事がある。

天神を交野に祀《まつ》る。その祭文に曰はく、維れ延暦六年、歳丁卯に次る、十一月庚戌朔、甲寅、嗣天子臣、謹みて従二位行大納言兼民部卿造東大寺司長官藤原朝臣継縄を遣して、敢へて昭らかに昊天上帝に告《もう》さしむ。……、謹みて玉帛、犠斉、粢盛の庶品を以て、茲の禋燎《いんりょう》に備へ、祇《つつし》みて潔誠を薦《すす》む。高紹天皇の配神作主、尚はくは饗けよ。

郊外に天帝を祭る郊祀祭天である。これも神への供物を列挙して、「尚はくは饗けよ」と続いているので分かりやすい。

祭文はこのように文中に供物を明記して、文末にこれを受納してほしいと述べて結ぶ。このような文型を持っている。「尚饗」がない場合もあるが、あるのが基本形である。

また、祭文には祈願を目的とする、あるいはその意味を併せ述べるものがある。先に読んだ道真の作は日照りを愁えて雨を祈るものであった。『白氏文集』に祭文がある[15]ので、これを例にすると、廬山に住むことの許しを山の神に請う（「祭二匡山一文」）、虎の害をとどめてほしいと請う（「禱二仇王神一文」）、降雨を祈る（「祭レ龍文」）、逆に洪水を鎮めることを願う（「祭二浙江一文」）ものなどがあり、死者を弔う祭文にも、哀悼と共に死者の魂の安らかならんことを希求する（「祭二小弟一文」、以上いずれも巻二十三）ものがある。祭文のこのような性格も諷誦文に似る。

神霊を祭るに際して供物を捧げ、その納受を請う。祭文のこのような性格、そしてこれを本文に記す文体は諷誦文に類似し、諷誦文の性格を考えていくうえで重要な資料である。

おわりに

仏事の場における漢文の一種である諷誦文はいかなる性格の文章であるのか。それを明確にするために三点を考察した。

一説に諷誦文は僧に読経を依頼するものであるというので、『都氏文集』所収の円珍等に法会において講師、都講を勤めること、願文を読誦することを請う書状と諷誦文とを読み比べたが、両者は全く内容を異にするものである。

最近の説に諷誦文は施主以外の聴聞衆が献ずるものであるというので、『兵範記』の記事によって、これを検証した。明らかになったことは、諷誦文は施主および布施を行う人々が献ずるが、後者は供養の対象者ときわめて親近な関係にある人々であるということである。これを「聴聞衆」といえるか。私の懐く語感からは遠い気がする。

祭文は神や霊に供物を捧げて祈るものであるが、文章中に供物とその納受を請う意を明記する点において、諷誦文の性格を考えるうえで貴重な示唆を与える。

注

(1) 本文は群書類従本に拠り、中村璋八・大塚雅司著『都氏文集全釈』(汲古書院、一九八八年)の校異欄、渋谷栄一「都氏文集本文攷〔巻第四〕」(『高千穂論叢』昭和六〇年度、一九八五年)、および1については『餘芳編年雑集』(『智證大師全集』下巻、同朋舎、一九七八年復刊)も参照して本文を定めた。句読、訓読は私見による。なお『都氏文集全釈』の少なくない誤りを正すことも意図する。

(2) 注1の『都氏文集全釈』に指摘する。

(3) 注2に同じ。

(4) 本書12「呪願文考序説」参照。

(5) 注2に同じ。

(6) これは今成氏独自の説ではなく、先立って辞典等に示されているものであるが、諷誦文についての専論であるので、これに代表させる。本書14「諷誦文考」参照。

(7) 後藤昭雄『本朝文粋抄』二(勉誠出版、二〇〇九年)第十四章で注釈を加えた。

(8) (1)(2)—『本朝文粋抄』(勉誠出版、二〇〇六年)、(3)—注7『本朝文粋抄』二、第十一章、(4)—『本朝文粋抄』三(勉誠出版、二〇一四年)第七章、(5)~(9)—「諷誦文考」(本書14章)、(10)—「諷誦文考補」(本書15章)。

(9) この(1)は『本朝文集』(新訂増補国史大系)巻五十五に収録されていて、『兵範記』の本文と異同がある。これを参照して本文を改めた所がある。

(10) 頼長は六歳の天治二年（一一二五）四月十三日に忠通の養子となっている（橋本義彦、人物叢書『藤原頼長』吉川弘文館、一九六四年。一七頁）。これが解消されていなかったなら、頼長は名目的に師子の孫となる。

(11) このことに関して一つ触れておく。大江匡房の『江都督納言願文集』に諷誦文四首を収めるが、その一首に「陽明門院の後三条院五七日追善供養諷誦文」（巻二）がある。前書は「陽明門院／敬白／請諷誦事　三宝衆僧御布施」（六地蔵寺本）とある。山崎誠『江都督納言願文集注解』（塙書房、二〇一〇年）では、「陽明門院」の下に私意によって「諷誦文」を補うが、ないのが本来の形である。また「敬白」が対校本の身延本にはないとしているが、これが正しい。すなわち「陽明門院／請諷誦事／三宝衆僧御布施」と校定すべきである。

(12) 前引の小峯論文に先の引用に続いて、「諷誦文が複数出された場合は導師が適宜選択して朗唱した」というが、少なくともこの場合は、全部を（しかも三度も）読誦している。

(13) 本書14・15章。

(14) 文草の会『菅家文草注釈 文章篇』第一冊（勉誠出版、二〇一四年）21「祭㆓城山神㆒文」参照。

(15) 本書8「菅原道真の祭文と白居易の祭文」第二節参照。

※『国語国文』第八四巻八号（二〇一五年）に発表した。

II

17　菅原道真の詩と律令語

はじめに

菅原道真の詩には律令の用語が用いられている。そのことを述べるのが本章の目的である。そのことは、そのごくわずかについては、すでに指摘がある。(1)また、史家ではない我々にとっても常識の範囲にある「調庸」(203)「賦役」(204)「租税」(207)などの語は、いま考察の対象から除外する。それらを措いてもなお、道真の詩には、史家でない我々の常識が看過していた律令語が散見する。

一

その中には、律令語であることを正しく捉え、その語義をふまえなければ詩句の理解を誤るものがある。まずその二、三の例を挙げよう。

一つに『菅家文草』巻三所収の四首連作中の語がある。

228　藺笥翁に問ふ

問爾皤々一老人　爾《なんじ》に問ふ皤々たる一老人
名為藺笥事何因　名藺笥と為す　事何にか因る
生年幾箇家安在　生年幾箇《いくばく》ぞ家安《いず》くにか在る
偏脚句瘻亦具陳　偏脚句瘻《くる》また具《つぶ》さに陳《の》べよ

229　翁に代はりて答ふ

藺笥為名在手工　藺笥を名と為すこと手工に在り
頽齢六十宅山東　頽齢六十山東に宅す
毒瘡腫爛傷偏脚　毒瘡腫《は》れ爛《ただ》れて偏脚を傷む
不記何年自小童　記せず何れの年かを　小童よりなり

230　重ねて答ふ

近前問汝更辛酸　近く前《すす》め汝に問はん更に辛酸なることを
年紀病源是老残　年紀病源是れ老残なり
売笥村中応賤価　笥を村中に売るも応に賤《やす》き価なるべし
生涯定不免飢寒　生涯定めて飢寒を免れざらん

『菅家文草』巻三は道真の讃岐守時代の作を収めるが、治下の、藺草《いぐさ》の箱造りを生業とする体の不自由な老人との問答の体裁の、白居易詩風の作である。

問題とすべきは第三首の「老残」の語であるが、それを考えるには先立つ二首をも併せ読む必要がある。この「老残」の語は、現在も日常的に用いられる漢語であることから、ついその意味で解してしまうという倉卒の見に陥りやすいが、この場合は、そのような〈老いさらばえる〉意ではない。特別の意味を担った律令の用語なのである。すなわち「戸令」に次の文言がある。

8凡そ老残は並に次丁と為《せ》よ。(2)

ここにいう「老残」とは何か。これに先立つ二条にそれが規定されている。

6凡そ男女は、三歳以下を黄と為よ。十六以下を小と為よ。廿以下を中と為よ。其れ男は、廿一を丁と為よ。六十一を老と為よ。六十六を耆と為よ。

7凡そ一つの目盲、両つの耳聾、手に二つの指無く、足に三つの指無く、手足に大きなる拇指無く、禿《かぶろ》は瘡《かさ》にして髪無く、久漏、下重、大癭瘇《ようしゅう》、此の如き類は、皆残疾と為よ。痴、瘂、侏儒、腰背折れたらむ、一つの支廃れたらむ、此の如き類をば、皆廃疾と為よ。悪疾、癲狂、二つの支廃れたらむ、両つの目盲らむ、此の如き類をば、皆篤疾と為よ。

すなわち「老」は、年齢の区分規定の一つで、六十一歳に達した者を称する。また「残」は身体障害、疾病に応じて、残疾、廃疾、篤疾の三段階に区分する、その一つである。これらの規定に基づいて、老丁と残疾に該当する者は次丁とせよ、というのが、初めに引いた老残の条である。

道真の詩の措辞はこの令の用語としての「老残」の意で用いられていると理解しなければならない。老人の年齢は229に「頽齢六十」という。したがって「年紀」は「老」に当る。また彼は跛足であった。そのようになった原因は悪性のできものであった。229の第三句にいう、「毒瘡腫れ爛れて偏脚を傷む」。令の残疾の規定に数えられた「大瘻瘇」の「瘇」は『令集解』巻九に「瘇者足腫也」と釈する。すなわち「病源」は「残（疾）」というわけである。「老残」はこのように理解すべき語彙である。

次に、同じく『菅家文草』巻三に収められた232「衙後諸僚友に勧めて、共に南山に遊ぶ」を例としよう。勧めを終えて、役所の南にある山に人々と逍遥した折の作である。

衙後不勝客舎閑　　衙後客舎の閑なるに勝《た》へず
相招信馬到南山　　相招きて馬に信《まか》せて南山に到る
松低老葉危巌下　　松は老葉を低《た》る危巌の下
水噴寒花迅瀬間　　水は寒花を噴《ふ》く迅瀬の間
欲伴孤雲尋澗路　　孤雲に伴なはんと欲して澗路を尋ぬ
猶憐半日出塵寰　　なほ半日を憐れみて塵寰を出づ
州民縦訴監臨盗(3)　　州民たとひ監臨の盗を訴ふるも
此地風流負戴還　　此の地の風流負戴して還らん

傍点を付した「監臨」の語が律令の用語である。監臨とは監督支配すること、またその官をいう。たとえば、省の職・寮・司に対する、国の郡に対する関係がそれである。この語は「名例律」「職制律」に頻出するが、この詩における措辞に関わるものを挙げれば、「名例律」の18除名条に、

即し《も》監臨主守、監守する所に、姦し、盗し、人を略し、若しくは財を受けて法を枉《ま》げたること犯せらば、亦除名。

「職制律」の48監臨枉法条に、

凡そ監臨の官、財を受けて法を枉げたらば、一尺に杖八十。

とある。また「監臨」の語は『続日本紀』の常語でもある。たとえば、養老六年七月丙子条に、しきりに襲う災旱を止めるために大赦を行うことを述べた詔が引載されているが、そこに、

養老六年七月七日昧爽より已前の流罪以下、繋囚見徒、咸《ことごと》く原免に従はむ。其の八虐、却賊、官人法を枉げて財を受けたらむ、監臨主守自ら盗み、監臨する所を盗みたらむ、強盗、窃盗、故殺人、私鋳銭、常赦の免ぜざる所の者は、此の例に在らず。

とある。恩典の除外規定の一つとして、「監臨の盗」が数えられている。大赦の詔勅の常套表現であったと思われ、同一の、また類似の措辞は『続日本紀』に二〇例を数える(4)。

道真の詩の表現は、この律令語を援用したものである。讃岐の国守として「州民」に対して「監臨」の立場にある私が盗みをして、「監臨盗を犯す」という罪で訴えられようとも、さもあらばあれ、この南山の地の景趣は盗んで持ち帰りたいものだというのである。のちの帥宮《そちのみや》敦道親王の

われが名は花盗人と立たば立てただ一枝は折りてかへらむ(5)

と同旨のことを詠じたのであるが、ことさらに律令語を用いたところに、この詩の趣向があったであろう(6)。

ついでの例は「寒早十首」中の一首（巻三）である。

204 何人寒気早　何人か寒気早し
寒早薬圃人　寒は早し薬圃の人
弁種君臣性　種を弁ず君臣の性
充徭賦役身　徭に充つ賦役の身

雖知時至採　時至りて採ることを知るといへども
不療病来貧　病来りて貧しきを療《いや》さず
一草分銖缺　一草分銖を缺《か》かば
難勝簏決頻　簏決《すいけつ》の頻りなるに勝へ難からん

第四句の「徭」「賦役」が令の用語であることはこと改めていうまでもないが、第三句の措辞もそうである。「君臣の性」は、「職員令」の44典薬寮の条に、薬園師の職掌を記すなかに、「薬の性色目を知ること」とあり、『令集解』巻五にこれを解いて、「釈に云ふ、性は君臣苦辛の状を謂ふなり」と述べるのに基づく。「君臣」は薬の品等をいうのである。また「種を弁ず」は、「医疾令」の20薬園の条に、薬園師による園生への教授内容を規定したなかの、「諸薬幷せて採り種ゑむ法を弁へ識らしめよ」による。ただしこの句は、律令語によるものであることを指摘することで、従来の解釈に修正が求められるといったものではない。

語句の解釈に関わって律令語であることを考慮に入れなければならないのは、結句である。その「簏決」は律令の用語として、その語義に従って解釈しなければならない。「簏」はむち、律令では「笞」と表記される。「決」は、「獄令」の63杖笞条に、その使用方法を規定して、

其れ杖笞決せば、臀《しり》受けよ。

「儀制令」23に官人が法を犯した時の処罰について、

情を量りて決笞すること聴《ゆる》すべし。

また「職員令」に、

32囚獄司。正一人。掌らむこと、罪人を禁囚せむこと、徒役、功程及び配決の事。

などと見えるもので、〈刑の執行〉の意である。[7] すなわち「笞決」は笞打ちの刑を執行すること、笞打つことと解釈しなければならない。

　これらは、その語が律令語であることに留意しなければ、解釈を誤る。

二

次の例は、律令語であることに留意することによって、初めて十分な理解が得られる。

251　四年三月廿六日作到任之三年也

我情多少与誰談　我が情の多少を誰と与《とも》にか談らん
況換風雲感不堪　況んや風雲を換へて感堪へざるをや
計四年春残日四　四年の春を計るに残日は四か
逢三月尽客居三　三月の尽に逢ひて客居すること三とせ
生衣欲待家人著　生衣は家人を待ちて著んと欲す
宿醸当招邑老酣　宿醸は当に邑老を招きて酣《たの》しむべし
好去鶯花今已後　好し去れ鶯と花と　今より已後
冷心一向勧農蚕　冷《すさま》じき心にて一向《ひたすら》に農蚕を勧めん

『菅家文草』巻四所収。詩題の四年は仁和四年である。その年は題注にいうように国守として讃岐に赴任して三年目に当っていた。

留意すべき語句は結句の「勧農蚕」であるが、その前に第六句「宿醸は当に邑老を招きて酣しむべし」に触れておく。この表現の背景として、次の令の規定があると読むべきであろう。すなわち「儀制令」に、

19凡そ春の時の祭田の日には、郷の老者を集めて、一たび郷飲酒礼行へ。人をして長を尊び老を養ふ道を知らしめよ。

とある。

結句に戻って、「農蚕を勧めん」は百姓が農耕養蚕に精を出すよう督励しようというのが一応の意味であるが、そのままにとどめておいてはなお不十分であろう。この措辞も律令語に基づく。「職員令」に、

70大国。守一人。掌らむこと、祠社のこと、戸口の簿帳、百姓を字養せむこと、農桑を勧め課せむこと、所部を糺《ただ》し察《み》むこと、……

国守の職掌を列挙するものであるが、その一つとして勧農の義務が述べられている。またこれは他にもわずかに表現を変えて、「戸令」に、

33凡そ国の守は、年毎に一たび属郡に巡り行《ある》いて、風俗を観《み》、……、農功を勧め務めしめよ。

「考課令」に、

54凡そ国郡司、……、其れ田農を勧め課せて、能く豊かに殖ゑしめたらば、亦見地に准《よ》りて、十分に為《つく》りて論ぜよ。

とある。さらにこの語句は『続日本紀』にもしばしば用いられている。その一、二を挙げれば、

諸国の朝集使に勅して曰く、……、又百姓を撫で導き、農桑を勧め課せ、心に字育を存し、能く飢寒を救ふは、実に是れ国郡の善政なり。（霊亀元年五月辛巳条）

太政官奏して曰はく、……、望み請ふらくは、陸奥按察使の管内、百姓の庸調は侵《やや》く免じて農桑を勧め課せ、射騎を教へ習はし、更税助辺の資は、夷に賜ふ禄に擬せしめんことを。（養老六年閏四月乙丑条）

とある。道真の詩の「農蚕を勧む」は令の用語の「農桑を勧課す」に基づいている。したがってそれは文字面の意味を捉えるところより一歩進んで、国司の職掌、地方官の義務を意味するものとして理解しなければならないだろう。すなわち、「農蚕を勧む」は〈国守としての勤め〉の意である。

「勧農蚕」をこのように解して元の句に戻してみると、この一首で作者が述べようとすることがはっきりと読み取れるのではないか。

終りの一聯は次のようになる。

春の景物としての「鶯花」は詩人の詩興をかき立てるものとしてある。それらが、過ぎ去って行こうとしている春と共に、私の周りからなくなってしまった後は、荒涼とした思いを懐きつつ、ひたすら国司としての勤めに励むこととしよう。

このように解してくると、この詩は、詩人道真と讃岐守道真とが、彼の意識の中でどのように位置づけられていたかを明確に述べたものとなる。

もう一首、343「詩客過《よ》ぎらる、同《とも》に「庭を掃きて花自づから落つ」を賦す。各おの一字を分かつ」（巻五）がある。

和市詩情不遵貧　詩情を和市して貧と遵《い》はず
満庭紅白意慇懃　満庭の紅白　意慇懃《いんぎん》なり
客来春去疲迎送　客来り春去りて迎送に疲る
我是花前駅伝人　我は是れ花前駅伝の人

後聯は分かりやすい（後述）。考えてみたいのは前聯で、従来の解釈(8)は明晰でない。注目したいのは「和市」という語である。

詩文には絶えて見出せないこの語は特殊な歴史用語である。ただし律令の用語ではない。その意味は、相互の合意による取引、売買である。(9) 古くは用例が少なく、『類聚三代格』巻十九所引、延暦十七年十月十九日の「太政官符」の「仍ち物賤《やす》き時を候《ま》ちて和市の価に充て、実に依りて官に申せ」は稀少な用例である。宋商の来航が盛んになる十一世紀頃から用例が見られるようになり、『権記』長保二年（一〇〇〇）七月十三日条に「商客曾令文が進《たてまつ》る所の和市幷びに貨物等の直の事」とあり、『御堂関白記』（長和二年二月二日）に「和市貨物等解文色目」、『小右記』（万寿四年八月三十日）に「和市物解文」の語が見える。

「和市」はこのような語彙であるが、詩句の意味は次のようになろう。「和市」（取引）したのは作者と庭一面に散り敷いた花とである。「満庭の紅白」は春の去り行くことをさし示して詩人の「詩情」をかき立てる。作者からすれば、かき立てられる。それを「和市」の語でいう。落花して「満庭」であることは花の「意の慇懃」であることを示し、「満庭」であることによって「詩情」は限りなく湧き起こり、「貧」ではない。このような意であろう。散り行く花に詩心《しごころ》を動かされることを、あえて歴史用語を用いて表現することに道真の意図はあった。(10)

三

詩中の律令語を拾って行こう。本節では一首の中にいくつかの律令語が併せ用いられているものをあげる。

まず、讃州客居中の作であるが、219「行春詞」（巻三）である。国守としての行動と感懐を述べた二十韻の長篇詩であるが、律令語がしきりと用いられている。一つに次の二聯がある。

　遍開草褥冤囚録　遍く草の褥《しとね》を開きて冤囚を録す
　軽挙蒲鞭宿悪懲　軽く蒲《がま》の鞭《むち》を挙げて宿悪を懲らす
　尊長思教卑幼順　尊長は卑幼を順《したが》はしめんことを思ふ
　単貧恐被富強凌　単貧は富強に凌《しいた》げられんかと恐る

このうち前聯の「冤囚を録す」は「戸令」の33国守巡行条に、

　凡そ国の守は、年毎に一たび属郡に巡り行いて、風俗を観、百年を問ひ、囚徒を録し、冤枉を理《おさ》め、詳《あき》らかに政刑の得失を察《み》、百姓の患《うれ》へ苦しむ所を知り、敦く五教を喩《さと》し、農功を勧め務めしめよ。

と、国守の職務を規定する記述の「録㆓囚徒㆒、理㆓冤枉㆒」にもとづく措辞である。

後聯は前句の「尊長」「卑幼」が律の用語である。「名例律」「職制律」「賊盗律」に頻用されるが、いまは、一句に二語が併せ置かれている詩の措辞にならって、同じように一条中に併せ用いられている例の一、二を挙げれば、「職制律」の30に、喪中の行動が礼に背いた場合の罰則を述べる中に、

　喪制終らざるに、服を釈《ぬ》ぎて吉に従へらば、杖一百。二等以下の尊長は各逓《おいおい》に二等減せよ。卑幼は、各一等減せよ。

また「賊盗律」6の、尊属の卑属に対する謀殺行為の罰則の条文に

　即《も》し尊長、卑幼を殺さむと謀れらば、各故殺の罪に依りて四等減せよ。

と見える。

後句には令の措辞を用いている。「単貧」「富強」は「賦役令」23に

凡そ差し科《おお》せむは、先づ富み強きに、後に貧しく弱きに。先づ多丁に、後に少丁に。其れ分番して上役せば、
家に兼丁有らば要月に、家貧しくして単身ならむは閑月に。

とあるのに基づく(11)

詩の終わり五聯である。

応縁政拙声名墜　応に政拙きに縁《よ》りて声名墜つるべし
豈敢功成善最昇　あに敢へて功成りて善最に昇らんや
廻轡出時朝日旭　轡《くつわ》を廻して出づる時朝日旭《あき》らかなり
墊巾帰処暮雲蒸　巾を墊《てん》じて帰る処暮雲蒸したり
駅亭楼上三通鼓　駅亭の楼上三通の鼓
公館窓中一点灯　公館の窓中一点の灯
人散閑居悲易触　人散じて閑居すれば悲しみ触れ易し
夜深独臥涙難勝　夜深くして独り臥せば涙勝へ難し
到州半秋清兼慎　州に到りて半秋清と慎と
恨有青々汚染蝿　恨むらくは青々たる汚染の蝿有ることを

第一聯は国守としての我が身を省みていうが、「善最」は次の令の用語を用いる。「善」と「最」は共に官人の勤務評定の評価基準となる項目である。すなわち「考課令」に、まず四条の「善」条がある。

3徳義聞こゆること有らば、一善と為よ。
4清く慎しめること顕はれ著《あら》はれたらば、一善と為よ

などと規定されている。ついで四十二条に亙って「最」の条がある。国司についてのそれを例にあげれば、

46諸の事を強く済《な》し、所部を粛《しつ》め清めたらば、国司の最と為よ。

この最の有無と善の数に基づいて、官人の考第は決定される。50条に、

一最以上四善有らば、上上と為よ。一最以上三善有らむ、或いは最無くして四善有らば、上中と為よ。……

との規定がある。

要するに、詩の「善最」の語は、これらの令の条文に基づく。

次いで第五句。「三通の鼓」については、「関市令」の

11凡そ市は恒に午の時を以て集れ。日入らむ前に鼓三度撃ちて散《わか》れよ。度毎に各九下。

を考慮に入れて理解すべきである。これは都京の市の開閉に関する規定であるが、諸国の駅の関門についても同様のことが行われたと考えられるのではなかろうか。駅の関門の開閉については、令に規定もなく、明確ではない。したがって、それは、単に時刻を告げるものか、あるいは駅の関門が閉ざされることを知らせるものか、その点には解釈のゆれを残すものの、「三通の鼓」とは、客館へ帰る道真の耳に響いてきた、駅楼で打ち鳴らされる鼓声であることは確かである。従来の解釈のような「三つの鼓楼が見えている」「途中の嘱目の景」ではない。

また終わりから二句目は、私は讃岐に赴任して半年、その間、清潔と慎重とを治政の柱としてきたというのであるが、その「清兼慎」は令の用語を用いる。先に指摘した官人の勤務評定の評価基準としての「善最」の、「善」の一つとして、「考課令」に、

4清く慎しめること顕はれ著はれたらば、一善と為よ。

とあるのによる。またこの語は史書にも散見する。例えば、『日本後紀』大同四年閏二月庚申条の勅に、

夫れ奉公の道は、清慎を先と為す。功無き賞は、廉吏の恥づる所なり。

『類聚三代格』にも、巻五所収の太政官符「応レ不下依三前司以往雑事未二弁済一拘中絆後任人上事」に、

或いは国司任に到りし初、旧累脱すべきことの難きを見て、已に王に勤むる節を変じ、還《また》私を顧る慮を成す。其の清慎を望むも、亦《また》得べからず。

あるいは、巻七の「按察使訪察事条事」に、按察使が国司を検察する項目を列挙するが、その一つに、

職に在りて公平に、身を立てて清慎。

とある。

次に221「路に白頭の翁に遇ふ」（巻三）がある。やはり讃岐守時代の作で、道で出会った老人との問答の体裁の長篇詩である。必要な部分のみを摘記して述べる。

貞観末年元慶始　貞観の末年元慶の始め
政無慈愛法多偏　政に慈愛無く法に偏り多し
雖有旱災不言上　旱災有りといへども言上せず
雖有疫死不哀憐　疫死有りといへども哀憐せず

道真の問いに答えて、老人は先立つ貞観から元慶へかけての国守の苛政の様を語る。この部分、律令の用語が用いられているのではないが、後聯の理解には令の規定を考慮すべきである。前句には、「戸令」の

45凡そ水旱災蝗に遭ひて、不熟ならむ処、粮少くして賑給《しんごう》すべくは、国郡実を検《かんが》へて、預め太政官に申して奏聞せよ。

あるいは「賦役令」の

9凡そ田、水旱虫霜有らむ、不熟ならむ処は、国司実を検へて、具《つぶ》さに録して官に申せ。

後句については、「職員令」の

70大国。守一人。掌らむこと、祠社のこと、戸口の簿帳、百姓を字養せむこと、……

といった規定が、その表現の背景として踏まえられていると解すべきであろう。

ついで老人は、良吏を国守として迎えることとなったことを語る。安倍興行である。

適逢明府安為氏　適《たま》たま明府に逢ふ　安を氏と為す
奔波昼夜巡郷里　昼夜に奔波して郷里を巡る
遠感名声走者還　遠く名声に感じて走《に》げし者も還《かえ》る
周施賑恤疲者起　周く賑恤《しんじゅつ》を施して疲れし者も起つ

ここには律令語が用いられている。まず「走者還」がそうである。他に「寒早十首」の第一首（200）にも、

何人寒気早　何人か寒気早し
寒早走還人　寒は早し走げ還る人
案戸無新口　戸を案ずるも新口無し
尋名占旧身　名を尋ねて旧身を占ふ

と同じ措辞があるが、これは「考課令」に、

55凡そ国郡、戸口増益するを以て、考進むべくは、若し是れ招き慰めむこと、括《あなぐ》り出し、隠れたるが首《あらは》れ（隠首）、走げたるが還れらば（走還）、功の限に入るること得む。

とあるのを用いる。なお「走還」は本来の漢語としてももちろんある。ただしその場合は文字通り〈はしりかへ

る〉意である。同じ表記でありながら、律令語としては、右の「走げたるが還る」の書き下し文によって明らかなように、その意味であるが、道真の詩が「走者還」と「者」字を補って辞を措くのは、これを律令語として用いていることの明証である。

また「郷里」もそうであろう。「補亡令」1に、

……、告承けむ処、其の郷里隣保に下して、訪ひ捉ふること加へしめよ。

「僧尼令」6に、

凡そ僧は、近親郷里に信心の童子を取りて供侍すること聴せ。

とある。「郷里」の語も、もちろん本来の漢語として『周礼』「地官」以下の漢籍に見いだされるが、この詩が、他に律令語を多く用いていること、また令の条々をふまえた表現があり、他ならぬこの語を含んだ「郷里を巡る」も、「戸令」の33国司巡行条の「凡そ国の守は、年毎に一たび属郡に巡り行いて、風俗を観、百年を問ひ」云々に基づいた措辞であることを顧慮すれば、この場合、律令語によるものと認められよう。

讃岐の州民は続いてこれまた良吏の令名高かった藤原保則を国守として戴く。老人も相いついだ良吏の善政の恩沢を蒙った。

愚翁幸遇保安徳　愚翁幸いに保安の徳に遇ふ
無妻不農心自得　妻無く農《たつく》らざるも心自づから得たり
五保得衣身甚温　五保衣を得て身はなはだ温かなり
四隣共飯口常食　四隣飯を共にして口常に食らふ

対語をなす「五保」[12]「四隣」が令の用語である。「五保」は、「戸令」に、

9凡そ戸は、皆五家相ひ保れ

10凡そ戸逃走せらば、五保をして追ひ訪はしめよ。

「四隣」は「獄令」に、

24凡そ婦人、死罪を犯して子産めらむ、家口無くは、近親に付《さつ》けて収養せしめよ。近親無くは四隣に付けよ。

また「喪葬令」に、

13凡そ身葬して、戸絶えて親無くは、有《も》てらむ所の家人奴婢及び宅資は、四隣五保共に検校為よ。

とある。

同じく讃州時代の279「懺悔会の作。三百八言」（巻四）に用例がある。詩題に示されているように長篇の作であるが、必要な部分を摘記する。

逋逃課税冥司録　課税より逋逃すれば冥司録し
欺詐公私獄卒瞋　公私を欺詐すれば獄卒瞋《いか》る
漁叟暗傷昔兄弟　漁叟の暗《ひそ》かに傷つくるは昔の兄弟
猟師好殺旧君親　猟師の好みて殺せるは旧の君親
在風濫訴犂耕舌　風に在りて濫訴するは犂《すき》なして耕す舌
習俗狂言湯爛唇　俗に習ひて狂言するは湯もて爛《ただ》らす唇

まず「課税」は「戸婚律」部内課税違期条(13)に、

凡そ部内より、課税の物を輸《いだ》すに、期を違へて充てざれば、十分を以て論ぜよ。

と用いられる語である。

ついで、「欺詐公私」については、「詐偽律」詐欺取財物条に、

凡そ官私を詐欺して、以て財物を取らば、盗に準じて論ぜよ。

また太政官符「応レ定二榑丈尺一事」（『類聚三代格』巻十八）に、

……、公私交易の榑、多く法に違ふもの有り。徒らに其の価を費して、支用に中《あた》らず。此則ち故《ことさら》に奸心を挾みて、公私を詐偽するなり。

という、きわめて近似した措辞がある。「官私」は「公私」に、「詐偽」は「詐欺」に同義であることは明らかであろう。道真の詩は「詐欺」を互倒させているが、その「欺詐」の語は、『延喜式』巻十八擬使条に、

……、其の後若し病と称せば、省虚実を勘へて、相換りて更に申せ。若し欺詐する者有らば、法に依りて罪を科せ。

と用例がある。「欺詐」の語は、すでに漢語として『戦国策』、『呂氏春秋』等の用語であるが、「公私」と連用されるこの詩の措辞は前掲の律、太政官符等の用語に拠ると考えてよいであろう。

またその「公私」も律令に屢見の語である。この語は261「家書を読みて歎く所有り」（巻四）にも用いられている。その第一聯に、

一封書到自京都　一封の書の到るは京都よりす

借紙公私読向隅　借紙の公私読みて隅に向かふ

とある。「公私」の語は漢語として『韓非子』、『列子』、『漢書』等に所見の語であるが、また律令、『続日本紀』から『三代実録』に至る国史等に頻用されており、枚挙にいとまがない。

なお、「逋逃」は律令の用語ではないが、歴史史料における特有の用語として、『続日本紀』和銅五年五月甲申

条の国司の部内巡行時の郡司評価の基準の一つに「逋逃を禁断して盗賊を粛清し」とあり、また『類聚三代格』巻七、牧宰事に「按察使訪ひ察る事条事」の一つに「逋逃して境に在り、淹滞して帰らず」とある。

さらに「濫訴」の語も同様である。この語は『佩文韻府』には未収の語であり、『大漢和辞典』には「みだりに訴訟を起すこと」の意味を与えるが、用例をあげない。しかし、史料には用例がある。律令そのものの用語ではないが、『類聚三代格』所収の太政官符に、次の用例がある。巻五の「可レ定下国司已下不レ待二解由与不一入レ京並帰二本郷一科責上事」に

……、此の如き類、途に触れて繁多なり。聴訟の官、時に勘鞫に労し、成業の吏、徒らに刀筆に煩はさる。若し殊に例を立てざれば、濫訴遏《とど》め難からん。

「応レ禁二皇親之禄乞売賤価一事」（巻十九）に、

……、茲に因りて、所司豪民、競ひて利潤を求め、好みて与借を為す。禄を班《わ》かつ日、濫訴繁多なり。

とある。

ついで先に「和市」の語に注目した343「詩客過ぎらる。同に「庭を掃きて花自づから落つ」を賦す。各おの一字を分かつ」がある。

和市詩情不遵貧　詩情を和市して貧と遵はず
満庭紅白意慇懃　満庭の紅白意慇懃なり
客来春去疲迎送　客来たり春去りて迎送に疲る
我是花前駅伝人　我は是れ花前駅伝の人

第三・四句、花のもとで、詩客が来るのを迎え、去り行く春を送る我が身は「駅伝」の人というのであるが、

まずこの「駅伝」が令の用語である。「公式令」に、

42凡そ駅伝馬給はむことは、皆、鈴、伝符、剋の数に依れ。

とある。

「関市令」に、

4凡そ行人の過所を齎《も》ちたる、及び駅伝馬に乗りて関を出入せば、関司勘過して、録白案記せよ。

とある。

また「迎送」の語も「駅伝」と密接な関わりをもつ令の用語である。すなわち「厩牧令」に、

16凡そ諸道に駅馬置かむことは、大路に廿疋、中路に十疋、小路に五疋。……、其れ伝馬は郡毎に各五。皆官の馬を用ゐよ。……、養《か》ひて以て迎送に供せしめよ。

とあり、『類聚三代格』巻十二所収の太政官符「定二詔使官使一事」に

右頃年の間、民の訴へを推《と》はむが為に、使を四方に遣す。……、冤屈の民、累年愁へを懐き、路次の駅空しく迎送に疲る。

とある。共に「迎送」が「駅」とともに用いられている。また後者の「迎送に疲る」という措辞は詩の表現に一致する。すなわち、「客来春去疲迎送　我是花前駅伝人」は律令の措辞を用い、発想もこれに基づくものである。

次に、大宰府謫居時代の、486「奥州藤使君を哭す」(『菅家後集』)を例に挙げよう。かつて蔵人として同僚であった陸奥守藤原滋実の訃報に接して、不正の横行する世時の下での、清廉剛直な良吏の死を悼んだ長篇詩であるが、この作にも律令語がいくつか用いられている。

自古夷民変　古より夷の民の変は

交関成不軌　交関不軌を成す

滋実が慰撫に腐心した辺境の民を賦す。ここに用いられた「交関」は交易、取り引きの意であるが、「関市令」に、

13凡そ官、私と交関せむ、物を以て価と為らば、中估の価に准へよ。

とある。国史にもこの語は散見する。たとえば、『続日本紀』に、

穀六升を以て銭一文に当て、百姓をして交関して各おの其の利を得せしむ。（和銅四年五月己未条）

とある。

また売官の弊風の瀰漫を慨歎して、

官長有剛腸　官長剛腸有らば
不能不切歯　切歯せざること能はざらん
定応明糺察　定めて応に明らかに糺察して
屈彼無廉恥　彼の廉恥無きを屈すべし

と詠むが、「官長」「糺察」がこの詩と同一の文脈で併せ用いられた令の文章がある。「宮衛令」に、

17凡そ五衛府の官長は、皆時を以て所部を按検し、不如法を糺し察よ。

またそれぞれも、「官長」[14]は「名例律」6、「賊盗律」5・54、「宮衛令」4に、「糺察」は「職員令」68・69・70などの諸条に用いられている。

巻一の69「戸部侍郎を拝して、聊か懐ふ所を書して田外史に呈す」も律令語を含む。道真は、貞観十六年（八七四）二月二十九日、民部少輔に任ぜられた。「田外史」は、おそらくは大外記嶋田良臣をいう。その第四聯、

知君近侍公卿議　知る君が公卿の議に近く侍ることを
功過昇降報莫忘　功過昇降報じて忘るることなかれ

「功過」は官人としての功労と過失、つまり勤務評定である。それを規定したものがすなわち「考課令」なのであるが、「功過」「昇降」はともにその用語である。二語が併せ用いられている例を挙げれば、2条に、

……、及び其の功過を隠して、以て昇降致せらば、各失する所の軽量に准へて、所由の官人の考、降せよ。

とある。それぞれの例は、「功過」は、1条に、

……、考すべくは、皆具さに一年の功過行能を録して、並に集めて対ひて読め。

とあり、「昇降」は、33条に、

職事修まり理《おさ》まり、昇降必ず当れらば、次官以上の最と為よ。

とあり、また「職制律」2に見える。

先にその一部を引いた「寒早十首」その一(200)を改めてここで例としよう。

何人寒気早　何人か寒気早き
寒早走還人　寒は早し走げ還る人
案戸無新口　戸を案ずるも新口無し
尋名占旧身　名を尋ねて旧身を占ふ
地毛郷土瘠　地毛郷土瘠《や》せ
天骨去来貧　天骨去来貧し
不以慈悲繋　慈悲を以て繋がざれば
浮逃定可頻　浮逃定めて頻りなるべし

「走還」については先に述べた。「地毛」が「賦役令」に、「浮逃」が「戸令」によること、日本古典文学大系

本にすでに指摘がある。[15]「戸」が律令語であることは改めていうまでもなかろう。さらに「郷土」もそうである。

「田令」に、

16凡そ桑漆課《おお》せむことは、上の戸に桑三百根、漆一百根以上。……、郷土の宜しからざらむ、及び狭き郷には、必ずしも数に満てず。

あるいは「厩牧令」に、

11凡そ牧の地は、恒に正月以後を以て、一面より次を以て漸くに焼け。草生ふるに至りて遍《あまね》からしめよ。其れ郷土宜しきを異にせらむ、及び焼くべからざる処は、此の令用ゐじ。

とあり、さらに「田令」3・11、「賦役令」1、「倉庫令」14などに用いられている。「郷土」はもちろん漢籍の常語であるが、この詩の主題から、直接の典拠は、上述の令と考えるべきである。

次に289「斎日の作」(巻四)を例にあげよう。この詩も讃岐守の官に在った時の作である。そのことが以下に述べることと関わりを持つ。第一聯に、

相逢六短断葷腥　六短に相逢ひて葷腥《くんせい》を断つ
獄訟雖多廃不聴　獄訟多しといへども廃して聴かず

という。まず、詩題となり、したがって主題となっている「斎日」は令の措辞であり、かつ令にそのことに関する規定がある。「雑令」に、

5凡そ月の六斎日には、公私皆殺生を断《や》めよ。

「獄令」に、

8……、其れ大祀及び斎日、朔、望、……、仮日には、並びに死刑奏決すること得じ。

とある。第二句は、その斎日には訴訟を聴くこともしないというのであるが、その「獄訟」の語も令の用語である。「戸令」の33国守巡行条に、国守の職務を規定する中に、

……、其の境に入るに、人窮まり遺《とも》しく、農事荒れ、奸盗起こり、獄訟繁くは、郡領の不と為よ。

とある。また『類聚三代格』巻七の「按察使訪察事条事」の一つに、

剖断理に合《かな》い、獄訟冤《しいたぐ》ること無し。

があげられている。「獄訟」の語は、すでに漢語として『周礼』地官、『礼記』王制以下の古典の用語であるが、讃岐守としての立場で賦されたこの時の措辞の典拠としては、国守の職掌を列挙する令を指摘すべきであろう。

四

次に律令語と考えられる語の一つ一つをあげていこう。
その一つとして「行程」がある。道真はこの語を何度か用いている。

絶句十首　諸進士の及第を賀す

138 龍有名駒鳳有雛　龍に名駒有り鳳に雛有り
行程自与世人殊　行程自づから世人と殊なり
聞君舎弟皆家業　聞く君が舎弟皆家業なりと
次第当探海底珠　次第に当に探らん海底の珠
賀橘木　橘木を賀す　（巻二）

寒早十首

205何人寒気早　何人か寒気早し
寒早駅亭人　寒は早し駅亭の人
……　……
馬瘦行程渋　馬瘦せて行程渋りぬれば
鞭笞自受頻　鞭笞自づから受くること頻りなり　（巻三）

他に二例があるが、これらの詩に用いられた「行程」は律令の用語である。まず「公式令」に行程条があり

88凡そ行程、馬は日に七十里、歩は五十里、車は三十里。

と一日の標準行程を規定する。「名例律」に、

25凡そ流配の人、道に在りて赦に会へらむ、行程を計ふるに限《かぎり》に過《すぐ》せらば、赦を以て原《ゆる》すこと得じ。

とある。さらにこの語は、国史、『類聚三代格』所収の太政官符にもしばしば用いられるが、『延喜式』に頻用される。それは「主計式」で、例えば、

讃岐国〈行程上十二日、下六日〉[16]

のように、都京からの、またそれへの「行程」がすべての国々について記されている。なお、『佩文韻府』に引く「行程」の例は、最も早いものでも宋の楊万里の詩であり、『大漢和辞典』もこれを襲うのみである。

ついで「天神地祇」がある。この措辞は二度用いられている。一つに98「思ふ所有り」（巻四）に、

況名不潔徒憂死　況んや名潔《きよ》からずして徒らに憂へて死なんや
取証天神与地祇　証を取る天神と地祇とに

明神若不愆玄鑑　明神若し玄鑑を愆《あやま》たずは
無事何久被虚詞　事無くして何ぞ久しく虚詞を被らんや

とある。詩題に付された自注がこの激した口吻の説明となろう。「元慶六年の夏の末、匿詩有り。藤納言を誹《そし》る。納言詩意の凡ならざるを見て、当時の博士かと疑ふ。余甚だ慙づ。命なり天なり」。

もう一つは、477「楽天の北窓三友の詩を読む」（『菅家後集』）に、

自従勅使駆将去　勅使駆《か》り将《も》て去りしより
父子一時五処離　父子一時に五処に離る
口不能言眼中血　口に言ふこと能はず眼中の血
俯仰天神与地祇　俯し仰ぐ天神と地祇とを

と用いる。説明を加えるまでもなく、大宰府へ追放された時のことである。

ともに苦境に立たされた中で、救済を求める対象として「天神地祇」を詠出する。この「天神」「地祇」の措辞はもとより漢語本来のものとしてある。『史記』巻一一七、司馬相如列伝に引く「封禅文」に、

故に聖王は替《す》てずして、礼を地祇に修め、隷《まこと》を天神に謁げ、

『令集解』巻二に神祇伯の職掌を解いて引く「孔安国孝経伝」に、

天精を神と曰ひ、地霊を祇と曰ふなり。

などの例がある。とともに令の用語でもある。「神祇令」に

1凡そ天神地祇は、神祇官、皆、常の典に依りて祭れ。
10凡そ天皇即位したまむときは、惣べて天神地祇祭れ。

令にはこの二例であるが、史書に広く用いられている。例えば、

是の時に適《あた》りて嶋の中に水無し。為す所を知らず。則ち仰ぎて天神地祇に祈る。

（『日本書紀』景行天皇十八年四月壬申条）

詔して曰はく、比来《このごろ》皇太后御体不予なり。宜しく天神地祇を祭るべし。

（『続日本紀』天平宝字四年三月甲戌条）

など、「天神地祇」と熟して屢見する。

これら史書における多くの「天神地祇」の語の存在を考えると、当代の官人にとっては、この語は、中国の経籍に遡るまでもなく、令の用語として、すでに熟知の措辞となっていたであろう。

次に「絶句十首、諸進士の及第を賀す」（巻二）の第一首（129）を例にあげよう。

七々頽齢是老生　七々の頽齢これ老生
誓云未死遂成名　誓ひて云はく未だ死なじ遂に名を成さんと
明王若問君才用　明王若《も》し君が才用を問ひたまはば
(17)更幹差勝風月情　吏幹やや勝る風月の情

賀丹誼　丹誼を賀す

大学寮における字《あざな》を丹誼と称した門弟子の文章生及第を祝賀した小篇であるが、第三句に措かれた「才用」の語は律令の用語である。「選叙令」に、

4凡そ選すべくは、皆《ことごと》くに状迹を審《あき》らかにせよ。銓擬《せんぎ》の日には、先づ徳行を尽くせ。徳行同じくは、才用高からむ者を取れ。才用同じくは、労効多からむ者を取れ。

とある。また13郡司条に、

其れ大領、少領、才用同じくは、先づ国造を取れ。

と例がある。

「才用」の語はもちろん漢籍の語であり、多く史書に用例があるが、この詩句の典拠としては、やはり「選叙令」を指摘すべきであろう。

「舟行五事」（巻三）のその四(236)にも律令語が用いられている。

海中不繫舟　海中の繫がざる舟
東西南北流　東西南北に流る
不知誰本主　知らず誰か本主なる
一老泣前洲　一《ひとり》の老《おきな》前洲に泣く

讃岐守在任中、一時帰京の折の舟中嘱目の景を詠ずる。その冒頭の二聯、ここに「本主」の語がある。[18] 所有者、主人の意である。この語の漢籍の例は、『佩文韻府』には唐の王建の詩のみを、『大漢和辞典』にははるかに時代の下った清の『福恵全書』の例をあげるのみであるが、律令には次のような用例がある。「賊盗律」に、

5凡そ詔使若しくは本主・本国の守を殺さむと謀り、及び吏卒、本部の五位以上の官長を殺さむと謀れらば、徒三年。

「厩牧令」に、

19凡そ軍団の官馬は、本主、郷里の側近十里の内に調習せむと欲はば聴せ。

ほかの例がある。また、この語は『続日本紀』習見の語でもあって、

禁制すらく、畿内及び近江国の百姓、法律を畏れず、浮浪及び逃亡の仕丁等を容隠して、私かに以て駈使す。

是れに由りて多く彼しこに在りて、本郷本主に還らず。（和銅二年十月丙申条）

はその一例である。さらに『類聚三代格』所収の太政官符、『延喜式』にも用例がある。これらによって考えるに、「本主」は律令語を用いたものと考えてよいであろう。

次に263「諸詩友を憶ひ、兼ねて前濃州田別駕に寄す」（巻四）がある。「前濃州田別駕」は前美濃介嶋田忠臣をいう。その第一聯。

天下詩人少在京　天下の詩人京に在るもの少《まれ》なり

況皆疲倦論阿衡　況んや皆阿衡を論ずるに疲れ倦《う》みたるをや

この詩は、ここに明言されているとおり、仁和四年のいわゆる阿衡の紛議に際して、その事の感懐を、任国讃岐から「京に在」った知己忠臣の許へ送ったものであるが、留意すべきはその「在京」の語である。なお、詩語としてではないが、この聯に付された自注にも、「伝へ聞く、朝廷、在京の諸儒をして阿衡典職の論を定めしむと」の用例がある。

これは、ごくありふれた語のように思われるが、令の常語であり、それに基づく措辞であろう。まず「公式令」に、

53凡そ在京の諸司をば、京官と為よ。自余をば皆外官と為よ。

という規定があり、その48に、

凡そ在京の諸司、事有りて駅馬に乗るべくは、皆本司、太政官に申して、奏して給へ。

とあるほか、多くの用例がある。

先の自注の「在京の諸儒」の語は、これら令の条文に見える「在京の諸司」と同じ措辞であり、この注記を介

在させて考えると、律令語の「在京」が詩語として取り入れられていく事情がよく了解されよう。

続く264「文進士が新たに及第して、老母に拝辞して、旧師を尋ね訪ふを謝す」にも律令語が用いられている。その第四聯に、

争得一枚司馬印　争《いか》でか一枚の司馬の印を得ん
便留多少附公文　便ち多少を留めて公文に附せん

とあり、「公文」の語が見える。公文書の意の漢籍の語ですでにあるが、律令に習見の語である。まず右の詩句の典拠ともいうべき令の条文がある。「公式令」の40神璽条に、

天子の神璽。内印は、五位以上の位記、及び諸国に下さむときの公文に印せよ。外印は、六位以下の位記、及び太政官の文案に印せよ。諸司の印は、官に上る公文及び案、移、牒に印せよ。

とあり、

「職員令」の70大国条の、大目の職掌の規定に、

掌らむこと、事を受《うけたまは》りて上抄せむこと、文案を勘署し、稽失を検へ出し、公文読み申さむこと。

とある。これら令の用語が先の詩語の典拠となっていると考えられる。

もう一つ、「分付」という語がある。305「残菊に対かひて懐ふ所を詠じ、物・忠両才子に寄す」(巻四)の尾聯に、

莫使金精多詠取　金精を多く詠取《よま》しむること莫かれ
明年分附後人看　明年は分附して後人に看しめん

とある。「金精」は、九月の初めの寅の日に採った甘菊（『角川大辞源』）で、ここでは残菊をいう。「分附」が令の用語で、「倉庫令」に

11凡そ倉蔵及び文案の孔目は、専当の官人交代の日に、並びに相分かち付《さず》けよ。

とあり、また『続日本紀』天平宝字二年九月丁丑条に、これを引用して、

選任の国司の京に向かふ期限は、倉庫令に依るに、「倉蔵と文案の孔目とは、専当の官人交代の日に、並びに相分かち付けよ。然して後に放《ゆる》し還《かえ》せ」とあり。

とある。すなわち「分付」とは、官人の職務交替に当たって、後任者に引継ぐことである。道真はこれを用いている。この詩は寛平元年（八八九）秋、讃岐守在任中の作で、道真は翌春の任務を終えての帰京を心待ちにしていた。この讃岐の国府の残菊を詠むことも来年は後任者に引継ごうというのである。

おわりに

以上、挙例に紙幅を費したが、見てきたように、道真はその詩に律令語をよく用いている。したがって道真の詩を読むに当たっては、用いられた律令語にも意を留める必要がある。看過すると、詩の理解を誤ることになる。あるいはこれに留意することによって、作者の意図を十分に汲み取ることができる。

『菅家文草』および『菅家後集』全体を通して見ると、巻によって偏りが見られる。讃岐守時代の作品を収めた巻三・四（作品番号183～322）の詩に多い。一首中にいくつもの律令語が用いられた詩も目につく。ことに219「行春詞」、221「路に白頭の翁に遇ふ」、「寒早十首」（うち200・204・205）、279「懺悔会の作」などであるが、279を除く諸作は「令」（戸令8）に規定された国守としての領内巡行の過程において作られたものである。すなわち、律令語の採用は詩の主題と深く関わった選択であった。

この法律用語という本来全く性格の異なる語彙を詩語として取り入れるという道真の方法は、平安朝詩史においてどう位置づけられるだろうか。それには広く平安朝詩全体を視野に入れなければならない。その作業が次章「平安朝詩と律令語」である。これを行ったのちに、再び道真詩に戻ることにしよう。

注

（1）日本古典文学大系『菅家文草 菅家後集』に指摘する。たとえば「浮逃」（200）「行濫」（484）など。

（2）以下に引く律令の本文（書き下し文）は日本思想大系『律令』に拠る。付した番号もこれに付けられたもの。

（3）「監臨盗」の本文は寛文版本・元禄版本による。日本古典文学大系本は、「監濫盗」の本文を採り、「濫盗を監せむことを訴ふるとも」と読み、「部内の百姓たちが、みだりに盗みを犯すものがいるのを、きびしく監督して取り締まってほしいと訴えてはいても」と解釈し、「監濫盗」は和習、と注記するが、以下に述べるように、そのいずれも誤る。なお、『擲金抄』下、絶句部、地儀にこの句を引用するが「監臨盗」である。

（4）用例の検索には新日本古典文学大系『続日本紀索引年表』を用いた。

（5）新編国歌大観『公任集』29。詞書「そちの宮花みに白川におはして」。

（6）藤原忠通「春三首（その二）」（『本朝無題詩』巻四）に、

　霜刑縦処監臨盗　霜刑縦《たと》ひ監臨の盗に処すとも

　風景曲猶担負帰　風景は曲げてなほ担負して帰らん

の一聯があるが、これは道真詩の表現に倣う。

（7）日本思想大系本頭注。

（8）日本古典文学大系本頭注。「花は咲き過ぎて満庭に落花がみだれているが、こういう詩情にも売手と買手がついて、値段がおりあったとみえて、訪ねられたからには、私もいい商いをして、貧というわけにはいかないの意」。

(9)『豊田武著作集2　中世日本の商業』(吉川弘文館、一九八二年)一三四頁に「和市とは強市に対する語で、強制取引に対して、相互の合意よりなる平和取引を意味した」とある。

(10) この道真の詩(寛平三年、八九一)は「和市」の用例として早いものである。

(11) 三木雅博・谷口真起子「「行春詞」札記――讃岐守菅原道真の国内巡視――」(和漢比較文学会編『菅原道真論集』勉誠出版、二〇〇三年)に指摘する。他の用例もあげる。

(12)「五保」については日本古典文学大系本補注に指摘がある。

(13) 律の本文で、番号を付さず、「――条」として示すものは逸文であり、新訂増補国史大系『律』付収の「律逸文」による。

(14)「官長」については、所功「国衙『官長』の概念と実態」(『日本歴史』第二六四号、一九七〇年)があり、律令、六国史、交替式、『類聚三代格』、『政事要略』等の史料から得られた、この用語の四八例が挙げられている。

(15) ただし「地毛」について、『令集解』巻十三の「土地之所レ生、皆為レ毛也」をあげるが、そのわずか後に引かれた「古記」の、「土毛、謂二草木一也。其地所レ生、謂二之地毛一」がより適切である。

(16) この「六日」について付言しておく。道真は234「倉主簿の情《おもい》を写せし書を得て、報いるに長句を以てす。兼ねて州民の帰らざる疑ひに謝《むく》ゆ。〈以下、暇を乞ひて京に入る作〉」(『菅家文草』巻三)を賦している。自注にいうように讃岐守在任中、一時休暇を得て京に帰った時の作であるが、その一聯に、

　期我帰帆唯六日　我が帰帆を期すればただ六日
　恨君罷秩在三冬　恨むらくは君が秩を罷むること三冬に在るを

とある。この「六日」は主計式の「六日」に拠るという指摘が史家にある。戸田芳実「一〇―一三世紀の農業労働と村落」(『中世社会の成立と展開』吉川弘文館、一九七六年)。

(17) 諸本いずれも「更幹」であるが、日本古典文学大系本頭注に、「『更幹』の語は、索出しえない」とあるように、本文に疑問がある。「更幹」は「吏幹」の魯魚の誤りであろう。「吏幹」は官吏としての能力の意。早く中国の正史の語であるが、今は我が国の国史の例をあげれば、『続日本後紀』承和八年四月庚申条、百済王慶仲卒伝に「大器に非ずと雖も、吏幹の声有り」、同承和十年六月戊辰条、朝野鹿取薨伝に「立性謹慎にして、事に臨んで明了なり。吏幹を以て称さる」、『三代実録』貞観七年二月一日条、豊前王卒伝に、藤原冬緒に言及して、「声名粗《ほぼ》

達し、器識漸く優なり。吏幹の称、仍て愛すべき有り」等がある。

（18）道真は「九日の後朝、朱雀院に侍り、同に「閑居に秋水を楽しむ」を賦す」詩序（『菅家文草』巻六443）にも「閑居は誰人にか属する、紫宸殿の本主なり」と用いる。

※『中古文学』第二七号（一九八一年）所載「菅原道真の詩と律令語」と『静岡大学教育学部研究報告人文・社会科学篇』第三三号（一九八二年）所載「菅原道真の詩と律令語 続稿」とを合わせて一章とした。なお、後者の冒頭に次の一文を置いている。

私は前稿「菅原道真の詩と律令語」において、道真の詩には、少なからぬ数の律令語が用いられていることを指摘し、詩の表現を十全に理解するためにはそれら律令語に留意する必要のあること、また道真が用いた詩語の性格を考えようとするとき、その素材源の一つとして律令語を数えうることなどを述べた。

そののち、今度は歴史学の立場から、同様に道真の詩における律令語に注目する必要のあることが主張されることとなった。すなわち法制史家の滝川政次郎氏は「憶良の貧窮問答歌と菅公の寒早十首」で、拙稿に引いたものと同じ詩をも具体例としてあげながら、「(前略) 故に『菅家文草』は、文学史上の重要史料であるのみならず、また法制史上の重要史料でもある。故に今後はその研究を漢文学者の研究にのみ委ねずに、法制史学者がその立場からこれを研究することが必要であろうと思う」と述べられた。

18　平安朝詩と律令語

はじめに

私は「菅原道真の詩と律令語」およびその続稿(1)において、道真の詩には、少なからぬ数の、律令語を詩語として用いるもの、およびその発想表現の背景に律令語あるいは律令の規定があるとみなして理解すべき詩のあることを指摘した。

その間、史家の側からも、道真の詩における律令語に注意を向けるべきであるとの主張が唱えられた。法制史家、滝川政次郎氏は、「憶良の貧窮問答歌と菅公の寒早十首」(『日本歴史』第四〇四号、一九八二年)で、詩中の律令語また律令の規定をふまえた表現を具体例としてあげつつ、『菅家文草』が法制史研究の上からも重要な史料であることを指摘して、その研究の必要性を主張した。

なお、これに先立って日本古典文学大系『菅家文草　菅家後集』にも、二、三の律令語の指摘はすでにあった。これらによって、道真の詩の表現の素材源の一つとして律令があったことは明らかであるが、この律令語を詩語として用いるという方法は、道真における独自なものであるのか。他の詩人たちにおいてはどうであるのか。対象を平安朝詩全体に押し拡げて、その律令語摂取の様相をさぐってみたい。

一

時代を追って見ていこう。

平安初頭期の勅撰三集の詩には律令語と見なすべき措辞は用いられていない。

律令語が詩語として用いられるのは、道真とほぼ時代を同じくする、その岳父に当たる嶋田忠臣の詩に至ってである。元慶七年（八八三）、忠臣は美濃介となって任国へ赴くが、その美濃介在任時の作の一つに、「野秀才の叙徳吟を寄せらるるに和す」（『田氏家集』巻中）がある。

　和羹未得斲中滋　和羹未だ得ず斲《てい》中の滋
　恐懼銅符入手時　恐懼す銅符手に入れし時
　勧課農桑非我力　農桑を勧課するは我が力に非ず
　只応州境化吟詩　ただ応に州境化して詩を吟ぜしむべし

第三句の措辞「勧課農桑」は令の用語である。「職員令」70[2]に、国司の職掌を列挙するが、そこに、

　大国。守一人。掌らむこと、祠社のこと、戸口の簿帳、百姓を字養せむこと、農桑を勧め課せむこと、……

と、そのままの措辞がある。また、正史にも、『続日本紀』の用例の一つ（神護景雲元年四月癸卯条）に、

　勅すらく、夫れ農は天下の本なり。吏は民の父母なり。農桑を勧課すること、常の制有らしめよ。

『類聚三代格』にも、巻七の「按察使訪察事条事」に、按察使が国司を検察する要目を列挙するその一つに、

　農桑を勧課して、国皁《さか》んに家給《た》る。

とある。

忠臣の詩はこれらに見える措辞をそのままに用いて、国司の職掌としての勧農をいう。

ついでは、やや後れて延喜元年（九〇一）秋に、藤原時平が別業に催した大蔵善行の七十の賀宴での、その善行の詩に見える。「秋日左丞相の城南の水石亭に陪し、恩祝を賜ふ。教に応ふ二首」（『雑言奉和』）の第一首の首聯に、

　草木在秋縮地毛　草木は秋に在りて地毛縮み
　人逢急景慶孤包　人は急景に逢ひて孤包を慶ふ

と賦すが、「地毛」が令の用語である。「賦役令」7に、

　凡そ土毛臨時に用ゐるべくは、並に当国の時の価に准《なずら》へよ。

とあり、「土毛」について、『令集解』巻十三に釈して、

　謂はく、土地の生ずる所、皆毛と為す。釈に云ふ、土地の生ずる所、是れ土毛と謂ふ。古記に云ふ、土毛、草木を謂ふなり。其れ地の生ずる所、これを地毛と謂ふ。

と見える[3]。

次にあげるべきものとして、およそ一世紀のちの、一条朝期の大江匡衡の「早春内宴、仁寿殿に侍り、同《とも》に「花色春と与《とも》に来たる」を賦す」（『江吏部集』巻下）の一聯がある。

　腮梅誘引薫沙雨　腮梅は誘引せられて沙雨に薫り
　城柳祇承掃砌塵　城柳は祇承して砌塵を掃ふ

後句、地に届くほどに伸びた柳の枝が春風になびく様を、擬人化して、柳が春に奉仕して石畳の塵を掃除しているると表現したのであるが、この句の「祗承」の用法は律令語としてのそれに学んだものと考えられる。

すなわち、「考課令」69に、

凡そ帳内及び資人は、年毎に本主、其の行能功過を量りて、三等の考第立てよ。……、祗承意に合《かな》ひ、産業怠らずは、中と為よ。

とある。帳内は親王・内親王の従者、資人は五位以上の有位者の従者。本主は主人、所有者である。そうして、これら従者が主人に仕えることが「祗承」である。令における「祗承」の用例はこの条だけであるが、この語はまた史書にも多く用いられ、中に次のような用例があるのが注目される。『延喜式』巻七に、

凡そ紀伊、淡路、阿波三国の造由加物使、京に向かふ日、路次の国、道路を掃きて祗承す。

『類聚三代格』巻一所収の太政官符「応レ令下掃二清路次雑穢一幷目以上祗承上事」に、

……、望み請ふらくは、件等の祭使を遣す毎に、例に依りて、国司一人を祗承せしめ、幷せて穢悪を掃清せしめよ。

『三代実録』元慶六年十月二十七日条に、

……、近江、伊賀、伊勢等の国、（奉幣帛使の）堺首に至る毎に、目以上一人、郡司健児等を率ゐて相迎へて祗承す。而るに京城自り出でて、近江国の堺に至るに、人の祗承することなく、汚穢を掃かず。

とある。いずれも「祗承」と「掃」あるいは「掃清」とが相関の語として用いられており、その措辞は匡衡の詩のそれとはなはだ相似る。「祗承」の語は、もちろん本来の漢語であり、『尚書』「大禹謨」に出る、いわば由緒正しい語である。本朝の詩人も、一方においては、その正格の用法で、謹んで王命に従うといった意味でこの語

を用いているが[4]、匡衡の詩の表現は、前掲の諸例のような律令語的用法を詩に施したものであろう。

次には、匡衡の曾孫、匡房の「安楽寺に参る詩」（『本朝続文粋』巻一）に律令語の使用を見いだしうる。権帥として大宰府にあった康和二年（一一〇〇）の作で、四百句に及ぶ五言古調詩であるが、次の一聯がある。

風月応本主　風月は本主に応じ

経籍即尊尸　経籍は尊尸に即く

このうち、「本主」が律令の語である。先の匡衡詩の条に引いた「考課令」69にも見えていたが、さらに「名例律」6、八虐に、

八に曰はく、不義。謂はく、本主、本国の守、見に業受けたる師を殺し、……

「戸令」40に、

凡そ家人の生む所の子孫は、相ひ承けて家人と為《せ》よ。皆任《ほしいまま》に本主駈使。

とある。

「風月は本主に応ず」という句は、おそらくは白居易の、『和漢朗詠集』巻下・山にも引く、「勝地は本来定主無し、大都《おおよそ》山は山を愛する人に属す」（「遊二雲居寺一、贈二穆三十六地主一」『白氏文集』巻十三）に拠って、これを約言したものであるが、その「定主」に代えて律令語の「本主」を措いたのである。

二

前節に述べた例は、律令の用語がそのまま詩語として用いられたものであるが、これとは違ったかたちで、律

令語が詩語として用いられた例がある。

永承六年（一〇五一）三月の「侍臣詩合」における「詩境春暮を惜しむ」の題の源隆俊の詩に、

遮月雲関風雅裡　月を遮る雲関風雅の裡
駐花露駅酔吟程　花を駐むる露駅酔吟の程

同じく藤原資仲の詩に、

詠風強駐雲関裡　風に詠じて強ひて駐む雲関の裡
嘯月苦拘露駅程　月に嘯きて苦《ねんごろ》に拘《とら》ふ露駅の程

『和漢兼作集』[5]に、

花は行客を留む　菅原高能
柳色煙郵三月泊　柳色の煙郵は三月の泊
花陰露駅一時家　花陰の露駅は一時の家　（巻二228）

秋は関路の中に生ず　藤原基俊
煙郵晃朗江山尽　煙郵晃朗として江山尽き
露駅蕭踈楡柳横　露駅蕭踈たり楡柳横《よこた》はる　（巻六537）

『別本和漢兼作集』[6]巻七（296）に、藤原俊生の「秋月夜深く看る」の題で、

露駅夢残行路客　露駅に夢残る行路の客
孀閨漏久擣衣人　孀閨《そうけい》漏久し擣衣《とうい》の人

の句がある。

「露駅」の語を共通に持つこれらの句は、発想また他の措辞においても類似する。すなわち、駅伝から想を起こし、用語は「駅」に関連する「関」「行路」、駅馬からの連想で「駐」、行程の「程」などの語、いわば縁語を措く。これらは「詩境春暮を惜しむ」「花は行客を留む」「秋は関路の中に生ず」という、それぞれの句題に基づいた発想から選びとられた表現であろう。

同様の発想に出て、類似した表現を持つ詩句が他にもある。

『江談抄』巻四―89[7]に引かれた紀斉名の「秋未だ詩境を出でず」の題の一聯に、

霜花後乗詞林裏　霜花後乗す詞林の裏
風葉前駆筆駅程　風葉前駆す筆駅の程

『教家摘句』（『泥之草再新』）所収の藤原明衡の「春日、文章院に諸故人の任に赴くを餞《おく》り、同《とも》に「詩情は別れに臨みて深し」を賦す」の作に、

筆駅消魂鞭馬暁　筆駅に魂消ゆ馬に鞭つ暁
詩江灑思棹舟春　詩江に思を灑《そそ》ぐ舟に棹す春

がある。ともに「筆駅」の語を持ち、これと関わる「後乗」「前駆」「程」「馬に鞭つ」などの語を措いて、前引の諸句と同じような〈縁語仕立て〉となっている。

これらの、「駅」を基語として、これに関連のある語を措いて句を成すという句作りは、その発想の基盤に、令とその用語がある。すなわち、これらの表現を導くものは、令の次のような諸条である。

「厩牧令」に、

16　凡そ諸道に駅馬置かむことは、大路に二十疋、中路に十疋、小路に五疋。

「関市令」に、

4凡そ行人、過所賷《ものも》てらむ、及び駅伝馬に乗りて、関を出入せば、関司勘過して、録白案記せよ。

「公式令」に、

49凡そ駅使、路に在りて患《やまひ》に遇ひて、馬に乗るに堪へずは、有《も》てらむ所の文書は、同行の人をして前所に送らしめよ。

88凡そ行程、馬は日に七十里、歩は五十里、車は三十里。

これらが、前掲の諸句の表現の源泉となっていると考えられる。

そうして、それらの措辞の中心となっている「露駅」「筆駅」の語は、もちろん本来の漢語ではない。令の用語に基づいた、平安朝詩人の発明にかかる和製漢語である。

同じような例をもう一つあげよう。大江匡衡の「冬日、州廟に詩を賦す」（『江吏部集』巻中）は、彼が寛弘六年（一〇〇九）、再び尾張守に任じられた時の作であるが、この詩に次のような表現がある。

明時侍読一愚儒　明時の侍読一愚儒
再得尾州竹使符　再び得たり尾州の竹使符
……　……
洛下親朋莫抛我　洛下の親朋我を抛《す》つることなかれ
欲塡月税与花租　月税と花租とを塡《みた》さんと欲す

首聯と尾聯であるが、匡衡は一条天皇の侍読も務めていた。その私が再度国守として尾張へ来ることとなった。首聯はそういう。尾聯は、都にいる親友諸君、田舎住まいの私を見棄てないでくれ。私は自分の任務はしっかりと果たしていくつもりなのだ、というのであるが、その国守の任務をいうのが「月税」と「花租」である。「月税」「花租」は一見奇矯な語彙と思われる。中国の詩文には例が見えない。我が国で作り出された漢語と考えられる。この匡衡の詩が初見である。

　この語はこのようなものであろう。国守の任務の一つに「租調」の徴収があるが（職員令、70大国条）、これが「税・租」である。そして「月・花」は〈花鳥風月〉、詩興を促すものとしての自然の景物の代表である。この両者を組み合わせたものが「月税・花租」であろう。一般の民衆には納税の、また国守には徴税の義務があるが、文章博士でもある匡衡は、国守として稲や布の納入ではなく、詩の詠作を課すというのである。

　詩ではないが、匡衡の曾孫、匡房が「詩境記」（『朝野群載』巻三）で言うところは「月税・花租」の成立を語って分かりやすい。「詩境記」は詩境を「境」の字義に引きつけて一つの空間、国と見立てて、詩作の意義、方法、中国詩史略史などを記した特異な作品であるが、こういう記述がある。

　翰墨を以て場と為し、感傷を以て俗と為し、花月を租税に輸《いだ》し、煙霞を封録に代ふ。

「詩境」、詩の国では「花と月」、詩興をかき立てる自然の景物（花鳥風月）を「租税」として提供する。かくて「月税・花租」は詩文また詩文を詠作することの意で用いられることになる。[8]

　匡房よりやや後輩の藤原敦光（一〇六三～一一一四）の「初冬述懐百韻」（『本朝続文粋』巻一）に、

　貯資編竹簡　資を貯ふるに竹簡を編み
　征税課花租　税を征《と》るに花租を課す

とある。これも文人の義務として、税として（税の代わりに）詩文を作るということである。

　敦光の甥に当たる茂明も用いている。「聊か閑中の偶詠を成す。老後の愁へを慰めしめて吟ずるのみ」（『本朝無

題詩』巻五）に、

抛来官職一庸儒　官職を抛《なげう》ち来たる一庸儒
雪鬢剃除月俸無　雪鬢剃除して月俸無し
裁得易穿唯薜衲　裁ち得たるも穿《うが》ち易し　ただ薜衲《へいのう》
蓄将何益是花租　蓄将《たくわ》ふるも何ぞ益あらん是れ花租

と詠む。前半の二聯であるが、第7句には「七十箇廻衰老の後」とあり、七十歳の作である。すでに職も辞し僧となっている。そうした我が身には詩作を重ねても何の役にも立たないという。この「花租」も上述の諸例と同じである。官途にあった時には詩を詠むことは「花租」となり、その蓄積は儒家としての勤めの証であったのだが、今はもはや無益な営みでしかないのである。

以上の例は、令の措辞に基づきつつ、これを詩句の中に溶解させて作り出された表現ということができよう。

三

菅原道真の詩に顕著な律令語の使用ということから発して、対象を平安朝詩すべてに押し拡げて、その律令語摂取の様相をたどってきた。

細かな数字をあげての比較を俟つまでもなく、前章で見た道真の詩における律令語の摂取に比して、上述の他の詩人のそれは、あるいは管見の遺漏を予想するとしても、まことに少ない。しかもそれは、それぞれの詩人において単発的な使用に止まっている。

すなわち、道真によって創出された法律用語という全く別位相にある語を詩語として用いる方法は、詩作における一つの手法として、後代の詩人に承け継がれることはなかったというべきであろう。そうして、このことは翻って、道真の詩における律令語の摂取ということを改めて際立たせることになるのである。

なお、道真の詩における律令語の使用が讃岐守時代の作に集中しているという事実がある。国守としての彼の立場、また体験が詠詩の素材の選択に影響し、律令語の使用を促すこととなったのは確かであるが、しかし、それが、道真のみが律令語を詩語として多用していることの説明とはなりえないことも明らかであろう。いうまでもなく、他の詩人たちも多くは国司の経験を持ち、当代にあってはむしろそれが常態だったからである。そうしたなかにあって、道真の詩にのみ律令語の多用が見られるということは、法律用語に新たな詩語としての性格を賦与して用いるという方法が、道真がその詩嚢を肥やすべく、明確な自覚のもとに選び取ったものであったということになろう。

このことは、これまでにすでに指摘もされ、また今後もその内包するものが明らかにされるはずの、道真の詩が平安朝詩史において多岐に亙って主張する独自性あるいは画期性の、その一つである。

このことと共に注目されるもう一つのことは、数少ない道真以外の詩人における律令語摂取の中に、第二節にあげたような表現が、これまた数は少ないものの、見いだされることである。これら令の条文と用語を基として作り出された措辞は、きわめて和習味の濃い表現となってはいるが、平安朝詩人たちが、異なった世界の言葉を取り込んで獲得した新たな表現の軌跡として注目されるのである。

注

（1）本書17「菅原道真の詩と律令語」。

（2）律令は日本思想大系『律令』に拠る。番号もこれに付けられたもの。

（3）「地毛」の例として『駢字類編』およびこれに拠ったと思われる『大漢和辞典』があげるのは、菥草（はますげ）の異名としてのそれであり、『佩文韻府』は『子華子』の例を引くが、この書は宋代の偽書という。

（4）たとえば、菅原道真の「八月十五夜、厳閤尚書授二後漢書一畢、各詠レ史得二黄憲一詩序」（『菅家文草』巻一9）、「九日侍宴、同賦レ喜レ晴詩序」（同巻一48）など。

（5）『新編国歌大観』第六巻所収。

（6）注5に同じ。

（7）新日本古典文学大系『江談抄 中外抄 富家語』に拠る。

（8）匡房は「西府作」（『本朝続文粋』巻一）では、

　家々窮月税　家々月税に窮し
　戸々尽花租　戸々花租尽く

と詠むが、これは単に「税」と「租」の意と考えられる。

なお、「月税花租」という語の濫觴が菅原道真、嶋田忠臣の詩にあること、またこの語の使用が儒家の大江、藤原式家の文人に限られることについては、拙稿「風流の「文」と詩歌」（河野貴美子・ヴィーブケ・デーネーケ・新川登亀男・陣野英則編『日本「文」学史』第一冊「「文」の環境――「文学」以前」勉誠出版、二〇一五年）参照。

※　川口久雄編『古典の変容と新生』（明治書院、一九八四年）に発表した。

19　平安朝詩文の「俗語」

はじめに

平安朝の詩人たちは、中国における口語的語彙、いわゆる「俗語」も、その詩嚢の中に取り込んでいる。それら平安朝詩に用いられた俗語について、これまで積極的に発言してこられたのは小島憲之氏で、その著書、論文における論及(1)のほか、直接の専論(2)もあり、それらの中で多くの言葉が取り上げられてきた。また他の先学による考察、言及もある(3)。

しかし、これまでに取り上げられた語彙は、全体の一部にしか過ぎず、なお多くが残されている。これまでの論及は、時代的にいえば、十世紀の初頭、菅原道真の時代までに限られ、以後の詩については手つかずの状態に置かれているが、その道真の周辺までに限っても、なお取り上げるべき語彙は少なくない。そこで、一応平安初頭期から十世紀初めまでで区切って、その時代の詩に用いられた俗語のいくつかについて考えてみたい。ただし、『新撰万葉集』中の詩は、多くの俗語を含んではいるが、その作者も、制作年代も明確ではないので、いまは除外した。なお、詩語と散文語との相違にも留意すべきこと、先学の注意するところであるが、(4)いまは詩に用いられた言葉であれば、同語の散文の用例も援用した。

当家

『菅家文草』巻一に31「観二王度囲一碁、献二呈人一」という詩がある。

一死一生争道頻　一《あるい》は死一は生　道を争ふこと頻りなり
手談厭却口談人　手談厭却す口談の人
殷勤不愧相嘲哢　殷勤に愧《は》ぢず相嘲哢し
漫説当家有積薪　漫《みだ》りに説く当家に積薪有りと

結句に「世に大唐の王積薪の碁経一巻有り。故に云ふ」の自注がある。

結句について、日本古典文学大系本の頭注に、「私の家には先祖の王氏の碁の虎の巻があるのだからねとすずろに言いちらしたりする。『当家』は、日本語」という注が付けられている。句の解釈はおおむね妥当であるが、「当家」は日本語、というのは誤っている。これは道真の誤用すなわち和習ではない。

この語は漢語であり、張相『詩詞曲語辞匯釈』（中華書局、一九六二年）、蔣礼鴻『敦煌変文字義通釈』（上海古籍出版社、一九八八年第四次増訂本）両著に採録する。そうしてその意味を『匯釈』は「猶云本家、或自家」、また『通釈』は「本家、自己家裏的、同姓」という。たとえば『通釈』では『捜神記』「田崑崙」条の「当家地内、有一水池、極深清妙（当家の地内に一水池有り、極めて深く清妙なり）」の例をあげ、「天女称崑崙為地主、可見水池是崑崙家裏所有的」と説明している。すなわち、「当家」は、「その家」あるいは「この家」、また「うち」という意味である。

この詩の場合は「うち」という意味になるが、それとともに「同姓」ということでもある。これは『匯釈』の説明の方がわかりやすい。『匯釈』には唐詩から二例が引かれているが、その一つは白居易の詩である。次のようにいう。

白居易贈楚州郭使君詩『当家美事堆身上、何啻林宗与細侯』、此亦猶云本家、以用郭姓典故也。

説明を補うと、白居易の「贈二楚州郭使君一」(『白氏文集』巻五十五)に、

当家美事堆身上　当家の美事身上に堆《うずたか》し

何啻林宗与細侯　何ぞただ林宗と細侯とのみならんや

の一聯があり、ここに「当家」の語が用いられているが、それは郭使君に贈った詩に因んで、「同姓」の郭氏の典故を持ち出したことによる。林宗は後漢の郭泰。彼が都洛陽に遊び、のち郷里に帰る時には、諸儒の見送る車が千乗もあったが、林宗はひとり李膺とのみ舟に乗って河を渡った。人々はこれを見て神仙だと言い合ったという。細侯もやはり後漢の人、郭伋である。彼は循吏として名高く、弁州の長官となって再度赴任した時には、老若が歓迎し、児童数百人が竹馬に乗って迎えたという。詩は、この典故を踏まえて、郭家に関わる美事は何も昔のそうした人々には限らない、いま楚州使君となって下る郭氏にもそうした美事は多いのだ、という意味である。もちろん後漢の郭氏と楚州使君の郭氏とに系譜上のつながりがある必要などはない。ユーモアである。

道真の詩も同じ構造を持つ。碁を囲んでいるのが王度だから、同じ王姓の碁の神様王積薪を持ち出したのである。この場合も両者には直接のつながりはない。ないにもかかわらず、王積薪を持ち出したから、「漫《みだ》りに説く」というのである。

『菅家文草』にはもう一つ「当家」の例がある。「絶句十首、賀㆓諸進士及第㆒」の第三首（巻二131）に、

当家好爵有遺塵　当家の好爵遺塵有り
不若槐林若出身　若《し》かじ槐林より苦《ねんごろ》に出身せんには

の一聯がある。この詩には「橘風を賀す」の注記がある。学生の橘某の文章生及第を祝うものであるから、ここでの「当家」は、「この家」あるいは「その家」の意味である。

耶嬢

「耶」は「爺」とも、「嬢」は「娘」と表記されることもあるが、それぞれ父と母という俗語である。「おやじ」「おふくろ」ということになろう。唐詩に例がある。

我住在村郷　我れ住みて村郷に在り
無爺亦無嬢　爺無くまた嬢無し　（寒山「我住有㆓村郷㆒」、『禅の語録　寒山詩』282）

耶嬢妻子走相送　耶嬢妻子走りて相送り
塵埃不見咸陽橋　鹿埃に見えず咸陽の橋(5)　（杜甫「兵車行」、『全唐詩』巻二六）

村南村北哭声哀　村南村北哭声哀し
児別爺嬢夫別妻　児は爺嬢に別れ夫は妻に別る　（白居易「新豊折㆑臂翁」、『白氏文集』巻三）

平安朝詩では、『文華秀麗集』詩に用例がある。

独頼耶嬢偏愛重　独り耶嬢の偏《ひと》へに愛重するを頼み
何図見者以為神　何ぞ図らん見る者の以て神《あや》しと為さんことを　（菅原清公「奉㆑和㆓春閨怨㆒」、巻中）

そうして六朝以来の俗語であること、前掲の杜詩の例ほかをあげつつ、小島憲之氏の指摘がすでにある。(6)『文華秀麗集』にはこの一例のみであるが、この語は空海の詩文に多くの用例がある。そのうちの一、二をあげよう。

天子剃頭献仏駄　天子は頭を剃つて仏駄に献じ
耶嬢割愛奉能仁　耶嬢は愛を割いて能仁に奉る　（「山中有二何楽一」、『性霊集』巻一）

伏惟、先師徳下、……、群品之耶嬢、一人之帰馮。況復覆我如天、載我如地。撫我若嬢、提我若父。
（伏して惟《おもんみ》るに、先師徳下、……、群品の耶嬢、一人の帰馮なり。況んやまた、我を覆ふこと天の如く、我を載すること地の如し。我を撫づること嬢の如く、我を提《ひつさ》ぐること父の如し）（「為二先師一講二釈梵網経一表白」、『続性霊集補闕抄』巻八）

箇（个）

『詩人玉屑』巻六、下字「善用二俗字一」に、杜甫の詩における俗語の使用について、次のような論述が見える。

数レ物以レ个、謂レ食為レ喫、甚近二鄙俗一。独杜子美善用レ之。云、峡口驚猿聞一个、両个黄鸝鳴翠柳、却遶井桐添个个。

助数詞としての「个（箇）」を、ものを食う意の「喫」とともに、杜甫がよく用いた俗語として指摘しているが、この、現代中国語もそうである助数詞の「箇」は平安朝詩でも用いられている。

まず、人を数えるのに用いた例。その用例をあげる前に、前引の杜詩はいずれも物を数えるのに用いた場合であるから、塩見邦彦氏の指摘(7)を借用して、唐詩の人の例をあげておこう。

已聞城上三更鼓　已に聞く城上の三更の鼓

不見心中一箇人　見ず心中の一箇の人（元稹「新政県」、『全唐詩』巻四一五）

本朝では平安初期から用例がある。

在辺亭賦得山花。戯寄両箇領客使幷滋三（辺亭に在りて賦して山花を得たり。戯れに両箇の領客使幷せて滋三に寄す）。

（王孝廉、『文華秀麗集』巻上）

これは詩題である。

千人万人挙不応　千人万人挙げて応ぜず

唯君一箇帝心抽　ただ君のみ一箇《ひとり》帝心に抽《ぬきい》でらる（空海「贈㆓野陸州㆒歌」、『性霊集』巻一）

吾告式部卿大蔵卿安勅三箇親王也　（吾、式部卿・大蔵卿・安勅《あて》の三箇の親王に告ぐ）。

（空海「為㆓酒人内公主㆒遺言」、『性霊集』巻四）

下って延喜期に一例がある。

一院群居人七个　一院に群居す人七个

疑従天上斗星投　疑ふらくは天上より斗星の投ぜるか

（三統理平「秋日陪㆓左丞相城南水石亭㆒祝㆓蔵外史大夫七旬之秋㆒」、『雑言奉和』）

「斗星」は北斗七星。

一条朝に下り、詩文ではないが、あえて挙げておきたい例がある。

所生皇子都虚三个。敦康、脩子、又新生女皇子也（所生の皇子は都虚三个なり。敦康、脩子、また新生の女皇子なり）。

藤原行成の日記『権記』の長保二年（一〇〇〇）十二月十六日条、皇后定子の崩御を記す中の一文である。「都虚」は次に述べる「都盧」の誤りで、「全部で」の意。行成は口語二語を重ねて用いている。

次に物を数えるのに用いた例。詩序の中であるが、早く『懐風藻』に用例があるので挙げておこう。

待君千里之駕、于今三年、懸我一箇之榻、於是九秋（君の千里の駕を待ちて、今に三年、我が一箇の榻を懸けて、是《ここ》に九秋なり）。（藤原宇合「在二常陸一贈二倭判官留在レ京」）

以下、平安朝詩の例である。

比来朔雁度千番　比来《このごろ》朔雁度《わた》ること千番
一箇封書未曾看　一箇の封書未だ曾つて看ず（巨勢識人「和二伴姫秋夜閨情一」、『文華秀麗集』巻中）

歳中翫菊過秋深　歳中に菊を翫びて秋を過ぎて深し
百箇花前久陸沈　百箇の花前久しく陸沈す（嶋田忠臣「侍中局賦三秋陽曝二菊花一」、『田氏家集』巻中）

『菅家文草』には五例があるが、その一例である。

点検窓頭数箇梅　点検す窓頭の数箇の梅
花時不記幾年開　花時記さず幾年か開ける（68「書斎雨日、独対二梅花一」、巻一）

都盧（慮）

豊田穣「唐詩俗語攷」（『唐詩研究』養徳社、一九四八年）に採録されていて、その

この語の意義については、六如上人の「葛原詩話」（巻三）では「都来」と同じく「スベテトイフコト」となしてゐるのが、当ってゐると思ふ。「都盧」の盧は「都来」の来と同じく単に語尾に添えられただけの助辞であって、一音節でいへば「都」であり、二音節にのばしていへば「都盧」になる。

という説明が、よくこの語の意義を説いている。『遊仙窟』に二つの用例がある。

十娘則謂曰、遮三不得一、覓両都盧失（十娘則ち謂ひて曰はく、三を遮りて一をも得ず、両を覓《もと》めて都盧失ふと）。

また、

触処尋芳樹　触処に芳樹を尋ぬるも
都盧少物花　都盧物花少し

後者は主人公が詠んだ詩句である(8)。

『葛原詩話』には、「旧訳ノ般若経ノ内、処々ニ都盧ト云字アリ」とも述べている。漢訳仏典に口語が多く用いられていることは周知のことである。

我が国では『新撰字鏡』巻十二に「都盧上同」とあり、「同上」は直前の「総豈」に付された訓み「志加之奈加良」を承けるが、この「シカシナガラ」は、逆接の接続詞のそれではなく、「すべて」の意である。

詩文では、早くは菅原道真の文章に用例がある。

一つに「鴻臚贈答詩序」（『菅家文草』巻七）に、

二大夫、両典客、与客徒相贈答同和之作、首尾五十八首。更加江郎中一篇、都盧五十九首。
（二大夫、両典客、客徒と相贈答同和の作、首尾五十八首なり。更に江郎中の一篇を加へて、都盧五十九首なり）

また道真が父是善の命に従って作った「日本文徳天皇実録序」（同巻七）に、

起自嘉祥三年三月己亥、訖于天安二年八月乙卯、都盧九年(9)。勒成十巻。
（嘉祥三年三月己亥より起こして、天安二年八月乙卯に訖《いた》るまで都盧九年。勒して十巻と成す）

とある。後者について言えば、この部分に当たる所が、他の正史では、

起レ自二天長十年二月乙酉一、訖二于嘉祥三年三月己亥一、惣十八年。拠二春秋之正体一、聯二甲子一以銓次。考以二

始終一、分二其首尾一、都為二廿巻一。（『続日本後紀序』）

起二於天安二年八月乙卯一、訖二于仁和三年八月丁卯一、首尾三十年、都為二五十巻一。（『三代実録序』）

と、「惣」「都」と一字で書かれていることは、「盧」は接尾辞であって、一音節でいえば「都」、二音節にのばして「都盧」となるという、前引の「唐詩俗語攷」の説明の正しさを証明するものである。

ついでにいえば、勅撰の正史の序文という、撰者の上首である右大臣藤原基経が陽成天皇に奏上するという体裁をもつ、最も折目正しいものであるはずの文章の中に、道真はこのような口語的語彙を取り込んでいるわけである。

他に、同時代の三統理平に、

幾許群臣呈露胆　幾許の群臣か露胆を呈せる
都盧万物照秋毫　都盧の万物秋毫を照らす　（30⑩「霽色明二遠空一」、『類聚句題抄』）

がある。

一種

『詩詞曲語辞匯釈』に、「猶云一様、或同是也」とある。「同じ」「同様に」の意で用いられる。李白、杜甫以下多くの例が引掲されているが、その一、二をあげると、

一種為人妻　一種人妻と為るも
独自多悲悽　独《ひとり》自悲悽多し　（李白「江夏行」、『全唐詩』巻一六七）
一種愛魚心各異　一種魚を愛するも心各おの異なり

我来施食爾垂鉤　我は来りて食を施し爾《なんじ》は鉤を垂る　（白居易「観二遊魚一」、『白氏文集』巻五八）

我が国では、平安初頭詩にすでに見える。『経国集』に、

忽見三春木　忽ち見る三春の木
芳花一種催　芳花一種に催すを　（高村田使「奉レ和二殿前梅花一」、巻一一）

『性霊集』に、

夏月涼風、冬天淵風　夏月の涼風、冬天の淵風
一種之気、嗔喜不同　一種の気なるも、嗔喜同じからず　（「徒懐レ玉」、巻一）

『雑言奉和』に、

只為芬芳近仙看　ただ芬芳為《た》りて仙に近くして看る
万樹栄暉一種同　万樹の栄暉一種同じ　（坂田永河「奉レ和二聖製河上落花詞一」）

とある。また、菅原道真の周囲においても、『菅家文草』に六例、『田氏家集』に三例、『雑言奉和』に二例があるが、いまは道真の詩一例をあげておこう。

山郵水駅思紛々　山郵水駅思ひ紛々たり
一種風光両処分　一種の風光両処に分かる　（「喜二田少府罷レ官帰京一」、巻二）

以上の諸例、いずれも「同じ」あるいは「同じく」と解すべきものである。

除非

『文語解』巻三に「俚語ノコレハカクベツト云意ナリ、コノ義ヨリシテ、タダト訳スベキ所オオシ」と述べて

いる。『詩詞曲語辞匯釈』にも、「仮設一例外以見其只有此也」と説明されている。「ただ――だけ」の意である。そこに挙げられているのは宋以後のものであるが、塩見氏は早く唐詩の例を指摘している。白居易詩にも用例がある。(11)

除非奉朝謁　朝謁に奉ずるを除非して
此外無別牽　此の外に別に牽《ひ》かるること無し　（「朝帰書寄㆓元八㆒」、『白氏文集』巻六）

朝見に参列すること以外には何の拘束もない。
我が国の詩では、わずかに『田氏家集』に次の例を見る。

除非鮮服随鱸膾　鮮服に鱸膾を随ふるを除非しては
自外紛々俗納牽　自外《ほか》は紛々として俗納に牽かる　（「奉㆑和㆘大相立秋日感㆓涼風至㆒詩㆖」、巻中）

何物

この語については、吉川幸次郎氏に説がある。(12)すなわち、現代中国語では、「なに」と尋ねる時に、「甚麼」ということばが普通に用いられるが、その前身に当たるものが、「何物」である。「一何物」といういい方は、一見、「なにもの」を意味するように見えるが、そうではない。「なにもの」ではなくして、ただの「なに」なのである。……、「物」は軽くそわるだけであって、「物」の字がほかの場合にもつような重い意味で使われているのではない」。この語は、六朝時代から用いられるが、唐詩においても、初唐以来多用される俗語の一つである。(13)

我が国では、文章であるが、早く空海に用例がある。

世上強鎮其如此、人間何物応常存（世上の強鎮すら其れ此《か》くの如し、人間《じんかん》何物か応に常に存すべき）。

（「孝子為二先妣周忌一図二写供三養両部曼荼羅大日経一講説表白文」、『続性霊集補闕抄』巻八）

『田氏家集』、『菅家文草』に次の例がある。

何物寂寥相待見　何物ぞ寂寥として相待見する
香爐煙与水瓶花　香爐の煙と水瓶の花と　（「送二禅師還一レ山」、巻上）

子孫何物遺　子孫に何物をか遺せる
衣食何価充　衣食に何の価をか充《あ》てん　（236「舟行五事（その二）」、巻三）

以上いずれも、吉川氏の指摘のごとく、「なに」と訓まなければならない。

底

『詩語解』巻上に、「甚」とともに挙げ、「倶俚語、何也」という。「なに」である。本朝の詩では、以下にあげるように、「縁底」（なぜ、どうして）の形で用いられるのがほとんどであるが、その中国詩の例は『詩詞曲語辞匯釈』にあげる、王維の「愚公谷三首（その二）」（『全唐詩』巻一二六）の

縁底名愚谷　底《なに》に縁《よ》りてか愚谷と名づく
都由愚所成　都《すべ》て愚の成す所に由《よ》る

がある。

我が国では、嶋田忠臣の詩に用いられたのが初例である。「同三菅侍郎酔中脱レ衣贈二裴大使一」（『田氏家集』巻中）に、

此物呈君縁底事　此の物君に呈するは底事にか縁る
他時引領暗愁生　他時領《くび》を引きて暗《ひそ》かに愁へ生ぜん

と見える。以後、平安中期以降の詩人に愛用される。

詩情縁底太蒸仍　詩情底に縁りてか太《はなは》だ蒸《じょう》仍《じょう》たる
蓮府秋池浮月澄　蓮府の秋池月を浮かべて澄む
（大江匡衡「左相府東三条第守二庚申一同賦三池水浮二明月一」、『江吏部集』巻上）

なお、匡衡は別の場でこの句と酷似した句を作っているが、そこでは「詩情何事大丞仍」（「李部大卿述二沈滞懐一忝賜二玉章一……」、巻中）と、「縁底」に代えて「何事」の語を措いている。

本自此身無定体　本自《もとより》此の身定まれる体無し
浮雲縁底慕浮名　浮雲底に縁りてか浮名を慕はん
（藤原通憲「閑中独吟」、『本朝無題詩』巻五）

事須

先に「都盧」の語を持つことを指摘した菅原道真の「鴻臚贈答詩序」（『菅家文草』巻七）には、もう一つ俗語が用いられている。

余与郎中相議、裴大使七歩之才也。他席贈遺、疑在宿構。事須別預宴席、各竭鄙懐、面対之外、不更作詩也。
（余、郎中と相議す、裴大使は七歩の才なり。他席の贈遺は、疑ふらくは宿構在らん。事須く別に宴席に預らば、各おの鄙懐を竭《つ》くすべし、面対の外、更に詩を作らじと）

圏点を付した「事須」について、日本古典文学大系本には次の注が付されている。

入矢氏云、事須二字、見二于韓愈・白居易文并敦煌変文一。即与二是須一同。事是並接頭語。

中国学の入矢義高氏の示教として、この「事」は接頭語であることが注意されている。したがって、訓読するときも、二字一語として「事須」で「すべからく」と読むことになる。入矢氏は韓愈、白居易の文章、敦煌変文にその用例のあることを指摘しているが、塩見氏の「唐詩俗語新考（三二）」[14]には、唐詩及び『遊仙窟』の例もあげられている。

本朝の詩文では、塩見氏の指摘があるが、空海の『文鏡秘府論』に見える。ここには、その別の例をあげよう。南巻に、

若五字並軽、則脱略無所止泊処。若五字並重、則文章暗濁。事須軽重相間、仍須以声律之。
（若《も》し五字並びに軽ならば、則ち脱略して止泊する処無し。若し五字並びに重ならば、則ち文章暗濁なり。事須く軽重相間《まじ》へ、
仍《よ》つて須く声を以て之れを律すべし）

とある。詩では『田氏家集』に二例があるが、

百薬就中多効力　百薬就中《なかんづく》効力多し
事須嗜菊得如椿　事須く菊を嗜みて椿《ちん》の如くなるを得べし　（「（題欠）」、巻中）

はその一つである。

―他

動詞に連接して口語的語彙を作る一連の接尾語がある。「忘却」の「却」、「記取」の「取」などである。これらのうち、殺、得、取、却、来についてはすでに小島憲之氏に論及がある。[15] ほかに「着（著）」があるが、これは見やすい語であるから、いまは取り上げない。ここに取り上げるのは「他」である。

接尾語としての「他」については諸書に言及がほとんど見られない。管見で見出だしたのは、志村良治『中国

中世語法史研究』（三冬社、一九八四年）の、「―他」にはなお動詞にそい無関心の気持を伝える独特の機能がある」[16]という言及であった。そこで例として挙げられているのは、『遊仙窟』の「今朝弁復随他弄」と王維の「与㆓盧員外象㆒過㆓崔処士興宗林亭㆒」（『全唐詩』巻一二八）の

　科頭箕踞長松下　科頭箕踞長松の下
　白眼看他世上人　白眼に看《み》他る世上の人

であるが、前者は用例となりえない。これは「昔日亦曾経人弄他、今朝弁復随他弄」と続くもので、「他」は「カレ」、あの人の意である。[17]

この接尾語として用いられた「他」が、嶋田忠臣の詩に二例見出だされる。「看㆔侍中局壁頭挿㆓紙鳶㆒呈㆓諸同志㆓」（『田氏家集』巻上）、タコという珍しい題材を詠んだ詩に、

　了得行蔵能在我　了《さと》得る行蔵の能く我に在ることを
　憐他飛伏必依人　憐《あわれ》他む飛伏は必ず人に依ることを

がある。そうしてこの場合、「憐他」が、やはり口語的語彙を作る「得」を添えた「了得」と対語をなしていることが、「他」を接尾辞と考えるべき、見やすい証拠である。また、これには見合わせるべき先例がある。白居易「喜㆓小楼西新柳抽㆑條」（『白氏文集』巻六十六）の一聯に、

　漸欲払他騎馬客　漸く騎馬の客を払《はら》他はんと欲《す》るも
　未多遮得上楼人　未だ多くは楼に上る人を遮《さえぎ》得らず

とある。同じく「―他」と「―得」とを対語として用いている。なお、この聯は『和漢朗詠集』巻上・柳に入集する。

もう一例は、「暮春宴㆓菅尚書亭㆒同賦㆓掃㆑庭花自落㆒」（巻下）の

清昼憐看遅日暮　清昼憐れみて看《み》 遅日暮る
恨他乗酔踏花還　恨《うら》他む酔に乗じて花を踏みて還ることを

である。時代を遡って承和期の惟良春道の「野副使卓世之工㆑文者也、……」という長い詩題の詩（『扶桑集』巻七）に

看他諂黷苦相交　看《み》他よ諂黷《とうとく》の苦《はなは》だ相交はることを
毀誉随心変羽毛　毀誉心に随ひて羽毛を変ふ

の例がある。上述のように平安朝詩に接尾語としての「他」が用いられていることを考慮すると、この「看他」もその用法と見てよいであろう。

このような接尾語としての「他」ということから、「任他」「従他」に思い至る。この二語は従来ともに「サモアラバアレ」と訓みならわされてきている。たとえば『文語解』巻四では、他の「従教」「任従」「遮莫」など十三語とともにあげて、

此皆俗語、詩語ニ用ユ、ソノ義ミナ同ジ、俚語ノカマハヌナリ。

と説明する。「任他」「従他」は固定化して熟語となっているが、語構成を考えてみると、「任」「従」はともに「ゆるす」「まかせる」「自由にさせる」という意で、それに強意を表わす、あるいはこの場合にこそ、志村氏のいう「動詞にそい無関心の気持を伝える独特の機能」が妥当すると思われるが、その「他」が付接したものであろう。すなわち、「任他」「従他」もやはり接尾語「他」を持つ俗語ということになる。

『詩詞曲語辞匯釈』には「従他」の例として、李白の「白頭吟」（『全唐詩』巻一六三）の、

莫捲龍鬚席　捲《ま》くこと莫《な》かれ龍鬚の席
従他生網糸　従他《まか》す網糸を生ずるに

があげられている。白居易詩から「任他」「従他」の例をあげると、「早夏暁興、贈二夢得一」（『白氏文集』巻六十七）に、

無情亦任他春去　情《こころ》無くまた春の去るに任他《まか》す
不酔争銷得日長　酔はざれば争《いか》でか日の長きを銷《け》し得んや

とある。(18) これもまた「―他」と「―得」が対語をなす例である。また「幽居早秋閑詠」（同巻六十六）に、

且得身安泰　且《しばら》く身の安泰を得たり
従他世険艱　従他《さもあらばあれ》　世の険艱

とある。平安朝詩では、「任他」は『菅家文草』に二例があるが、その一例。

淼々任他踰北海　淼々《びょうびょう》任他《さもあらばあれ》　北海を踰《こ》え
皤々定是養東膠　皤々《はは》定めて是れ東膠に養はん　（421「和二大使交字之作一」、巻五）

「従他」は嶋田忠臣「病後閑座偶吟二所懐一」（『田氏家集』巻上）に、

従他軟脚難行歩　従他《さもあらばあれ》　軟脚して行歩難きこと
只幸凝神不坐馳　ただ幸ひに神を凝《こ》らして坐馳せず

と見える。以下の挙例は省略するが、「任他」は、同じ意味の語「遮莫」とともに、平安後期には多用されるに至る。

注

（1）「白詩の影」（『谷山茂教授退職記念国文学論集』塙書房、一九七三年）、『古今集以前』（塙書房、一九七六年）、『国風暗黒時代の文学』中（中）（塙書房、一九七九年）。
（2）「語の性格――外来の「俗語」を中心として――」（『上代の文学と言語』前田書店、一九七四年）。
（3）松浦友久「不分瓊瑤屑・来雲旅客巾――唐代俗語と平安朝の詩人――」（『日本上代漢詩文論考』研文出版、二〇〇四年。初出一九六三年）。川口久雄氏による日本古典文学大系『菅家文草 菅家後集』（一九九六年）の頭注、補注における指摘。金原理「『軟脚』考」（『平安朝漢詩文の研究』九州大学出版会、一九八一年。初出一九七八年）。
（4）小島憲之「漢語享受の問題に関して――「万葉語」の場合――」（『高野山大学国語国文』第三号、一九七六年）。
（5）杜甫のこの句の口語性を論じたものに、松浦友久「耶娘妻子走相送――唐詩の白話的表現と厭戦詩の発想」（『詩語の諸相』研文出版、一九八一年）がある。
（6）日本古典文学大系本補注。
（7）「唐詩俗語新考（四）」（『文化紀要』（弘前大学教養部）第一九号、一九八四年）。
（8）「都盧」と対語をなす「触処」も口語である。本書20「『続日本紀』における中国口語」第二節参照。
（9）我が国の詩文では「都慮」と表記される場合が多い。「文徳実録序」も諸本間で両方の表記がある（新訂増補国史大系本頭注）。『遊仙窟』も同じ。豊田穣氏は「慮」は「盧の訛であろう」（前出「唐詩俗語攷」）とするが、接尾語であることを考えると、両様の表記がなされたのであろう。
（10）本間洋一『類聚句題抄全注釈』（和泉書院、二〇一〇年）の作品番号。
（11）塩見邦彦「唐詩俗語新考」（『立命館文学』第430・431・432合併号、一九八一年）。
（12）「六朝助字小記」（『中国散文論』筑摩書房、一九六六年。のち『吉川幸次郎全集』第七巻、同書房、一九六八年に収録）。『全集』五〇二頁。
（13）塩見邦彦「唐詩俗語新考（二）」（『文化紀要』（弘前大学教養部）第一七号、一九八三年）。
（14）『文化紀要』（弘前大学教養部）第一八号、一九八三年。

(15) 注1に同じ。
(16) 同書一〇〇頁。
(17) これは十娘の言葉で、口語訳すると、「昨日は、あの人をからかったけど、今朝は、あの人にすっかりからかわれるままだわ」となる（今村与志雄訳『遊仙窟』岩波文庫、一九九〇年。八七頁）。なお、この書は原文の「今朝」を「今朝」と訳しているが、これは「今日」と訳すべきだろう。これも俗語としての用語である。
(18) 唐詩の「任他」については小川環樹『唐詩概説』（岩波書店、一九五九年）に解説がある。一九〇頁。

※ 大阪大学国文学研究室編輯『語文』第四八輯（一九八七年）に発表した。国語学の宮地裕教授の退官記念号であることにちなんで選んだテーマである。

以後、関連する研究として以下のものが公にされた。全体に及ぶものとして次の二つがある。

松尾良樹「平安朝漢文学と唐代口語」（『国文学解釈と解賞』第五五巻一〇号、一九九〇年）

『菅家文草』『菅家後集』に用いられた唐代口語について網羅して解説する。

塩見邦彦『唐詩口語の研究』（中国書店、一九九五年）

本章の注に挙げた諸論も取り入れて多くの用語を採録する。

静永健「『菅家文草』に見えたる口語表現」（和漢比較文学会編『菅原道真論集』勉誠出版、二〇〇三年。のち『漢籍伝来』勉誠出版、二〇一〇年に「菅家廊下の渡来人」として採録）は「当家」ほかの用語について論じる。「除非」については小島憲之『漢語逍遙』（岩波書店、一九九八年）第四章第二節「「除非」のあとさき」（初出一九九二年）に詳細な論がある。

20　『続日本紀』における中国口語

はじめに

古代における漢文文献の一つとして大きな存在である『続日本紀』は、多様な言語表現を含んでいるが、なかに中国の口語語彙あるいは口語的語法が用いられている。ゆえに、漢文によって表記された文献として『続日本紀』を正確に読み、理解するためには、その口語表現についても顧慮することが必要である。

一

『続日本紀』にはどのような口語表現が用いられているのか。まずそのおおよそを瞥見しておこう(1)。

男女

口語としては〈子〉という意味である。

勅、以二三品吉備内親王男女一、皆入二皇孫之例一焉。（霊亀元年二月丁丑）

長屋王の室吉備内親王所生の子については殊遇を与えるということである。

其取二僧尼児一、詐作二男女一、得二出家一、准レ法科レ罪。（天平六年十一月戊寅）

「僧尼の児を取りて」、「男女と作し」とあるので、「男女」が「児」の意であることがただちに了解できる。

所由

〈担当の役人〉〈官人〉の意。

大宝元年以降、僧尼雖レ有二本籍一、未レ知二存亡一。是以、諸国名帳、無レ由二計会一。望請、重仰二所由一、令レ陳二住処在不之状一。（宝亀十年八月庚辰）

この語は『養老令』にもみえ、これを従来「由《よ》る所」と解していた誤りを、湯浅幸孫氏が訂した。[2]

色

〈種類〉の意。『日本書紀』や『養老令』などにも見え、古代史料に習見の語であるが、「色」を〈種類〉の意で用いるのは中国口語に基づく用法である。

収二貯大蔵一諸国調者、令二諸司毎レ色検校相知一。（慶雲三年閏正月戊午）

調の種類ごとにの意。

さらに、次のような、この語を含む熟語がある。

色目

左右京二職所㆑掌調租等物、色目非㆑一。（延暦六年閏五月癸亥）

「色目」は種類。

本色

無礼之臣、聖主猶弃。宜㆘従㆓天教㆒却㆗還本色㆖。（天平宝字元年四月辛巳）

道祖《ふなど》王を皇太子から廃する勅の一部である。「本色」はここでは本来の諸王の身分。

当色

盧舎那大仏像成、始開眼。……、設斎大会。其儀一同㆓元日㆒。五位已上者、着㆓礼服㆒。六位已下者当色。（天平勝宝四年四月乙酉）

ここでの意味は位階相当の朝服。

一色

分㆓置四級㆒、恐致㆓煩労㆒。故其修行位・誦持位、唯用㆓一色㆒、不㆑為㆓数名㆒。（天平宝字四年七月庚戌）

僧位制定についての良弁らの奏上に対する勅答の一部である。「修行位」と「誦持位」とを同じにせよという。

「二色」「三色」の語も用いられている。

此間・其間

常人等答云、「勅使、衛門督佐伯大夫・式部少輔安倍大夫。今在二此間一者」。（天平十二年十月壬戌）

新大系本は「此間《ここ》」と読み、「「此間」は唐の頃からの口語。此処、の意」と注する。これで正しい。ところが、天平神護二年七月己卯条の、

入唐准判官羽栗臣翼、賷レ之以示二楊州鋳工一。僉曰、「是鈍隠也。此間、私鋳二濫銭一者、時或用レ之」。

については、「此《こ》の間《あひだ》」と読み、「「此間」は当方の意。ここは揚州の鋳工の語なので、中国をさす」と注を付す。しかし、これも先の例と同じように解すれば十分なのであり、したがって「ここ」と読む。

「此間」が〈ここ〉の意であるのに対し、「其間」は〈そこ〉の意で用いられる。

権建二肆鄽於龍華寺一、以二西川上一、而駈二河内市人一以居レ之。陪従五位已上、以二私玩好一交二関其間一。（神護景雲三年十月乙卯）

「其間」の読みとしては「其ノ間ニ」（標注本[3]・新訂増補国史大系本）「その間《あひだ》に」（新大系本）ではなく、「そこに」と読むべきであろう。

東西

迺者、辺郡人民、暴被二寇賊一、遂適二東西一、流離分散。（養老六年閏四月乙丑）

新大系本の注に、「あちこちに彷徨する。「東西」は唐の俗語で、斉明紀五年七月条の「不レ許二東西一」に「かにかくにすること許さず」との古訓があり」と注する。指摘のように、「東西」は〈あちこち〉の意。

側近

〈近く〉〈そば〉の意。

行宮側近明石・賀古二郡百姓、高年七十已上、賜レ穀各一斛。（神亀三年十月辛亥）

—別

〈—ごとに〉の意を表すのに、「毎レ—」ではなく、「—別」を用いるのは口語的用法である。

詔、令二正大弐已下無位已上者一、人別備二弓・矢・甲・桙及兵馬一、各有レ差。（文武三年九月辛未）

金光明経六十四帙六百四十巻頒二於諸国一。国別十巻。（神亀五年十二月己丑）

ほかに「道別」「団別」「色別」「戸別」「級別」「月別」「年別」「日別」「色別」「郡別」などの語例がある。

—子

接尾辞。

卜人曰、「竜王欲レ得二鐺子一」。和上聞レ之曰、「鐺子此是三蔵之所レ施者也。竜王何敢索レ之」。（文武四年三月己未）

「鐺」は足のついたなべ。これは道照の卒伝中の文であるが、この卒伝には同様の語として「梨子」も用いられる。『続日本紀』では、ほかに「菓子（くだもの）」「柚子」「種子」「苗子」のように植物に多く用いられるが、「窠子」（鳥の巣）の用例もある。

—頭

同じく接尾辞。

宮城以南大路西頭与二甕原宮以東一之間、令レ造二大橋一。（天平十四年八月乙酉）

のように、方位を表す語に付く場合、また、

天皇御二大安殿一、宴二五位已上一。晩頭、移二幸皇后宮一。（天平二年正月辛丑）

および「闇頭」のような時間帯を示す語に付く場合がある。

—箇

助数詞として用いられる。「三箇半」「数箇日」「両箇人」「一十箇郡」など。

勘当

〈しっかりと調べる〉〈よく考える〉の意である。

左兵衛正七位下板振鎌束至レ自二渤海一、以レ擲二人於海一、勘当下レ獄。（天平宝字七年十月乙亥）

同様の「—当」という語形の語として「勾当」がある。〈担当する〉〈処理する〉の意。

勅二堪レ事国司一人一、専知勾当、如有二非常一、便即押領奔赴、不レ失二事機一。（延暦二年六月辛亥）

顔面

〈おもねる〉こと。

凡擬二郡司少領已上一者、国司史生已上、共知簡定。……、如有二顔面濫挙一者、当時国司、随レ事科決。（天平十四年五月庚午）

東洋文庫本[4]は「意味不明」とするが、新大系本に、「僧尼令」の『令集解』所引「古記」に「阿党一種、俗語也」と注するのを引く。もう一例ある。

自レ今以後、更有二違犯一者、主典已下所司科決、判官以上録レ名奏聞。不レ得下曲為二顔面[5]一容中其怠慢上。（宝亀十年十一月乙未）

還帰・還却・却廻・却還・却帰

同義の二字を組み合わせた熟語で、意味はいずれも〈かえる〉。挙列は省略する。

計会

〈はかる〉〈はからう〉。

汝卿房前、当下作二内臣一計二会内外一、准レ勅施行、輔二翼帝業一、永寧中国家上。（養老五年十一月戊戌）

元正天皇の詔の一部で、藤原房前《ふささき》に対して、内廷と太政官とに亙る指導を命じている。

検校

〈しらべる〉〈かぞえる〉〈考える〉などの意。

自レ今以後、毎年遣二巡察使一、検二校国内豊倹得失一。（和銅五年五月乙酉）

国司・国師共知、検二校所レ読経巻幷僧尼数一附レ使奏上。（宝亀元年七月乙亥）

交関

〈交易する〉〈取り引きする〉の意。

以二穀六升一当二銭一文一、令三百姓交関各得二其利一。（和銅四年五月己未）

左右大臣大宰綿各二万屯、……、正四位下伊福部女王一千屯。為レ買二新羅交関物一也。（神護景雲二年十月甲子）

語話

同義の二字を重ねた語で、意味は〈はなす〉。

奈良麻呂云、「願与レ汝欲レ相二見古麻呂一」。共至二弁官曹司一、相見語話。（天平宝字元年七月庚戌）

『続日本紀』にはこの一例のみであるが、円仁の『入唐求法巡礼行記』に多用される。(6)

思欲

二字で一語。〈おもう〉の意。

朕君二臨四海一、撫二育百姓一、思二欲家之貯積、人之安楽一。（養老五年三月癸丑）

浮逃・逋逃

『敦煌変文字義通釈』に、両者同義として「浮寓、逃亡。即没有固定戸籍、流竄各地、逃避賦税徭役」と説明する。日本史学の領域では自明の用語であるが、これも中国口語に出る。『続日本紀』には「浮逃」は一例のみ、「逋逃」は二例。

禁二断逋逃一、粛二清盗賊一、籍帳皆実、戸口无レ遺。（和銅五年五月甲申）

遂乃売レ家売レ田、浮二逃他郷一。民之受レ弊、無レ甚二於此一。（宝亀十年十一月乙未）

聞道

「キクナラク」と訓読する。二字一語で〈きく〉の意。『敦煌変文集』[7]に頻見する。挙列は省略する。

—得

動詞につく接尾辞。文語では「得レ—」という形をとるが、「—得」は口語的用法。「学得」「兼得」「貪得」「訪得」「不相中得」の例が見られる。

一向

〈ひたすら〉。

式部省蔭子孫幷位子等、不レ限二年之高下一、皆下二大学一、一向学問焉。（天平十一年八月丙子）

元来・本自

「元来」は現行の語であるが、意味も同じく〈もとより〉〈もともと〉。同義の語として「本自」があるが、一例のみ。後者の例をあげる。

諸国駅戸、免レ庸輸レ調。其畿内者、本自无レ庸。比二于外民一、労逸不レ同。（延暦五年九月丁未）

好去

口語であることがよく知られている語である。別離の際の挨拶の語で、留まる者が去る者に対していう。〈さようなら〉〈御気嫌よう〉などの意。『万葉集』（巻五・八九四）の「好去好来歌」は有名である。(8)『続日本紀』には一例のみ。辞見する唐使に対して宣べられた勅に用いられている。

令三所司置二一盃別酒一、兼有二賜物一。卿等好去。（宝亀十年五月乙丑）

向来

〈さきに〉〈先頃〉の意。

治レ国大綱、在二文与レ武。廃レ一不レ可。言著二前経一。向来放レ勅、為レ勧二文才一、随二職閑要一、量置二公田一。

天平宝字元年八月辛丑条の、武の奨励のために六衛府に射騎田を置くことを命じた勅の一部であるが、文中の「勅」とは、直前の己亥条の、大学寮以下に公廨田を置いて学生の夜食に充てることを命じた勅を指す。従って、「向来」の解釈としては、「従来から」（東洋文庫本）とするより、「先に」とした方が適切であろう。

自外・自余

〈それ以外の〉〈そのほかの〉の意。「自余」は頻用の語。

新任国司向レ任之日、伊賀……淡路等十二国並給レ食。自外諸国、皆給二伝符一。（神亀三年八月乙亥）

自レ今以後、五世之王、在二皇親之限一。其承レ嫡者、相承為レ王。自余如レ令。（慶雲三年二月庚寅）

事須

二字で一語である。「事」は強意の接頭辞であり、〈―のこと〉という実義はない。誤解されることの多い語である。

父子之際、因心天性。恩賞所レ被、事須二同沐一。（神護景雲二年九月辛巳）

少許

〈少し〉。

朕有二少許答信物一。今差二宝英等一押送。（宝亀九年十月乙未）

登時

〈ただちに〉〈すぐに〉の意。「即時」に同じ。

因取二鐺子一、抛二入海中一。登時船進、還二帰本朝一。（文武四年三月己未）

比来

〈この頃〉〈近頃〉の意。

比来、僧綱等、既罕二都座一、縦恣横行、既難二平理一。（養老六年七月己卯）

分頭

〈分かれて〉〈別々に〉の意。

群臣百寮及士庶、分頭行二列殿後一。（天平勝宝元年四月甲午）

—自

接尾辞で、二音節の副詞を作る。『続日本紀』には「各自」「私自」「親自」「独自」「本自」（前掲）の例がある。現行のテキストには、「私《わたくし》に自《みづか》ら」「親シク自ラ」など、二語として読んでいる場合が散見されるが、二字で一語として理解すべきである。

所以

普通には「所二以――一」の形で、〈――である理由は〉の意で用いられるが、口語としては接続詞として用いられる。前文を承け、〈ゆえに〉の意で、下文に続く。

賊地雪深、馬蒭難レ得。所以雪消草生、方始発遣。（天平九年四月戊午）

兼

口語としては接続詞として用いられる。『続日本紀』ではすべて動詞句を並列する。〈――し、また――する〉

の意。

僧隆観還俗。……、頗渉二芸術一、兼知二算暦一。（大宝三年十月甲戌）

――以不（否）

句末に置いて、肯定と否定の選択疑問文を作る。口語的用法としてよく知られる。

唐国天子及公卿、国内百姓、平安以不。……、又客等来朝道次、国宰祇供、如レ法以不。（宝亀十年五月癸卯）

于レ時、奈良麻呂謂二全成一曰、「……、縁レ是議謀、事可二必成一。相随以否」。……、奈良麻呂語二全成一曰、「相二見大伴古麻呂一以否」。（天平宝字元年七月庚戌）

前者は唐使に与えられた勅のなかに、後者は橘奈良麻呂の変の記事の、奈良麻呂と佐伯全成の問答中に見える。

二

以上のように、『続日本紀』には少なからぬ中国の口語語彙、語法が取り入れられている。したがって、この書を読むに当たっては、そのことに留意しなければならないが、現行のテキスト[9]の理解には、この点において疑問のある所がある。前節でも少しふれたが、以下、そのことについて述べ、誤りを正しておこう。

触―

「触―」の語形をもつ熟語がある。

触途

ア、勅曰、左大臣正二位長屋王、忍戾昏凶、触途則著。尽レ慝窮レ奸、頓陥二疏網一。（天平元年二月丙子）

イ、藤野郡者、地是薄墝、人尤貧寒。差二科公役一、触途忩劇。（天平神護二年五月丁丑）

触事

ウ、畿内七道諸国主典已上、雖二各職掌一、至二於行事一、必応二共知一。或国司等私造二税帳一、竟後取レ署、不二肯署一レ名。因レ此、上下触事相違。（天平二年四月甲子）

触類

エ、大僧正行基和尚遷化。……、和尚、霊異神験、触類而多。時人号曰二行基菩薩一。（天平勝宝元年二月丁酉）

触処

オ、是日通夜地震。三日三夜、美濃国櫓・館・正倉、仏寺堂塔、百姓廬舎、触処崩壊。（天平十七年四月甲寅）

カ、又王臣家、国郡司及殷富百姓等、或以二下田一、相二易上田一、或以レ便、相二換不一レ便。如レ此之類、触処而在。（延暦十年五月戊子）

これらの語は、従来どう理解されていたか。

アについては、新大系本は「途に触れて」と訓読するのみで、どう解釈しているのかは不明確である。東洋文庫本は「そのけがれが（そのままあらわれ）」、学術文庫本は「道を誤って」と口語訳する。また、辰巳正明『悲劇の宰相長屋王』（講談社、一九九四年）に、この記述に言及するが、それにはこの「触レ途」を「このような悪の道にはまり」と解釈している。

イについては、「公の力役の徴発は、各種さまざまで、いそがしくあわただしい状態であります」（東洋文庫本）、「何かと労役が課せられ、多忙である」（新大系本）と解されている。

さらにオ・カについては、東洋文庫本・学術文庫本は「少しでも触れると倒壊した」「あちこちで行なわれている」と口語訳する。

これらの理解は、全く誤っているか、あるいは少くとも正解を得てはいないというべきである。

いかに解釈すべきか。まず、これらは「触―」という形の語彙として統一的に捉えるべきものである。

この「触―」の語については、『詩詞曲語辞例釈』を参看しなければならない。『詩詞曲語辞匯釈』『助字弁略』の「触処」についての「猶云、到処或随処也」の解釈を踏まえて、「今按、触有周遍義。且不限触処一詞、如触事猶言事事、凡事」という解釈を提示して、「触事」「触物」「触地」「触塗」「触景」の用例を列挙する。ここに「触有二周遍義一」という、「触―」の語を統一的に捉えうる正解が示された。

『続日本紀』の諸例もこれに従って解釈すべきである。「あらゆる」「すべての」と口語訳できよう。アは「（残忍凶悪さが）あらゆる面で現れ」となろう。ウについては、「何かにつけて」（東洋文庫本）「やることに」（新大系本）ではやはり不十分で、「すべての事で」の意である。オの「少しでも触れると」は誤解の著しいもので、カとともに「到る所」と口語訳すべきである。

なお、この措辞はすでに『日本書紀』にも「触事」「触路」があり、空海の『性霊集』にも「触途」の用例があるが、その一つ、「為二大使一与二福州観察使一書」（巻五）に、

雖レ然、遠人乍到、触途多レ憂。海中之愁、猶委二胸臆一、徳酒之味、未レ飽二心腹一。

とあるのを、日本古典文学大系本、また『弘法大師空海全集』第六巻（筑摩書房、一九七四年）に「国法に触れて」[10]と解するのは、はなはだしい誤りである。この場合も先の例と同じく、「あらゆる点で」と解釈すべきものである。

所有・所在

例えば、天平十六年十月辛卯条の道慈卒伝に、

属《このころ》遷二造大安寺於平城一、勅二法師一、勾二当其事一。法師尤妙二工巧一。構作形製、皆稟二其規摹一。所有匠手、莫レ不二歎服一焉。

の例があるが、「所有」は従来「所レ有スル」（標注本）「所レ有ノ」（国史大系本）「有る所の」（古典文庫本）と訓読されていた。東洋文庫本の「所有する技術者」という口語訳がこうした理解を最もわかりやすいかたちで示すものである。これに対して、新大系本は「有らゆる」と訓読する。「皆稟二其規摹一、所有匠手、莫レ不二歎服一焉」という文脈のなかで考えると、これはそのように理解するのが正しいであろう。そうしてそれは「所有」の口語としての用法である。口語としては、「すべての」「あらゆる」の意で、名詞を修飾する。

『続日本紀』には「所有」の例はかなりあるが、他の用例についても、口語的用法の存在を顧慮する必要がある。次の諸例も、従来はそのようには解釈されていなかったが、やはり「あらゆる」「すべての」の意味で理解すべきものであろう。

勅曰、以二淡路国一賜二大炊親王一。国内所有官物調庸等類、任二其所レ用。但出挙官稲、一依二常例一。（天平宝字八年十月壬申）

淳仁天皇を廃して淡路に幽閉した時の勅である。淡路国を大炊親王（淳仁）に与える、国内の官物調庸の類は自由に使ってよいが、出挙の官稲は除くというのである。「但」として除外例をあげている文脈上の対応から考えて、この「所有」は「すべての」の意と解すべきであろう。

勅二大宰府一、新羅使蘭蓀等、遠渉二滄波一、賀レ正貢レ調。……、如有レ表者、准二渤海蕃例一、写レ案進上、其本者却付二使人一。凡所有消息、駅伝奏上。（宝亀十年十月己巳）

筑紫太宰、遠居二辺要一、常警二不虞一、兼待二蕃客一。所有執掌、殊異二諸道一。（宝亀十一年八月庚申）

後者は諸国と異なる大宰府の特殊性を述べるが、「あらゆる職掌」と解してこそ、その文脈に合致する。

宜下仰二坂東八国一、簡中取所有散位子、郡司子弟、及浮宕等類、身堪二軍士一者、随二国大小一、一千已下五百已上上。（延暦二年六月辛亥）

宜下其三国之関、一切停廃、所有兵器粮糒、運二収於国府一、自外館舎、移中建於便郡上矣。（延暦八年七月甲寅）

この二例、国史大系本には「所ノ有ユル」と訓点を付す。「あらゆるところの」と読むことになろうか。訓法としては熟さない表現であるが、「所有」の意味の理解は正しい方向にある。「あらゆる」「すべての」の意である。

この「所有」と類似の語として「所在」がある。

（天平）十八年授二従五位一、歴二職内外一、所在無レ績。（宝亀八年九月丙寅、藤原良継薨伝）

以二宰輔之胤一、歴二職内外一、所在無レ績、吏民患レ之。（延暦九年二月乙酉、藤原浜成薨伝）

ともに薨伝に用いられ、全く同じ措辞であるが、意味は「どの職においても」（東洋文庫本）で正しい。ここでは「いたる所で」の意で副詞的に用いられている。

もう一例ある。

凡為レ政之道、以レ礼為レ先。無レ礼言乱、言乱失レ旨。往年有レ詔、停二跪伏之礼一。今聞、内外庁前、皆不二厳粛一。進退無レ礼、陳答失レ度。斯則所在官司、不レ恪二其次一、自忘二礼節一之所レ致也。（慶雲四年十二月辛卯）

ここも「あらゆる、すべての」の意で、単に「そこの」（東洋文庫本）ではなく、「どの官司もがみな」となろう。

親情

三例がある。

ア、陸奥将軍大伴古麻呂、今向二任所一、行至二美濃関一、詐称レ病、請レ欲下相二見一二親情一、蒙中官聴許上、仍即塞レ関。（天平宝字元年七月戊申）

イ、自レ今已後、王公已下、除二供祭療患一以外、不レ得レ飲レ酒。其朋友・寮属・内外親情、至二於暇景一、応二相追訪一者、先申二官司一、然後聴レ集。（天平宝字二年二月壬戌）

ウ、陸奥柵戸百姓等言、遠離二郷関一、傍無二親情一。（天平宝字四年十月癸酉）

新大系本はイ・ウについては「親情《しんじやう》」と音読するが、アはなぜか、「親《うがら》の情《こころ》」と訓読する。しかしそのように読むのは誤りである。この語は二字の熟語で、「親戚、親族」の意。三例ともにその意味である。東洋文庫本の「親しい者」の訳は正しい。

この語は唐代特有の口語で、敦煌変文に用例が多いが、一例をあげると、「父母恩重経講経文」に、

親情勧着何曾聴、父母教招似レ不レ聞。

とある。白居易も用いており、新楽府の「井底引二銀瓶一」（『白氏文集』巻四）に、

豈無三父母在二高堂一、亦有三親情満二故郷一。

「父母恩重経講経文」と同じく「父母」の対語として用いる。

情願

「親情」と似た事情にある語に「情願」がある。『続日本紀』に一八例があるが、名詞が一例で、他はすべて動詞である。新大系本は名詞は「任二主情願一」を「主の情願に任せて」と読み（神亀五年三月甲子）、一語として捉えているが、動詞はすべて「情《こころ》に願ふ」と読んでいる。初出例をあげると、和銅六年三月壬午条に引かれた元明天皇の詔に次の一文がある。

国司者式部監察、計レ違附レ考。或雖レ非レ用レ銭、而情二願通商一者聴之。

傍線部を新大系本は、「通商を情に願ふ者は聴せ」と読む。合符を付して明示しつつ、「情願」を一語として捉えているのは正しいが、「情」を「こころに」と読んでいる。そう読むのは誤りである。この語も唐代口語であり、二字熟語で、「情願」で「ねがう」の意である。『敦煌変文集』の一例に

我捨二慈親一来二下界一、情三願将レ身作二夫妻一。（「破摩変文」）

とある。なお、国史大系本は先の引用部は「情二願スル通商一ヲ者ハ聴レ之」と送り仮名を付していて二字一語と正しく捉えているが、全部の例には及んでいない。

為・将

「親情」の用例のアとして引用した天平宝字元年七月戊申条はいわゆる橘奈良麻呂の変を語る長文の記事であるが、その中に、上道斐太都《かみつみちひだつ》による奈良麻呂らの陰謀の密告の様子が臨場感に満ちた筆致できわめてリアルに記

述されている。

上道臣斐太都告㆓内相㆒云、

「今日未時、備前国前守小野東人喚㆓斐太都㆒謂云、

『有㆓王臣謀㆑殺㆓皇子及内相㆒。汝能従乎』。

斐太都問云、

『王臣者為㆓誰等㆒耶』。

東人答云、

『黄文王・安宿王・橘奈良麻呂・大伴古麻呂等、徒衆甚多』。

斐太都又問云、

『衆所㆑謀者、将㆓若為㆒耶』……」。

小野東人と斐太都とのやりとりを語る。新大系本は傍線部ア・イにこのように返り点を付して、これを「王臣とは誰等《たれたれ》に為《あ》るか」、また「若《いか》にかせむとする」と訓読するが、疑問がある。

まずアについて。「為」の理解を誤る。この「為」は疑問表現の文頭に置かれる発問の辞と解すべきであろう。末尾の疑問の助字「耶」と呼応する。

なお、「誰等」も口語であるが、それについては理解が届いていると考えられる。新大系本第四冊の「解説」、沖森卓也「続日本紀の述作と表記」（六五〇頁）に、小島憲之氏の「俗語の用法」という指摘への言及がある。

「為誰等耶」は、訓読すれば「はた誰等なるか」、「為」は口語訳すれば「そもそも」「いったい」となろう。

天平十二年十月壬戌条の藤原広嗣の乱の征討将軍大野東人の報告のなかに、

良久、広嗣乗レ馬出来云、「承二勅使到来一。其勅使者為誰」。常人等答云、……

とあり、新大系本は「為誰」をやはり「誰にあるか」と読む。対応する句末の助辞はないが、この「為」も先の例と同じく発問辞と解すべきであろう。「はた誰なるか」。東洋文庫本の「いったい誰であるか」が正しい解釈である。

傍線部イについて。「若《いか》にかせむとする」と訓読することから、「将」はいわゆる再読字、「マサニ……セントス」と捉えられていることになるが、そうではなかろう。この「将」も文頭に置かれる発問の辞と理解すべきである。末尾の「耶」と対応し、前述の傍線部アと同じ構文である。

なお、神亀四年二月甲子条の聖武天皇の勅に、

　朕施レ徳不レ明。仍有二懈缺一耶、将百寮官人不レ勤二奉公一耶。

とあるのは選択疑問で、新大系本もそのことを正しく捉え、「将《はた》、――か」と読む。イは選択疑問ではないが、「将――耶」の形は同様のものと理解すべきであろう。

また「若為」も口語である。このことは小島憲之氏に指摘があり[11]、前記「解説」がこれに言及すること、先の「誰等」に同じ。

「将若為耶」は「はたいかなるや」と訓読すべきであろう。

母家

延暦九年十二月辛酉条の勅に次の一文がある。

　其土師氏惣有二四腹一。中宮母家者是毛受《もず》腹也。

土師氏から分かれた諸氏の改姓を語る、史学では周知の史料である。中宮は桓武天皇の生母の高野新笠《にいがさ》。こ

こに「母家」の語が用いられているが、これを新大系本は「母の家」と訓読し、「中宮高野新笠を生んだ土師氏」と説明する。また東洋文庫本も「母親の家」と口語訳する。これで何の問題もないようであるが、この「母家」は中国口語としての用法なのではなかろうか。

口語としては「いえ」という実義を持たない接尾辞として用いられる。一つは「官家」「郡家」「駅家」「寺家」など、公的（またそれに準ずる）機関に付くものであるが、もう一つに人を表す語に付く場合がある。『敦煌変文集』に見える「自家」「他家」「児家」「妾家」、『遊仙窟』の「誰家」などで、「〇〇の家」ではなく、「自分」、「かれ」、「私（女の自称）」、「だれ」という意味である。例をあげると、

「伍子胥変文」に、

児家本住南陽県、二八容光如皎練（児家《わたくし》はもともと南陽県のもの、年は二八かんばせは練《しろたえ》のごと）

また、

妾家住在荒郊側、四廻無隣独棲宿（妾家《わたくしめ》は荒れ野のかたわらに住まいして、あたりに隣家なき一人暮らし）

とある(12)。また『遊仙窟』には、十娘の詩に、

誰家解事眼、副著可怜心

とある。あえて訓読すれば、「誰家《たれ》ぞ事を解する眼の、怜《あわ》れむべき心に副ひ著ける」となる。

日本の史料では『養老令』に例がある「戸令」25（日本思想大系『律令』）に「女家」とあるが、これも「女の家」ではなく、単に女である(13)。

口語としてこうした用法のあることを考えると、「母家」も母の家ではなく、母という意味ではなかろうか。その論拠は上述の用例と、「母の家は毛受腹」というより「母は毛受腹」という方が自然であるという、ごく常

識的な言語感覚である。

おわりに

史学においても、文献の正確な読解がすべての基礎となることは、こと改めていうまでもないことである。古代の漢文史料には、いろいろな性格の漢語表現がとり込まれているはずであるが、その一つとして、以上『続日本紀』を対象として述べてきたように、中国口語の語彙、語法が採用されている。したがって、史料を読むに当たっては、このことをよく認識しておく必要があろう。

なお、当初、『続日本紀』中の口語表現を拾う作業を行うに当たって、もう一つ、そうした表現の分布に何らかの特徴が、たとえば、ある語彙、語法がある巻に集中して出現するなどの事実が現れはしないかをも予想したが、そのようなことは見出だしえなかった。

注

(1) ただし、本章は『続日本紀』中の中国口語を網羅的に拾うことを目的とするものではない。各語の挙例もその一部である。
『続日本紀』の本文は新日本古典文学大系『続日本紀』一～五(岩波書店、一九八九～一九九八年)に拠る。
口語としての認定については、蔣礼鴻『敦煌変文字義通釈』第四次増訂本(上海古籍出版社、一九八一年)、王鍈『詩詞曲語辞例釈』増訂本(中華書局、一九八六年)、入矢義高『敦煌変文集口語語彙索引』(著者油印、一九六一年)、太田辰夫『祖堂集口語語彙索引』(朋友書店、一九六二年)、松尾良樹「『万葉集』詞書と唐代口語」

（『叙説』一九八六年）、「『日本書紀』と唐代口語」（『和漢比較文学』第三号、一九八七年）、「唐代の語彙における文白異同」（『漢語史の諸問題』京都大学人文科学研究所、一九八八年）、「平安朝漢文学と唐代口語」（『国文学解釈と鑑賞』第五五巻一〇号、一九九一年）等を参看した。

（2）「養老令考弁二則」（『日本歴史』第五〇六号、一九九〇年）。

（3）佐伯有義校訂標注、増補六国史『続日本紀』（名著普及会、一九八二年復刻版）。

（4）直木孝次郎他訳注、東洋文庫『続日本紀』1～4（平凡社、一九八六～一九九二年）。

（5）これについては、東洋文庫本も「おもねり」と解釈する。

（6）松尾良樹「『日本書紀』と唐代口語」（注1前掲）。

（7）王重民他編、人民文学出版社、一九五七年。

（8）小島憲之『上代日本文学と中国文学』中（塙書房、一九六四年）第五篇第四章参照。

（9）前掲の新大系本・新訂増補国史大系本・標注本・東洋文庫本に加え、林陸朗校注訓訳、古典文庫『完訳注釈続日本紀』（現代思潮社、一九八五～一九九二年）、宇治谷孟『続日本紀』（講談社学術文庫、一九九二～一九九五年）を検討の対象としたが、新大系本は訓読文および脚注のあることから、また東洋文庫本は口語訳されていることから、主な対象とした。

（10）古典大系本は、さらに「密入国者として取り扱れたのをいう」と敷衍する。

（11）注8著下（一九六五年）第七篇第一章。

（12）（　）内は中国古典文学大系『仏教文学集』（平凡社、一九七五年）の入矢義高氏による口語訳。

（13）次章「日本の古代の文献と中国口語」参照。

※『続日本紀研究』第三〇〇号記念特集（一九九六年）に発表した。
ただし、第三節の「母家」についての論述は「日本の古代の文献と中国口語」（次章）で述べていたものを移して本章に入れた。

21

日本の古代の文献と中国口語

はじめに

古代[1]の漢文文献の用語にはさまざまな性格のものがあるが、その一つに、中国において本来話し言葉であった口語（俗語）がある。これに関心を懐き、平安朝詩における、また『続日本紀』における摂取について考察したが（本書19・20章）、見るべき文献はなお多くある。その一端として、中国口語をめぐる、いくつかの問題を考えてみたい。

一

文章を表記するに当たって、中国口語を使用する際には、それを自覚し、そのことに言及しているものがある。平安初期の入唐僧の一人、円珍の在唐記である『行歴抄』がその一例である。大中七年（八五三）十二月十五日条は、内容そのものが衝撃的な話である。共に日本からの入唐僧であるが、円載は円修に怨みを懐き、新羅僧を雇って彼を毒殺しようとする。しかし失敗に終わる。

　便新羅却来曰、「趁他不著（他《かれ》を趁《お》ふも著《いた》らず）」。載曰、「叵耐、叵耐〈和言阿奈祢太、々々々々〉」。

新羅僧が帰ってきて、「追いかけたが、だめだった」と報告する。それを聞いた円載の反応が「叵耐」の語で表現され、この語は日本語で言えば「阿奈祢太（あなねた）」であると補足されている。その部分、〈　〉に入れたが、原文では双行注である。「あなねた」は感動詞の「あな」と「ねたし（妬し）」の語幹の「ねた」である。ここでの「叵耐」は文脈に即していえば、「ちくしょう」というのが当たるだろう。

「叵耐」は口語である。『詩家推敲』に、

　叵耐ハ俗語。忿怒之辞。叵耐一双窮相眼、不堪花卉在前頭崔魯コレナリ。

とある。

　そのことを記してはいないが、円珍は「叵耐」が口語であることを認識していた。「和言阿奈祢太」と注記を加えたのはその故である。

　大江匡房の編纂になる『続本朝往生伝』所収の寛印伝にも、口語についての言及がある。伝に寛印の師、源信についての記述がある。源信は敦賀に出向いて宋から来朝した朱仁聡に会い、言葉を交わすが、その朱仁聡の言である。

　又曰、「取国信物三五奉之」〈三五者彼朝之語、如此間称一両、先是、僧都至弘決今文依此略三五字所、古賢之義不相叶、僧都義曰、如謂一両、此詞也叶〉。

　又曰はく、「国の信物三五を取りて奉る」と。〈三五は彼の朝の語にして、此間《ここ》に一両と称《い》ふが如し。是れより先、僧都、弘決の「今文依㆑此略㆓三五字㆒」の所に至りて、古賢の義相叶はず。僧都義《と》きて曰はく、一両と謂ふが如しと。此の詞また叶へり〉。

〈 〉で括った部分は、原文では二行割書で、「三五」についての注である。すなわち、「三五」というのは宋の言葉で、「此間」では「一両」というと説明している。「此間」については次に取り上げるが、この文はそのきわめて見やすい例で、中国に対して日本をいう。つまり「三五」とは我が国の「一両」の意味である、というのである。なお、「弘決」は湛然の『止観輔行伝弘決』で、この書にも「三五」が用いられていることを付け加えている。こうした注を加えているのは、これが普通の文章語とは違う特別な用語と意識したからである。ここはそのことをよく示す場面であるが、それは宋人の発言のなかで用いられている。

「三五」の意味は、ここに説くように、一二あるいは二三、若干である。『漢語大詞典』には「約挙之数、表示数目不多」と説明する。

他の用例を挙げると、寒山の詩に、

三五痴後生　三五の痴《おろ》かなる後生
作事不真実　事を作《な》すに真実ならず

があり、中国詩人選集『寒山』（入矢義高注、岩波書店、一九五八年）の口語訳に「幾人かの阿呆な若もの」という。また白居易も用いている。「対鏡吟」（『白氏文集』巻五十一）に、

少於我者半為土　我より少《わか》き者も半ばは土と為り
墓樹已抽三五枝　墓樹已に抽《ぬきい》づ三五の枝

とあり、新釈漢文大系『白氏文集』九（岡村繁注、明治書院、二〇〇五年）の通釈に「三四本の枝」という。

日本の文献には用例が少ないが、空海の「五部陁羅尼問答偈讃宗秘論」（『弘法大師全集』第二輯）の

真言教殊勝　真言の教へは殊勝なり
諸乗非妙理　諸乗は妙理に非ず
為断衆心疑　衆心の疑ひを断たんが為に
略引於三五　ほぼ三五を引かん

は、その稀少な一例である。

二

前節で「三五」の用例が見えるものとして引いた『続本朝往生伝』の寛印伝には、また「此間」という語が用いられているが、この語もまた口語である。この語について考えてみよう。

まず、はっきりとさせておかなければならないことはこの語の訓みである。例えば『続本朝往生伝』の日本思想大系本（大曾根章介校注、岩波書店、一九七四年）は「この間」と訓読するが、誤りである。そのことは、この語についての専論である、池田証寿「「カシコ（彼間）」と「ココ（此間）」――因明大疏抄に見える肝心記の佚文――」（『国語学』第一五五集、一九八八年）が論の出発点として挙げる「肝心記」の佚文に明確に示されている。

案云、彼間者俗語也倭言加之去此間者俗語倭言挙去

「此間」が俗語（本章でいう口語）として用いられた時の意味を日本語で言えば「挙去（ここ）」である、ということになる。「此間」に俗語（口語）としての用法があることと、その訓みを明記した、まことに貴重な資料であ

る。なお『類聚名義抄』にも「此間ｺ、」とある。

訓みを確定してもう一度、寛印伝の文章に戻る。

　三五は彼の朝の語にして、此間《ここ》に一両と称《い》ふが如し。

この一文は「此間」という語が、「彼朝」、宋（中国）に対して、日本を指す語(2)であることをよく示す例である。

もう一例挙げておこう。

平城天皇の皇子、高岳親王は嵯峨天皇の即位に伴って皇太子となるが、いわゆる薬子の変が起こるに及んで廃され、出家して、真如と号し、のち貞観年間に入唐する。そのことを記録した「頭陀親王入唐略記」（『入唐五家伝』『大日本仏教全書』一一三巻）に、貞観四年七月の出発時のことが記述されているが、次の一文がある。

　柂師、絃《(ママ)》張支信・金文習・任仲元〈三人並唐人〉・建部福成・大島智丸〈二人並此間人〉。

梶取五人のうち、三人は唐人で、二人は日本人であると注記しているのであるが、「此間人」という。

このようにして口語としての漢語「此間」に基づいた、中国に対して日本をいう「ここ」という語が成立したが、この語は『源氏物語』に取り入れられる(3)。

「梅枝」の巻、入内する明石姫君のために源氏が自ら書いた草子の料紙についての評である。

　唐の紙のいとすくみたるに、草《さう》書きたまへる、すぐれてめでたしと見たまふに、高麗の紙の、膚こまかに和《なご》うなつかしきが、色などははなやかならで、なまめきたるに、おほどかなる女手の、うるはしう心とどめて書きたまへる、たとふべき方なし。見たまふ人の涙さへ水茎《みづくき》に流れそふ心地して、飽く世あるまじきに、またここの紙屋の色紙の色あはひはなやかなるに、乱れたる草の歌を、筆にまかせて乱れ書きたまへる、見どころ限りなし。（三―四一九）(4)

「唐」「高麗」に対して日本を「ここ」という。また「若菜上」にも用例がある。二例があるが、一つは朱雀院が行う女三宮の裳着のための準備のさまを述べるなかにある。

御しつらひは、柏殿《かへどの》の西面に、御帳、御几帳よりはじめて、ここの綾、錦はまぜさせたまはず、唐土の后の飾りを思しやりて、うるはしくことごとしく、輝くばかり調へさせたまへり。……。院の御事、このたびこそとぢめなれと、帝、春宮をはじめたてまつりて、心苦しく聞こしめしつつ、蔵人所、納殿の唐物ども多く奉らせたまへり。（四―四二）

唐からの舶来品が尊ばれ、自国の製品は貶められている。もう一例は光源氏の四十賀に参列した太政大臣への贈物についての叙述に見える。

御贈物に、すぐれたる和琴一つ、好みたまふ高麗笛そへて、紫檀の箱一具に唐の本ども、ここの草の本など入れて御車に追ひて奉れたまふ。（四―一〇二）

ここでは書の手本に関していう。

いずれも外国の対称としての日本を「ここ」という。先にあげた『続本朝往生伝』「肝心記」「頭陀親王入唐略記」における「此間」と同じ用法であるが、為時の娘は「ここ」という語がこのような来歴を持つ語であることを意識していたであろうか。

三

私はこれまでにも、日本の古代の漢字文献に用いられた中国口語についていくつかの小稿を草したことがある（5）

が、いずれもそれぞれの文章や詩を正しく読むためにという意図からであった。そうした視点から見ると、取り上げて検討すべきものがなおある。

『日本書紀』孝徳天皇、大化元年（六四五）八月庚子（五日）条に引用された詔に、次の条がある。

男女之法者、良男良女共所生子、配其父。若良男、娶婢所生子、配其母。若良女、嫁奴所生子、配其父。若両家奴婢所生子、配其母。若寺家仕丁之子者、如良人法。

男女の法は、良男・良女共に生みし所の子は、其の父に配せよ。若し良男、婢を娶りて生みし所の子は、其の母に配せよ。若し良女、奴に嫁して生みし所の子は、其の父に配せよ。若し両家の奴婢の生みし所の子は、其の母に配せよ。若し寺家の仕丁の子ならば、良人の法の如くせよ。

大化改新の最初の立法として、おそらく多くの研究の蓄積があるであろうこの条について、その要点を述べたものであろうと考えて、日本古典文学大系本によれば、これを「男女の法」と呼び、「補注」に次のように説明する。

この四条からなる男女の法の一般の意味については、（a）男と女の婚姻の法とも、（b）良と奴婢を分つ身分法とも、（c）うまれた男女の帰属についての規定とも解せられているが、直接には、（c）の意味のものであろう。

同様の、より近年の成果として新編日本古典文学全集本では、やはり「男女の法」とし、「生れる子を、男女すなわち父母のどちらに配するかを定めた法」（頭注）と説明するが、これらは誤っているか、十分な正解を得ていないというべきであろう。先の文章はやはり生まれた子の帰属を定めたものとするのが最も素直な読み方であろう。問題は「男女」という語の理解の仕方である。従来の説はこれを男と女の意で解しているが、ここの「男女」はその意味ではない。

「男女」は文語としては「男と女」であるが、口語としては「子供」という意味である。(6)

このことが明瞭な用例を『日本書紀』に求めると、

凡是天皇男女、并廿王也。（応神天皇二年三月壬子）

小泊瀬天皇崩。元無二男女一、可レ絶二継嗣一。（継体天皇即位前紀）

このような用例のあることから、この孝徳紀の例も同じく子供という意味で解すべきであろう。そうすると、先の詔にいうところは、じつにすっきりと理解できる。したがって、これは「男女の法」ではなく、「子の（帰属の）法」である。

同義の用例を別の文献からあげよう。空海が執筆した「酒人内公主の為の遺言」（『性霊集』巻四）にも見える。桓武天皇の妃の一人、酒人《さかうど》内親王の、式部卿、大蔵卿と安勅《あて》内親王に宛てた遺言であるが、実子の先立つ死を述べ、次のようにいう。

猶子之義、礼家所貴。所以取三箇親王、以為男女。

猶子の義は、礼家の貴ぶ所なり。所以《ゆえ》に三箇《みたり》の親王を取りて、以て男女と為す。

ここにも「男女」の語が用いられている。日本古典文学大系本の「式部・大蔵両卿は男、安勅内親王は女」という注には苦笑せざるを得ないが、これはその意味ではない。先の例と同じく子供の意である。それでこそ三親王を猶子とするという、この遺言の趣旨に合致する。

『養老令』の戸令（26）(7)に次の一条がある。

凡結婚已定、無故三月不成、及逃亡一月不還、若没落外蕃、一年不還、及犯徒罪以上、女家欲離者、聴之。

凡《およ》そ結婚已に定まりて、故無くして三月まで成らず、及び逃亡して一月まで還《かえ》らず、若しくは外蕃に没落して一年まで還らざらむ、及び徒罪以上犯したる、女家離れむと欲せば、聴《ゆる》せ。

『律令』の頭注に、この条の内容を要約して、「婚約と婚姻を女家が解消できる事由についての規定」（傍点、引用者）とある。また、この条の補注（五六三頁上）にも、「この条は、女家が相手の男の行為を理由にして……。女家が定婚を勝手に破棄した場合には……」のように「女家」の語が用いられている。このように注釈の文にも「女家」の語が用いられているので、この条の注解者は、あるいは「女家」の語を「女の家」「女方」と理解しているのではないか、などと思ったりもするが、この「女家」は唐代口語としての用法で、「家」は人を表す語に付く接尾辞である。このことは前章「『続日本紀』における中国口語」で「母家」を例として用例もあげて述べたが、この語については、見合わせるべきもう一つの例がある。

『万葉集』巻十八所収、大伴家持の「史生尾張小咋を教え喩す歌」には歌に先立って、歴史史料四条が引用されているが、その一つである。

両妻例云、有妻更娶者徒一年。女家杖一百。離之。

両妻例に云はく、妻有りて更に娶る者は徒一年。女家は杖一百。之れを離《はな》て。

重婚を禁止する規則である。これを犯した者は男は一年の労役刑、女は杖で百たたきのうえ、離婚させる、という。この「女家」は「女の家」ではなく、人そのものを指すことは明白である。同じ性格のこの文章にこの用例のあることから、戸令の「女家」も同じく「女」と理解すべきである。

『古今集』の撰者の一人である凡河内躬恒の家集『躬恒集』に、例外的に漢詩が収載されている。延喜十八年

（九一八）九月二十八日、蔵人たちが行った北山遊覧の折に和漢兼作として賦した七首であるが、その一首に論及すべきものがある。

これは「晩秋遊覧、同《とも》に「秋景閑行を引く」を賦す。各おの一字を分かつ」の題で詠じた詩歌群であるが、その中の「近江介」（藤原伊衡）の詩である。流布のテキストとして和歌文学大系『貫之集・躬恒集・友則集・忠岑集』（明治書院、一九九七年。『躬恒集』の校注は平沢竜介。以下「大系」と略称）に拠ってその詩を挙げる。

錦葉銭苔列次逢　錦葉銭苔列次《れつじ》に逢ひ
秋遊任意歩疎慵　秋遊意《こころ》に任せて歩み疎慵《ものう》し
行々賞得群山色　行々賞し得たり群山の色
未弁紅林蓆幾峯　未だ紅林幾峯に蓆《し》くを弁ぜず

疑問のある語は第一句の「列次」であるが、この和漢兼作は『躬恒集』としての注釈だけでなく、和歌史研究において注目され、いくつかの論究があるので、どう解されているか、合わせて見ておこう。

峯岸義秋「躬恒集の和漢兼作と聯歌」（『平安時代和歌文学の研究』桜楓社、一九六五年。以下「峯岸著」）
工藤重矩「藤原伊衡――重代の歌人――」（『平安朝律令社会の文学』ぺりかん社、一九九三年。「工藤著」）
藤原忠美・徳原茂美『躬恒集注釈』（貴重本刊行会、二〇〇三年。「注釈」）
丹羽博之「西本願寺本三十六人集『躬恒集』の漢詩を巡って」（『国文論叢』第三九号、二〇〇七年。「丹羽論文」）

第一句の「列次逢」について、工藤著は西本願寺本の「訴次逢」の本文を採り、「次逢を訴へ」と訓むが、他は「大系」と同じく他本で校定した「列次逢」を「列次に逢ひ」と訓む。工藤著は訓読を示すのみで、意味については何も触れないが、私には「次逢を訴へ」とはどういう意味になるのか、よくわからない。(8) 大勢は「列次に逢ひ」で、「並んでいるのに出会い」（大系）、「次々と姿を現し」（注釈〈口語訳〉）、「次々と現れるのに出会うというのである」（注釈〈語釈〉）、「整然と並んでいるのに出会い」（丹羽論文）と解する。

一見、これで問題ないように思われる。しかし「列次」にこだわってみたい。

「列次」は本来の漢語で、順序、序列の意である。『大漢和辞典』『漢語大詞典』ともに同じ用例を挙げる。『淮南子』詮言訓に、

俎豆之列次、黍稷之先後、雖知弗教也（俎豆の列次、黍稷の先後、知るといへども教へざるなり）。

『漢書』巻七十二、王吉伝に、

朕以君有累世之美、故踰列次（朕、君に累世の美有るを以て、故《ことさら》に列次を踰《こ》えしむ）。

我が国の文献では、『続日本紀』和銅六年四月乙卯（二十三日）条に用例がある。

始制、五位已上同位階者、因年長幼、以為列次（始めて制すらく、五位已上の位階を同じくする者は、年の長幼に因りて、以て列次と為せ）。

いずれも名詞である。「列次」という漢語はこのように用いられる。このことを考えると、先に示した諸家の理解には疑問を感じる。「並んでいるのに」あるいは「現れるのに」とする解釈は名詞句であるが、そうであれば、本文は「逢列次」という語順でありたい。「列次逢」という形では、「列次」は副詞として捉えるのが素直な理解だろう。

「列次」は本来「取次」であったのではなかろうか。『躬恒集』諸本に「取次」という本文のものはない。意改することになるのであるが、「列」と「取」は草体で

図1 「列」「取」

（列）　（取）

北川博邦編『日本名跡大字典』角川書店、1981年より引用

は紛れやすい（図1参照）。本来「取」であったものが「列」と誤読されて(9)「列次」という本文が出来上ったのではなかろうか。

「取次」はこのような語である。

文法書に、『詩詞曲語辞匯釈』『詩語解』『文語解』などに取り上げられているが、たとえば『詩語解』には「カリソメニ、カツテニ」と訳する。『類聚名義抄』には三箇所に出るが、いずれも「ミダリカハシ」と訓を付す。

近年の辞書として『角川大字源』に拠れば、

①かりそめに。まにあわせに。

②しだいに。つぎつぎに。

③勝手に。みだりに。

と解する。いずれも副詞である。

「取次」は白居易の詩に屢見の語である。(10)九例がある。白詩に拠って実際の例を見てみよう。

『白氏文集』巻十一、「東坡を歩む」に、

信意取次栽　意に信《まか》せて取次に栽《う》ゑ

無行亦無数　行無くまた数無し

東の堤に植えた木を詠む。先の①の意でもあり、また③でもあろう。

巻十六、「寒食の江畔」に、

聞鶯樹下沈吟立　鶯を聞きて樹下に沈吟して立つ

信馬江頭取次行　馬に信せて江頭取次に行く

これは③である。岸辺を勝手気ままに馬を進ませるのである。この一聯は『千載佳句』巻下、春遊に採られているが、最善本である国立歴史民俗博物館本には[11]「取次」に「ミタリカハシク」の訓が付されている。

巻五十四、「東城の桂三首（その二）」に、

当時応逐南風落　当時応に南風を逐ひて落ちしなるべし
落向人間取次生　人間《じんかん》に落ちて取次に生ず

これは②である。

平安朝詩にも用いられている。ただし『躬恒集』以前には用例がない。大江匡衡（九五二〜一〇一二）の「江吏部集』に、「三月三日、左相府の曲水宴に侍り、同に「流れに因りて酒を汎《う》かぶ」を賦す」（巻上、四時部）に、

時人得処坐青苔　時人処を得て青苔に坐す
汎酒清流取次廻　酒を清流に汎かぶれば取次に廻る

とある。②「つぎつぎに」の意である。

平安末期の『本朝無題詩』には三例あるが、ここには一例のみを挙げておこう。

235[12]三月尽日即事　藤原有信

久在閑官多仮景　久しく閑官に在りて仮景多し
不妨取次放遊頻　取次に放遊すること頻りなるを妨げず

気ままに、自由に遊ぶのである。

「取次」はこのような語である。

もとに戻って、第一句を「錦葉銭苔取次逢」と校定すれば、「取次」の意味は②でもあり、③でもあるだろう。

秋の山を歩いて行くと、紅葉や苔につぎつぎと出会う、しかもその紅葉や苔は赤、黄、茶、緑さまざまな色彩が無秩序につぎつぎに現れる。そのことをいうのが「取次」である。

　この詩は、結句「未弁紅林蓆幾峯」についても、従来の理解には疑問がある。併せて述べておこう。

　この句については、従来の説はいくつかに分かれる。先に示した「大系」の「未だ紅林幾峯に蓆《し》くを弁ぜず」は峯岸著の本文と訓読を襲うものである。丹羽論文も「未だ弁へず紅林の幾峯に蓆くかを」で同じ。「注釈」は「未弁仁林茅幾峯」の本文に拠って、「未だ仁林の幾峯を茅とするかを弁ぜず」と訓み、「仁徳が峯々のどこまで広く及んでいるか量り知れない」と口語訳するが、〔語訳〕には次のようにいう。

　この辺り本文を判読し難い。底本（西本願寺本）[13]・建本（冷泉家時雨亭文庫蔵建長四年本）の「未弁仁林茅幾峯」とすれば「慈しみの林がどれほど多くの峯々を覆っているか見当もつかないほどだ」というほどの意か。「茅」は「茅土」、天子から与えられた領地のこと。仁徳のいかに広く及んでいるかをいう。しかしこの解には無理があり、

として、「大系」の解釈――「紅葉した林が幾つの峯にひろがっているか明らかにできない」を一案として引く。工藤著は本文を「未弁仁林第幾峯」とし、これを「未だ弁ぜず仁（紅）林第幾峯」と訓むものの、こういう。

　結句は能く訓めない。「仁林」は「紅林」とする伝本もあり、仁は紅の草体の誤りであろう。「第」は写本では草冠に作るが、その字であれば「草多也」（新撰字鏡）の意であるから、ここには適さないであろう。幾は平仄が合わない。原のままであれば、伊衡の失である。　（三一八頁）

　まずはっきりさせなければならないのは第五字をどう判読するかである。「蓆」「茅」「第」と区々であるが、「茅」とする本文は、前にも用いた『日本名跡大字典』に採録された「第」の草体を見れば（図2参照）、これが

図2 「第」

関戸本和漢朗詠集　前田本北山抄

北川博邦編『日本名跡大字典』角川書店、1981年より引用

判読を誤っていることは明らかである。また「蓆」は用いられることのほとんどない文字である。『日本詩紀』所収の作品には用いられていない。もし「しく」として用いるなら「席」（同韻）で十分であろう。

要するに、工藤著が示した「第幾峯」が正しい本文である。そうしてその意味は先例を尋ねてみれば自ずから明らかになる。

この詩の表現に最も近いのは『千載佳句』巻下、思隠に引く、元稹の「弊務を罷めて故国に帰らんと思ひ、知友に寄す」の

　如今欲種韓康薬　如今《いま》韓康が薬を種《う》ゑんと欲するも
　未卜雲山第幾峯　未だ雲山の第幾峯なるかを卜せず

である。〈かの韓康に倣って薬草を植えてみようかと思うが、さて雲に覆われた山のどの峯にしようか〉。先の国立歴史民俗博物館本は「第幾」に訓合符を付し、「イツレ」と訓む。次の白居易の詩も近い。『白氏文集』巻五十五、「劉郎中の鄂姫を傷むに和す」の後聯、

　不知月夜魂帰処　知らず月夜魂の帰る処
　鸚鵡洲頭第幾家　鸚鵡洲頭第幾の家ぞ

「第幾峯」を解釈するにはこの二例で十分であろう。ほかにも唐詩に「第幾〇」の例は散見するが、やや異色の例を付け加えておく。円仁の『入唐求法巡礼行記』開成四年四月二十四日条に見える。

　便ち聞く、本国の朝貢使、新羅船五隻に駕し、萊州の廬山の辺に流着するも、余りの四隻は去《い》く所を知らずと。是の事を聞くと雖も、未だ是れ第幾の船なるかを詳らかにせず。

上述のことから、結句は「未だ弁ぜず紅林は第幾《いずれ》の峯なるかを」となる。

付言しておくと、『躬恒集』所収の漢詩については、このように本文、訓読（すなわち解釈）という基本的な点において検討すべきことがなお残されている。

注

（1）本章では平安時代も含めて古代という。

（2）先に引いた「肝心記」佚文の「此間」は直接的に日本を指す例ではない。池田論文にいう、「誤解のないようにいえば、佚文の「此間」は日本をさす例ではない。しかし私は、日本のことをさす「此間」の用法を考慮しないで、この佚文を論じることはできないと考える」。そうして「肝心記」の作者善珠の著作および同時代の文献から、日本を指して「此間」とする例が列挙されている。

（3）もちろん『源氏物語』以前にも用例がある。『角川古語大辞典』は、「この国。この土地。異国に対して日本、地方に対して京都などをさしていう」と説明し、『土佐日記』の「もろこしもここもおもふことたへぬときのわざとか」を用例として挙げる。

（4）小学館、新編日本古典文学全集本の巻数と頁数。

（5）1「平安朝詩文の「俗語」」（本書所収、一九八七年）、2「律令の中の中国口語」（『続日本紀研究』第二六四号、一九八九年）、3「『続日本紀』における中国口語」（本書所収、一九九六年）、4「常識の陥穽」（『日本歴史』第七〇四号、二〇〇七年）。

（6）松尾良樹「『日本書紀』と唐代口語」（『和漢比較文学』第三号、一九八七年）。

（7）日本思想大系『律令』に拠る。

（8）憶測であるが、「次逢」とは次の機会での出会いということで、それを紅葉と苔とが訴えかける、ということか。

（9）工藤著が採る「訴」という本文のテキストもある。このことは当該の文字がゆれが生じやすい字体であったことをもの語る。

(10)『躬恒集』の漢詩に白居易詩の影響が大きいことを、渡辺秀夫「古今集時代における白居易」(白居易研究講座『日本における受容(韻文篇)』勉誠社、一九九三年)および先掲の丹羽論文が指摘する。

(11) 国立歴史民俗博物館蔵貴重典籍叢書『漢詩文』(臨川書店、二〇〇一年)所収。

(12) 本間洋一『本朝無題詩全注釈』(新典社、一九九二年)の作品番号。

(13)( )内は引用者の補足。

※『成城國文學論集』第三十二輯(工藤力男教授退職記念)、二〇〇九年に発表した。ただし、第三節で取り上げた用語について加除を行った。「母家」を前章に移し、「触―」という諸語については前章に述べているので削除した。一方、「男女」は「常識の陥穽」(注5の4)から、「女家」は「律令の中の中国口語」(注5の2)から移して本章に入れた。

あとがき

本書は書名のとおり、平安朝（一部奈良朝の文献を含む）の漢詩文の文体とその語彙についての論をまとめたものであるが、前者が主である。

私が漢文の文体に関心を懐くようになったのは新日本古典文学大系『本朝文粋』（一九九二年五月刊）の「文体解説」を執筆したのがきっかけである。しかし、これはもともと私が書くはずのものではなかった。この書は大曾根章介・金原理・後藤昭雄三人の共著であるが、「文体解説」は『本朝文粋』の「解説」とともに大曾根氏が執筆されることになっていた。漢文の文体ということも大曾根氏が関心を寄せられたテーマであり、『大曾根章介　日本漢文学論集』第一巻（汲古書院、一九九八年）には「文体論」の分類のもとに十一篇の論文が収められている。したがって「文体解説」も当然のこととして、大曾根氏が執筆される予定であった。ところが、「解説」の執筆に時間がかかって、刊行予定に間に合わない恐れが出てきた。そこで、分担部分を早く書き上げていた私が急遽代わりに「文体解説」を書くことになった。このような事情であったから、与えられた時間は限られていた。今では記憶も曖昧であるが、依頼があったのは九一年の終わり頃ではなかっただろうか。九二年五月の刊行は厳守しなければならないものであったから、三か月ほどの時間であったと思う。原稿の分量はそれほどではなかったが、三十八種の文体がある。そのすべてについて、最大公約数的な内容を書かなければならない。大変ではあったが、平安朝漢文の文体を総体として調べ、考える、まことに得がたい機会となった。

ここから意識して文体を考えるようになり、専論も書いた。しかし、それをまとめて一書にすることには思い至らなかった。これを勧めてくださったのは編集部の吉田祐輔氏である。それで私もそうしようかという気になった。

その間、本書の最初に置いた論文の依頼があった。その「経国の「文」——文体が担う社会的機能」という論題も与えられたものであるが、『本朝文粋』を基本にして、いわば非文学的な文章を主に概観した。前記の『本朝文粋』の「文体解説」執筆と似た機会であった。

しかし、これまでに書いてきたのは仏教関係の文章に偏っていて、文体の種類も少なかったので、本にするに当たって、数篇については新たに稿を起こし、また口頭発表の草稿を基にして論文とした。しかしなお、本書で取り上げたのは十の文体にとどまっている。ただ、そのなかで、「雑詩」に分類できる二篇（2・3）があったことは、意識して書いたものではなかったが、幸いであった。

前述のようなことで、吉田氏には、これまで以上にお世話になった。厚くお礼申し上げる。

最後に、私事に及ぶが一つ記しておきたい。

表紙の著者名の文字は亡父の筆である。中学生の頃まで、買った本には父がその年月日と名前を筆で書いてくれるのが例となっていた。そうした本が数冊、本棚の隅に並んでいる。その一冊に「昭和三十一年十二月一日」の日付と共に書かれているものを用いて、記念とした。

二〇一七年四月

後藤昭雄

日本「文」学史 第一冊
A New History of Japanese "Letterature" Vol.1
「文」の環境——「文学」以前

日本の知と文化の歴史の総体を、思考や社会形成と常に関わってきた「文」を柱として捉え返し、過去から現在、そして未来への展開を提示する。

河野貴美子・Wiebke DENECKE・新川登亀男・陣野英則 編・本体三八〇〇円(+税)

日本「文」学史 第二冊
A New History of Japanese "Letterature" Vol.2
「文」と人びと——継承と断絶

「文」はいかなる人々に担われ、いかなる社会のなかで流通していったのか。「人々」と「文」との関わりを明らかにすることで、新たな日本文学史を描き出す。

河野貴美子・Wiebke DENECKE・新川登亀男・陣野英則・谷口眞子・宗像和重 編・本体三八〇〇円(+税)

山田孝雄著『日本文体の変遷』本文と解説

文献時代の初めから明治時代に至る諸資料を博捜・引用し、時代別・文体別に詳述。日本文化・社会の根幹をなす文章・文体の展開を歴史的に位置づける意欲作。

藤本灯・田中草大・北﨑勇帆 編・本体四五〇〇円(+税)

院政時代文章様式史論考

語彙・語法に焦点をあて、漢字仮名まじり文の成立および変体漢文の特殊性、さらには『色葉字類抄』の辞書としての性格を論じる。

船城俊太郎 著・本体一五七〇〇円(+税)

菅家文草注釈 文章篇
第一冊 巻七上

最新の日本漢文学・和漢比較文学研究の粋を結集して、『菅家文草』文章の部の全てを注釈する。本書では、巻七に収載される賦・銘・賛・祭文・記・書序・議を注解する。

文草の会 著・本体五四〇〇円（＋税）

天野山金剛寺善本叢刊 第一期
第一巻 漢学・第二巻 因縁・教化

一大資料群より天下の孤本を含む平安以来の貴重善本を選定し収載。精緻な影印と厳密な翻刻、充実の解題から、資料性と文化史的・文学史的価値を明らかにする。

後藤昭雄 監修（第一巻）後藤昭雄・仁木夏実・中川真弓 編／（第二巻）荒木浩・近本謙介 編・本体三二〇〇〇円（＋税）

金剛寺本『三宝感応要略録』の研究

『三宝感応要略録』の最古写本を影印・翻刻。代表的な別本テキスト二本との校異を附し、関係論考などと合わせて紹介する。

後藤昭雄 監修・本体一六〇〇〇円（＋税）

句題詩論考
王朝漢詩とは何ぞや

これまでその実態が詳らかには知られなかった句題詩の詠法を実証的に明らかにし、日本独自の文化が育んだ「知」の世界の広がりを提示する画期的論考。

佐藤道生 著・本体九五〇〇円（＋税）

本朝漢詩文資料論

伝存する数多の漢文資料に我々はどのように対峙すべきであろうか。新出資料や佚文の博捜、既存資料の再検討など、漢詩文資料の精緻な読み解きの方法を提示する。

後藤昭雄 著・本体九八〇〇円（＋税）

平安朝漢文学論考 補訂版

漢詩・漢文を詳細に考察、それらの制作に参加した詩人、文人を掘り起こし、平安朝漢詩文の世界を再構築する。平安朝文学史を語るうえで必携の書。

後藤昭雄 著・本体五六〇〇円（＋税）

平安朝漢文学史論考

漢詩から和歌へと宮廷文事の中心が移りゆく平安中期以降、漢詩文は和歌文化にどのように作用したのか。政治的・社会的側面における詩作・詩人のあり方を捉える。

後藤昭雄 著・本体七〇〇〇円（＋税）

本朝文粋抄 一〜四

日本漢文の粋を集め、平安期の時代思潮や美意識を知る上でも貴重な史料『本朝文粋』。各詩文の書かれた背景や、文体・文書の形式まで克明に解説。現代語訳も併記。

後藤昭雄 著・本体各二八〇〇円（＋税）

著者略歴
後藤昭雄（ごとう・あきお）

1943年、熊本市に生まれる
1970年、九州大学大学院修了
大阪大学名誉教授

主要著書
『平安朝漢文学論考』（桜楓社、1981年。補訂版、勉誠出版、2005年）
『本朝文粋』（共著、新日本古典文学大系、岩波書店、1992年）
『平安朝漢文文献の研究』（吉川弘文館、1993年）
『平安朝文人志』（吉川弘文館、1993年）
『日本詩紀拾遺』（吉川弘文館、2000年）
『平安朝漢文学史論考』（勉誠出版、2012年）
『本朝漢詩文資料論』（勉誠出版、2012年）

平《へい》安《あん》朝《ちょう》漢《かん》詩《し》文《ぶん》の文《ぶん》体《たい》と語《ご》彙《い》

著者　後藤昭雄
発行者　池嶋洋次
発行所　勉誠出版㈱
〒101-0051 東京都千代田区神田神保町三－一〇－二
電話　〇三－五二一五－九〇二一㈹

二〇一七年五月三十一日　初版発行

印刷　太平印刷社
製本　若林製本工場

ISBN978-4-585-29146-6　C3090

索　引

凡　例

・人名、書篇名、事項に分けて五十音順に配列した。ただし、人名および事項の語彙の項は同一の漢字ごとにまとめた。

・名は音読した。

・書篇名に詩題を含めた。「　」に入れたものは句題である。

・事項に語彙(律令語・中国口語)をまとめて置いた。

人名索引

【あ行】

【か行】

【さ行】

【た行】

【な行】

【は行】

【ま行】

【や行】

【ら行】

書篇名索引

【あ行】

【か行】

【さ行】

【た行】

【な行】

【は行】

【ま行】

【や行】

【ら行】

【わ行】

事項索引

【あ行】

【か行】

【さ行】

【た行】

【な行】

【は行】

【ま行】

【ら行】

語　彙

【あ行】

【か行】

【さ行】

【た行】